UNDERGROUND RAILROAD

Né à New York en 1969, Colson Whitehead est reconnu comme l'un des écrivains américains les plus talentueux et originaux de sa génération. *Underground Railroad* a été élu meilleur roman de l'année par l'ensemble de la presse américaine, récompensé par le National Book Award 2016 et récemment distingué par la Médaille Carnegie, dans la catégorie «Fiction». Il a également reçu le prix Pulitzer de littérature en 2017.

D1054108

COLSON WHITEHEAD

Underground Railroad

ROMAN TRADUIT DE L'ANGLAIS (ÉTATS-UNIS) PAR SERGE CHAUVIN

ALBIN MICHEL

Titre original :

THE UNDERGROUND RAILROAD
Publié par Doubleday, New York.

Pour Julie

AJARRY

La première fois que Caesar proposa à Cora de s'enfuir vers le Nord, elle dit non.

C'était sa grand-mère qui parlait à travers elle. La grand-mère de Cora n'avait jamais vu l'océan jusqu'à ce jour lumineux, dans le port de Ouidah, où l'eau l'avait éblouie après son séjour dans les cachots du fort. C'est là qu'ils avaient été parqués en attendant les navires. Des razzieurs dahoméens avaient d'abord kidnappé les hommes, puis étaient revenus au village à la lune suivante rafler les femmes et les enfants, qu'ils avaient fait marcher de force jusqu'à la mer, enchaînés deux par deux. En fixant le seuil noir, Ajarry crut qu'elle allait retrouver son père dans ce puits de ténèbres. Les survivants de son village lui expliquèrent que lorsque son père n'était plus parvenu à tenir le rythme, les marchands d'esclaves lui avaient défoncé la tête et avaient abandonné son corps sur le bord de la piste. Sa mère était morte bien des années plus tôt.

La grand-mère de Cora fut revendue plusieurs fois sur le chemin du fort, passant d'un marchand à un autre, troquée contre des cauris et de la verroterie. Impossible de dire combien on paya pour elle à Ouidah, car elle fit partie d'une vente en gros, quatre-vingt-huit âmes contre soixante caisses de rhum et de poudre, un prix arrêté après les marchandages habituels en sabir d'anglais. Les hommes valides et les femmes fertiles rapportaient plus que les juvéniles, ce qui rendait difficile une estimation individuelle.

La *Nanny*, en provenance de Liverpool, avait déjà fait deux escales sur la Côte-de-l'Or. Le capitaine échelonnait ses achats pour ne pas se retrouver confronté à une cargaison d'origine et de mentalité identiques. Dieu sait quelle mutinerie ses captifs risqueraient de concocter s'ils partageaient une langue commune. C'était la dernière escale du navire avant sa traversée de l'Atlantique. Les marins aux cheveux jaunes y conduisirent Ajarry à la rame en fredonnant. La peau blanche comme de l'os.

L'air délétère de la cale, le cauchemar de la claustration et les hurlements de ses compagnons de chaînes contribuèrent à la faire basculer dans la folie. Compte tenu de son âge tendre, ses ravisseurs ne lui infligèrent pas immédiatement leurs désirs, mais après six semaines de traversée, quelques matelots aguerris l'arrachèrent à la cale. Deux fois elle tenta de se tuer pendant ce voyage vers l'Amérique, d'abord en se privant de nourriture, puis en essayant de se noyer. Et par deux fois les marins contrecarrèrent ses plans, habitués qu'ils étaient aux manigances et aux penchants du cheptel. Ajarry n'atteignit même pas le plat-bord lorsqu'elle voulut se jeter à la mer. Sa posture geignarde, son air pitoyable, semblables à ceux de milliers d'esclaves avant elle, trahirent ses intentions.

Enchaînés de la tête aux pieds, de la tête aux pieds, dans une misère exponentielle.

Ils eurent beau tout essayer pour ne pas être séparés lors des enchères à Ouidah, les membres de sa famille furent achetés par des marchands portugais de la frégate *Vivilia*, qu'on retrouva quatre mois plus tard dérivant à dix milles au large des Bermudes. La peste avait gagné tous ceux qui étaient à bord. Les autorités mirent le feu au navire et le regardèrent se fissurer et sombrer. La grand-mère de Cora ne sut rien du sort de la frégate. Toute sa vie, elle s'imagina que ses cousins et cousines travaillaient plus au nord pour des maîtres bons et généreux, voués à des tâches plus clémentes que les siennes, du tissage ou du filage plutôt que les travaux des champs. Dans ses histoires, Isay, Sidoo et les autres parvenaient miraculeusement à acheter leur liberté pour vivre en hommes et en femmes libres dans la Cité de Pennsylvanie, un endroit dont Ajarry avait un jour appris l'existence en surprenant une conversation entre deux Blancs. Ces rêves lui procuraient du réconfort quand son fardeau menaçait de la réduire en mille morceaux.

Puis la grand-mère de Cora fut revendue après un mois passé dans le lazaret de l'île de Sullivan, une fois que les médecins eurent certifié que la cargaison de la *Nanny*, Ajarry incluse, ne véhiculait aucune maladie. Encore une journée trépidante à la bourse aux esclaves. Les grandes ventes aux enchères attiraient toujours une foule bigarrée. Marchands et courtiers venus de toute la côte convergeaient vers Charleston pour examiner la marchandise, yeux, muscles, vertèbres, guettant toute affection vénérienne ou autre dysfonctionnement. Les spectateurs mâchonnaient des huîtres fraîches et du maïs brûlant tandis que les commissaires-priseurs criaient à tous vents. Les esclaves se tenaient nus sur l'estrade. On se disputa férocement un groupe d'étalons ashantis, ces Africains renommés pour leur nature industrieuse et leur musculature, et le contremaître d'une carrière de calcaire fit une excellente affaire en acquérant un lot de négrillons. La grand-mère de Cora aperçut parmi les badauds un petit garçon qui mangeait du sucre d'orge, et elle se demanda ce qu'il fourrait dans sa bouche.

Juste avant le coucher du soleil, un courtier l'acheta pour deux cent vingt-six dollars. Elle aurait rapporté davantage s'il n'y avait eu, cette saison-là, surabondance de jeunes filles. Il portait un costume de l'étoffe la plus blanche qu'elle ait jamais vue. Des bagues incrustées de pierreries colorées brillaient à ses doigts. Lorsqu'il lui pinça les seins pour vérifier qu'elle était en fleur, elle sentit le froid du métal sur sa peau. Elle fut marquée au fer rouge – ce n'était ni la première ni la dernière fois – et enchaînée aux autres acquisitions du jour. Le convoi entama cette nuit-là sa longue marche vers le sud, en trébuchant sur ses chaînes derrière la carriole du marchand. À cette heure, la *Nanny* faisait déjà voile vers Liverpool, emplie à ras bord de sucre et de tabac. Il y avait moins de cris dans la cale.

On aurait pu croire Ajarry maudite, tant elle fut sans cesse vendue, troquée, revendue au cours des années suivantes. Ses propriétaires faisaient faillite avec une étonnante régularité. Son premier maître se fit escroquer par un homme qui lui vendit une égreneuse censée laver le coton deux fois plus vite que la célèbre machine de Whitney. Les diagrammes étaient convaincants, mais au bout du compte Ajarry fit partie des biens meubles liquidés sur ordre du magistrat. Elle fut bradée à deux cent dix-huit dollars lors d'une transaction hâtive, une baisse des prix engendrée par les réalités du marché local. Un autre maître mourut d'hydropisie, sur quoi sa veuve vendit la plantation aux enchères pour financer un retour dans son Europe natale, où tout était plus pur. Ajarry passa trois mois aux mains d'un Gallois qui finit par la perdre, en même temps que trois autres esclaves et deux pourceaux, dans une partie de whist. Et ainsi de suite.

Son prix fluctuait. Quand on est vendu aussi souvent, le monde vous apprend à être attentif. Elle apprit donc à s'adapter rapidement aux nouvelles plantations, à distinguer les briseurs de nègres des cruels ordinaires, les tire-au-flanc des industrieux, les mouchards des confidents. Les maîtres et maîtresses dans toute leur gamme de perversité, les domaines aux moyens et aux ambitions variables. Parfois les planteurs ne voulaient guère que gagner humblement leur vie, alors que d'autres, hommes ou femmes, aspiraient à posséder le monde, comme si ce n'était qu'affaire d'arpents. Deux cent quarante-huit, deux cent soixante, deux cent soixante-dix dollars. Où qu'elle aille, ce n'était que sucre et indigo, hormis une brève semaine passée à plier des feuilles de tabac avant d'être revendue. Le courtier avait visité la plantation en quête d'esclaves en âge de procréer, dotées de préférence de toutes leurs dents et d'un tempérament docile. Elle était une femme à présent. Elle dut repartir.

On lui avait dit que les savants des Blancs scrutaient le dessous des choses pour comprendre comment elles marchaient. Le mouvement des étoiles au fil de la nuit, l'harmonie des humeurs du sang. Les températures requises pour une bonne récolte de coton. Ajarry développa une science de son propre corps de femme noire et accumula les observations. Toute chose avait une valeur et lorsque cette valeur changeait, tout le reste changeait aussi. Une calebasse cassée valait moins que celle qui conservait son eau, un hameçon qui retenait le poisson-chat était plus prisé que celui qui laissait échapper sa proie. La bizarrerie de l'Amérique, c'était qu'ici les gens étaient des choses. Mieux valait limiter les dépenses pour un vieillard qui ne survivrait pas à la traversée de l'océan. Un jeune mâle d'une vigoureuse lignée tribale faisait saliver les clients. Une jeune esclave qui pondait des petits était comme une presse à billets : de l'argent qui engendrait de l'argent. Quand on était une chose – une charrette, un cheval, un esclave –, on avait une valeur qui déterminait ce qu'on pouvait espérer. Ajarry veillait à tenir son rang.

Enfin, la Géorgie. Un représentant de la plantation Randall l'acheta deux cent quatre-vingt-douze dollars, malgré le vide nouveau de son regard qui lui donnait l'air demeuré. Plus jamais elle ne respira d'autre air que celui du domaine Randall. Elle était enfin chez elle, sur cette île à l'horizon de néant.

La grand-mère de Cora prit trois fois un époux. Elle avait une prédilection pour les grandes mains et les larges épaules, tout comme le vieux Randall, même si maître et esclave n'avaient pas le même labeur en vue. Les deux plantations étaient bien fournies en nègres : quatre-vingt-dix têtes dans la moitié nord, quatre-vingt-cinq dans la moitié sud. En règle générale, Ajarry avait le choix. Sinon, elle patientait.

Son premier mari développa un penchant pour l'alcool de maïs, et se mit à utiliser ses grosses mains pour en faire de gros poings. Ajarry ne fut guère attristée de le voir s'éloigner sur la route lorsqu'il fut vendu à une plantation de canne à sucre en Floride. Elle se mit ensuite en ménage avec l'un des gentils garçons de la moitié sud. Avant qu'il décède du choléra, il aimait à lui faire partager des histoires puisées dans la Bible, car son ancien maître était plus large d'esprit en matière d'esclaves et de religion. Elle prenait plaisir à écouter ces histoires et ces paraboles, et comprenait le point de vue des Blancs : parler de salut risquait de donner des idées à un Africain. Pauvres fils de Cham. Son dernier mari eut les tympans crevés pour avoir volé du miel. Les plaies se firent purulentes, et il mourut à petit feu.

De ces hommes, Ajarry eut cinq enfants, tous mis au monde sur le même plancher de la hutte, qu'elle leur montrait quand ils désobéissaient. C'est de là que vous êtes sortis, et c'est là que je vous fourrerai si vous n'êtes pas sages. Si elle leur apprenait à lui obéir, peut-être qu'ils obéiraient à tous les maîtres à venir, peut-être qu'ils survivraient. Deux d'entre eux moururent de fièvre, misérablement. Un garçon s'entailla le pied en jouant sur un soc de charrue rouillé et s'empoisonna le sang. Le petit dernier ne se réveilla pas après qu'un contremaître l'eut frappé à la tête avec une bûche. L'un après l'autre. Au moins, comme lui avait fait remarquer une vieille femme, ils ne furent jamais revendus. Et c'était vrai : à l'époque, il était rare que Randall vende les petits. Vous saviez où et comment vos enfants allaient mourir. La seule à atteindre ses dix ans fut la mère de Cora, Mabel.

Ajarry mourut dans le coton, dont les capsules blanches dansaient autour d'elle comme les moutons de l'océan déchaîné. Dernière de son village, terrassée entre les plants par un nœud au cerveau, saignant du nez, lèvres écumantes. Comme si ça avait pu arriver ailleurs. La liberté était réservée à d'autres, aux citoyens de la Cité de Pennsylvanie qui grouillait à deux mille kilomètres au nord. Depuis la nuit de son enlèvement, elle avait été évaluée et réévaluée, s'éveillant chaque jour sur le plateau d'une nouvelle balance. Connais ta valeur et tu connaîtras ta place dans l'ordre des choses. Échapper aux limites de la plantation, c'eût été échapper aux principes fondamentaux de son existence : impossible.

C'était la grand-mère de Cora qui parlait à travers elle, ce dimanche soir où Caesar mentionna le chemin de fer clandestin, l'Underground Railroad, et où elle dit non.

Trois semaines plus tard, elle dit oui.

Cette fois, c'était la voix de sa mère.

GÉORGIE

TRENTE DOLLARS
DE RÉCOMPENSE

S'est échappée de chez le soussigné, résident de Salisbury, le 5 du mois, une jeune négresse du nom de LIZZIE. On suppose que ladite négresse se trouve aux environs de la plantation de Mrs Steel. J'offrirai la récompense susmentionnée contre livraison de la négresse, ou contre la nouvelle de son internement dans toute geôle de l'État. Il est formellement proscrit de l'héberger ou de la cacher, sous peine des sanctions prévues par la loi.

W. M. DIXON
18 juillet 1820

L'anniversaire de Jockey ne tombait qu'une ou deux fois par an. Ils s'efforçaient de le fêter dignement. C'était toujours un dimanche, leur seule demi-journée. À trois heures, les chefs d'équipe sonnaient la fin du travail et toute la plantation nord s'égaillait pour se préparer en expédiant les corvées. Raccommoder, cueillir de la mousse, réparer la fuite du toit. La fête primait, sauf si on avait un sauf-conduit pour aller en ville vendre quelques produits artisanaux, ou qu'on avait loué ses services à l'extérieur. Même enclin à renoncer à un supplément de salaire – et personne n'avait cette inclination –, nul esclave n'aurait eu l'impudence de dire à un Blanc qu'il ne pouvait pas travailler parce que c'était l'anniversaire d'un autre esclave. Tout le monde savait que les nègres n'avaient pas d'anniversaires.

Assise en bordure de son lotissement sur un tronçon d'érable, Cora se curait les ongles, qu'elle avait pleins de terre. Chaque fois qu'elle le pouvait, elle apportait des navets ou des légumes verts pour le banquet d'anniversaire, mais aujourd'hui ce ne serait pas le cas. Quelqu'un cria dans l'allée, sans doute l'un des garçons récemment arrivés, pas encore complètement matés par Connelly, et les cris éclatèrent en dispute. Avec plus d'excitation que de colère, mais bruyamment. L'anniversaire promettait d'être mémorable, si déjà tout le monde était aussi énervé.

« Si tu pouvais choisir ta date d'anniversaire, ce serait laquelle ? » demanda Lovey.

Cora ne pouvait pas voir le visage de son amie à contre-jour, mais elle devinait son expression. Lovey était une fille toute simple, et ce soir-là c'était la fête. Lovey se délectait de ces rares moments de liberté, qu'il s'agisse de l'anniversaire de Jockey, de Noël, ou de ces soirs de récolte où toute personne dotée de ses deux mains restait dans les champs pour la cueillette, et où les Randall faisaient distribuer de l'alcool de maïs par les chefs d'équipe pour maintenir une bonne ambiance. C'était du travail, mais la lune le rendait supportable. La jeune fille était toujours la première à dire au violoneux de s'activer, la première à danser. Elle essayait d'entraîner Cora dans le cercle malgré ses protestations. Dans l'idée de tournoyer bras dessus bras dessous : à chaque fois, Lovey croiserait un instant le regard d'un garçon et Cora l'imiterait. Mais Cora refusait toujours et s'arrachait à son étreinte. Elle se contentait de regarder.

« J'tai déjà dit quand j'étais née », dit Cora. Elle était née en hiver. Sa mère, Mabel, s'était bien assez plainte de cet accouchement difficile, du gel exceptionnel de ce matin-là, du vent qui hurlait entre les jointures de la hutte. Elle avait saigné pendant des jours, et il fallut attendre qu'elle ait l'air d'un spectre pour que Connelly prenne la peine d'appeler le médecin. Parfois, l'esprit de Cora lui jouait des tours et elle transformait cette histoire en un souvenir personnel, y insérant les visages de fantômes, de tous les esclaves morts, qui l'enveloppaient d'un regard affectueux et bienveillant. Y compris des gens qu'elle détestait, ceux qui l'avaient battue ou lui avaient volé sa nourriture une fois sa mère disparue.

«Mais si tu pouvais choisir…

— On peut pas choisir. Ils décident pour toi.

— Ouh là, t'as intérêt à te dérider un peu», dit Lovey. Et elle s'esquiva au pas de course.

Cora se massa les mollets, soulagée de pouvoir s'asseoir. Banquet ou non, c'était ainsi qu'elle concluait tous ses dimanches une fois achevée la demi-journée de travail : perchée sur son siège, à la recherche de tâches personnelles à accomplir. Elle était sa propre maîtresse quelques heures par semaine, c'est ainsi que Cora voyait les choses, libre d'arracher les mauvaises herbes, de chasser les chenilles, de trier ses plants de haricots, et de foudroyer du regard quiconque prétendait empiéter sur son domaine. S'occuper de son potager ne relevait pas seulement d'un entretien nécessaire, c'était diffuser un message : elle n'avait rien perdu de sa détermination depuis le jour de la hachette.

La terre à ses pieds avait une histoire, la plus vieille que connût la jeune esclave. Lorsque Ajarry y avait planté des semences, peu après sa longue marche jusqu'à la plantation, ce carré n'était qu'un fouillis de poussière et de broussailles derrière sa hutte, tout au bout des quartiers des esclaves. Au-delà s'étendaient les champs, et plus loin encore le marécage. Une nuit,

Randall rêva d'une mer blanche qui s'étendait à perte de vue, et il reconvertit alors son exploitation, passant de l'indigo, valeur sûre, au coton à longue soie. Il établit des contacts à La Nouvelle-Orléans, serra la main de spéculateurs financés par la Banque d'Angleterre. L'argent afflua comme jamais. L'Europe avait faim de coton, et il fallait la nourrir balle par balle. Un jour, les mâles défrichèrent les bosquets et le soir, au retour des champs, ils rapportèrent des rondins pour la nouvelle rangée de huttes.

En les regardant à présent, dans le va-et-vient des esclaves en pleins préparatifs, Cora avait peine à croire que les quatorze huttes n'avaient pas toujours été là. Malgré toute leur usure, et les plaintes qui émanaient du bois à chaque pas, elles semblaient aussi immuables que les collines de l'ouest, ou le ruisseau qui divisait le domaine en deux. Les huttes exhalaient une pérennité qui à son tour engendrait des sentiments intemporels chez ceux qui y vivaient et y mouraient : l'envie et le dépit. Si on avait laissé plus d'espace entre les anciennes et les nouvelles, cela aurait épargné bien des tourments au fil des années.

Les Blancs pinaillaient devant des juges pour revendiquer telle ou telle portion de terre délimitée sur une carte, à des centaines de kilomètres de là. Les esclaves se disputaient avec une égale ferveur les minuscules parcelles à leurs pieds. L'étroit couloir entre deux huttes offrait un espace où attacher une chèvre, construire un poulailler, faire pousser de quoi se remplir l'estomac et compléter la bouillie dispensée chaque matin par la cuisinière. À condition d'être là en premier. Lorsque Randall, et après lui ses fils, se mettait en tête de vous revendre, l'encre du contrat n'était pas sèche que quelqu'un avait déjà accaparé votre parcelle. À vous voir ainsi sourire ou fredonner dans la quiétude du soir, un voisin pouvait être tenté de vous spolier de votre lopin en recourant à diverses méthodes d'intimidation ou de provocation. Et qui entendrait votre plainte ? Ici, il n'y avait pas de juge.

« Mais jamais ma mère ne les laissait toucher à son champ », racontait Mabel à sa fille. Terme ironique, bien sûr, car le domaine d'Ajarry ne faisait même pas trois mètres carrés. « Elle disait qu'elle leur casserait la tête à coups de marteau s'ils osaient seulement le regarder. »

L'image de sa grand-mère agressant un autre esclave ne collait guère avec le souvenir que Cora gardait d'elle, mais dès qu'elle se mit à cultiver ce potager elle comprit la véracité d'un tel portrait. Ajarry avait veillé sur son jardin au fil des transformations amenées par la prospérité. Les Randall avaient racheté le domaine des Spencer au nord, lorsque ces derniers avaient décidé de tenter leur chance dans l'Ouest. Ils avaient racheté la plantation mitoyenne au sud pour la convertir du riz au coton, ajoutant deux huttes à chaque rangée, mais au milieu de tout cela le champ d'Ajarry était demeuré immuable, tel un tronc coupé aux racines trop profondes. Après sa mort, Mabel s'était occupée des ignames, des gombos et autres légumes à son goût. C'est quand Cora prit la relève que le grabuge commença.

Après la disparition de Mabel, Cora ne fut plus qu'une enfant perdue. Onze ans, dix ans, dans ces eaux-là – il n'y avait plus personne pour le savoir précisément. Sous l'effet du choc, elle vit le monde s'assécher autour d'elle, réduit à des impressions grises. La première couleur qui revint fut le rouge brun bouillonnant de la terre du lopin familial. Il la réveilla aux choses et aux êtres, et elle décida de se cramponner à son domaine, quoique jeune, frêle et sans personne pour s'occuper d'elle. Mabel était trop discrète et têtue pour être populaire, mais les gens avaient toujours respecté Ajarry. Son ombre avait été protectrice. La plupart des premiers esclaves de Randall étaient six pieds sous terre ou revendus, disparus d'une façon ou d'une autre. Restait-il encore une âme loyale envers sa grand-mère ? Cora sonda le village : pas une seule. Ils étaient tous morts.

Elle se battit pour cette terre ingrate. Envahie par les petits parasites, trop jeunes pour travailler vraiment. Cora chassait ces enfants qui piétinaient ses pousses et les houspillait quand ils déracinaient ses ignames, sur le même ton qu'elle employait aux fêtes d'anniversaire de Jockey pour les entraîner dans des courses et des jeux. Avec bienveillance.

Mais des envieux surgirent des coulisses. Ava. Ava et la mère de Cora avaient grandi ensemble sur la plantation. Elles avaient eu droit de la part des Randall à la même hospitalité, aux dévoiements si fréquents qu'ils en devenaient aussi banals que la pluie et le beau temps, et à d'autres dont la monstruosité était si inventive que l'esprit refusait de les assimiler. Parfois, une telle expérience partagée engendrait entre deux êtres un lien irrévocable ; mais non moins souvent, la honte de se sentir impuissant faisait de tout témoin un ennemi. Ava et Mabel ne s'entendaient pas.

Ava était forte et noueuse, avec des mains aussi vives qu'un mocassin d'eau. Idéales pour la cueillette, de même que pour gifler ses petits, coupables de paresse et autres péchés. Elle chérissait ses poules plus que ses enfants, et convoitait la terre de Cora pour agrandir son poulailler. « Quel gâchis, disait-elle dans un claquement de langue. Toute cette terre rien que pour elle. » Ava et Cora dormaient côte à côte toutes les nuits dans la soupente, et même si huit autres personnes s'entassaient auprès d'elles, Cora percevait dans les vibrations du bois la moindre frustration d'Ava. Son souffle était humide de rage, aigre et aigri. Elle se faisait un devoir de bousculer Cora chaque fois qu'elle se levait pour uriner.

« À partir de maintenant, tu logeras à Hob », annonça Moses à Cora une après-midi, alors qu'elle rentrait de la mise en balles. Moses avait conclu un marché avec Ava, en troquant Dieu sait quoi. Depuis que Connelly l'avait promu de cueilleur à chef d'équipe, sbire du régisseur, Moses s'était institué grand ordonnateur des intrigues du village. Le peu d'ordre qui régnait dans les huttes devait être préservé, et il y avait certaines choses qu'un Blanc ne pouvait pas faire. Moses avait accepté son rôle avec enthousiasme. Cora lui trouvait le visage méchant, tel un nœud éclos sur son tronc trapu et suant. Elle ne fut guère surprise de voir émerger sa vraie nature – si l'on attendait suffisamment longtemps, ça ne manquait jamais de se produire. Comme l'aurore. Cora s'éclipsa vers Hob, où l'on exilait les misérables et les bannis.

Il n'y avait pas de recours, pas de lois autres que celles qu'on réécrivait chaque jour. Quelqu'un avait déjà transporté ses affaires.

Nul ne se rappelait le malheureux qui avait donné son nom à la hutte. Il avait vécu assez vieux pour incarner certaines qualités, et celles-ci avaient fini par le perdre. On partait à Hob rejoindre les mutilés, châtiés par les régisseurs, on partait à Hob rejoindre les épaves, brisées par le labeur sous des formes visibles et des formes invisibles, on partait à Hob rejoindre les égarés, ceux qui avaient perdu l'esprit. On partait à Hob rejoindre les âmes perdues.

C'étaient d'abord les hommes, les hommes abîmés, les hommes tronqués, qui avaient habité Hob. Et puis les femmes y avaient élu résidence. Les hommes blancs et les hommes bruns avaient usé et abusé du corps des femmes, violemment, leurs bébés étaient nés atrophiés et rabougris, les tabassages leur avaient ôté la raison, et elles répétaient le nom de leurs enfants morts dans les ténèbres : Eve, Elizabeth, N'thaniel, Tom. Cora se recroquevilla sur le sol de la pièce principale, par crainte de monter dormir avec ces misérables créatures. En se maudissant de son étroitesse d'esprit sans pouvoir la contrôler. Elle fixa des formes noires. La cheminée, les poutres qui soutenaient la soupente, les outils suspendus aux murs. C'était la première nuit qu'elle passait hors de la hutte où elle était née. À cent pas de là, à cent lieues de là.

Ava ne tarderait guère à mettre en branle la prochaine étape de son plan. Et puis il fallait tenir compte du vieil Abraham. Lequel n'était pas vieux du tout mais se comportait à la manière d'un misanthrope chenu depuis qu'il savait marcher. Il n'avait pas de vues sur le lopin, mais voulait le voir disparaître par principe. Pourquoi devrait-il, et les autres avec lui, respecter les revendications de cette gamine sous prétexte que sa grand-mère avait jadis aplani ce petit carré de terre? Le vieil Abraham n'était pas du genre à respecter la tradition. Il avait été vendu trop souvent pour que cette idée ait le moindre poids. Bien des fois en passant devant lui, affairée, Cora l'avait surpris à militer pour la réattribution de sa parcelle. « Tout ça pour elle. » Tout ça, oui, trois mètres carrés.

C'est alors que Blake arriva. Cet été-là, le jeune Terrance Randall commença à assumer certaines tâches en prévision du jour où son frère et lui reprendraient la plantation. Il acheta un lot de nègres venus des deux Caroline. Six au total, des Fantis et des Mandingues à en croire le courtier, dotés par la nature d'un physique et d'un tempérament adaptés au dur labeur. Blake, Pot, Edward et les autres se constituèrent en tribu sur le domaine Randall, sans hésiter à puiser dans ce qui n'était pas à eux. Terrance Randall fit comprendre qu'ils étaient ses nouveaux protégés, et Connelly fit en sorte que personne ne l'oublie. On apprit à s'écarter quand ils étaient de sale humeur, ou le samedi soir quand ils avaient bu tout le cidre.

Blake était un grand chêne, un mangeur de doubles portions en qui Terrance Randall, suivant son flair d'investisseur, vit très vite une bonne prise. Oh, le prix qu'ils obtiendraient rien que pour les rejetons d'un tel étalon ! Blake défiait à la lutte ses compagnons et tout autre volontaire, se donnant ainsi volontiers en spectacle, dans un nuage de poussière dont il émergeait invariablement vainqueur. Sa voix tonnait parmi les plants quand il travaillait, et même ceux qui le méprisaient ne pouvaient s'empêcher de reprendre son chant en chœur. Cet homme avait une personnalité consternante, mais les sons qui émanaient de son corps faisaient passer plus vite les longues heures de travail.

Après plusieurs semaines passées à observer et évaluer la moitié nord, Blake décréta que le terrain de Cora serait un endroit parfait où attacher son chien. Du soleil, du vent, la proximité. Blake avait cajolé et attiré la bête à lui lors d'une expédition en ville. Le chien était resté, traînant aux abords du fumoir quand Blake travaillait et aboyant au moindre bruit dans les nuits agitées de Géorgie. Blake connaissait des rudiments de menuiserie – ce n'était pas là, comme trop souvent, un mensonge proféré par le marchand pour gonfler le prix de l'esclave. Il construisit donc une maisonnette pour l'animal et attendit les compliments. Ces derniers furent sincères, car c'était là de la belle ouvrage, une niche bien proportionnée aux angles impeccables. Il y avait une porte avec des gonds, et des ouvertures en forme de soleil et de lune découpées dans le mur du fond.

« Elle est pas belle, cette bicoque ? » demanda Blake au vieil Abraham. Depuis son arrivée, Blake en était venu à apprécier sa franchise parfois crispante.

« C'est du sacré beau boulot. C'est un petit lit que je vois là-dedans ? »

Blake avait cousu une taie d'oreiller bourrée de mousse. Et décrété que le lopin devant sa hutte était l'endroit le plus approprié pour accueillir le doux foyer de son chien. Jusque-là, Cora avait été invisible à ses yeux, mais à présent il guettait son regard quand elle était dans les parages, pour l'avertir qu'elle ne l'était plus.

Elle tenta d'invoquer quelques dettes et faveurs dues à sa mère, celles dont elle avait connaissance. Elle n'essuya que refus. Beau, par exemple, la lingère que Mabel avait soignée et guérie quand elle avait été terrassée par la fièvre. Mabel lui avait cédé son dîner, et avait porté à ses lèvres tremblantes des cuillerées de jus de haricots et de racines jusqu'à ce qu'elle rouvre enfin les yeux. Beau prétendit qu'elle avait remboursé cette dette, avec intérêts, et ordonna à Cora de retourner à Hob. Cora se rappela que Mabel avait fourni un alibi à Calvin lorsque des outils agricoles avaient disparu. Connelly, expert en maniement du fouet à lanières, lui aurait dépecé le dos si elle ne l'avait pas disculpé. Et il en aurait infligé autant à Mabel s'il avait découvert qu'elle mentait. Cora se glissa auprès de Calvin après le dîner : j'ai besoin d'aide. Il l'écarta d'un geste. Mabel disait qu'elle n'avait jamais découvert à quel usage il destinait ces outils.

Peu après que Blake eut fait connaître ses intentions, Cora s'éveilla un matin pour découvrir la violation de son territoire. Elle avait quitté Hob pour inspecter son jardin. C'était une aube fraîche. L'humidité s'élevait en volutes au-dessus du sol. C'est alors qu'elle vit : les vestiges de ce qui aurait dû être ses premiers choux. Empilées près du perron de la hutte de Blake, les tiges entremêlées séchaient déjà. Le sol avait été retourné et aplani pour offrir un socle bien régulier à la niche du chien, qui trônait au centre du lopin de Cora comme une grande demeure au cœur d'une plantation.

Le chien passa la tête par l'ouverture comme s'il savait que ce terrain avait été à elle et voulait lui signifier son indifférence.

Blake sortit de sa hutte et croisa les bras. Il cracha par terre.

Des gens évoluaient aux confins du champ de vision de Cora, simples ombres de commérages réprobateurs. Ils l'observaient. Sa mère n'était plus là. Elle avait été bannie dans la maison des misérables et personne n'était venu à son secours. Et à présent cet homme trois fois plus grand qu'elle avait confisqué son lopin de terre.

Cora avait mûri sa stratégie. Quelques années plus tard, elle aurait pu se tourner vers les femmes de Hob, ou vers Lovey. Mais pas pour l'heure. Sa grand-mère avait prévenu qu'elle fendrait le crâne à quiconque oserait s'en prendre à sa terre. Cela lui paraissait disproportionné. Comme en transe, Cora regagna Hob et décrocha une hachette du mur, celle qu'elle fixait des yeux quand elle n'arrivait pas à dormir. Abandonnée par quelque ancien résident qui avait mal fini – malade des poumons, réduit en charpie par le fouet, ou vidé de ses tripes par la colique.

À ce stade, la rumeur s'était répandue, et des badauds traînaient aux abords des huttes, la tête penchée, attentifs et impatients. Cora défila devant eux, penchée en avant comme si elle fendait la bise de son corps. Personne ne fit un geste pour l'arrêter, tant son attitude était étrange. Le premier coup arracha le toit de la niche et un gémissement au chien, qui venait de se faire à moitié couper la queue. Il se terra dans une cachette sous la hutte de son maître. Le deuxième coup blessa grièvement la niche sur son flanc gauche, le troisième mit fin à ses souffrances.

Elle resta figée, pantelante. Tenant la hachette des deux mains. La lame oscillait dans l'air, comme si elle luttait avec un spectre, mais la jeune fille, elle, ne faiblit pas.

Blake serra les poings et s'avança vers Cora. Suivi de sa bande, crispée. Puis il s'arrêta. Ce qui se passa à cet instant entre ces deux personnages – le jeune homme costaud et la gamine fluette en chemise blanche – est une affaire de point de vue. Pour les spectateurs de la première rangée, le visage de Blake se tordit de surprise et d'inquiétude, comme s'il avait trébuché sur une colonie de frelons. Ceux qui se tenaient près des nouvelles huttes virent les yeux de Cora darder de gauche à droite, comme si elle prenait la mesure d'une légion en marche et non d'un seul homme. Une armée qu'elle n'en était pas moins prête à affronter. Quelle que soit la perspective, l'important était le message communiqué par l'une, sa posture et son expression, et interprété par l'autre : Tu auras peut-être le dessus, mais il t'en coûtera cher.

Ils demeurèrent face à face quelques instants, jusqu'à ce qu'Alice sonne la cloche du petit-déjeuner. Nul n'était prêt à sacrifier son rata. Au retour des champs, Cora nettoya son lopin, réduit au chaos. Elle y fit rouler le tronçon d'érable, vestige d'un quelconque projet de construction, et il devint son perchoir chaque fois qu'elle avait du temps libre.

Si Cora n'avait pas sa place à Hob avant les manœuvres d'Ava, à présent elle y était chez elle. Elle en était la résidente la plus sulfureuse, et aussi la plus pérenne. À la longue, le travail finissait par briser les infirmes, toujours, et celles qui n'avaient plus toute leur tête étaient vendues à l'encan ou se tranchaient la gorge. Vite remplacées. Seule Cora demeurait. Hob était son foyer.

Elle utilisa la niche comme bois de chauffage, pour elle et pour toutes celles de Hob. Elle ne leur tint chaud qu'une nuit, mais sa légende lui colla à la peau tout le temps qu'elle passa à la plantation Randall. Blake et ses amis se mirent à répandre des ragots. Il raconta qu'en se réveillant d'une sieste derrière les écuries, il avait vu Cora dressée au-dessus de lui, la hachette à la main, qui pleurnichait. Il avait des dons d'imitateur et de mime, et ses gestes rendirent l'histoire convaincante. Lorsque la poitrine de Cora commença à bourgeonner, Edward, le plus vicieux de la bande, raconta, tout vantard, que Cora avait relevé sa robe devant lui en lui faisant des avances lascives, et menacé de le scalper quand il l'avait repoussée. Les jeunes femmes chuchotaient qu'elles l'avaient vue s'éloigner des huttes lors des nuits de pleine lune pour gagner les bois, où elle forniquait avec des ânes et des boucs. Même ceux qui trouvaient cette dernière histoire fort peu crédible admettaient l'utilité de maintenir cette étrange fille hors du cercle de respectabilité.

Peu après que l'on eut appris que Cora était devenue une femme, Edward, Pot et deux cueilleurs de la moitié sud l'entraînèrent derrière le fumoir. Si d'aventure quelqu'un les vit ou les entendit faire, nul en tout cas n'intervint. Les femmes de Hob la recousirent. À cette date, Blake n'était déjà plus là. Peut-être avait-il scruté son visage ce jour-là, et déconseillé à ses compagnons toute vengeance : Il t'en coûtera cher. Mais il n'était plus là. Trois ans après qu'elle eut détruit la niche, il s'était enfui, et caché dans les marais pendant des semaines. C'étaient les aboiements de son chien qui avaient trahi sa présence. Cora aurait aimé dire que c'était bien fait pour lui, n'était que la seule pensée de son châtiment la faisait frissonner.

Ils avaient déjà traîné la grande table hors de la cuisine pour la couvrir des victuailles du banquet d'anniversaire. À un bout un trappeur dépeçait ses ratons laveurs, à l'autre Florence grattait la terre d'un monceau de patates douces. Sous l'énorme chaudron, le feu craquait et sifflait. La soupe bouillonnait dans la marmite noire, où des morceaux de chou se pourchassaient autour de la tête de porc qui barbotait, l'œil errant dans l'écume grise. Le petit Chester accourut pour s'emparer d'une poignée de pois de niébé, mais Alice le chassa en l'effleurant de sa louche.

« Tu n'as rien pour nous, aujourd'hui ? demanda-t-elle.

— Trop tôt dans la saison », répondit Cora.

Alice fit brièvement mine d'être déçue avant de retourner à ses fourneaux.

Voilà à quoi ressemble un mensonge, songea Cora, et elle le grava dans sa mémoire. Ce n'était pas plus mal que son jardin n'ait rien donné. Au dernier anniversaire de Jockey, elle avait fait don de deux choux, qui avaient été fort poliment acceptés. Cora avait commis l'erreur de se retourner en quittant la cuisine et surpris Alice en train de balancer les choux dans le seau à déchets. Elle était ressortie au soleil en titubant. Cette femme croyait-elle donc sa nourriture souillée ? S'était-elle ainsi débarrassée de toutes les contributions de Cora depuis cinq ans, en infligeant le même traitement à chaque navet, chaque fagot de haricots ? Cela avait-il commencé avec Cora, avec Mabel, ou avec sa grand-mère ? Il aurait été vain de la prendre à partie. Alice avait été choyée par Randall père, et à présent par James Randall, qui avait grandi gavé de ses tourtes à la viande hachée. Il y avait une hiérarchie du malheur, des strates concentriques de malheur, et on était censé en tenir compte pour savoir où se situer.

Les frères Randall. Depuis qu'il était tout petit, il suffisait pour apaiser James d'une friandise en provenance de la cuisine d'Alice, la pomme à la cannelle qui coupait court à toute crise ou colère. Son frère cadet, Terrance, était d'une autre espèce. La cuisinière gardait une bosse derrière l'oreille, souvenir d'un jour où Maître Terrance avait exprimé son mécontentement face à l'un de ses bouillons. À l'époque, il avait dix ans. Les signes étaient visibles depuis qu'il savait marcher, et à mesure qu'il cheminait vers l'âge d'homme et assumait ses responsabilités il avait perfectionné les aspects les plus répugnants de sa personnalité. James avait le caractère d'un mollusque marin, se repliant sur ses appétits personnels, mais Terrance imposait son moindre caprice, passager ou enraciné, à tous ceux qui étaient en son pouvoir. Comme c'était son droit.

Autour de Cora, les casseroles tintaient, et les négrillons couinaient de plaisir à l'idée des délices à venir. Du côté sud du domaine : rien. Des années plus tôt, les frères Randall avaient joué à pile ou face l'intendance respective des deux moitiés de la plantation, et c'est ce qui rendait la fête possible. De telles réjouissances n'avaient pas cours sur le domaine de Terrance, car le cadet était avare de distractions pour ses esclaves. Les fils Randall géraient leur patrimoine conformément à leur caractère. James se satisfaisait de la sécurité d'une récolte aux débouchés assurés, du lent et inévitable accroissement de sa fortune. La terre – et les nègres pour s'en occuper – offrait un placement plus sûr que tout ce que pouvait offrir une banque. Terrance, plus dynamique, concoctait mille plans pour augmenter le nombre de ballots envoyés à La Nouvelle-Orléans. Il en extirpait jusqu'au dernier dollar. Et quand le sang noir devenait de l'argent, cet homme d'affaires avisé savait trouver la veine.

Le petit Chester et ses amis firent sursauter Cora en s'agrippant à elle. Mais ce n'étaient que des enfants. L'heure de la course était venue. C'était toujours Cora qui disposait les gamins sur la ligne de départ, qui orientait leurs pieds et calmait les agités, sans hésiter à en promouvoir dans la tranche d'âge supérieure. Cette année-là, elle fit ainsi monter Chester d'un cran. C'était un enfant perdu, comme elle, dont les parents avaient été revendus avant qu'il soit en âge de marcher. Cora veillait sur lui. Crépu, les yeux rouges, il avait poussé d'un coup au cours des six derniers mois : les plants de coton avaient déclenché quelque chose dans son petit corps. Connelly disait qu'il avait l'étoffe d'un grand cueilleur, lui pourtant si avare de compliments.

« Cours vite, aussi vite que tu peux », dit Cora.

Chester croisa les bras, redressa la tête : Je n'ai pas besoin de tes conseils. C'était déjà un petit homme, même s'il l'ignorait encore. Il ne courrait pas l'année prochaine, comprit Cora, mais traînerait en bordure de la piste, plaisanterait avec ses copains en préparant un mauvais coup.

Jeunes esclaves et vieux esclaves s'amassèrent au bord de la piste. Les femmes qui avaient perdu leurs enfants s'approchèrent peu à peu, pour se mortifier de possibles et de plus-jamais. Des grappes d'hommes faisaient circuler des cruches de cidre et sentaient s'estomper leurs humiliations. Les femmes de Hob participaient rarement aux réjouissances, mais Nag s'affairait utilement à rassembler les petits, facilement distraits.

Lovey se tenait sur la ligne d'arrivée, en qualité d'arbitre. Tout le monde savait, à part les enfants, qu'elle désignait comme vainqueurs ses petits protégés chaque fois que c'était possible. Jockey y trônait également, dans son fauteuil d'érable branlant, celui d'où il contemplait les étoiles presque chaque soir. Lors de ses anniversaires, il le traînait d'un bout à l'autre de l'allée pour ne rien manquer des festivités organisées en son nom. Après la course, les concurrents allaient le trouver et il déposait dans leur main une part de gâteau au gingembre, quelle que soit leur performance.

Chester haletait, les mains sur les genoux. Il avait craqué sur la fin.

« T'y étais presque, dit Cora.

— Presque », répondit le garçon, qui alla chercher sa part de gâteau.

Après la dernière course, Cora tapota le bras du vieil homme. On ne savait jamais ce qu'il voyait de ses yeux laiteux. «Quel âge tu as, Jockey?

— Laisse-moi réfléchir.» Il s'égara dans ses pensées.

Elle était certaine qu'il avait affirmé avoir cent un ans à son précédent anniversaire. Il n'en avait que la moitié, ce qui faisait déjà de lui le doyen des esclaves des deux domaines Randall. Quand on atteignait un tel âge, on aurait aussi bien pu avoir quatre-vingt-dix-huit ou cent huit ans. Le monde n'avait plus rien à vous montrer, si ce n'est les derniers raffinements de la cruauté.

Seize ou dix-sept ans. C'était l'âge que se donnait Cora. Un an depuis que Connelly lui avait ordonné de prendre époux. Deux ans que Pot et ses amis l'avaient fait mûrir de force. Ils n'avaient pas répété leur outrage, et aucun homme respectable ne lui avait prêté attention depuis ce jour, compte tenu de la hutte qui lui servait de foyer et des histoires qui couraient sur sa folie. Six ans que sa mère était partie.

Jockey planifiait bien ses anniversaires, se dit-elle. Il se réveillait un dimanche pour annoncer l'événement, et l'affaire était entendue. Parfois c'était pendant les pluies de printemps, parfois après la moisson. Il faisait l'impasse certaines années, ou oubliait, ou décrétait selon quelque grief personnel que la plantation en était indigne. Personne ne lui reprochait ses caprices. Tous lui savaient gré d'être le plus vieil homme de couleur qu'ils aient jamais rencontré, et d'avoir survécu à tous les tourments, grands et petits, imaginés par les Blancs. Il avait les yeux troubles, la jambe boiteuse, une main infirme perpétuellement recourbée, comme encore crispée sur une bêche, mais il était en vie.

Les Blancs le laissaient tranquille à présent. Le vieux Randall n'objectait rien à ses fêtes d'anniversaire, pas plus que James lorsqu'il lui succéda. Connelly, le régisseur, se faisait discret le dimanche, une fois convoquée la jeune esclave qu'il avait prise pour femme ce mois-là. Les Blancs se taisaient. Comme s'ils avaient renoncé, ou décrété qu'un semblant de liberté était le pire des châtiments, tant il mettait douloureusement en relief la magnificence d'une vraie liberté.

Un jour, Jockey choisirait fatalement sa vraie date d'anniversaire. S'il vivait assez longtemps. Si tel était le cas, alors Cora, en choisissant de temps à autre un jour pour fêter le sien, pouvait également tomber juste. Si ça se trouve, c'était aujourd'hui même. Qu'est-ce qu'on y gagnait de savoir quel jour on était né dans le monde des Blancs ? Ça n'avait rien d'une chose à retenir. Plutôt à oublier.

« Cora. »

Presque toute la plantation nord était partie se faire servir à la cuisine, mais Caesar s'était attardé. C'était bien lui qui se tenait là. Elle n'avait jamais eu l'occasion de lui parler depuis son arrivée au domaine. Les nouveaux esclaves étaient promptement mis en garde contre les femmes de Hob. Ça faisait gagner du temps.

« Je peux te parler ? » demanda-t-il.

James Randall l'avait acheté avec trois autres esclaves à un marchand itinérant après l'épidémie de fièvre mortelle, un an et demi plus tôt. Deux femmes pour travailler à la buanderie, Caesar et Prince pour grossir les rangs des cueilleurs. Elle le voyait tailler des bouts de bois, attaquer des blocs de pin avec ses couteaux incurvés. Il ne se mêlait pas aux fauteurs de troubles de la plantation, et elle savait qu'il s'éclipsait parfois avec Frances, l'une des bonnes de la maison. Couchaient-ils toujours ensemble ? Lovey le saurait. Elle n'était encore qu'une jeune fille, mais elle tenait le compte de ce qui se passait entre hommes et femmes, des arrangements du moment.

Cora en éprouva une certaine fierté. « Qu'est-ce que je peux faire pour toi, Caesar ? »

Il ne prit pas la peine de vérifier si quelqu'un pouvait les entendre. Il savait qu'il n'y avait personne, car il avait tout planifié. « Je retourne dans le Nord, dit-il. Bientôt. Je vais m'échapper. Je veux que tu viennes. »

Cora se demanda qui lui avait soufflé cette plaisanterie. « Toi, tu vas dans le Nord. Eh bien, moi, je vais aller manger. »

Caesar la retint par le bras, d'un geste doux mais insistant. Il avait le corps mince et fort, comme tout cueilleur de son âge, mais il portait sa force avec légèreté. Un visage rond, un petit nez plat – elle gardait le souvenir fugace de fossettes quand il riait. Pourquoi avait-elle ça en tête ?

« Je ne veux pas que tu me dénonces, dit-il. Je suis obligé de te faire confiance. Mais je pars bientôt, et je te veux avec moi. Pour me porter chance. »

Alors elle comprit. Il n'était pas là pour lui jouer un tour. C'était à lui-même qu'il jouait un tour. Ce garçon était simplet. L'odeur du raton laveur qui mijotait la ramena à la fête et elle dégagea son bras. « J'ai pas l'intention de me faire tuer par Connelly, ni par la patrouille, ni par les serpents. »

Cora plissait encore les yeux d'incrédulité face à la bêtise de Caesar quand elle reçut son premier bol de soupe. Le Blanc passe ses journées à essayer de vous tuer lentement, et parfois de vous tuer plus vite. Pourquoi lui faciliter la tâche ? Voilà au moins une chose à laquelle on pouvait dire non.

Elle trouva Lovey, mais ne lui demanda pas ce que chuchotaient les filles sur Caesar et Frances. Si son plan était sérieux, cette dernière était déjà veuve.

Aucun jeune homme ne lui avait parlé aussi longuement depuis son installation à Hob.

Ils allumèrent les torches pour les combats à mains nues. Quelqu'un avait déterré une réserve d'alcool de maïs et de cidre, qui passait de main en main et alimentait l'enthousiasme du public. À cette heure, les maris qui vivaient sur d'autres plantations étaient arrivés pour leur visite du dimanche soir. Des kilomètres à pied, assez de temps pour fantasmer. Certaines épouses étaient plus heureuses que d'autres à la perspective de relations conjugales.

Lovey gloussa. « Je ne dirais pas non à un corps-à-corps avec lui », dit-elle en désignant Major.

Major leva les yeux comme s'il l'avait entendue. Il était en train de devenir un jeune mâle de premier ordre. Il travaillait dur, forçait rarement les chefs d'équipe à lever le fouet. Il se montrait respectueux envers Lovey, en raison de son âge, et personne n'aurait été surpris si Connelly avait un jour organisé leur union. Le jeune homme et son adversaire s'empoignèrent furieusement dans l'herbe. On se venge les uns sur les autres quand on ne peut pas se venger sur ceux qui le méritent. Les enfants se glissaient entre leurs aînés pour mieux voir, faisaient des paris qu'ils n'avaient pas les moyens de tenir. Pour l'heure, ils arrachaient les mauvaises herbes et faisaient les corvées d'ordures, mais un jour le travail des champs les rendrait aussi forts que ces hommes qui s'étripaient et se plaquaient au sol. Vas-y, chope-le, donne-lui une bonne leçon, il faut qu'il apprenne.

Quand la musique retentit, quand le bal débuta, ils mesurèrent combien Jockey méritait leur gratitude. Une fois de plus, il avait bien choisi le jour pour un anniversaire. Il avait été sensible à une tension commune, une appréhension partagée qui excédait la réalité ordinaire de leur servitude et n'avait cessé de croître. Les dernières heures avaient dissipé une bonne partie du malaise. Ils pourraient faire face au labeur du matin et des matins suivants, des longues journées, l'esprit revigoré, si chichement que ce soit, par une soirée à se remémorer avec tendresse, et par la perspective réconfortante du prochain anniversaire. En formant un cercle qui séparait les âmes humaines, à l'intérieur, de la dégradation du dehors.

Noble saisit un tambourin et se mit à jouer. Vif à la cueillette et prompt à semer la joie hors des champs, il apportait à la soirée cette double dextérité. On tape dans ses mains, on plie les coudes, on remue les hanches. Il y a d'un côté les instruments et, de l'autre, les humains qui en jouent, mais parfois le violon ou le tambour transforment le musicien en instrument, et tous se retrouvent asservis à la chanson. Il en allait ainsi quand George et Wesley saisissaient violon et banjo les jours de liesse. Jockey, assis dans son fauteuil d'érable, tapait de ses pieds nus sur la terre. Les esclaves s'élancèrent pour danser.

Cora ne bougeait pas. Elle se méfiait de ces moments où, tirée dans le cercle par la musique, on risquait de se retrouver face à un homme sans savoir ce qu'il pouvait faire. Tous ces corps en mouvement, dans une licence nouvelle. Celle de vous attirer, de vous prendre par les mains, même si l'intention était gentille. Un jour, lors d'un précédent anniversaire, Wesley les avait gratifiés d'une chanson apprise durant son séjour dans le Nord, un son nouveau qu'aucun d'entre eux n'avait jamais entendu. Cora avait osé s'avancer parmi les danseurs, fermer les yeux et tournoyer, et quand elle les avait rouverts Edward était là, le regard enflammé. Même si Edward et Pot étaient morts désormais – le premier pendu pour avoir triché avec la balance en remplissant son sac de cailloux, le second enterré après une morsure de rat qui l'avait rendu tout mauve et noir –, elle frémissait à l'idée de se laisser aller. George cisaillait son violon, dont les notes montaient en volutes dans la nuit telles les étincelles jaillies d'un feu. Personne ne s'approcha pour l'entraîner dans cette joyeuse folie.

La musique cessa. Le cercle se brisa. Il arrive parfois qu'une esclave se perde dans un bref tourbillon libérateur. Sous l'emprise d'une rêverie soudaine au milieu des sillons, ou en démêlant les énigmes d'un rêve matinal. Au milieu d'une chanson dans la chaleur d'un dimanche soir. Et puis ça revient, inévitablement : le cri du régisseur, la cloche qui sonne la reprise du travail, l'ombre du maître, lui rappelant qu'elle n'est humaine que pour un instant fugace dans l'éternité de sa servitude.

Les frères Randall avaient surgi de la demeure. Ils étaient parmi eux.

Les esclaves s'écartèrent, évaluant soigneusement la distance qui représenterait la juste proportion de crainte et de respect. Godfrey, l'esclave personnel de James, brandissait une lanterne. Selon le vieil Abraham, James tenait de sa mère, gros comme un tonneau et tout aussi rigide dans sa posture, tandis que Terrance était le portrait craché de son père, grand avec un visage de chouette, perpétuellement prêt à fondre sur une proie. Outre la terre, ils avaient hérité du tailleur paternel, qui venait chaque mois dans sa carriole branlante avec des échantillons de lin et de coton. Les deux frères s'habillaient de façon identique quand ils étaient enfants et avaient continué à l'âge d'homme. Leurs chemises et pantalons blancs étaient aussi immaculés que le permettait le travail des lavandières, et dans la lueur orangée les deux hommes ressemblaient à des spectres surgis du néant.

«Maître James», salua Jockey. Sa main valide agrippa le bras du fauteuil comme pour se lever, mais il ne bougea pas. «Maître Terrance.

— Nous ne voulons pas déranger, dit celui-ci. Mon frère et moi discutions affaires quand nous avons entendu la musique. Je lui ai dit : C'est le vacarme le plus infernal que j'aie jamais entendu.»

Les Randall buvaient du vin dans des verres de cristal taillé et semblaient avoir déjà vidé plusieurs bouteilles. Cora chercha dans la foule le visage de

Caesar. En vain. Il n'était pas présent la dernière fois que les frères avaient fait une apparition ensemble dans la moitié nord. Il était bon de tirer une ou deux leçons de ces visites surprises. Il se passait toujours quelque chose quand les Randall s'aventuraient dans les quartiers des esclaves. Tôt ou tard. Quelque chose qu'on ne voyait pas venir et qui vous tombait littéralement dessus.

James abandonnait la supervision du travail quotidien à son bras droit, Connelly, et sa présence était rare. Il pouvait le cas échéant offrir de faire le tour du propriétaire à quelque visiteur, voisin distingué ou planteur curieux venu d'un autre coin de la région, mais c'était exceptionnel. James ne s'adressait guère à ses nègres, qui avaient appris par le fouet à continuer de travailler en ignorant sa présence. Lorsque Terrance se rendait sur le domaine de son frère, il évaluait généralement chaque esclave et notait quels hommes étaient les plus robustes, quelles femmes les plus attrayantes. S'il se contentait d'apprécier d'un air salace les esclaves femelles de son frère, il dévorait avec grand appétit celles de sa propre plantation. «J'aime goûter mes pêches», disait-il en rôdant au milieu des rangées de huttes pour trouver de quoi satisfaire son caprice. Il transgressait les liens affectifs, et n'hésitait pas à rendre visite aux esclaves lors de leur nuit de noces pour montrer au mari comment il devait s'acquitter de son devoir conjugal. Il goûtait ses pêches, en perçait la peau, y laissait sa marque.

Il était couramment admis que James avait des penchants tout autres. Contrairement à son père et à son frère, il n'usait pas de son bien dans le but de satisfaire son plaisir. À l'occasion, il recevait à dîner des dames du comté, et Alice faisait toujours en sorte de leur offrir le plus somptueux et le plus séduisant festin dont elle était capable. Mrs Randall était décédée depuis des années, et Alice estimait qu'une présence féminine aurait une influence positive sur la plantation. Pendant plusieurs mois d'affilée, James accueillait donc ces pâles créatures qui empruntaient en calèche blanche la piste boueuse menant à la demeure. Les filles de cuisine gloussaient et prenaient des paris. Jusqu'à ce qu'apparaisse une autre femme.

À en croire son valet de chambre, Prideful, James cantonnait son énergie érotique aux salons spécialisés d'un établissement de La Nouvelle-Orléans. La mère maquerelle était moderne et ouverte d'esprit, experte en matière de désir, quelles qu'en soient les déviances. Les récits de Prideful étaient difficiles à croire, même s'il affirmait les tenir du personnel de la maison, avec lequel il s'était lié au fil des années. Franchement, quel Blanc souhaiterait se soumettre librement au fouet ?

Terrance gratta le sol de sa canne. C'était celle de son père, au pommeau d'argent en forme de tête de loup. Maint esclave en gardait la morsure sur sa peau. « Et c'est alors, dit Terrance, que je me suis rappelé que James m'avait parlé d'un de ses nègres qui pouvait réciter la Déclaration d'indépendance. J'avoue que j'ai peine à le croire. Je me suis dit que ce soir il pourrait peut-être me le montrer, puisque tout le monde est rassemblé, à en juger par ce raffut.

— Nous allons régler ça tout de suite, dit James. Où est ce garçon ? Michael ? »

Nul ne dit mot. Godfrey balaya la foule de sa lanterne, l'air piteux. Moses avait la malchance d'être le chef d'équipe qui se tenait le plus près des frères Randall. Il s'éclaircit la gorge. «Michael est mort, Maître James.»

Moses enjoignit à un négrillon d'aller chercher Connelly, au risque d'interrompre le régisseur dans son concubinage dominical. L'expression qui se lisait sur le visage de James ordonnait à Moses de lui expliquer sans tarder.

Michael, l'esclave en question, avait un vrai talent pour réciter de longues tirades. Selon Connelly, qui tenait l'histoire du marchand de nègres, son précédent maître était fasciné par les facultés des perroquets d'Amérique du Sud et s'était dit que si un oiseau était capable de réciter par cœur des comptines égrillardes, on pouvait certainement apprendre à un esclave à en faire autant. Un simple coup d'œil à la taille respective de leur crâne suffisait à prouver qu'un nègre avait un plus gros cerveau qu'un oiseau.

Michael était le fils du cocher de son maître. Il avait une forme d'intelligence animale comme on en voit chez certains cochons. Le maître et son improbable élève avaient commencé par des bouts-rimés et autres brefs extraits de littérateurs anglais en vogue. Ils s'attardaient sur les mots que le nègre ne comprenait pas et que, à dire vrai, le maître ne comprenait qu'à moitié, car son propre tuteur était un vaurien qui, après s'être fait chasser de tous les emplois honnêtes qu'il occupa successivement, avait décidé de faire de sa dernière affectation le cadre d'une vengeance secrète. Ensemble, le planteur de tabac et le fils de cocher accomplirent des miracles. Et leur chef-d'œuvre, c'était la Déclaration d'indépendance. « Une longue histoire d'abus et de spoliations perpétuellement répétés. »

Les facilités de Michael n'avaient jamais dépassé le stade de la performance foraine, une simple curiosité exhibée pour le plaisir des visiteurs avant que la discussion ne bifurque, comme toujours, vers les facultés amoindries des nègres. Son propriétaire s'en était lassé et avait vendu le garçon dans le Sud. Lorsque Michael fut racheté par Randall, un supplice ou un châtiment quelconque lui avait déjà brouillé les sens. C'était un travailleur médiocre. Il se plaignait de bruits dans sa tête et de trous noirs qui oblitéraient sa mémoire. Exaspéré, Connelly le battit jusqu'à le priver du peu de cervelle qui lui restait. Une bastonnade à laquelle Michael n'était pas censé survivre, et qui remplit son office.

« On aurait dû me prévenir », dit James avec un évident déplaisir. Les récitations de Michael avaient fourni une distraction inédite les deux fois qu'il l'avait fait parader devant ses hôtes.

Terrance aimait taquiner son frère. « James, dit-il, tu devrais vraiment surveiller tes biens de plus près.

— Mêle-toi de tes affaires.

— Je savais que tu laissais tes esclaves organiser des réjouissances, mais je ne me doutais pas qu'elles étaient aussi extravagantes. Serait-ce pour me faire passer pour un cul-terreux ?

— Ne fais pas semblant de te soucier de l'opinion des nègres, Terrance. » Le verre de James était vide. Il tourna les talons.

« Une dernière chanson, James. Je finis par y prendre goût, à ces sons exotiques. »

George et Wesley avaient l'air abattus. Noble et son tambourin étaient introuvables. James pinça les lèvres, qui se réduisirent à une fente. Il fit un geste et les hommes se remirent à jouer.

Terrance donna un coup de canne sur le sol. Son visage se rembrunit tandis qu'il dévisageait la foule. « Vous n'allez donc pas danser ? J'insiste ! Toi, et toi ! »

Ils n'attendirent pas le signal de leur maître. Les esclaves de la moitié nord convergèrent dans l'allée, fébriles, pour tenter de retrouver le rythme et d'offrir le spectacle tant attendu. La sournoise Ava n'avait rien perdu de son pouvoir de dissimulation depuis l'époque où elle harcelait Cora : elle hululait et trépignait comme au plus fort des fêtes de Noël. S'exhiber devant le maître était désormais chose habituelle, qui offrait les avantages et les subtilités d'un masque, et ils se débarrassèrent de leurs craintes en endossant leur rôle. Oh, comme ils hurlaient et gambadaient, glapissaient et tressautaient ! C'était assurément la chanson la plus entraînante qu'ils aient jamais entendue, et ces musiciens les plus virtuoses qu'ait à offrir la race des hommes de couleur. Cora se traîna dans le cercle, vérifiant à chaque tour, comme tout le monde, la réaction des frères Randall. Jockey battait des mains sur ses genoux pour marquer la cadence. Cora repéra Caesar. Debout dans l'ombre de la cuisine, le visage impassible. Puis il se retira.

« Hé, toi ! »

C'était Terrance. Il brandissait une main devant ses yeux comme si elle était souillée d'une tache éternelle que lui seul pouvait voir. Et puis Cora l'aperçut : la goutte de vin qui rougissait la manchette de son élégante chemise blanche. Chester l'avait bousculé.

Celui-ci se prosterna en gémissant devant l'homme blanc. «Pardon, maître ! Pardon, maître !» La canne s'abattit sur son épaule et son crâne, encore et encore. Le garçon hurlait, recroquevillé au sol, sous la pluie de coups. Le bras de Terrance s'élevait et s'abaissait. James avait l'air épuisé.

Une seule et unique goutte. Un sentiment puissant s'empara de Cora. Elle n'en avait pas connu l'emprise depuis des années, depuis le jour où elle avait abattu la hachette sur la niche de Blake dans une gerbe d'échardes. Elle avait vu des hommes pendus à des arbres, abandonnés aux buses et aux corbeaux. Des femmes entaillées jusqu'à l'os par le fouet à lanières. Des corps vivants ou morts, mis à rôtir sur des bûchers. Des pieds tranchés pour empêcher la fuite, des mains coupées pour mettre fin au vol. Elle avait vu des garçons et des filles plus jeunes que cet enfant se faire rouer de coups, et elle n'avait rien fait. Ce soir-là de nouveau, ce sentiment envahit son cœur. Il prit possession d'elle, et avant que sa part d'esclave ne rattrape sa part humaine elle se penchait sur le jeune garçon pour lui faire rempart de son corps. Elle enserra la canne comme un homme du bayou agripperait un serpent, et vit l'ornement du pommeau. Le loup d'argent aux crocs d'argent, toutes babines retroussées. Et puis la canne lui échappa. S'abattit sur son crâne. S'abattit encore, et cette fois les crocs d'argent lui griffèrent les yeux et son sang éclaboussa la poussière.

Cette année-là, les femmes de Hob étaient au nombre de sept. Mary était la plus âgée. Logée là car sujette à des crises. Elle écumait comme un chien enragé et se tordait dans la poussière, les yeux égarés. Des années durant elle avait été en conflit avec une autre cueilleuse nommée Bertha, qui avait fini par lui jeter un sort. Le vieil Abraham affirmait sur un ton de reproche que le mal de Mary remontait à l'époque où elle n'était qu'une négrillonne, mais personne ne l'écoutait. De l'avis général, ces crises étaient sans commune mesure avec celles dont elle avait souffert dans sa jeunesse. Elle en émergeait contuse, confuse et égarée, récoltant en retour un châtiment pour tout le travail perdu, et le temps de se remettre du châtiment représentait encore du travail perdu. Une fois que l'humeur des chefs d'équipe se retournait contre vous, n'importe qui pouvait s'y trouver exposé. Mary déménagea ses affaires à Hob pour échapper au mépris de ses compagnes de hutte. Elle s'y rendit en traînant les pieds comme si quelqu'un allait intervenir.

Mary travaillait à la laiterie avec Margaret et Rida. Avant d'être achetées par James Randall, ces dernières avaient été si soudées par leurs souffrances qu'elles ne pouvaient se fondre dans la plantation. Margaret émettait d'horribles bruits de gorge aux moments les plus inopportuns, des sons d'animaux, mélopées déchirantes et jurons orduriers. Quand le maître passait son cheptel en revue, elle plaquait la main sur sa bouche pour ne pas attirer l'attention sur son mal. Rida, elle, était indifférente à toute hygiène, et nul encouragement, nulle menace ne pouvait l'ébranler. Elle empestait.

Lucy et Titania ne parlaient pas, la première par choix, la seconde parce qu'un de ses précédents maîtres lui avait coupé la langue. Elles travaillaient aux cuisines sous les ordres d'Alice, qui préférait des aides peu enclines à bavasser pour mieux s'entendre parler.

Deux autres femmes se donnèrent la mort ce printemps-là – plus que d'habitude, mais rien d'exceptionnel. Aucune dont on se rappellerait le nom une fois l'hiver venu, tant elles étaient insignifiantes. Restaient Nag et Cora. Elles s'occupaient du coton à toutes ses étapes.

À la fin de la journée de travail, Cora chancela et Nag se précipita pour la retenir. Elle la reconduisit à Hob. Le chef d'équipe les foudroya du regard en les voyant avancer laborieusement parmi les plants, mais ne dit rien. La folie manifeste de Cora la soustrayait au houspillage de routine. Elles passèrent devant Caesar, qui traînait près d'un atelier avec un groupe de jeunes cueilleurs et sculptait au couteau un bout de bois. Cora détourna les yeux et fit de son visage une ardoise opaque, comme chaque fois qu'elle le croisait depuis sa proposition.

Deux semaines s'étaient écoulées mais Cora n'était toujours pas remise de l'anniversaire de Jockey. Les coups au visage lui avaient laissé un œil tuméfié et fermé, et une vilaine plaie à la tempe. L'enflure s'estompa, mais du baiser du loup d'argent elle conserverait une cruelle cicatrice en forme de X. Qui suinta pendant des jours. Voilà ce que lui avait valu cette nuit de fête. Bien pire fut la flagellation que lui infligea Connelly le lendemain matin, sous les branches sans pitié de l'arbre-pilori.

Connelly était l'une des premières recrues du vieux Randall. James l'avait maintenu à son poste lorsqu'il avait repris la gestion de sa partie de la plantation. Quand Cora était petite, les cheveux du régisseur étaient d'un roux irlandais blafard et ils bouclaient sous son chapeau de paille comme les ailes d'un cardinal. À l'époque, il patrouillait sous une ombrelle noire, mais il finit par y renoncer et ses tuniques blanches se détachaient désormais nettement sur sa peau hâlée. Ses cheveux avaient blanchi, son ventre débordait par-dessus sa ceinture, mais hormis ces quelques détails il restait l'homme qui avait fouetté la mère et la grand-mère de Cora, arpentant le village d'une démarche bancale qui pour elle évoquait un vieux bœuf. Rien ne pouvait le presser s'il refusait de l'être. Il ne manifestait de vivacité que pour empoigner son fouet à lanières. Alors il exhibait l'énergie turbulente d'un enfant découvrant un nouveau passe-temps.

Le régisseur n'était pas ravi de ce qui avait résulté

de la visite surprise des frères Randall. Tout d'abord, il avait été interrompu dans ses ébats avec Gloria, sa conquête du moment. Il avait fustigé le messager et s'était arraché à sa couche. Ensuite, il y avait le problème de Michael. Connelly n'avait pas avisé James de la mort de celui-ci, car son employeur ne se souciait guère des fluctuations régulières de son personnel, mais la curiosité de Terrance en avait fait un problème.

Enfin, il y avait la question de la maladresse de Chester et de l'incompréhensible intervention de Cora. Dès le lever du soleil, Connelly les avait méthodiquement «pelés». Il avait commencé par le gamin, pour respecter l'ordre chronologique des transgressions; puis il avait ordonné qu'on récure leur dos sanglant avec de l'eau poivrée. Pour Chester c'était la première vraie raclée de sa vie, et pour Cora la première en six mois. Connelly renouvela le châtiment les deux matins suivants. Selon les esclaves domestiques attachés à la maison, Maître James était plus contrarié que son frère ait touché à son bien devant tant de témoins que furieux contre Chester et Cora. Tels étaient les ravages d'une colère fratricide née de la fortune. Plus jamais Chester n'adressa la parole à Cora.

Nag aida Cora à gravir le perron de Hob. Elle s'effondra dès qu'elles eurent franchi le seuil, hors de vue du reste du village. «Je vais te préparer quelque chose à manger», dit Nag.

Comme Cora, Nag avait été reléguée à Hob pour des raisons de politique interne. Pendant des années, elle avait été la favorite de Connelly, passant presque toutes les nuits dans son lit. Avec ses yeux gris pâle et ses hanches ondulantes, elle était hautaine, pour une négresse, bien avant que le régisseur ne la gratifie de ses maigres faveurs. Mais dès lors, elle devint insupportable. Elle plastronnait, se gaussait des mauvais traitements auxquels elle seule échappait. Sa mère avait souvent fricoté avec des Blancs et lui avait enseigné toutes sortes de pratiques licencieuses. Elle se soumettait et se couchait, tout entière dévouée à sa tâche, alors même que Connelly troquait leur progéniture. Les moitiés nord et sud du grand domaine Randall s'échangeaient sans arrêt des esclaves, se délestaient mutuellement de leurs nègres exsangues, des tire-au-flanc et des vauriens en un troc hasardeux. Les enfants de Nag n'étaient que des jetons, et des preuves accablantes. Connelly ne pouvait tolérer la présence de ces bâtards quand leurs cheveux bouclés exhibaient au soleil la rousseur irlandaise qu'ils avaient héritée de lui.

Un matin, Connelly fit clairement comprendre qu'il n'y avait plus de place pour Nag dans son lit. C'était le jour que ses ennemis attendaient. Tout le monde l'avait vu venir sauf elle. Au retour des champs, elle découvrit que ses affaires avaient été déménagées à Hob, signe de sa perte de statut dans le village. Sa honte les nourrissait mieux que tout aliment. Comme les autres avant elle, Hob l'endurcit, elle était sa loi. La hutte infléchissait les caractères.

Nag n'avait jamais été proche de la mère de Cora, mais cela ne l'empêcha pas de se lier d'amitié avec la jeune fille quand elle se retrouva seule au monde. Après le soir de la fête, et tous les jours sanglants qui suivirent, Mary et elle s'occupèrent de Cora, appliquèrent de la saumure et des cataplasmes sur sa peau ravagée, la forcèrent à manger. Elles lui tenaient la tête sur leurs genoux et chantaient, à travers elle, des berceuses pour leurs enfants perdus. Lovey rendit également visite à son amie, mais la jeune fille n'était pas insensible à la réputation de Hob et se montra agitée en présence de Nag, de Mary et des autres. Elle resta jusqu'à ce que ses nerfs lâchent.

Cora, allongée sur le sol, gémissait. Deux semaines après sa flagellation, elle souffrait encore de vertiges et la tête lui cognait. La plupart du temps, elle parvenait à tenir son mal à distance et à faire sa cueillette, mais parfois elle devait mobiliser toutes ses forces pour rester debout jusqu'à ce que décline le soleil. Toutes les heures, quand la porteuse d'eau tendait la cuillère, elle la léchait jusqu'à la dernière goutte et sentait le contact du métal sur ses dents. Il ne lui restait plus rien.

Mary apparut. « Encore malade », dit-elle. Elle avait un linge humide à portée de main et le lui appliqua sur le front. Elle avait gardé au fond d'elle une réserve de sentiment maternel malgré la perte de ses cinq enfants – trois morts avant même de pouvoir marcher, les autres vendus dès qu'ils furent assez grands pour porter de l'eau et désherber les abords de la demeure du maître. Mary descendait d'une pure lignée ashanti, comme ses deux époux. Des rejetons pareils se vendaient sans qu'on ait à faire l'article. Cora remua les lèvres en remerciement silencieux. Les murs de la hutte l'oppressaient. Dans la soupente, l'une des autres femmes – Rida, à en juger par la puanteur – s'agitait bruyamment. Nag massa les mains de Cora pour les dénouer. « Je ne sais pas ce qui est pire, dit-elle. Que tu sois malade et hors de vue ou bien dehors lorsque Maître Terrance viendra demain. »

La perspective de cette visite accablait Cora. James Randall était alité. Il était tombé malade après un voyage à La Nouvelle-Orléans, où il devait négocier avec une délégation de courtiers venus de Liverpool et faire une halte à son antre de stupre. Au retour, il s'était évanoui dans sa calèche et on ne l'avait pas revu depuis. À présent, le personnel de maison répandait la rumeur que Terrance allait reprendre la direction du domaine pendant la convalescence de son frère. Au matin, il inspecterait la moitié nord pour en harmoniser le fonctionnement avec les usages en vigueur dans la moitié sud.

Nul ne doutait que cette harmonisation se ferait dans le sang.

Les mains de ses amies s'effacèrent, les murs relâchèrent leur pression et Cora s'évanouit. Elle s'éveilla dans le gouffre de la nuit, la tête appuyée sur une grossière couverture de lin roulée en boule. En haut, tout le monde dormait. Elle frotta la cicatrice sur sa tempe. Qui semblait suinter. Elle se demanda pourquoi elle s'était précipitée pour protéger Chester. Mais elle aboutissait à une impasse lorsqu'elle tentait de se rappeler l'urgence du moment, le grain du sentiment qui l'avait possédée. Il s'était replié au fond de l'obscur recoin de son âme d'où il avait surgi, et refusait d'en sortir. Pour apaiser son agitation, elle se glissa jusqu'à son lopin, s'assit sur son tronçon d'érable, flaira l'air et tendit l'oreille. Les créatures des marais sifflaient, clapotaient, chassaient dans les ténèbres vives. S'y enfoncer la nuit, vers le Nord, vers les États libres. Il fallait avoir perdu l'esprit pour faire une chose pareille.

Mais sa mère l'avait fait.

Comme en miroir d'Ajarry, qui n'avait plus mis les pieds hors du domaine Randall après son arrivée, Mabel ne quitta jamais la plantation jusqu'au jour de son évasion. Elle ne donna aucun signe de son intention, du moins personne n'avoua être au courant lors des interrogatoires ultérieurs. Ce n'était pas un mince exploit dans un village qui grouillait de duplicité, et de mouchards qui auraient vendu père et mère pour échapper à la morsure du fouet.

Cora s'endormit blottie contre le ventre de sa mère et ne la revit jamais. Le vieux Randall donna l'alarme et fit venir la patrouille. Dans l'heure, les chasseurs s'aventurèrent dans les marais, dans le sillage de la meute de Nate Ketchum. Dernier avatar d'une longue lignée de spécialistes, Ketchum avait la capture d'esclaves dans le sang. Depuis des générations, les chiens avaient été sélectionnés et dressés pour pouvoir détecter l'odeur de nègre à l'autre bout du comté, mâchonnant et mutilant bien des mains égarées au cours des années. Quand ces créatures tirèrent sur leur laisse en cuir en tâtant le vide du bout de leurs pattes, leurs aboiements donnèrent envie à tout le village de fuir vers les huttes. Mais la cueillette du jour, prioritaire, attendait les esclaves, et ils s'inclinèrent face aux ordres, hantés par l'horrible hurlement des chiens et les visions du sang qui ne manquerait pas d'être versé.

Affiches et avis furent diffusés à des centaines de

kilomètres à la ronde. Des Noirs libres qui complétaient leurs revenus en traquant les fugitifs passèrent les bois au peigne fin et soutirèrent des informations aux complices présumés. Les patrouilles ainsi que les milices de petits Blancs harcelèrent et brutalisèrent. Les quartiers de toutes les plantations environnantes furent fouillés de fond en comble, et un nombre non négligeable d'esclaves battus par principe. Mais la meute revint bredouille, tout comme ses maîtres.

Randall engagea les services d'une sorcière pour jeter un sort sur son domaine, afin qu'aucun individu de sang africain ne puisse en sortir sans être frappé d'une atroce paralysie. La sorcière enfouit des fétiches dans des endroits secrets, empocha sa rétribution et repartit dans sa carriole tirée par une mule. Il y eut un débat animé au village sur la nature de ce sortilège. La malédiction ne s'appliquait-elle qu'à ceux qui avaient l'intention de s'échapper, ou s'étendait-elle à toute personne de couleur qui oserait franchir la limite du domaine ? Une semaine s'écoula avant que les esclaves n'osent retourner chasser et braconner dans les marais. Car c'était là qu'on trouvait à manger.

De Mabel, pas une trace. Personne avant elle n'avait réussi à s'échapper du domaine Randall. Les fugitifs étaient toujours rattrapés et capturés, trahis par des amis, ou simplement incapables de déchiffrer les étoiles et s'enfonçant ainsi plus avant dans le labyrinthe de la servitude. À leur retour, ils étaient massivement suppliciés avant d'être autorisés à mourir, et ceux qu'ils laissaient derrière eux étaient contraints d'assister à leur longue et sinistre agonie.

Une semaine plus tard, le tristement célèbre chasseur d'esclaves Ridgeway se rendit sur la plantation. Il surgit à cheval avec ses acolytes, cinq hommes à la mine patibulaire, sous la conduite d'un effrayant éclaireur indien qui arborait un collier d'oreilles racornies. Ridgeway mesurait un mètre quatre-vingt-dix, il avait le visage carré et la nuque épaisse d'un marteau. Il conservait en toutes circonstances un tempérament serein mais parvenait à installer une atmosphère menaçante, tel un front d'orage qui paraît d'abord lointain mais éclate soudain avec une violence fracassante.

L'audience accordée à Ridgeway dura une demi-heure. Il prit des notes dans un petit carnet ; à en croire les domestiques, c'était un homme d'une intense concentration, au langage précieux et fleuri. Il ne revint que deux ans plus tard, peu avant la mort du vieux Randall, pour s'excuser en personne de son échec. L'Indien n'était plus là, remplacé par un jeune cavalier aux longs cheveux noirs qui arborait un semblable collier de trophées sur son gilet de daim. Ridgeway était dans les parages pour rendre visite à un planteur voisin et lui apporter comme preuve de leur capture les têtes de deux fugitifs dans un sac en cuir. Franchir la frontière de l'État était un crime passible de la peine de mort en Géorgie ; parfois, un maître préférait faire un exemple plutôt que récupérer son bien.

Le chasseur d'esclaves fit part de certaines rumeurs : un nouveau tronçon du chemin de fer clandestin était prétendument opérationnel dans le sud de l'État, si invraisemblable que cela puisse paraître. Le vieux Randall se gaussa. Les sympathisants seraient éradiqués, soumis au supplice du goudron et des plumes, assura Ridgeway à son hôte. Ou selon toute autre méthode conforme aux coutumes locales. Ridgeway réitéra ses excuses avant de prendre congé, et bientôt sa meute galopa vers la route du comté et une nouvelle mission. Il n'y avait jamais de terme à leur travail, à ce flux d'esclaves qu'il fallait débusquer de leurs terriers pour les remettre à la justice de l'homme blanc.

Mabel s'était équipée pour l'aventure. Une machette. De l'amadou et une pierre à silex. Elle avait dérobé les chaussures d'une de ses compagnes de hutte, en meilleur état que les siennes. Pendant des semaines, son jardin vide témoigna du miracle accompli. Avant de prendre la fuite, elle avait déraciné le moindre igname du lopin, et aussi tous les navets, une charge encombrante et déconseillée pour un voyage qui exigeait un pas agile. Les bosses et les sillons de la terre rappelaient sa fuite à tous ceux qui passaient par là. Et puis, un matin, ils furent aplanis. Cora s'agenouilla et se remit à planter. C'était son héritage.

À présent, au clair de lune ténu, la tête palpitante, Cora évaluait l'état de son minuscule jardin. Des mauvaises herbes, des charançons, les traces zigzagantes de rongeurs. Elle avait négligé son potager depuis la fête. Il était temps de s'y remettre.

La visite de Terrance le lendemain fut sans histoire, hormis un instant troublant. Connelly lui fit faire le tour du domaine fraternel, car Terrance ne l'avait pas inspecté en bonne et due forme depuis plusieurs années. De l'avis unanime, son comportement fut d'une courtoisie inattendue, dénuée de ses sarcasmes coutumiers. Ils évoquèrent les chiffres de la dernière récolte, examinèrent les registres de pesée du mois de septembre précédent. Terrance exprima son agacement face à la déplorable calligraphie du régisseur, mais pour le reste les deux hommes eurent un échange affable. Ils ne passèrent en revue ni les esclaves ni le village.

À cheval, ils parcoururent les champs, et comparèrent l'avancée de la saison sur les deux moitiés du domaine. Chaque fois qu'ils traversaient les plants de coton, les esclaves les plus proches redoublaient d'efforts en une vague furieuse. Cela faisait des semaines que les cueilleurs tranchaient les mauvaises herbes, poignardaient les sillons de leur houe. Les plants arrivaient à hauteur des épaules de Cora, inclinés et titubants, bourgeonnant de feuilles et de boutons qui grossissaient de jour en jour. D'ici un mois, les capsules surgiraient dans une explosion de blancheur. Elle pria pour que les plants la dissimulent quand passeraient les deux hommes. Elle vit leurs dos s'éloigner. Et puis Terrance se retourna. Il hocha la tête et lui adressa un signe de sa canne avant de poursuivre son chemin.

James mourut deux jours plus tard. Les reins, dit le médecin.

Les plus anciens résidents de la plantation Randall ne purent s'empêcher de comparer les obsèques du père et du fils. Randall père avait été un membre révéré de la communauté des planteurs. Si les cowboys de l'Ouest monopolisaient à présent l'attention du public, c'étaient Randall et ses semblables qui incarnaient les vrais pionniers, eux qui, tant d'années plus tôt, s'étaient bâti une vie dans l'enfer humide de la Géorgie. Ses homologues chérissaient en lui le visionnaire, le premier de la région à se convertir au coton, à sonner cette charge si rentable. Maints jeunes fermiers suffoquant sous les dettes étaient venus solliciter ses conseils – accordés gracieusement et généreusement – et s'étaient à leur tour rendus maîtres d'une surface enviable.

Les esclaves s'étaient vu accorder quelques heures de congé pour assister aux funérailles du vieux Randall. Ils s'étaient assemblés en une foule immobile et silencieuse tandis que gentilshommes et gentes dames rendaient hommage au père bien-aimé. Les esclaves domestiques portaient le cercueil, ce qui parut d'abord proprement scandaleux, avant que l'assistance, à y réfléchir, voie là un signe d'affection sincère, celle-là même dont ils jouissaient de la part de leurs propres nègres, de la «mama» dont ils avaient tété le sein en un âge d'innocence, de la soubrette qui glissait une main caressante dans l'eau savonneuse à l'heure du bain. À la fin du service, il se mit à pleuvoir. La cérémonie en fut écourtée, mais tout le monde fut soulagé car la sécheresse n'avait que trop duré. Le coton avait soif.

Au moment du décès de James, les fils Randall avaient déjà rompu les liens avec les pairs et les protégés de leur père. Sur le papier, James avait beaucoup de partenaires d'affaires, dont certains qu'il avait rencontrés en personne, mais il avait peu d'amis. Pour le dire franchement, le frère de Terrance n'avait jamais reçu la part d'affection normalement dévolue à un être humain. Ses obsèques furent dépeuplées. Les esclaves travaillaient aux champs – en cette veille de récolte, la question ne se posait même pas. C'était explicité dans le testament, déclara Terrance. James fut inhumé aux côtés de ses parents dans un coin tranquille, près de la tombe des deux mastiffs de son père, Platon et Démosthène, que tous, hommes et nègres, avaient chéris, même s'ils ne laissaient jamais les poules tranquilles.

Terrance se rendit à La Nouvelle-Orléans pour régler les affaires de son frère. Même s'il n'existait aucun moment idéal pour s'enfuir, la réunification des deux moitiés du domaine sous la gestion de Terrance offrait un argument de poids. La moitié nord avait toujours joui d'une atmosphère relativement clémente. James était aussi impitoyable et brutal que n'importe quel Blanc, mais comparé à son cadet, il était l'image même de la modération. Les récits de ce qui se passait dans la moitié sud étaient glaçants, dans leur ampleur sinon dans leurs détails.

Big Anthony saisit sa chance. Ce n'était pas le plus malin des esclaves mâles du village, mais on ne pouvait lui dénier un certain sens de l'opportunité. C'était la première tentative d'évasion depuis Blake. Il brava sans incident le sortilège de la sorcière et parvint à couvrir quarante kilomètres avant d'être découvert assoupi dans une grange. Des policiers le ramenèrent dans une cage de fer confectionnée par un de leurs cousins. « Quand on s'envole comme un oiseau, on mérite une cage. » La porte de celle-ci présentait un cartouche pour pouvoir y inscrire le nom de l'habitant, mais personne ne prit la peine d'écrire quoi que ce soit. Ils remportèrent la cage avec eux.

La veille du supplice de Big Anthony – chaque fois que les Blancs retardaient le châtiment, c'est qu'il allait y avoir du spectacle –, Caesar se rendit à Hob. Mary le laissa entrer. Elle était déroutée. On leur rendait rarement visite, et les seuls hommes à venir ici étaient les chefs d'équipe, lorsqu'il y avait une mauvaise nouvelle à annoncer. Cora n'avait parlé à personne de la proposition du jeune homme.

La soupente était pleine de femmes endormies ou aux aguets. Cora posa son ravaudage et emmena Caesar dehors.

Le vieux Randall avait fait bâtir une école pour ses fils et pour les petits-enfants qu'il espérait avoir un jour. Cette carcasse esseulée avait aujourd'hui peu de chances de remplir son office avant longtemps. Depuis que les fils Randall avaient achevé leur éducation, l'édifice n'était utilisé que pour des rendez-vous galants et des leçons d'un autre genre. Lovey vit Caesar et Cora s'y diriger, et celle-ci secoua la tête en voyant son amie sourire.

Le bâtiment pourrissant avait une odeur fétide. Des rongeurs y avaient élu domicile. Les pupitres et les chaises avaient été remisés depuis longtemps, laissant place aux feuilles mortes et aux toiles d'araignée. Cora se demanda s'il avait amené Frances ici quand ils sortaient ensemble, et ce qu'ils y faisaient. Caesar avait vu Cora dénudée lors de sa flagellation, sa peau dégoulinant de sang.

Il vérifia par la fenêtre que personne ne les épiait et dit : « Je suis désolé de ce qui t'est arrivé.

— Ils sont comme ça », répondit Cora.

Deux semaines plus tôt, elle l'avait jugé insensé. Ce soir, il affichait une maturité nouvelle, tel un de ces vieux sages qui vous racontent une histoire dont on ne comprend le vrai message que des jours, voire des semaines plus tard, quand sa réalité devient impossible à nier.

« Est-ce que tu vas accepter de venir avec moi cette fois ? demanda Caesar. Je crois bien qu'il est plus que temps de partir. »

Elle ne parvenait pas à le cerner. Les trois matins successifs de sa flagellation, il s'était tenu au premier rang. La coutume voulait que les esclaves assistent au supplice de leurs frères, à des fins d'instruction morale. Tôt ou tard pendant le spectacle, tous finissaient par détourner les yeux, ne serait-ce qu'un instant, pour méditer sur la douleur de l'esclave et sur le jour plus ou moins lointain où ce serait leur tour d'être du mauvais côté du fouet. On était au pilori même quand on n'y était pas. Mais Caesar n'avait pas bronché. Il n'avait pas cherché à croiser son regard, contemplant quelque chose au-delà d'elle, quelque chose de majestueux mais difficile à distinguer.

Elle dit : « Tu crois que je porte bonheur parce que Mabel a réussi à s'échapper. Mais c'est pas vrai. Tu m'as bien vue. Tu as vu ce qui se passe quand on se met quelque chose en tête. »

Caesar resta imperturbable. « Ça va être terrible quand il reviendra.

— C'est déjà terrible. Ça l'a toujours été. » Et elle le planta là.

Le nouvel échafaud commandé par Terrance expliquait le report du châtiment de Big Anthony. Les menuisiers trimèrent toute la nuit pour en peaufiner les entraves, qu'ils enjolivèrent de gravures grossières mais ambitieuses. Des minotaures, des sirènes mamelues et autres créatures fantastiques folâtraient dans le grain du bois. L'échafaud fut installé sur la pelouse, dans l'herbe luxuriante. Deux chefs d'équipe y attachèrent Big Anthony qui macéra là toute la journée.

Le deuxième jour, un groupe de visiteurs arriva en calèche : des âmes augustes venues d'Atlanta et de Savannah. Des messieurs-dames très chics que Terrance avait rencontrés au cours de ses voyages, ainsi qu'un journaliste londonien envoyé là pour réaliser une série de tableaux de l'Amérique. Ils dînèrent à une grande table installée sur le gazon, savourèrent la soupe de tortue et le ragoût de mouton d'Alice et ne tarirent pas d'éloges sur la cuisinière, qui n'en saurait jamais rien. Big Anthony fut fouetté tout au long du repas, et ils prenaient leur temps. Entre deux bouchées, le journaliste griffonnait des notes. Au dessert, tous se retirèrent dans la maison pour échapper aux moustiques tandis que le châtiment de Big Anthony continuait.

Le troisième jour, juste après le déjeuner, on rappela les cueilleurs occupés aux champs ; les lavandières, cuisinières et palefreniers furent interrompus dans leurs tâches, le personnel de maison dans son ménage. Tous se rassemblèrent sur la pelouse. Les hôtes de Randall sirotèrent du rhum épicé tandis que Big Anthony était aspergé d'huile et rôti. Les spectateurs se virent épargner ses hurlements, car dès le premier jour on lui avait tranché ses attributs virils, qu'on lui avait fourrés dans la bouche avant de la coudre. L'échafaud fumait, noircissait et brûlait, et les figures sculptées dans le bois se tordaient dans les flammes comme si elles étaient vivantes.

Terrance s'adressa aux esclaves des deux moitiés de la plantation. Elles ne faisaient plus qu'une désormais, déclara-t-il, unifiée dans ses objectifs et dans ses méthodes. Il exprima son chagrin d'avoir perdu son frère, et son réconfort de savoir que James était au paradis, auprès de leurs parents. Tout en parlant, il marchait parmi les esclaves, tapait le sol de sa canne, caressait la tête des négrillons et cajolait quelques vieux esclaves méritants de la moitié sud. Il examina les dents d'un jeune mâle qu'il n'avait jamais vu, lui déboîta la mâchoire pour mieux voir, et eut un hochement de tête approbateur. Pour satisfaire la demande insatiable de cotonnades dans le vaste monde, dit-il, le quota journalier de chaque cueilleur serait augmenté selon un pourcentage déterminé par les rendements respectifs de la récolte précédente. Les champs seraient réorganisés pour répartir les plants plus efficacement. Continuant son inspection, il gifla un homme qui pleurait à la vue de son ami se débattant dans les fers.

Lorsque Terrance fut parvenu au niveau de Cora, il glissa la main sous sa robe et lui prit le sein. Il serra. Elle n'eut pas un geste. Personne n'avait osé le moindre geste depuis le début de son discours, même pas pour se pincer le nez et s'épargner l'odeur de chair rôtie de Big Anthony. Finies les fêtes, hormis Noël et Pâques, annonça-t-il. Il planifierait et autoriserait personnellement tout mariage, pour garantir la pertinence de l'union et une progéniture prometteuse. Il y aurait une taxe nouvelle sur tout labeur dominical en dehors de la plantation. Il fit un signe de tête à Cora, et poursuivit sa promenade parmi ses Africains tout en égrenant ses nécessaires réformes.

Terrance acheva son discours. Il était tacitement entendu que les esclaves devaient rester sur place jusqu'à ce que Connelly donne l'ordre de rompre les rangs. Les dames de Savannah se resservirent des rafraîchissements. Le journaliste ouvrit un nouveau carnet et recommença à prendre des notes. Maître Terrance rejoignit ses hôtes et ils partirent ensemble visiter les champs.

Jusqu'ici elle n'avait pas été à lui, et maintenant elle l'était. Ou peut-être avait-elle toujours été à lui et elle venait seulement de le comprendre. L'attention de Cora se détacha d'elle. Elle se mit à flotter en un lieu par-delà l'esclave en flammes, la grande demeure et les lignes qui délimitaient le domaine Randall. Elle tenta d'en préciser la vision en passant au tamis de sa mémoire les récits d'esclaves qui l'avaient vu de leurs yeux. Chaque fois qu'elle capturait un détail – des édifices de pierre blanche polie, un océan si vaste qu'il n'y avait pas un arbre en vue, l'atelier d'un forgeron de couleur qui n'avait d'autre maître que lui-même –, il se dérobait comme un poisson et lui glissait entre les doigts. Pour le garder à elle, il faudrait qu'elle le voie de ses propres yeux.

À qui en parler ? Lovey et Nag garderaient son secret, mais elle craignait la vengeance de Terrance. Mieux valait que leur ignorance soit sincère. Non, la seule personne avec qui elle pouvait discuter de ce projet en était l'architecte.

Elle l'aborda le soir du discours de Terrance, et il se comporta comme si elle avait donné son accord depuis longtemps. Caesar était différent de tous les hommes de couleur qu'elle connaissait. Il était né dans une petite ferme de Virginie appartenant à une vieille veuve menue. Mrs Garner aimait confectionner des gâteaux, s'occuper quotidiennement de ses parterres de fleurs, et n'avait guère d'autres préoccupations. Caesar et son père avaient en charge les récoltes et les écuries, sa mère les tâches domestiques. Ils avaient un modeste potager et vendaient les légumes à la ville. Sa famille avait sa propre maisonnette de deux pièces à l'arrière de la propriété. Ils l'avaient peinte en blanc avec une bordure bleu vif, comme la maison d'un Blanc que sa mère avait vue un jour.

Mrs Garner ne désirait rien tant que de finir sa vie sereinement. Elle n'approuvait pas les arguments couramment avancés en faveur de l'esclavage, mais y voyait un mal nécessaire, compte tenu des déficiences intellectuelles évidentes de la race africaine. Les affranchir tous d'un coup serait une catastrophe : comment pourraient-ils mener leur vie sans un œil attentif et patient pour les guider ? Elle y contribua à sa manière, en enseignant l'alphabet à ses esclaves pour qu'ils puissent recevoir la parole de Dieu de leurs propres yeux. Elle était généreuse en sauf-conduits, et autorisait Caesar et sa famille à parcourir le comté à leur guise. Au grand dam des voisins. Par étapes, elle les préparait à la libération qui les attendait, car elle s'était engagée à faire d'eux des êtres libres.

Lorsqu'elle décéda, Caesar et sa famille la pleurèrent et s'occupèrent de la ferme en attendant l'annonce officielle de leur affranchissement. Elle n'avait pas fait de testament. Sa seule parente était une nièce de Boston, qui confia à un notaire des environs la liquidation de ses biens. Terrible fut ce jour où il arriva accompagné de policiers pour les informer qu'ils allaient être vendus. Pis : vendus dans le Sud, région auréolée d'une effroyable légende de cruauté et d'abomination. Caesar et sa famille rejoignirent le cortège enchaîné ; son père partit dans un sens, sa mère dans l'autre, laissant Caesar à son destin. Leurs adieux furent pathétiques, écourtés par le fouet du marchand. Ce dernier était si las de leurs effusions, tant il en avait vu de semblables, qu'il frappa ces affligés sans grand enthousiasme. En retour, Caesar perçut cette molle flagellation comme un signe qu'il saurait endurer les coups à venir. Des enchères à Savannah le menèrent à la plantation Randall et à l'éveil atroce qui allait de pair.

« Tu sais lire ? s'étonna Cora.

— Oui. » Impossible bien sûr d'en faire la démonstration, mais s'ils parvenaient à s'enfuir du domaine, ce don rare leur serait précieux.

Ils se retrouvaient à l'école, près de la laiterie quand elle était déserte, partout où ils pouvaient. À présent qu'elle avait remis son sort entre les mains de Caesar, elle fourmillait d'idées. Elle suggéra d'attendre la pleine lune. Il rétorqua qu'après la fuite de Big Anthony, régisseurs et chefs d'équipe avaient accru leur surveillance et seraient tout particulièrement vigilants à la pleine lune, ce phare de blancheur qui si souvent animait l'esclave d'un désir de fuite. Non, dit-il. Il voulait partir le plus tôt possible. La nuit prochaine. Ils devraient se contenter d'une lune déclinante. Les agents du chemin de fer clandestin les attendaient.

Le chemin de fer clandestin : Caesar s'était activé. La filière opérait-elle donc jusqu'au cœur de la Géorgie ? La perspective de l'évasion submergeait Cora. Outre ses propres préparatifs, comment trouveraient-ils le temps d'avertir la filière ? Caesar n'avait aucune raison de sortir du domaine avant dimanche. Il lui expliqua que leur fuite causerait un tel tumulte qu'il ne serait pas nécessaire de prévenir son contact.

De bien des façons, Mrs Garner avait semé en Caesar la graine de la fuite, mais c'était un de ses conseils en particulier qui avait attiré sur lui l'attention de la filière. Ils étaient assis sur le perron, par un samedi après-midi. Sur la route, le spectacle de fin de semaine se déroulait devant eux. Des commerçants en charrette, des familles à pied qui se rendaient au marché. De pitoyables esclaves enchaînés par le cou, qui avançaient d'un même pas traînant. Tandis que Caesar se massait les pieds, la veuve l'encouragea à acquérir un savoir-faire, ce qui lui rendrait service une fois qu'il serait un homme libre. Il se fit donc menuisier, en apprentissage dans l'atelier voisin d'un chrétien unitarien large d'esprit. Il en vint à vendre sur la grand-place ses bols superbement ouvragés. Comme le remarqua Mrs Garner, il était habile de ses mains.

À la plantation Randall, il poursuivit ses travaux, et le dimanche il allait à la ville avec le cortège de vendeurs de mousse, de cousettes et de journaliers. Il ne faisait guère de bénéfices, mais cette expédition hebdomadaire lui rappelait modestement, quoique amèrement, sa vie dans le Nord. Au crépuscule, c'était un supplice de devoir s'arracher à ce spectacle, à cette danse hypnotique du commerce et du désir.

Un dimanche, un commerçant grisonnant et voûté le convia dans sa boutique. Peut-être pourrait-il vendre les bols de Caesar les jours de semaine, proposa-t-il, ce qui serait rentable pour tous deux. Caesar avait déjà remarqué cet homme qui se promenait parmi les vendeurs de couleur et examinait leur artisanat avec une expression curieuse. Il ne lui avait pas vraiment prêté attention jusque-là, mais cette offre éveilla ses soupçons. Être vendu à un maître du Sud avait drastiquement altéré son comportement vis-à-vis des Blancs. Il prenait ses précautions.

L'homme vendait des denrées, des tissus et des outils agricoles. Sa boutique était déserte. Il baissa la voix pour demander : « Tu sais lire, n'est-ce pas ?

« — Pardon, monsieur ? répondit Caesar, avec l'into-nation des gars de Géorgie.

— Je t'ai vu sur la place, en train de déchiffrer des pancartes. La une du journal. Il faut que tu te sur-veilles. Je ne suis pas le seul à pouvoir repérer une chose pareille. »

Mr Fletcher venait de Pennsylvanie. Il s'était ins-tallé en Géorgie car, comme il l'avait appris tardive-ment, sa femme refusait de vivre ailleurs. Elle était persuadée que l'air sain de la région avait des effets bénéfiques sur la circulation du sang. Elle n'avait pas tort sur la qualité de l'air, concédait-il, mais à tous autres égards cet endroit était une abomina-tion. Mr Fletcher abhorrait l'esclavage et y voyait une offense à Dieu. Il n'avait jamais milité dans les cercles abolitionnistes du Nord, mais l'observation directe de ce système monstrueux lui avait inspiré des idées qu'il ne reconnaissait pas. Des idées qui pouvaient lui valoir de se faire chasser de la ville, ou pire encore.

Il raconta tout à Caesar, au risque que l'esclave le dénonce dans l'espoir d'une récompense. En retour, Caesar lui accorda sa confiance. Il avait déjà rencontré ce genre d'homme blanc, fervent, convaincu de son propre discours. La véracité dudit discours était une autre affaire, mais au moins il y croyait. Le Blanc du Sud était un avorton engendré par le diable, et il n'y avait aucun moyen de prévoir son prochain méfait.

À l'issue de cette première rencontre, Fletcher garda trois bols confectionnés par Caesar et lui dit de revenir la semaine suivante. Il ne parvint pas à les vendre, mais la véritable entreprise du duo s'épanouit et prit forme au fil des discussions. Leur idée était comme un bout de bois, songeait Caesar : il fallait l'ingéniosité et la dextérité humaines pour révéler la forme qui y était enfouie.

Dimanche était le jour idéal, car la femme de Fletcher rendait visite à ses cousins. Fletcher n'avait jamais éprouvé d'affection pour cette branche de la famille, et réciproquement, compte tenu de ses inclinations particulières. Les gens des environs s'accordaient à penser que le chemin de fer clandestin n'opérait pas aussi loin dans le Sud, expliqua-t-il. Caesar le savait déjà. En Virginie, on pouvait franchir discrètement la frontière du Delaware, remonter la baie de Chesapeake en chaland, et échapper aux patrouilles et aux chasseurs de primes en comptant sur la ruse et sur la main invisible de la Providence. Ou encore sur l'aide du chemin de fer clandestin, ses tronçons secrets, ses itinéraires mystérieux.

La littérature anti-esclavagiste était illégale dans cette région du pays. Les abolitionnistes et sympathisants qui s'aventuraient en Géorgie et en Floride étaient chassés, fustigés et molestés par la foule, recouverts de goudron et de plumes. Les méthodistes et leurs inanités n'avaient pas leur place dans le giron du roi Coton. Les planteurs ne toléraient pas la contagion.

Pourtant une gare avait bel et bien été ouverte. Si Caesar parvenait à franchir les cinquante kilomètres qui séparaient le domaine Randall de la maison de Fletcher, le commerçant s'engageait à le conduire jusqu'au chemin de fer clandestin.

« Combien d'esclaves il a aidés ? demanda Cora.

— Aucun. » La voix de Caesar ne trembla pas,

autant pour se rassurer lui-même que pour rassurer Cora. Il lui expliqua que Fletcher avait établi le contact avec un autre esclave par le passé, mais que ce dernier n'était jamais venu au rendez-vous. Une semaine plus tard, le journal avait rapporté la capture de cet homme et décrit la nature de son châtiment.

«Et comment on sait qu'il n'essaie pas de nous piéger ?

— Ce n'est pas un piège.» Caesar y avait déjà réfléchi. Le simple fait d'avoir parlé à Fletcher dans sa boutique fournissait un motif suffisant pour le pendre haut et court. Nul besoin de machinations élaborées. Caesar et Cora, submergés par l'énormité de leur projet, écoutèrent les insectes.

«Il va nous aider, dit Cora. Bien obligé.»

Caesar lui prit les mains. Puis, décontenancé par son geste, il les lâcha. «Demain soir», dit-il.

La dernière nuit qu'elle passa dans le quartier des esclaves, alors même qu'elle avait besoin de rassembler ses forces, elle fut incapable de trouver le sommeil. Les autres femmes de Hob étaient assoupies à ses côtés dans la soupente. Elle les écouta respirer : Ça, c'est Nag ; ça, c'est Rida, avec son chevrotement rauque toutes les deux minutes. À la même heure le lendemain, elle serait lâchée dans la nuit. Était-ce là ce que sa mère avait ressenti en prenant sa décision ? Cora ne gardait d'elle qu'une image lointaine. Ce qu'elle se rappelait le mieux, c'était sa tristesse. Sa mère était déjà une femme de Hob avant que Hob n'existe. Avec la même réticence à se mêler aux gens, le même fardeau qui la voûtait en tout temps et la coupait des autres. Cora ne pouvait en rassembler les pièces dans son esprit. Qui était-elle ? Où était-elle à présent ? Pourquoi l'avait-elle abandonnée ? Sans même un baiser spécial pour dire : Plus tard, quand tu te rappelleras ce moment, tu comprendras que je te disais adieu sans que tu le saches.

Pour son dernier jour aux champs, elle fora furieusement la terre comme si elle creusait un tunnel. Au travers, au-delà, c'est là qu'est le salut.

Elle dit adieu sans dire adieu. La veille, après le dîner, elle s'était attardée avec Lovey et elles avaient parlé comme elles ne l'avaient plus fait depuis l'anniversaire de Jockey. Cora s'efforça de glisser des mots gentils à son amie, un cadeau qu'elle pourrait chérir plus tard. *Bien sûr que tu as fait ça pour elle, tu es quelqu'un de bien. Bien sûr que tu plais à Major, il voit ce que je vois en toi.*

Cora réserva son dernier repas aux femmes de Hob. Il était rare qu'elles passent ensemble leur temps libre, mais elle les rassembla, les arracha à leurs préoccupations. Qu'allait-il advenir d'elles ? C'étaient des exilées, mais Hob leur offrait une certaine protection une fois installées. En exhibant leur étrangeté, tel un esclave qui geint et fait l'enfant pour éviter le fouet, elles échappaient aux intrigues du village. Les murs de Hob se faisaient forteresse, à l'abri des vendettas et des complots. Car les Blancs ne sont pas les seuls à pouvoir vous dévorer.

Elle laissa ses affaires en pile près de la porte : un peigne, un fragment de miroir argenté qu'Ajarry avait chapardé jadis, le tas de cailloux bleus que Nag appelait ses « pierres indiennes ». Son cadeau d'adieu.

Elle prit sa hachette. Elle prit de l'amadou et une

pierre à silex. Et comme sa mère, elle déterra ses ignames. Demain soir, une autre femme se sera emparée du lopin, pensa-t-elle en remuant la terre. Ajoutera une clôture pour les poules. Une niche. Ou peut-être que ça restera un jardin. Un point d'ancrage dans les eaux traîtresses de la plantation pour ne pas se laisser emporter. Jusqu'à ce qu'elle choisisse de céder.

Ils se retrouvèrent près du coton dès que le village se fut tu. Caesar regarda d'un œil interrogateur son sac gonflé d'ignames, mais il ne souffla mot. Ils s'enfoncèrent au cœur des plants, l'estomac tellement noué qu'ils en oublièrent de courir sur la première moitié du chemin. Leur vitesse les grisa. L'impossibilité de tout ça. La terreur les appelait pour qu'ils fassent demi-tour, même si personne d'autre ne se faisait entendre à la ronde. Ils avaient six heures avant qu'on découvre leur absence, et encore une ou deux avant que les milices atteignent l'endroit où ils se trouvaient à présent. Mais la terreur était déjà à leurs trousses, comme chaque jour à la plantation, et elle avançait à leur rythme.

Ils traversèrent le pré au sol trop fin pour être ensemencé et pénétrèrent dans les marais. Cela faisait des années que Cora n'avait plus joué dans les eaux noires avec les autres négrillons, qui se faisaient mutuellement peur en racontant des histoires d'ours, d'alligators cachés, de mocassins d'eau qui mordaient aussi vite qu'ils nageaient. Les hommes y chassaient la loutre et le castor, et les vendeurs de mousse la cueillaient sur les arbres ; ils s'aventuraient loin, mais jamais trop loin, brutalement ramenés à la plantation par des chaînes invisibles. Depuis des mois, Caesar accompagnait certains d'entre eux en expédition de chasse et de pêche, pour apprendre à marcher dans la tourbe et le limon, reconnaître les zones où rester au plus près des roseaux, et repérer les îlots de terre ferme. À présent il sondait la boue devant eux avec sa canne. Le plan, c'était de filer plein ouest vers un chapelet d'îlots que lui avait indiqué un homme, puis de bifurquer vers le nord-est jusqu'à ce que les marais s'assèchent. Avancer sur la terre ferme était précieux et faisait de cet itinéraire, malgré le détour, le chemin le plus rapide vers le Nord.

Ils avaient très peu progressé lorsqu'ils entendirent la voix et se figèrent. Cora regarda Caesar pour savoir quoi faire. Il tendit les mains et dressa l'oreille. Ce n'était pas une voix en colère. Ni une voix d'homme.

Il secoua la tête en identifiant la coupable. «Lovey… chut!»

Lovey eut le bon sens de se taire dès qu'elle les eut repérés. «Je savais que tu mijotais quelque chose, murmura-t-elle en les rattrapant. Alors comme ça, tu files en douce avec lui et tu ne m'en parles même pas. Et tu déterres tes ignames alors qu'ils ne sont même pas mûrs!» Elle avait ficelé un vieux bout de tissu pour se faire un baluchon, qu'elle portait à l'épaule.

«Retourne là-bas avant de tout gâcher, dit Caesar.

— J'irai là où vous irez.»

Cora fronça les sourcils. S'ils renvoyaient Lovey, elle risquait de se faire surprendre en regagnant sa hutte. Elle n'était pas du genre à tenir sa langue. Ils perdraient leur avance. Elle ne voulait pas avoir cette fille à sa charge, mais ne trouvait pas de solution.

« Il ne voudra pas nous emmener si on est trois, dit Caesar.

— Est-ce qu'il sait que je viens ? » demanda Cora.

Il secoua la tête.

« Alors une surprise ou deux, c'est pareil. » Elle ramassa son sac. « En plus, on a assez à manger. »

Caesar avait toute la nuit pour se faire à l'idée. Ils n'étaient pas près de dormir. Peu à peu, Lovey cessa de sursauter à chaque bruit d'animal nocturne, ou chaque fois que son pied s'enfonçait et que l'eau lui montait à la taille. Cora connaissait bien son côté douillet, mais elle découvrait l'autre facette de son amie, cet élan qui l'avait gagnée et poussée à s'enfuir. Même si tout esclave y songe. Le matin, l'après-midi, la nuit. Tout esclave en rêve. Chaque rêve est un rêve d'évasion quand bien même ça ne se voit pas. Comme rêver de chaussures neuves. L'occasion s'était présentée et Lovey l'avait saisie, sans se soucier du fouet.

Ils progressèrent vers l'ouest en pataugeant dans les eaux noires. Cora n'aurait pas su les guider. Elle ignorait comment Caesar y parvenait. Mais il ne cessait de l'étonner. Forcément, il avait une carte de la région en tête, et il savait lire les étoiles comme l'alphabet.

Les soupirs et les jurons de Lovey qui réclamait une pause dispensèrent Cora de faire la même requête. Quand Caesar et elle demandèrent à examiner son bagage, ils découvrirent qu'il ne contenait rien d'utile, seulement sa collection de babioles dépareillées, un petit canard en bois, une bouteille de verre bleu. En matière d'esprit pratique, Caesar était un navigateur compétent, expert à repérer les îlots. Cora n'aurait su dire s'il gardait le cap prévu. Ils bifurquèrent vers le nord-est, et quand le jour se dessina ils parvenaient au bout des marécages. «Ils savent», dit Lovey en voyant percer le soleil orange. Le trio fit une nouvelle pause et coupa un igname en tranches. Moustiques et pucerons les harcelaient sans relâche. À la lumière du jour, ils faisaient peine à voir, maculés de boue jusqu'au cou, couverts de feuilles et de lianes. Ça en valait la peine. Cora ne s'était jamais aventurée si loin hors de chez elle. Même si à cet instant on devait la capturer pour l'enchaîner, il lui resterait toujours ça.

Caesar jeta sa canne au sol et ils se remirent en chemin. À l'arrêt suivant, il leur annonça qu'il allait partir repérer la route du comté. Il promettait de revenir vite, mais il fallait qu'il puisse évaluer leur avancée. Lovey eut assez de jugeote pour ne pas demander ce qui se passerait s'il ne revenait pas. Pour les rassurer, il laissa son sac et son outre près d'un cyprès. Ou pour les aider, si effectivement il ne revenait pas.

«Je le savais», dit Lovey, toujours fâchée malgré l'épuisement. Les deux jeunes filles étaient adossées à un tronc d'arbre, et goûtaient l'appui d'un sol ferme et sec.

Cora lui apprit les détails qu'elle ignorait encore, en remontant à l'anniversaire de Jockey.

«Je le savais, répéta Lovey.

— Il croit que je porte chance, parce que ma mère a été la seule.

— S'il veut un porte-bonheur, il n'a qu'à se trouver une patte de lapin.

— Et ta mère, qu'est-ce qu'elle va faire?»

Lovey avait cinq ans quand elle était arrivée au domaine Randall avec sa mère. Son premier maître ne croyait pas en l'utilité de vêtir les négrillons, et c'était la première fois qu'elle avait quelque chose sur le dos. Sa mère, Jeer, était née en Afrique et aimait raconter à sa fille et à ses amies des histoires de son enfance dans un petit village au bord d'un fleuve, et de tous les animaux qui vivaient alentour. La cueillette lui avait brisé le corps. Ses articulations enflées et raides l'obligeaient à rester voûtée, et marcher était devenu une souffrance. Lorsque Jeer ne fut plus en état de travailler, elle s'occupa des bébés dont les mères étaient aux champs. Malgré ses tourments, elle s'était toujours montrée tendre envers sa fille, même si son grand sourire édenté retombait comme une hache dès l'instant où celle-ci se détournait.

« Être fière de moi », répondit Lovey. Elle s'allongea et lui tourna le dos.

Caesar réapparut plus tôt que prévu. Ils étaient trop près de la route, dit-il, mais ils avaient tenu le rythme. À présent, ils devaient presser le pas, aller aussi loin que possible avant que les cavaliers se mettent en branle. Ces derniers auraient tôt fait de réduire leur avance à néant.

« Quand est-ce qu'on pourra dormir un peu ? demanda Cora.

— On va d'abord s'éloigner de la route, après on verra. » À en juger par l'attitude de Caesar, lui aussi était exténué.

Ils ne tardèrent pas à poser leurs baluchons. Quand Caesar réveilla Cora, le soleil se couchait. Elle n'avait pas bronché, quoique mal installée sur les racines d'un vieux chêne. Lovey était déjà éveillée. Ils atteignirent la clairière alors qu'il faisait presque noir : un champ de maïs derrière une petite ferme isolée. Les propriétaires étaient chez eux et s'affairaient à leurs tâches, dans un va-et-vient sans fin entre le dedans et le dehors. Les fugitifs se mirent à couvert et attendirent que la famille éteigne les lampes. Pour atteindre la ferme de Fletcher, le chemin le plus direct traverserait dorénavant des terres habitées. C'était trop dangereux. Ils firent un détour en restant dans la forêt.

Ce furent les cochons qui causèrent leur perte. Ils suivaient l'ornière d'une piste de cochons sauvages quand les Blancs surgirent des arbres. Il y en avait quatre. Ayant disposé leur appât sur la piste, les chasseurs avaient attendu leurs proies, qui se faisaient noctambules par ce temps de canicule. Les fugitifs étaient d'une autre espèce, plus rémunératrice.

Impossible de ne pas identifier le trio, compte tenu de la précision des avis de recherche. Deux des chasseurs plaquèrent au sol la plus petite. Après être restés silencieux si longtemps – les esclaves pour éviter d'être repérés par les chasseurs, les chasseurs pour éviter de l'être par leurs proies –, tous poussèrent des cris et des hurlements en s'empoignant. Caesar était aux prises avec un homme trapu à la longue barbe noire. Le fugitif était plus jeune et plus fort, mais l'homme tenait bon et l'agrippait par la taille. Caesar se battait comme s'il avait déjà frappé des Blancs, chose impensable qui l'aurait entraîné depuis longtemps dans la tombe. Et c'était bien contre la tombe que luttaient les fugitifs, car telle était leur destination si ces hommes l'emportaient et les ramenaient à leur maître.

Lovey cria quand les deux hommes l'entraînèrent

dans les ténèbres. L'assaillant de Cora était mince et juvénile, peut-être le fils d'un des chasseurs. Elle avait été prise au dépourvu, mais dès qu'il posa la main sur elle son sang ne fit qu'un tour. Cela lui fit revivre cette nuit où, derrière le fumoir, Edward, Pot et les autres l'avaient violentée. Elle livra bataille. La force se déversa dans ses membres, elle mordit, gifla, cogna, se battit comme elle n'avait pu le faire alors. Elle s'aperçut qu'elle avait perdu sa hachette. Elle en avait besoin. Edward était six pieds sous terre, et ce garçon allait le rejoindre avant qu'elle ne se laisse prendre.

Le jeune Blanc la tira violemment et la fit tomber au sol. Elle roula et sa tête heurta un tronc. Il la rejoignit à quatre pattes, la tint plaquée au sol. Elle avait le sang bouillant : elle tendit la main, trouva une pierre et l'abattit sur le crâne de son assaillant. Il vacilla et elle répéta son attaque. Il cessa de grogner.

Le temps était une illusion. Caesar l'appela, la releva. Le barbu avait fui, pour autant qu'elle puisse en juger dans le noir. « Par ici ! »

Cora appela son amie, désespérément.

Il n'y avait aucune trace d'elle, aucun moyen de savoir où les chasseurs étaient passés. Cora hésita, et Caesar l'entraîna sèchement en avant. Elle suivit ses instructions.

Ils cessèrent de courir quand ils comprirent qu'ils ne savaient absolument pas où ils allaient. Cora ne voyait rien à travers l'obscurité et les larmes. Caesar avait récupéré son outre, mais ils avaient perdu le reste de leurs provisions. Ils avaient perdu Lovey. Il tâcha de se repérer en observant les constellations, et les fugitifs reprirent leur route en titubant, aspirés par la nuit. Ils restèrent muets pendant des heures. Du tronc de leur entreprise avait germé une arborescence de choix et de décisions comme autant de branches et de bourgeons. Si dans les marais ils avaient forcé la jeune fille à rebrousser chemin. S'ils s'étaient davantage écartés des fermes. Si Cora avait fermé la marche, si c'était elle que les deux avaient empoignée. S'ils n'étaient jamais partis...

Caesar dénicha un abri prometteur et ils grimpèrent aux arbres, où ils dormirent tels des ratons laveurs.

Quand elle s'ébroua, le soleil était levé et Caesar faisait les cent pas entre deux pins en parlant tout seul. Elle descendit de son perchoir, les membres engourdis de s'être enchevêtrés dans les branches rugueuses. Caesar avait l'air grave. À cette heure, la nouvelle de l'incident s'était forcément répandue. La patrouille connaissait la direction qu'ils avaient prise. « Tu lui as parlé du chemin de fer ?

— Je ne crois pas.

— Moi non plus, il me semble. On a été stupides de ne pas y réfléchir. »

Le ruisseau qu'ils franchirent à midi était un repère. Ils étaient tout près, dit-il. Au bout d'un kilomètre, il partit en éclaireur. À son retour, ils choisirent une piste plus proche de la lisière des bois, qui leur permettait tout juste d'apercevoir des maisons à travers les broussailles.

« C'est là », dit Caesar. Une ferme proprette, de plain-pied, qui donnait sur un pâturage. La terre avait été défrichée mais laissée en jachère. La girouette rouge identifiait la maison, les rideaux jaunes tirés à l'arrière indiquaient que Fletcher était chez lui mais pas sa femme.

« Si Lovey leur a parlé… », dit Cora.

Il n'y avait pas d'autre maison en vue, personne dans les parages. Ils traversèrent les herbes folles en courant, exposés pour la première fois depuis les marais. C'était effrayant et déroutant de se retrouver ainsi au grand jour. Elle avait l'impression d'avoir été jetée dans l'un des grands poêlons noirs d'Alice que venaient lécher les flammes. Ils frappèrent à la porte de service et attendirent que Fletcher leur ouvre. Cora imagina la milice massée dans les bois, parée pour traverser le champ comme une flèche. Ou peut-être qu'ils attendaient à l'intérieur. Si Lovey leur avait parlé. Fletcher finit par les faire entrer dans la cuisine.

La pièce était petite mais confortable. Les marmites accrochées au mur exhibaient leur fond noir, et des fleurs des champs aux couleurs gaies inclinaient la tête dans des vases de verre fin. Un vieux molosse aux yeux rougis ne bougea pas de son coin, indifférent aux visiteurs. Cora et Caesar burent avidement à la cruche que leur tendit Fletcher. Leur hôte n'était pas ravi d'avoir une visiteuse en plus, mais tant de choses avaient mal tourné depuis le début.

Le commerçant les mit au courant. Tout d'abord Jeer, la mère de Lovey, avait remarqué l'absence de sa fille et quitté leur hutte pour aller discrètement à sa recherche. Les garçons aimaient bien Lovey, et Lovey aimait bien les garçons. Un chef d'équipe l'avait surprise et lui avait extorqué son histoire.

Cora et Caesar échangèrent un regard. Leur avance de six heures n'était qu'une illusion. Les patrouilleurs étaient en chasse depuis le début.

En milieu de matinée, raconta Fletcher, tous les hommes disponibles du comté et des environs s'étaient portés volontaires pour la traque. La récompense offerte par Terrance était sans précédent. Des avis étaient placardés dans tous les endroits publics. Les pires fripouilles se joignaient à l'opération. Des ivrognes, des types irrécupérables, des petits Blancs qui ne possédaient même pas de chaussures, tous se réjouissaient de cette occasion de martyriser des gens de couleur. Des patrouilles avaient envahi les villages d'esclaves, pillé les maisons des affranchis, volé et violenté.

La Providence souriait aux fugitifs : les chasseurs étaient convaincus qu'ils se cachaient dans les marais – avec deux jeunes femelles à la traîne, il fallait renoncer à toute autre ambition. La plupart des esclaves tentaient de gagner les eaux noires, car il n'y avait ici, en plein Sud, aucun Blanc pour leur porter secours, pas plus qu'il n'y avait de chemin de fer clandestin prêt à venir à la rescousse d'un nègre dévoyé. C'est ce faux pas qui avait permis au trio d'aller aussi loin vers le nord-est.

Jusqu'à ce que les chasseurs de cochons sauvages leur tombent dessus. Lovey était de retour à Randall. Les milices avaient déjà rendu deux visites à Fletcher pour répandre la nouvelle et jeter un coup d'œil aux recoins obscurs de la maison. Mais le pire, c'était que le plus jeune des chasseurs – un garçon de douze ans – ne s'était toujours pas réveillé de ses blessures. Caesar et Cora étaient pour ainsi dire devenus des assassins aux yeux du comté. Et les Blancs réclamaient du sang.

Caesar s'enfouit le visage dans les mains, et Fletcher posa un bras rassurant sur son épaule. Cora accueillit la nouvelle avec un manque de réaction criant. Les hommes attendirent. Elle tendit la main vers une miche, prit un morceau de pain. La mortification de Caesar devrait suffire pour deux.

Le récit de leur évasion et leur version du combat dans les bois contribuèrent à alléger la consternation de Fletcher. S'ils étaient ainsi réunis tous les trois dans sa cuisine, cela voulait dire que Lovey ne savait rien du chemin de fer, et que le nom du commerçant n'avait jamais été mentionné. Ils devaient donc aller de l'avant.

Tandis que Caesar et Cora engloutissaient le pain de seigle noir accompagné de jambon, les deux hommes débattirent : valait-il mieux se risquer au-dehors dès maintenant ou attendre la nuit ? Cora se garda bien de prendre part au débat. C'était son premier jour dans le monde libre, et il y avait bien des choses qu'elle ignorait. Personnellement, elle aurait voté pour s'éclipser au plus tôt. Chaque kilomètre qui la séparait de la plantation était une nouvelle victoire. Un trophée pour sa collection.

Les hommes conclurent que le plus prudent était de partir au nez et à la barbe des patrouilles, avec les deux esclaves dissimulés sous une toile de chanvre à l'arrière d'une charrette. Cela réglait le problème des allées et venues de Mrs Fletcher, qu'il aurait fallu esquiver s'ils avaient décidé de se cacher dans la cave.

«Si c'est votre avis...», dit Cora. Le chien lâcha un pet.

Sur la route silencieuse, Caesar et Cora se blottirent parmi les caisses. Le soleil luisait à travers la toile, entre les ombres de la voûte des arbres, tandis que Fletcher faisait la conversation à ses chevaux. Cora ferma les yeux, mais la vision du garçon alité, la tête bandée, et du colosse barbu debout à son chevet coupa court à toute somnolence. Il était plus jeune qu'elle ne l'avait cru. Mais il n'aurait pas dû porter la main sur elle. Ce gamin aurait mieux fait de choisir un autre passe-temps que la chasse nocturne. Elle se moquait qu'il survive ou non, décréta-t-elle. Qu'il se réveille ou pas, ils allaient se faire tuer.

Le bruit de la ville la tira de ses réflexions. Elle ne pouvait qu'imaginer à quoi cela ressemblait – les gens qui faisaient leurs courses, les boutiques animées, le ballet des calèches et des carrioles. Les voix étaient toutes proches, rumeur folle d'une foule désincarnée. Caesar lui pressa la main. La disposition des caisses l'empêchait de voir son visage, mais elle devinait son expression. Et puis Fletcher arrêta son attelage. Cora s'attendait à ce que la toile soit arrachée d'un instant à l'autre et se fit un tableau du chaos à venir. Le soleil rugissant. Fletcher molesté et arrêté, ou plus probablement lynché pour avoir caché non de simples esclaves mais des meurtriers. Cora et Caesar rondement bastonnés par la foule avant d'être livrés à Terrance, qui s'emploierait alors à concevoir un châtiment pire que celui infligé à Big Anthony. Pire que celui qu'il avait sans doute déjà infligé à Lovey, à moins qu'il n'ait attendu de réunir les trois fugitifs. Elle retint son souffle.

Fletcher s'était arrêté, hélé par un ami. Cora laissa échapper un son quand l'homme s'appuya contre la carriole et la fit tanguer, mais il ne l'entendit pas. Il salua Fletcher et lui donna les dernières nouvelles des milices et de leur traque : les assassins avaient été capturés ! Fletcher remercia Dieu. Une autre voix se fit entendre pour démentir la rumeur. Les esclaves étaient encore en maraude, ils avaient volé des poules en razziant une ferme au petit matin, mais les chiens avaient flairé leur piste. Fletcher réitéra sa gratitude envers un Dieu qui veillait sur l'homme blanc et ses intérêts. Du jeune garçon, il n'y avait pas de nouvelles. C'est bien malheureux, dit Fletcher.

Peu après, la carriole reprit son chemin sur la route tranquille. Le commerçant dit : « Ils sont à vos trousses. » Sans que l'on sache s'il s'adressait aux esclaves ou aux chevaux. Cora se remit à somnoler : les rigueurs de la fuite exigeaient leur tribut. Et le sommeil chassait la pensée de Lovey. Lorsqu'elle rouvrit les yeux, il faisait noir. Caesar lui tapota la main pour la rassurer. Il y eut un grondement, un tintement, le bruit d'un verrou. Fletcher retira la toile, et les fugitifs étirèrent leurs membres endoloris en découvrant la grange.

Ce furent les chaînes qu'elle vit en premier. Des milliers de chaînes accrochées au mur, qui pendaient tel un inventaire morbide de menottes et d'anneaux, d'étaux pour les chevilles, les poignets et les cous, dans toute leur variété et leurs combinaisons. Des chaînes pour empêcher un individu de s'enfuir, de

bouger les mains, ou pour suspendre un corps à fouetter. Toute une rangée était dévolue aux chaînes pour
enfants, avec leurs minuscules menottes reliées par
des anneaux. Une autre exhibait des fers si épais que
nulle scie ne pouvait les entamer, et des fers si fins que
seule la pensée du châtiment empêchait celui qui les
portait de les rompre. Une collection de muselières
ouvragées avait droit à son propre pan de mur, et dans
un coin s'empilaient des boulets et des chaînes. Les
boulets disposés en pyramide, les chaînes déployées
en forme de S. Certaines entraves étaient rouillées,
d'autres brisées, d'autres encore semblaient avoir été
forgées le matin même. Cora s'en approcha et toucha
une boucle de métal garnie de pointes qui rayonnaient
vers le centre. Elle conclut que c'était censé se porter
en collier.

« Terrifiante collection, dit une voix d'homme. Je
les ai récupérés ici et là. »

Ils ne l'avaient pas entendu entrer ; était-il là depuis
le début ? Il portait un pantalon gris et une chemise
de tissu poreux qui ne pouvait dissimuler sa silhouette
squelettique. Cora avait vu des esclaves affamés avec
plus de chair sur les os.

« Quelques souvenirs de mes voyages », reprit le
Blanc. Il avait une élocution étrange, une cadence
insolite qui rappela à Cora des esclaves ayant perdu
la raison.

Fletcher le présenta : Lumbly. Il leur serra la main
mollement.

« Vous êtes le conducteur du train ? demanda Caesar.

— Je ne suis pas doué pour la vapeur. Je suis plutôt

chef de gare. » Lorsqu'il ne s'occupait pas d'affaires ferroviaires, expliqua-t-il, il menait une vie paisible à la ferme. Ils étaient sur ses terres. Voilà pourquoi Caesar et Cora devaient y arriver cachés sous une toile ou bien les yeux bandés. Mieux valait qu'ils ignorent tout de l'emplacement exact. « J'attendais trois passagers aujourd'hui. Vous pourrez prendre vos aises. »

Avant qu'ils assimilent ses paroles, Fletcher les avisa qu'il était temps pour lui de rejoindre sa femme : « Mon rôle est terminé, mes amis. » Il étreignit les fugitifs avec une affection désespérée. Cora ne put réprimer un mouvement de recul. Deux Blancs, en deux jours, avaient posé les mains sur elle. Était-ce là une condition de sa liberté ?

Caesar regarda en silence le commerçant repartir dans sa carriole. Fletcher parla à ses chevaux, puis sa voix se perdit. L'inquiétude troublait les traits du compagnon de Cora. Fletcher avait couru un grand risque pour eux, même lorsque la situation s'était révélée plus compliquée que prévu. La seule chose qui pouvait rembourser cette dette, c'était qu'ils survivent, puis qu'ils en aident d'autres quand les circonstances le permettraient. C'était du moins ainsi que Cora voyait les choses. Caesar devait bien plus encore à cet homme qui l'avait accueilli dans sa boutique des mois durant. Voilà ce qu'elle lisait sur son visage : non l'inquiétude mais la responsabilité. Lumbly referma la porte de la grange, et la vibration fit cliqueter les chaînes.

Le chef de gare était moins sentimental. Il alluma une lanterne et la tendit à Caesar tandis qu'il dégageait la paille à coups de pied et ouvrait une trappe dans le sol. Les voyant frémir, il proposa : «Je passe en premier, si vous préférez.»

L'escalier était bordé de pierres, et une odeur aigre émanait d'en bas. Il n'ouvrait pas sur une cave mais continuait à descendre. Cora apprécia le travail qu'avait impliqué sa construction. Les marches étaient raides, mais les pierres alignées en plans égaux permettaient une descente aisée. Et puis ils parvinrent au tunnel, et la reconnaissance devint un mot trop fade pour embrasser ce qui s'offrait à ses yeux.

L'escalier conduisait à un quai étroit. Les deux extrémités de l'énorme tunnel béaient comme des bouches noires. Il devait faire six mètres de haut, et ses parois étaient couvertes de pierres colorées, alternant des motifs clairs et sombres. Quelle énergie avait-il fallu pour rendre un tel projet possible. Cora et Caesar remarquèrent les rails. Deux rails d'acier qui parcouraient le tunnel à perte de vue, rivés à la terre par des traverses de bois. Les rails filaient vers le sud et vers le nord, présumaient-ils : ils surgissaient d'une source inconcevable et coulaient vers un terminus miraculeux. Quelqu'un avait eu la prévenance d'installer un petit banc sur le quai. Cora, prise de vertige, s'assit.

Caesar avait du mal à parler. «Jusqu'où s'étend le tunnel ?»

Lumbly haussa les épaules. «Assez loin pour vous.

— Ça a dû prendre des années.

— Plus que vous ne sauriez dire. Résoudre les problèmes d'aération, voilà ce qui a pris du temps.

— Qui l'a construit ?

— Qui donc construit les choses dans ce pays ?»

Cora comprit que Lumbly se délectait de leur stupéfaction. Ce n'était pas la première fois qu'il exécutait ce numéro.

Caesar insista : « Mais comment ?

— Avec leurs mains, qu'est-ce que vous croyez ? Bien, il faut que nous parlions de votre départ. » Il tira de sa poche un papier jaune et plissa les yeux. « Vous avez deux possibilités. Nous avons un train qui part dans une heure, l'autre dans six. Ce n'est pas un horaire des plus commodes. Plût au ciel que nos passagers échelonnent leur arrivée de manière plus équilibrée… Mais nous sommes assujettis à certaines contraintes.

— Le prochain », dit Cora en se levant. La question ne se posait même pas.

« Le hic, c'est qu'ils ne vont pas au même endroit. L'un va dans une direction et l'autre…

— Il va où ? demanda-t-elle.

— Loin d'ici, c'est tout ce que je peux vous dire. Vous comprendrez la difficulté qu'il y a à communiquer tous les changements d'itinéraire. Les omnibus, les express, les gares fermées, les prolongements de voie. Le problème, c'est qu'une destination sera peut-être plus à votre goût que l'autre. Des gares sont découvertes, des tronçons désaffectés. Vous ne savez pas ce qui vous attend en haut avant d'arriver à destination. »

Les fugitifs ne comprenaient pas. À en croire le chef de gare, un itinéraire était plus direct que l'autre mais risquait d'être plus dangereux. Voulait-il simplement dire que l'un des deux chemins était plus long ? Lumbly refusa de développer. Il soutint qu'il leur avait dit tout ce qu'il savait. En fin de compte, ils avaient le choix de l'esclave, comme toujours : tout plutôt que l'endroit qu'ils avaient fui. Après s'être entretenu avec sa partenaire, Caesar annonça : « On prend le prochain.

— Comme vous voulez. » Il leur indiqua le banc.

Ils attendirent. À la demande de Caesar, le chef de gare leur expliqua comment il en était venu à travailler pour le chemin de fer clandestin. Cora n'arrivait pas à lui prêter attention. Le tunnel l'attirait, l'aspirait. Combien d'ouvriers avait exigé sa construction ? Et les tunnels au-delà, dans quelle direction et jusqu'où pouvaient-ils mener ? Elle songea à la cueillette qui déferlait sur les sillons, aux corps africains qui travaillaient comme un seul homme, aussi vite que le permettaient leurs forces. Les vastes champs éclataient de centaines de milliers de capsules blanches, reliées entre elles à l'image des constellations dans le ciel par la plus claire des nuits claires. Quand les esclaves en avaient fini, les champs se retrouvaient dépouillés de leur couleur. C'était un processus magnifique, de la graine au ballot, mais aucun d'entre eux ne pouvait s'enorgueillir de son labeur. On les en avait spoliés. Saignés. Le tunnel, les voies, les âmes désespérées qui trouvaient le salut dans la coordination de ses gares et de ses horaires : voilà un miracle dont on pouvait s'enorgueillir. Elle se demanda si ceux qui avaient construit cette chose avaient perçu leur juste récompense.

« Chaque État est différent, disait Lumbly. Et chacun est un État de possibles, avec ses propres coutumes et ses propres méthodes. En les traversant, vous verrez toute l'ampleur du pays avant de parvenir à destination.»

Sur ce, le banc se mit à vrombir. Ils se turent, et le vrombissement se précisa. Lumbly les conduisit au bord du quai. La chose arriva dans toute sa masse d'étrangeté. Caesar avait déjà vu des trains en Virginie; Cora avait seulement entendu parler de ces machines. Ce n'était pas ce qu'elle avait imaginé. La locomotive était noire, engin disgracieux précédé de son mufle triangulaire – le chasse-bestiaux, même si peu de bêtes étaient à prévoir sur son chemin. Puis venait le bulbe de la cheminée, un épi couvert de suie. Le corps de la locomotive consistait en une grosse boîte noire surmontée de la cabine du conducteur. En dessous, des pistons et de grands cylindres entraînaient dans une danse implacable les dix roues – deux paires plus petites à l'avant, trois paires à l'arrière. La locomotive tirait une unique voiture, un wagon de marchandises délabré dont les parois avaient perdu bien des planches.

Le conducteur, un homme de couleur, les salua de la main depuis sa cabine, avec un grand sourire édenté. «En voiture», dit-il.

Pour couper court aux questions contrariantes de Caesar, Lumbly se hâta de débloquer la portière du wagon et l'ouvrit toute grande. «Si vous voulez vous donner la peine…»

Les deux fugitifs grimpèrent dans le wagon, et Lumbly claqua brusquement la portière. Il les regarda entre les fissures du bois. «Si vous voulez voir ce qu'est vraiment ce pays, comme je dis toujours, y a rien de tel qu'un voyage en train. Regardez au-dehors quand vous filerez à toute allure, vous verrez le vrai visage de l'Amérique. » Il assena une grande claque sur la paroi du wagon pour donner le signal du départ. Le train s'ébranla par à-coups, cahotant.

Cora et Caesar perdirent l'équilibre et titubèrent jusqu'au nid de balles de foin qui devaient faire office de sièges. Le wagon craquait et tremblait. Il n'avait rien d'un modèle récent, et maintes fois au cours du voyage Cora crut bien qu'il allait se disloquer. Il était vide hormis le foin, des souris mortes, des clous tordus. Plus tard, elle découvrit un bout de plancher calciné à l'endroit où quelqu'un avait fait du feu. Caesar était hébété par cette succession d'événements insolites, et il se coucha à même le sol, replié sur lui-même. Conformément aux dernières instructions de Lumbly, Cora regarda entre les lattes. Il n'y avait que des ténèbres, kilomètre après kilomètre.

Quand enfin ils s'aventurèrent au soleil, ils étaient en Caroline du Sud. Elle leva les yeux vers le gratte-ciel et chancela, se demandant quelle distance elle avait bien pu parcourir.

RIDGEWAY

Le père d'Arnold Ridgeway était forgeron. L'éclat crépusculaire du métal en fusion l'ensorcelait, cette couleur qui émergeait lentement dans la matière, de plus en plus vive, et la submergeait comme une émotion, cette souplesse soudaine et ces torsions sans fin de la chose qui attendait son dessein. Sa forge était une fenêtre sur les énergies primitives du monde.

Il avait un compagnon de beuverie nommé Tom Bird, un métis indien qui devenait sentimental dès qu'il était un peu lubrifié au whisky. Les soirs où Tom Bird se sentait coupé de l'ordre de sa vie, il partageait des récits du Grand Esprit. Le Grand Esprit vivait en toutes choses – la terre, le ciel, les animaux et les forêts –, les traversait comme un flux et les reliait par un fil divin. Le père Ridgeway avait beau mépriser tout discours religieux, la vision qu'offrait Tom Bird du Grand Esprit lui rappelait ses propres sentiments à l'égard du métal. Il ne se courbait devant aucun dieu, excepté le fer rougeoyant qu'il maniait dans sa forge. Il avait lu des choses sur les grands volcans, sur la cité perdue de Pompéi détruite par un feu surgi des profondeurs et déversé par des montagnes. Le feu liquide, c'était le sang même de la terre. Et lui avait pour mission de martyriser, broyer et tordre le métal pour le muer en ces choses utiles qui faisaient tourner la société : clous, fers à cheval, socs, couteaux, fusils. Des chaînes. Travailler l'esprit, c'est ainsi qu'il nommait sa tâche.

Quand il en avait la permission, le jeune Ridgeway se tenait dans un coin de la forge pour regarder son père travailler le fer de Pennsylvanie. Le fondre, le marteler, danser autour de son enclume. Le visage dégoulinant de sueur, couvert de suie des pieds à la tête, plus noir qu'un démon africain. « Il faut travailler l'esprit, mon garçon. » Un jour, il trouverait sa vocation, son esprit à lui, lui disait-il.

Cet encouragement, Ridgeway le traînait comme un fardeau solitaire. Il n'y avait pas de modèle pour le type d'homme qu'il voulait devenir. Il ne pouvait se vouer à l'enclume, car jamais il ne saurait surpasser le talent de son père. En ville, il scrutait le visage des hommes comme lui traquait les impuretés du métal. Partout on s'affairait à des tâches futiles et vaines. Le fermier s'en remettait à la pluie comme un imbécile, le boutiquier disposait en perpétuels rayons des marchandises nécessaires mais fades. Les artisans créaient des objets qui n'étaient que rumeurs fragiles comparées à la dure réalité du fer paternel. Même les plus riches, qui influençaient autant les lointaines bourses londoniennes que le commerce local, ne lui semblaient pas inspirants. Il reconnaissait leur place dans le système, eux qui érigeaient leurs grandes demeures sur des fondations de chiffres, mais il ne les respectait pas. Si on n'était pas un peu sale à la fin de la journée, on n'était pas vraiment un homme.

Chaque matin, les coups de son père sur le métal résonnaient comme les pas d'un destin qui se refusait à venir.

Ridgeway n'avait que quatorze ans quand il se joignit aux patrouilleurs. Il était costaud pour son âge, un mètre quatre-vingt-dix, fort et résolu. Son corps ne trahissait rien de sa confusion intérieure. Il battait ses compagnons quand il surprenait en eux ses propres faiblesses. Il était bien jeune pour patrouiller, mais le marché changeait. Le roi Coton inondait d'esclaves toute la campagne. Les révoltes aux Antilles et des incidents alarmants survenus plus près encore inquiétaient les propriétaires de la région. Et quel Blanc lucide ne se serait pas inquiété, qu'il possède ou non des esclaves ? Les patrouilles virent leurs effectifs s'accroître, tout comme l'ampleur de leur mission. Un jeune homme pouvait y trouver sa place.

Le chef patrouilleur du comté était le spécimen le plus farouche que Ridgeway ait jamais rencontré. Chandler était un bagarreur et une brute, la terreur locale que les honnêtes gens évitaient en traversant la rue, même quand la pluie en faisait un bouillon de fange. Il passait plus de temps en cellule que les fugitifs qu'il capturait, et y ronflait souvent à côté du misérable qu'il venait d'arrêter. Un modèle bien imparfait, mais assez proche de la forme recherchée par Ridgeway. À l'intérieur des règles, et les faisant appliquer, mais aussi en dehors. D'autant plus que son père détestait Chandler et gardait, malgré les années, un souvenir cuisant d'une dispute qui les avait opposés. Ridgeway aimait son père, mais ce dernier, avec son obsession de l'esprit à trouver, ne lui rappelait que trop son propre manque de vocation.

Patrouiller n'était pas une tâche difficile. Ils arrêtaient tous les nègres qui passaient et exigeaient de voir leur sauf-conduit. Ils arrêtaient des nègres qu'ils savaient pertinemment être libres, d'abord pour le plaisir, mais aussi pour rappeler à ces Africains les forces déployées contre eux, qu'ils soient ou non la propriété d'un Blanc. Ils faisaient la tournée des villages d'esclaves pour y traquer toute anomalie – un sourire ou un livre. Ils flagellaient les nègres en fuite avant de les conduire en prison, ou directement à leur maître s'ils étaient d'humeur et qu'il restait du temps avant la fin de la journée de travail.

À l'annonce d'une évasion, ils entraient joyeusement en action. Ils fondaient sur les plantations pour retracer la fuite de leur proie, interrogeaient des légions de moricauds tremblants. Les Noirs libres, qui savaient ce qui les attendait, dissimulaient leurs biens et gémissaient quand les Blancs fracassaient leurs meubles et leur vaisselle. Priant pour qu'ils limitent leurs ravages aux objets. Il y avait des avantages en nature, outre le plaisir d'humilier un homme devant sa famille ou de malmener un jeune gars immature qui vous regardait de travers. À la plantation du vieux Mutter vivaient les donzelles de couleur les plus avenantes – Mr Mutter était un amateur –, et l'excitation de la chasse mettait les jeunes patrouilleurs d'humeur virile. À en croire d'aucuns, les alambics clandestins des anciens de la plantation Stone produisaient le meilleur alcool de maïs du comté. Une razzia permit à Chandler de reconstituer un stock.

À cette époque, Ridgeway refrénait ses appétits face aux excès les plus tapageurs de ses comparses. Les autres patrouilleurs étaient des garçons et des hommes de personnalité douteuse : ce travail attirait un certain type d'individus. Dans un autre pays, ils auraient été des criminels, mais on était ici en Amérique. Ce qu'il préférait, c'était le travail de nuit, quand ils se postaient à l'affût d'un esclave mâle se glissant dans les bois pour rendre visite à sa femme dans une plantation voisine, ou d'un chasseur d'écureuils cherchant à agrémenter son rata quotidien. Certains patrouilleurs portaient une arme et abattaient volontiers tout vaurien assez bête pour s'enfuir, mais Ridgeway copiait Chandler. Les armes dont la nature l'avait pourvu étaient bien suffisantes. Ridgeway poursuivait ses proies comme des lapins, les rattrapait à l'usure, et puis ses poings les subjuguaient. Il les tabassait pour les punir d'être dehors, les punir d'avoir fui, même si cette chasse était le seul remède à sa fièvre. Il chargeait dans le noir, le visage fouetté par les branches, trébuchait cul par-dessus tête sur des souches avant de se relever. Dans la poursuite, son sang chantait et brillait.

Quand son père terminait sa journée, le fruit de son labeur s'offrait à son regard : un mousquet, un râteau, un essieu. Ridgeway, lui, était face à l'homme ou à la femme qu'il avait capturé. L'un faisait des outils, l'autre les récupérait. Son père le taquinait sur son esprit : était-ce une vocation que de traquer des nègres ayant à peine l'intelligence d'un chien ?

Ridgeway avait dix-huit ans à présent, l'âge d'homme. «On travaille tous les deux pour le sieur Eli Whitney», disait-il. Et c'était vrai. Son père venait d'embaucher deux apprentis et sous-traitait des commandes à des forgerons plus modestes. L'égreneuse inventée par Whitney améliorait le rendement en coton, suscitant le besoin croissant d'outils de métal pour sa récolte, de fers à cheval pour les attelages et de pièces métalliques pour les charrettes qui le transportaient jusqu'au marché. Cela demandait davantage d'esclaves, et donc davantage de fers pour les contenir. La cueillette accouchait de communautés nouvelles, qui avaient besoin de clous et d'armatures pour leurs maisons, d'outils pour les construire, de routes pour les relier, et de fer pour que tout cela fonctionne. Son père pouvait garder pour lui son dédain, de même que son esprit. Tous deux faisaient partie du même système, ils servaient une nation qui s'éveillait à son destin.

Un esclave en fuite pouvait ne rapporter guère plus de deux dollars si le maître était un grippe-sou ou si le nègre revenait abîmé, ou inversement en valoir cent, voire le double s'il était capturé hors des frontières de l'État. Ridgeway devint un vrai chasseur d'esclaves après sa première expédition dans le New Jersey, où il était allé récupérer le bien d'un planteur local. Betsy, échappée des champs de tabac de Virginie, était parvenue jusqu'à Trenton. Elle s'était cachée chez des cousins jusqu'à ce qu'un ami de son maître la reconnaisse au marché. Le maître offrait aux patrouilleurs locaux vingt dollars à la livraison plus les frais, dans la limite du raisonnable.

Il ne s'était jamais aventuré si loin. Plus il avançait vers le nord, plus ses repères s'amenuisaient. Comme ce pays était grand ! Et chaque ville plus insensée et compliquée que la précédente. Le tohu-bohu de Washington lui donna le tournis. Il vomit en apercevant, au détour d'une rue, le chantier du Capitole, les boyaux vidés soit par une huître avariée, soit par l'énormité de cette chose qui agitait la révolte au tréfonds de son être. Il recherchait les tavernes les plus minables, et retournait dans sa tête les récits entendus en grattant ses poux. La moindre traversée en bac le livrait à une nouvelle nation insulaire, criarde et imposante.

À la prison de Trenton, le shérif adjoint le traita comme un homme d'envergure. Il ne s'agissait plus de fustiger un garçon de couleur au crépuscule ou d'interrompre une fête d'esclaves pour le plaisir. Cette fois, c'était un travail d'homme. Dans un bosquet près de Richmond, Betsy lui fit une proposition lascive en échange de sa liberté, et releva sa robe de ses doigts fins. Elle avait les hanches minces, une grande bouche et les yeux gris. Il ne lui promit rien. C'était la première fois qu'il couchait avec une femme. Elle lui cracha dessus quand il rattacha ses chaînes, et de nouveau en atteignant la demeure de son maître. Ce dernier et ses fils rirent de le voir s'essuyer le visage, mais les vingt dollars lui payèrent des bottes neuves, ainsi qu'un manteau de brocart comme en portaient les notables de la capitale. Il garda les bottes des années. Mais il était depuis longtemps trop bedonnant pour porter le manteau.

New York marqua le début d'une période folle.

Ridgeway travaillait comme récupérateur et filait dans le Nord dès que la police annonçait la capture d'un fugitif de Virginie ou de Caroline du Nord. New York devint une destination fréquente, et après avoir exploré de nouvelles facettes de sa personnalité, Ridgeway fit monter les enchères. Chez lui, le commerce des fugitifs était une affaire très simple : il suffisait de taper sur quelques têtes. Au nord, la métropole gargantuesque, la liberté de mouvement et l'ingéniosité de la communauté de couleur convergeaient pour donner à voir la véritable ampleur de la chasse.

Il apprenait vite. Comme s'il avait toujours su. Les sympathisants et les capitaines mercenaires introduisaient clandestinement les fugitifs dans la ville via les ports. En retour, dockers, portefaix et employés lui fournissaient des informations et il cueillait les vauriens au seuil de la délivrance. Des hommes libres dénonçaient leurs frères et sœurs d'Afrique, comparant le signalement des fugitifs donné par les gazettes aux créatures furtives qui rôdaient autour des églises, tavernes et salles publiques de leur communauté. *Barry est un gaillard costaud et bien bâti d'un mètre soixante-dix ou soixante-quinze, avec de petits yeux haut placés sur le visage et un air impudent. Hasty a une grossesse très avancée et on présume qu'elle a été convoyée par une tierce personne, car elle ne saurait endurer les rigueurs du voyage.* Barry se ratatina en geignant. Hasty et son petit braillèrent durant tout le retour à Charlotte.

Il posséda bientôt trois manteaux de luxe. Puis il s'acoquina avec d'autres chasseurs d'esclaves, des gorilles engoncés dans leur costume noir et coiffés d'un chapeau melon ridicule. Il lui fallut prouver qu'il n'était pas un rustre, mais il suffit d'une fois. Ensemble, ils filaient les fugitifs pendant des jours, se planquaient devant leurs lieux de travail jusqu'à ce que l'occasion se présente de passer à l'action, entraient la nuit par effraction dans leurs taudis de nègres pour les kidnapper. Après des années passées loin de la plantation, ayant pris femme et fondé une famille, ils s'étaient persuadés qu'ils étaient libres. Comme si un propriétaire pouvait oublier son bien. Leurs illusions en faisaient des proies faciles. Ridgeway snobait les négriers, les gangs de Five Points qui ficelaient des hommes libres comme si c'étaient des pourceaux et les traînaient vers le Sud pour les vendre aux enchères. C'étaient là des méthodes viles, des méthodes de patrouilleur. Lui, c'était un chasseur.

New York était une vraie fabrique de sentiments anti-esclavagistes. Les tribunaux devaient accorder une décharge autorisant Ridgeway à ramener ses proies dans le Sud. Les avocats abolitionnistes dressaient des barricades de paperasses, échafaudaient chaque semaine un nouveau stratagème. New York était un État libre, arguaient-ils, et toute personne de couleur devenait magiquement libre dès l'instant où elle en franchissait la frontière. Ils exploitaient les compréhensibles disparités entre les avis de recherche et l'individu qui comparaissait devant la cour – y avait-il une preuve que ce Benjamin Jones soit le Benjamin Jones en question ? La plupart des planteurs ne savaient pas distinguer un esclave d'un autre esclave, même après les avoir eus dans leur lit. Pas étonnant qu'ils égarent leur bien. Cela devenait un jeu, d'extirper des nègres de prison avant que les avocats n'abattent leur nouvelle carte. L'idiotie bien-pensante confrontée au pouvoir sonnant et trébuchant. Contre pourboire, le greffier municipal lui signalait les fugitifs fraîchement incarcérés et signait promptement leur décharge. Ils seraient de retour au fin fond du New Jersey avant même que les abolitionnistes aient le temps de sortir du lit.

Ridgeway évitait de circonvenir le tribunal, s'y résignant seulement si nécessaire. Quand l'objet trouvé se révélait avoir une langue éloquente, se faire contrôler en chemin devenait un problème. Dès qu'ils sortaient de la plantation, les nègres apprenaient à lire, c'était un vrai fléau.

Tandis que Ridgeway guettait les arrivées clandestines sur les docks, les superbes navires venus d'Europe jetaient l'ancre et débarquaient leurs passagers. Affamés, avec toute leur fortune dans un baluchon. Aussi désemparés que des nègres, à tous égards. Mais comme lui, ils trouveraient leur vocation, leur juste place. Tout son univers, qui se développait dans le Sud, était la conséquence de cette arrivée initiale. De ce flot blanc et sale condamné à aller plus loin. Au Sud. À l'Ouest. C'étaient les mêmes lois qui régissaient les ordures et les gens. Les caniveaux de New York débordaient de déchets et d'immondices – mais ce magma finissait par trouver sa place.

Ridgeway les regardait descendre les passerelles d'un pas chancelant, catarrheux et abasourdis, submergés par la ville. L'éventail des possibles se déployait devant ces pèlerins tel un banquet, eux qui toute leur vie avaient eu tellement faim. Jamais ils n'avaient vu une chose pareille, mais ils laisseraient leur marque sur cette terre nouvelle, aussi sûrement que les glorieux colons de Jamestown ; ils la feraient leur en vertu d'une inexorable logique raciale. Si les nègres étaient censés jouir de leur liberté, ils ne seraient pas enchaînés. Si le Peau-Rouge était censé conserver sa terre, elle serait encore à lui. Et si le Blanc n'avait pas été destiné à s'emparer de ce nouveau monde, il ne le posséderait pas.

Tel était l'authentique Grand Esprit, le fil divin qui reliait toute entreprise humaine : si vous arrivez à garder quelque chose, c'est que cette chose vous appartient. C'est votre bien : votre esclave, votre continent. L'impératif américain.

Ridgeway se fit un nom grâce à l'aisance avec laquelle il garantissait qu'une propriété reste aux mains de son propriétaire. Quand un fugitif filait dans une ruelle, il savait où il se dirigeait. Sa direction et son but. Il avait un truc : ne pas spéculer sur la destination de l'esclave, mais se concentrer sur le fait qu'il essaie de vous fuir. Il ne fuit pas un maître cruel, ni le vaste système de servitude : il vous fuit vous, spécifiquement. Ça fonctionnait, immanquablement : c'était sa réalité de fer, dans les ruelles, dans les pinèdes, dans les marais. Il s'était enfin délesté de son père, et du fardeau de sa philosophie. Ridgeway ne travaillait pas l'esprit. Il n'était pas le forgeron qui restaurait l'ordre. Ni le marteau. Ni l'enclume. Il était le feu.

Son père mourut, et son affaire fut reprise par le forgeron des environs. Il était temps de retourner dans le Sud – sa Virginie natale, et plus loin, partout où le menait le travail – et il se constitua une bande.

Trop de fugitifs pour les traiter tout seul. C'est Eli Whitney qui avait entraîné le père de Ridgeway dans la tombe – le vieillard crachait de la suie sur son lit de mort –, et qui désormais entretenait chez son fils le goût de la chasse. Les plantations étaient deux fois plus grosses, deux fois plus peuplées, les fugitifs plus abondants et agiles, les récompenses plus élevées. Il y avait moins d'interférences de la part des législateurs et des abolitionnistes dans le Sud, les planteurs y veillaient. Le chemin de fer clandestin n'y disposait pas de lignes dignes de ce nom. Les leurres déguisés en nègres, les messages secrets glissés dans les dernières pages des journaux. Ils se vantaient ouvertement de leur subversion, faisaient fuir un esclave par la fenêtre pendant que les chasseurs enfonçaient la porte. C'était une conspiration, une entreprise criminelle vouée à dérober le bien d'autrui, et Ridgeway endurait leur impudence comme un affront personnel.

Un commerçant du Delaware l'irritait particulièrement : August Carter. D'une robustesse typiquement anglo-saxonne, avec des yeux bleus et froids qui poussaient les faibles à prendre en compte ses arguments lénifiants. La pire engeance : un abolitionniste doté d'une imprimerie. «Un rassemblement public des amis de la liberté sera organisé dans la salle Miller à deux heures de l'après-midi pour témoigner contre l'iniquité de la puissance esclavagiste qui contrôle la Nation.» Tout le monde savait que le foyer des Carter était un refuge – une centaine de mètres seulement le séparaient du fleuve –, même si les perquisitions n'aboutissaient à rien. Les fugitifs devenus militants saluaient sa générosité dans leurs discours à Boston.

L'aile abolitionniste des méthodistes diffusait ses pamphlets le dimanche matin, et les périodiques londoniens publiaient ses discours sans droit de réponse. Une imprimerie, et aussi des amis parmi les juges, qui avaient contraint Ridgeway à relâcher ses proies à pas moins de trois reprises. En le croisant devant la prison, Carter lui tirait son chapeau.

Le chasseur n'eut d'autre choix que de lui rendre visite après minuit. Il cousit délicatement les cagoules, confectionnées dans des sacs de farine blancs, mais eut par la suite du mal à bouger les doigts, les poings enflés pendant deux jours tant il s'était appliqué à lui marteler le visage. Il laissa ses hommes déshonorer l'épouse par des méthodes qu'il n'aurait jamais permises contre une négresse. Les années qui suivirent, Ridgeway ne pouvait voir un feu de joie sans que l'odeur lui rappelle le doux parfum de la maison Carter en flammes, et l'ombre d'un sourire lui effleurait alors les lèvres. Il apprit plus tard que l'homme avait déménagé à Worcester et était devenu cordonnier.

Les mères d'esclaves disaient : Si t'es pas sage, Mr Ridgeway va venir te chercher.

Les maîtres d'esclaves disaient : Faites venir Ridgeway.

La première fois qu'il fut convoqué à la plantation Randall, un défi l'attendait. Des esclaves lui échappaient de temps à autre. Il était exceptionnel, mais pas surhumain. Il échoua à retrouver Mabel, et sa disparition le rongea plus longtemps qu'elle n'aurait dû, bourdonnant dans la forteresse de son âme.

À son retour, chargé, après la mère, de retrouver

la fille, il comprit pourquoi la précédente mission l'avait tant contrarié. Si impensable que cela puisse paraître, le chemin de fer clandestin avait un tronçon en Géorgie. Il le trouverait. Et il le détruirait.

CAROLINE DU SUD

30 DOLLARS DE RÉCOMPENSE

seront offerts à toute personne qui me livrera, ou confinera dans n'importe quelle geôle de l'État où je pourrai la récupérer, une JEUNE NÉGRESSE avenante, couleur café au lait, âgée de 18 ans, qui s'est enfuie voilà neuf mois. C'est une fille vive et rusée, qui tentera sans nul doute de passer pour une affranchie, marquée au coude d'une cicatrice bien visible occasionnée par une brûlure. J'ai été avisé qu'elle rôde dans la ville d'Edenton et ses environs.

BENJ. P. WELLS
Murfreesboro, 5 janvier 1812

Les Anderson habitaient une charmante maison de bardeaux à l'angle de Washington Street et de Main, un peu à l'écart du tumulte des commerces et des bureaux, là où la ville s'étendait en résidences privées pour les nantis. Au-delà du vaste perron où Mr et Mrs Anderson aimaient à s'asseoir le soir, lui puisant son tabac dans un sachet de soie, elle plissant les yeux sur sa broderie, il y avait le salon, la salle à manger et la cuisine. C'est là que Bessie passait l'essentiel de son temps, à courir après les enfants, préparer les repas et faire le ménage. Au premier étage, il y avait les chambres – Maisie et le petit Raymond en partageaient une – et une deuxième salle d'eau. Raymond faisait une longue sieste l'après-midi et Bessie aimait s'installer à la fenêtre, sur la banquette, tandis qu'il s'enfonçait dans ses rêves. Elle apercevait tout juste les deux derniers étages de la tour Griffin, ses corniches blanches qui resplendissaient au soleil.

Ce jour-là, elle prépara un sandwich à la confiture pour Maisie, emmena le garçon en promenade et nettoya l'argenterie et les verres. Quand elle eut changé les draps, elle partit avec Raymond chercher Maisie à l'école et tous trois allèrent au parc. Un violoneux jouait les dernières mélodies en vogue près de la fontaine tandis que les enfants et leurs amis jouaient à cache-cache et au furet. Elle dut soustraire Raymond à une petite brute en prenant bien soin de ne pas fâcher la mère du garnement, qu'elle ne put identifier. On était vendredi, une journée qui s'achevait par des courses. Sans regrets, car les nuages avaient envahi le ciel. Bessie fit mettre sur l'ardoise de la famille le bœuf salé, le lait et autres ingrédients du dîner. Elle signa d'un X.

Mrs Anderson rentra à six heures. Le médecin de famille lui avait conseillé de sortir davantage. Elle s'y efforçait en levant des fonds pour le nouvel hôpital, sans compter ses déjeuners tardifs avec les dames du voisinage. Elle était de bonne humeur, et rassembla ses enfants pour une séance de baisers et de câlins, avec la promesse d'une surprise après le dîner. Maisie sautilla et couina de plaisir. Mrs Anderson remercia Bessie de son aide et lui souhaita une bonne soirée.

Le trajet n'était pas long jusqu'aux dortoirs, à l'autre bout de la ville. Il y avait des raccourcis, mais Bessie aimait profiter de l'animation du soir dans Main Street et se mêler à la foule des citadins, blancs et noirs. Elle flânait le long des boutiques, et ne manquait jamais de s'attarder devant les grandes vitrines. La modiste, avec ses créations colorées et froufroutantes drapées sur du fil de fer incurvé, les grands magasins débordants d'articles, véritable pays des merveilles, les magasins généraux qui leur faisaient concurrence, de part et d'autre de la chaussée. Elle jouait à repérer les derniers ajouts aux étalages. Cette abondance continuait de la stupéfier. Mais l'édifice le plus impressionnant, c'était le Griffin.

Avec ses douze étages, c'était l'un des plus hauts immeubles de tout le pays, et assurément le point culminant du Sud. La fierté de la ville. La banque trônait au rez-de-chaussée, avec son plafond voûté et son marbre du Tennessee. Bessie n'avait rien à y faire, mais les étages supérieurs ne lui étaient pas inconnus. La semaine précédente, elle avait emmené les enfants rendre visite à leur père pour son anniversaire, et avait ainsi pu entendre résonner ses pas dans le magnifique hall. L'ascenseur, seul de son espèce à des centaines de kilomètres à la ronde, les conduisit au huitième étage. Après tant de visites, cela n'impressionnait plus Maisie et Raymond, mais Bessie ne manquait jamais d'être à la fois ravie et effrayée par cet engin magique, et elle se cramponnait toujours à la barre de cuivre dans l'éventualité d'un accident.

Ils passèrent les étages des compagnies d'assurances, des bureaux fédéraux, des exportateurs. Rares étaient les locaux vacants : une adresse au Griffin rehaussait considérablement le prestige d'une firme. L'étage de Mr Anderson était un dédale de cabinets d'avocats richement décorés – luxueux tapis, lambris brun sombre, portes incrustées de verre dépoli. Mr Anderson lui-même était un spécialiste des contrats, notamment dans le commerce du coton. Il fut surpris de voir ses enfants. Il reçut de bonne grâce la pâtisserie qu'ils lui offraient, mais fit comprendre qu'il était impatient de retourner à ses dossiers. L'espace d'un instant, Bessie se demanda si elle allait avoir droit à une réprimande, mais elle y échappa.

Mrs Anderson avait tenu à cette visite surprise. La secrétaire de son mari leur tint la porte et Bessie entraîna prestement les enfants chez le confiseur.

Ce soir-là, Bessie dépassa les scintillantes portes de cuivre de la banque et poursuivit son chemin vers chez elle. Chaque jour, cet édifice miraculeux lui apparaissait comme un monument célébrant le changement radical de sa condition. Elle arpentait le trottoir en femme libre. Personne ne la pourchassait ni ne l'insultait. Certaines amies intimes de Mrs Anderson, qui l'identifiaient comme sa domestique, allaient jusqu'à lui sourire.

Bessie traversa la rue pour éviter l'agrégat de tavernes et leur clientèle peu recommandable. Elle se retint de chercher le visage de Sam parmi les buveurs. Après le carrefour s'étendaient les modestes maisons des résidents blancs moins favorisés. Elle pressa le pas. Il y avait au coin de la rue une maison grise dont les occupants étaient indifférents au comportement prédateur de leur chien, et une succession de maisonnettes derrière les fenêtres desquelles on apercevait les yeux féroces des épouses. Bien des hommes blancs de ce quartier travaillaient comme contremaîtres ou ouvriers dans les grandes usines. Ils n'employaient guère de domestiques noirs, et Bessie ignorait tout de leur quotidien.

Peu après, elle atteignit les dortoirs. Ces bâtiments de brique rouge à un étage n'avaient été achevés que peu avant son arrivée. Avec le temps, les arbustes et les haies du périmètre offriraient de l'ombre et du cachet ; pour l'heure, ils ne témoignaient que de bonnes intentions. La brique était d'une couleur pure, sans la moindre éclaboussure de boue laissée par la pluie. Sans même une chenille pour ramper dans une jointure. L'intérieur immaculé sentait encore la peinture fraîche dans les espaces communs, les réfectoires et les dortoirs proprement dits. Bessie n'était pas la seule jeune fille à ne rien oser toucher hormis les boutons de porte. De crainte de laisser une tache ou une rayure.

Elle salua les autres résidentes croisées sur le trottoir. La plupart rentraient du travail. D'autres partaient garder des enfants pour que leurs parents puissent profiter d'une soirée de loisir. Seules la moitié des résidentes de couleur travaillaient le samedi, et le vendredi soir était animé.

Elle atteignit le numéro 18. Elle salua les filles qui se tressaient les cheveux dans la salle commune et fila à l'étage se changer avant le dîner. Quand elle était arrivée en ville, la plupart des quatre-vingts lits de ce dortoir étaient déjà occupés. À un jour près, elle aurait pu dormir dans un lit situé sous une fenêtre. Il faudrait du temps pour que quelqu'un déménage et qu'elle puisse obtenir une meilleure couchette. Bessie aimait la brise qu'offraient les fenêtres. En se retournant, certaines nuits, elle pourrait peut-être même voir les étoiles.

Elle ouvrit la malle au pied de son lit et en sortit la robe bleue qu'elle avait achetée lors de sa deuxième semaine en Caroline du Sud. Elle la défroissa sur ses jambes. Le doux contact du coton sur sa peau continuait à l'exalter. Elle ôta sa tenue de travail et la fourra dans le sac placé sous son lit. Ces derniers temps, elle faisait sa lessive le samedi après-midi, après ses leçons.

Cette corvée était une façon d'expier sa grasse matinée, un luxe qu'elle s'autorisait le samedi matin.

Au dîner, il y avait du poulet rôti avec des carottes et des pommes de terre. Margaret, la cuisinière, vivait au numéro 8. Les surveillantes trouvaient préférable que les personnes affectées à la cuisine ou au ménage dans un dortoir habitent une autre résidence. C'était une idée simple mais honorable. Margaret avait la main lourde sur le sel, mais sa viande, blanche ou rouge, était toujours d'une tendreté exquise. Bessie sauça le jus gras avec un morceau de pain et écouta la tablée évoquer ses projets pour la soirée. La plupart des filles ne sortaient pas une veille de bal, mais certaines des plus jeunes allaient à la taverne récemment ouverte pour les gens de couleur. L'établissement, contre toutes les règles, acceptait même en guise d'argent la monnaie de papier qui avait cours à la résidence. Raison de plus pour éviter l'endroit, songea Bessie. Elle rapporta son assiette et ses couverts à la cuisine et regagna l'étage.

« Bessie ?

— Bonne soirée, Miss Lucy. »

Il était rare que Miss Lucy reste aussi tard un vendredi. La plupart des surveillantes s'éclipsaient à six heures du soir. À en croire les filles des autres dortoirs, la diligence de Miss Lucy avait de quoi faire honte à ses consœurs. Et bien des fois assurément, Bessie avait profité de ses conseils. Elle admirait sa tenue toujours tellement impeccable, qui tombait à la perfection. Miss Lucy portait ses cheveux en chignon, et le fin métal de ses lunettes lui conférait un air sévère, mais son sourire prompt à éclore trahissait la vraie nature de cette femme.

« Qu'as-tu prévu ce soir ? demanda-t-elle.

— J'crois que je vais rester tranquille dans les quartiers, Miss Lucy.

— Le *dortoir*, Bessie. Pas les *quartiers*.

— Oui, Miss Lucy.

— Et *je crois*, pas *j'crois*.

— J'essaie de m'améliorer.

— Et tu fais des progrès impressionnants ! » Miss Lucy lui tapota le bras. « J'aimerais te parler lundi matin avant que tu partes au travail.

— Il y a un problème, Miss Lucy ?

— Aucun, Bessie. On en parlera lundi. » Elle s'inclina légèrement et se dirigea vers le bureau.

Elle s'inclinait devant une fille de couleur.

Bessie Carpenter était le nom indiqué sur les papiers que lui avait remis Sam à la gare. Des mois plus tard, Cora ne savait toujours pas comment elle avait survécu au voyage depuis la Géorgie. L'obscurité du tunnel avait bientôt fait du wagon une véritable tombe. La seule lumière provenait de la cabine du conducteur, filtrant entre les planches délabrées. À un moment, les secousses avaient été si violentes que Cora avait enveloppé Caesar de ses bras ; ils étaient restés ainsi un bon moment, en se serrant l'un l'autre quand les tremblements s'intensifiaient, pressés contre les bottes de foin. C'était bon de s'accrocher à lui, de sentir la pression chaude de son torse qui se soulevait et s'abaissait.

Et puis la locomotive avait ralenti. Caesar avait

bondi. Ils avaient du mal à y croire, tant l'exaltation de la fuite avait été échaudée. Chaque fois qu'ils achevaient un segment de leur voyage, une nouvelle étape inattendue débutait. La grange aux chaînes, le trou dans la terre, le wagon branlant : le chemin de fer clandestin faisait route vers le bizarre. Cora raconta à Caesar qu'en voyant les chaînes elle avait craint que Fletcher n'ait conspiré avec Terrance depuis le début pour les expédier dans une chambre de torture. Leur plan, leur évasion et leur arrivée seraient autant d'actes d'un drame très étudié.

La gare était semblable à leur point de départ. Au lieu d'un banc, il y avait une table et des chaises. Deux lanternes étaient accrochées au mur, et un petit panier posé près des marches.

Le conducteur les fit sortir du wagon. Il était très grand, avec un fer à cheval de cheveux blancs autour de son crâne dégarni et la posture voûtée causée par des années de travail aux champs. Il épongea son visage couvert de sueur et de suie et s'apprêtait à parler quand une toux violente l'ébranla tout entier. Après quelques rasades bues à même une fiasque, il reprit contenance.

Il interrompit leurs remerciements. « C'est mon boulot, dit-il. De nourrir la chaudière, de la garder en état de marche. De transporter les passagers là où ils doivent être. » Il se dirigea vers sa cabine. « Attendez ici qu'ils viennent vous chercher. » Quelques instants plus tard le train avait disparu, dans un sillage tourbillonnant de vapeur et de bruit.

Le panier contenait des victuailles : du pain, un demi-poulet, de l'eau et une bouteille de bière. Les deux fugitifs étaient si affamés qu'ils secouèrent le panier pour partager les miettes. Cora prit même une gorgée de bière. En entendant des pas dans l'escalier, ils s'armèrent de courage pour accueillir un nouveau représentant du réseau.

Sam, le chef de gare, était un Blanc d'environ vingt-cinq ans qui n'exhibait aucune des excentricités maniérées de ses confrères. Bien bâti et jovial, il portait un pantalon fauve à bretelles et une épaisse chemise rouge usée à force de lavages. Sa moustache retroussée palpitait au gré de son enthousiasme. Il leur serra la main et les considéra, incrédule. « Vous avez réussi, dit-il. Vous êtes vraiment là. »

Il avait apporté à manger. Ils s'assirent à la table bancale et il leur décrivit le monde d'en haut. « Vous êtes bien loin de la Géorgie. La Caroline du Sud a une attitude beaucoup plus éclairée que le reste de la région en matière de droits accordés aux gens de couleur. Vous serez en sécurité ici, en attendant d'organiser la prochaine étape de votre voyage. Ça risque de prendre du temps.

— Combien ? demanda Caesar.

— Impossible à dire. Il y a tellement de gens qu'on déplace, une étape à la fois. Et on a du mal à faire passer les messages. Le chemin de fer est l'œuvre de Dieu, mais il est sacrément difficile à gérer. » Il les regarda dévorer leur repas avec un plaisir évident. « Qui sait, peut-être que vous déciderez de rester. Comme je l'ai dit, la Caroline du Sud ne ressemble à rien de ce que vous connaissez. »

Il remonta et revint avec des vêtements et un tonnelet d'eau. « Il faut que vous fassiez un brin de toilette.

Et je le dis en toute gentillesse.» Il s'assit dans l'escalier pour leur laisser un peu d'intimité. Caesar pria Cora de passer la première et le rejoignit. Sa nudité n'était pas un secret pour lui, mais elle apprécia le geste. Elle commença par se laver le visage. Elle était sale, elle empestait, et quand elle essora sa tunique c'est une eau foncée qui se déversa. Les vêtements de rechange n'étaient pas faits de toile rêche comme une tenue de nègre, mais d'un coton si souple qu'elle se sentit toute propre, comme si elle s'était frictionné tout le corps au savon. La robe était simple, bleu clair et d'une coupe droite, et elle n'avait jamais rien porté de tel. Le coton entrait sous une forme et ressortait sous une autre.

Quand Caesar eut fini sa toilette, Sam leur donna leurs papiers.

«Il y a une erreur sur les noms, dit Caesar.

— Vous êtes des fugitifs. Voilà qui vous êtes à présent. Vous devez retenir ces noms et l'histoire qui va avec.»

Plus que des fugitifs : des meurtriers, peut-être. Cora n'avait plus repensé au garçon depuis qu'ils étaient descendus sous terre. Caesar, en proie au même calcul, plissa les yeux. Elle décida de raconter à Sam ce qui s'était passé dans les bois.

Le chef de gare n'émit aucun jugement, et parut sincèrement navré du sort de Lovey. Il leur dit qu'il était désolé pour leur amie. «J'étais pas au courant. Ce genre de nouvelle n'arrive pas forcément jusqu'ici, contrairement à d'autres États. Si ça se trouve, le garçon est rétabli, mais ça ne change rien à votre situation. Raison de plus pour prendre un autre nom.

— C'est écrit qu'on est la propriété du gouvernement des États-Unis, remarqua Caesar.

— C'est un détail administratif. » Des familles blanches étaient venues en masse, avec armes et bagages, s'installer en Caroline du Sud, terre de promesses. Il y en avait même qui étaient venues de New York, à en croire les gazettes. Et ça avait été aussi le cas de Noirs libres, hommes et femmes, dans une vague de migration comme le pays n'en avait jamais connu. Parmi eux, il y avait des fugitifs, même si pour des raisons évidentes il était impossible d'en connaître la proportion. La plupart des gens de couleur de l'État avaient été rachetés par le gouvernement. Parfois sauvés du pilori, parfois acquis lors de liquidations. Des représentants avaient écumé les grandes ventes aux enchères. La majorité avaient été rachetés à des Blancs qui renonçaient à être exploitants. Qui n'étaient pas faits pour la campagne, même si la plantation était tout à la fois leur héritage et leur mode de vie. On était entré dans une ère nouvelle. Et le gouvernement avait donc offert aux gens des conditions très avantageuses pour qu'ils se réimplantent dans les grandes villes : des prêts, des déductions fiscales.

« Et les esclaves ? » demanda Cora. Elle ne comprenait pas bien les histoires d'argent, mais quand il s'agissait de vendre des gens elle savait de quoi il était question.

« Ils sont nourris, logés et embauchés. Ils sont libres de leurs mouvements, épousent qui ils veulent, élèvent des enfants qui ne leur seront jamais enlevés. Et on leur donne un vrai travail, pas des corvées d'esclave. Mais vous verrez bientôt par vous-mêmes. » Dans des

129

archives quelconques, à ce qu'il avait cru comprendre, il y avait un dossier et un acte de vente les concernant, mais c'était tout. Rien qui puisse les menacer, ou être invoqué contre eux. Un homme de confiance au sein de la tour Griffin avait établi pour eux ces faux papiers.

« Vous êtes prêts ? » demanda Sam.

Après avoir échangé un regard avec Cora, Caesar lui tendit la main galamment. « Gente dame ? » Elle ne put retenir un sourire, et ensemble ils s'aventurèrent au grand jour.

Le gouvernement avait racheté Bessie Carpenter et Christian Markson après une faillite en Caroline du Nord. Sam les aida à assimiler leurs rôles sur le chemin de la ville. Il vivait à trois kilomètres de là, dans un cottage bâti par son grand-père. Ses parents avaient tenu l'atelier de chaudronnerie de Main Street, mais après leur mort Sam avait choisi un chemin différent. Il avait vendu l'affaire à l'un des nombreux immigrants venus tenter leur chance en Caroline du Sud et travaillait à présent dans une taverne, le Drift. Le propriétaire était un ami, et l'ambiance convenait à son caractère. Sam aimait observer de près le spectacle de l'animal humain et avoir accès aux rouages secrets de la ville dès que l'alcool déliait les langues. Il était libre d'organiser son temps de travail, atout précieux pour son autre activité. La gare était enfouie sous sa grange, comme chez Lumbly.

À la lisière de la ville, il leur expliqua comment se rendre au bureau de placement. « Et si jamais vous vous perdez, vous n'aurez qu'à aller par là (il désigna le miraculeux gratte-ciel) et prendre à droite sur Main. » Il les contacterait quand il aurait du nouveau.

Caesar et Cora remontèrent la route poussiéreuse et parvinrent en ville, incrédules. Une calèche déboucha d'un angle de rue et ils faillirent plonger sous les arbres. Le cocher était un jeune Noir qui leur tira sa casquette d'un geste canaille. Nonchalamment, l'air de rien. Tant d'assurance pour son âge ! Lorsqu'il fut hors de vue, ils rirent de leur réaction ridicule. Cora se redressa, releva le menton. Ils devaient apprendre à marcher comme des hommes libres.

Les mois suivants, Cora parvint à maîtriser sa posture. Son alphabet et son élocution réclamaient plus de vigilance. Après son échange avec Miss Lucy, elle sortit son ABC de sa malle. Tandis que les autres filles bavardaient et, l'une après l'autre, se souhaitaient bonne nuit, Cora révisa. Là prochaine fois qu'elle signerait l'ardoise des Anderson à l'épicerie, elle écrirait *Bessie* en toutes lettres, soigneusement tracées. Elle souffla sa chandelle quand elle eut des crampes à la main.

C'était le lit le plus moelleux qu'elle ait jamais connu. Du reste, c'était le seul.

Miss Handler avait dû être élevée dans le giron des saints. Bien que le vieil homme soit totalement incapable d'assimiler les rudiments de la lecture et de l'écriture, elle se montrait toujours une institutrice des plus polies et indulgentes. Toute la classe – et l'école était pleine le samedi matin – s'agitait derrière les pupitres tandis que le vieillard crachotait et s'étouffait sur la leçon du jour. Les deux filles assises devant Cora échangèrent un regard en louchant et gloussèrent de ses borborygmes.

Cora partageait l'exaspération générale. En temps normal, il était déjà quasi impossible de comprendre ce que disait Howard. Il parlait petit-nègre, mélange d'une langue africaine perdue et du patois d'esclave. Autrefois, Cora le savait par sa mère, ce semblant de langue était la voix de la plantation. Les esclaves avaient été arrachés à leurs villages dispersés dans toute l'Afrique et parlaient une multitude de langues. Au fil du temps, on leur confisqua ces mots venus de l'autre côté de l'océan, à coups de fouet. Pour simplifier les choses, effacer leur identité, étouffer dans l'œuf les soulèvements. Tous, sauf les mots jalousement protégés par ceux qui savaient encore qui ils avaient été. «Ils les gardent cachés comme l'or le plus précieux», disait Mabel.

Mais on n'était plus à l'époque de sa mère et de sa grand-mère. Les efforts d'Howard pour conjuguer le verbe «être» absorbaient un temps d'enseignement tout aussi précieux, déjà trop court après une semaine de travail. Elle était venue pour apprendre.

Un souffle de vent fit siffler les stores sur leurs charnières. Miss Handler posa sa craie. «En Caroline du Nord, dit-elle, ce que nous sommes en train de faire est un crime. On m'infligerait une amende de cent dollars, et à vous trente-neuf coups de fouet. Ça, c'est la loi. Et votre maître vous réserverait sans doute un châtiment plus sévère.» Elle croisa le regard de Cora. Elles n'avaient que quelques années d'écart, mais en sa présence Cora se faisait l'effet d'une négrillonne ignorante. «C'est difficile de partir de rien. Il y a quelques semaines encore, certains d'entre vous en étaient au même stade qu'Howard à présent. Cela demande du temps. Et de la patience.»

Le cours était terminé. Un peu honteuse, Cora ramassa précipitamment ses affaires pour être la première à franchir la porte. Howard essuyait ses larmes avec sa manche de chemise.

L'école était installée au sud des rangées de dortoirs de filles. Le bâtiment servait également à des réunions exigeant un cadre plus sérieux que celui des salles communes, avait observé Cora, comme les conférences sur l'hygiène et sur les problèmes féminins. Il donnait sur la pelouse, le parc de la population noire. Le soir même, un orchestre du dortoir des hommes allait jouer pour le bal dans le kiosque à musique.

Ils méritaient les réprimandes de Miss Handler. Comme l'avait indiqué Sam sur le quai d'arrivée, la Caroline du Sud adoptait une attitude différente envers les droits des gens de couleur. Cora avait savouré cette réalité à maints égards au cours des mois écoulés, mais l'instruction accordée aux Noirs en était assurément l'une des formes les plus enrichissantes. Un jour, Connelly avait crevé les yeux d'un esclave qui avait osé regarder les mots d'une pancarte, sans hésiter à se priver ainsi de main-d'œuvre. Certes, si Jacob avait été un bon cueilleur, le régisseur lui aurait sans doute infligé une punition moins cruelle. Mais en retour, il y avait gagné la terreur éternelle de tout esclave qui aurait eu la lubie d'apprendre l'alphabet.

Pas besoin d'y voir pour éplucher du maïs, leur avait dit Connelly. Ni pour se laisser mourir de faim, comme Jacob l'avait fait peu après.

Elle laissa la plantation derrière elle. Elle ne vivait plus là-bas.

Une page s'échappa de son manuel et elle courut dans l'herbe pour la rattraper. À force, le livre tombait en lambeaux, car il avait eu de nombreux détenteurs avant elle. Cora avait vu des petits enfants, plus jeunes encore que Maisie, se servir du même ouvrage. Des exemplaires neufs, au dos intact. Ceux de l'école pour gens de couleur étaient tout cornés, et il fallait qu'elle insère ses lignes d'écriture dans les marges et les interstices des gribouillis préexistants, mais au moins on ne se faisait pas fouetter au prétexte qu'on ouvrait un livre.

Sa mère serait fière d'elle. Comme la mère de Lovey avait sûrement été fière de sa fille évadée, l'espace d'un jour et demi. Cora replaça la page dans son manuel. Elle chassa une nouvelle fois la plantation de son esprit. Elle y arrivait mieux, désormais. Mais son esprit était rusé et retors. Des pensées qu'elle n'aimait pas du tout s'insinuaient par les bords, par-dessous, par les failles, par des lieux qu'elle pensait avoir aplanis.

Le souvenir de sa mère, par exemple. Durant sa troisième semaine au dortoir, elle avait frappé à la porte du bureau de Miss Lucy. Si le gouvernement tenait un registre de tous les arrivants de couleur, peut-être, parmi tous ces noms, y avait-il celui de sa mère. La vie de Mabel après son évasion demeurait une énigme. Il était possible qu'elle compte parmi ces Noirs libres venus en Caroline du Sud, terre de promesses.

Le bureau de Miss Lucy se trouvait dans un couloir qui partait de la salle commune du 18. Cora ne lui faisait pas confiance, et pourtant elle se tenait devant sa porte. Miss Lucy la fit entrer. La pièce était exiguë, surchargée de meubles de classement entre lesquels la surveillante devait se faufiler pour atteindre sa chaise, mais elle en avait agrémenté les murs de canevas brodés représentant des scènes champêtres. Il n'y avait pas de place pour une autre chaise. Les visiteuses étaient reçues debout, ce qui abrégeait les visites.

Miss Lucy considéra Cora par-dessus ses lunettes. «Comment s'appelle-t-elle?

— Mabel Randall.

— Tu t'appelles Carpenter.

— C'est le nom à mon père. Ma mère, c'est une Randall.

— *Le nom de*, corrigea Miss Lucy. *Ma mère est.*»

Elle se pencha vers un meuble et passa les doigts

sur les papiers bleutés, en jetant de temps à autre un coup d'œil à Cora. Miss Lucy avait mentionné le fait qu'elle habitait avec d'autres surveillantes dans une pension près de la place. Cora tenta d'imaginer ce que faisait cette femme quand elle ne dirigeait pas le dortoir, comment elle passait ses dimanches. Avait-elle un chevalier servant avec qui sortir? Comment une Blanche célibataire occupait-elle son temps en Caroline du Sud? Cora avait beau s'enhardir, elle ne s'éloignait guère des dortoirs lorsqu'elle ne travaillait pas chez les Anderson. Cela lui semblait plus prudent, du moins dans un premier temps.

Miss Lucy passa à une autre armoire, ouvrit laborieusement une succession de tiroirs, mais resta bredouille. «Ces dossiers recensent uniquement ceux qui logent dans nos dortoirs, dit-elle. Mais nous avons des établissements dans tout l'État.» Elle nota le nom de sa mère et promit de vérifier au fichier central de la tour Griffin. Derechef, elle rappela à Cora l'existence des cours de lecture et d'écriture, qui étaient facultatifs mais recommandés, conformément à leur mission de faire progresser les gens de couleur, surtout ceux qui avaient des aptitudes. Puis Miss Lucy retourna à son travail.

Ce n'était qu'un caprice passager. Une fois Mabel enfuie, Cora avait pensé à elle le moins possible. Après avoir atterri en Caroline du Sud, elle comprit qu'elle avait banni sa mère de son esprit non par tristesse mais par rancœur. Elle la haïssait, était en colère contre elle. À présent qu'elle avait goûté tous les bienfaits de la liberté, il était inconcevable pour elle que Mabel ait pu l'abandonner à cet enfer. Une enfant. L'emmener avec elle aurait rendu la fuite plus difficile, mais Cora n'était plus un bébé. Si elle était assez grande pour cueillir le coton, elle était assez grande pour s'enfuir. Elle serait morte là-bas, après des sévices inimaginables, si Caesar n'était pas survenu. Dans le train, dans le tunnel immortel, elle avait fini par lui demander pourquoi il l'avait emmenée. «Parce que je savais que tu en étais capable», lui avait-il répondu.

Oh, comme elle la haïssait. Les innombrables nuits qu'elle avait passées éveillée dans cette horrible soupente, à s'agiter, à donner des coups de pied à sa voisine, à ourdir des plans pour quitter la plantation. Se dissimuler dans une charrette de coton et bondir sur la route juste avant La Nouvelle-Orléans. Corrompre un régisseur en monnayant ses faveurs, saisir sa hachette et traverser les marais comme l'avait fait sa misérable mère. Toutes ces nuits sans sommeil. À la lumière du matin, elle se persuadait que tous ses projets n'avaient été qu'un rêve. Ce n'étaient pas ses pensées, pas du tout. Car garder ça en tête sans agir, c'était mourir.

Elle ignorait où sa mère avait fui. Mabel n'avait pas consacré sa liberté à économiser de l'argent pour racheter sa fille et l'arracher à l'esclavage. Cela, c'était une certitude. Certes, Randall n'y aurait jamais consenti, mais tout de même. Jamais Miss Lucy ne trouva le nom de sa mère dans ses archives. Si tel avait été le cas, Cora serait allée trouver Mabel et l'aurait assommée.

«Bessie… t'es sûre que ça va?»

C'était Abigail, du numéro 6, qui à l'occasion venait dîner. Elle était en bons termes avec les filles qui travaillaient dans Montgomery Street. Cora se tenait debout au milieu de la pelouse, le regard dans le vide. Elle dit à Abigail que tout allait bien et regagna le dortoir pour effectuer ses corvées. Oui, Cora devait prendre garde à ses pensées.

Si parfois le masque de Cora était de travers, elle se montrait experte à endosser son déguisement : Bessie Carpenter, originaire de Caroline du Nord. Elle s'était préparée à la question de Miss Lucy sur le nom de famille de sa mère, et d'autres chemins qu'aurait pu emprunter la discussion. L'entretien au bureau de placement, le tout premier jour, avait été rapidement conclu après quelques questions très brèves. Les nouveaux venus avaient trimé soit en maison, soit aux champs. Dans tous les cas, la majorité des places relevaient du travail domestique. On recommandait aux familles de se montrer compréhensives face au personnel débutant.

La visite médicale lui causa des frayeurs, mais ce ne fut pas à cause des questions. Les instruments métalliques étincelants de la salle d'examen ressemblaient aux ustensiles que Terrance Randall aurait pu commander au forgeron dans un dessein sinistre.

Le cabinet du médecin se trouvait au dixième étage du Griffin. Elle survécut au choc de sa première montée en ascenseur et pénétra dans un long couloir flanqué de chaises, toutes occupées par des hommes et des femmes de couleur qui attendaient d'être examinés. Lorsqu'une infirmière en uniforme blanc empesé eut coché son nom sur une liste, Cora se joignit au groupe des femmes. La nervosité de leurs échanges était compréhensible : pour la plupart d'entre elles, c'était leur toute première visite médicale. À la plantation Randall, le médecin n'était appelé que lorsque les remèdes d'esclave, racines et onguents, avaient échoué et qu'un travailleur précieux était au seuil de la mort. À ce stade, dans la plupart des cas, le médecin n'avait plus rien à faire, sinon se plaindre des routes boueuses et se faire régler la visite.

On appela son nom. La fenêtre de la salle d'examen lui offrit une vue de la ville et de la campagne verdoyante qui s'étendait à des kilomètres à la ronde. Comment des hommes avaient-ils réussi à construire une chose pareille, un marchepied vers le ciel ? Elle aurait pu rester là toute la journée, à contempler le paysage, mais l'examen coupa court à sa rêverie. Le Dr Campbell était du genre efficace, un homme ventru qui bourdonnait dans la pièce, sa blouse blanche flottant derrière lui telle une cape. Il la sonda sur son état de santé général tandis que la jeune infirmière consignait tout sur papier bleu. De quelle tribu ses ancêtres étaient-ils issus, et que savait-elle de leur constitution ? Avait-elle déjà été malade ? Qu'en était-il de son cœur, de ses poumons ? Elle prit conscience que les migraines dont elle souffrait depuis que Terrance l'avait rouée de coups avaient disparu à son arrivée en Caroline du Sud.

Le test d'intelligence fut bref : des formes en bois à assembler, une série de quiz illustrés. Elle se déshabilla pour l'examen clinique. Le Dr Campbell regarda ses mains. Elles s'étaient adoucies, mais cela restait des mains de travailleuse des champs. Il effleura les cicatrices du fouet. Il risqua une estimation du nombre de flagellations et tomba juste, à deux près. Il inspecta ses parties intimes avec ses ustensiles. L'examen fut douloureux et humiliant, et la froideur du médecin ne fit rien pour la mettre à l'aise. Cora répondit à ses questions sur le viol dont elle avait été victime. Le Dr Campbell se tourna vers l'infirmière, qui nota ses spéculations sur la capacité de Cora à concevoir un enfant.

Une intimidante collection d'instruments métalliques était disposée sur un plateau. Il saisit l'un des plus terrifiants, une fine aiguille rattachée à un cylindre de verre. «Nous allons prélever du sang, dit-il.

— Pour quoi faire?

— Le sang a beaucoup à nous apprendre. Sur les maladies. Leur diffusion. La recherche sanguine, c'est l'avenir de la science.» L'infirmière empoigna le bras de Cora et le Dr Campbell y enfonça l'aiguille. Voilà qui expliquait les hurlements qu'elle avait entendus du couloir. Elle hurla à son tour. Et puis ce fut fini. Dans le couloir, seuls demeuraient les hommes.

Ce fut sa dernière visite au dixième étage de la tour. Une fois le nouvel hôpital ouvert, lui expliqua un jour Mrs Anderson, les bureaux des médecins fédéraux y seraient transférés. L'étage était déjà entièrement loué, ajouta Mr Anderson. Le médecin de Madame avait son cabinet dans Main Street, au-dessus de l'opticien. Il avait l'air compétent. En quelques mois, depuis que Cora travaillait pour la famille, les mauvais jours de Madame avaient vu leur fréquence sensiblement décroître. Les crises, les après-midi passées enfermée dans sa chambre, rideaux tirés, les accès de sévérité envers ses enfants étaient plus rares. L'air du dehors ainsi que les pilules faisaient des merveilles.

Quand Cora eut achevé sa lessive du samedi et pris son dîner, c'était presque l'heure du bal. Elle enfila sa robe bleue toute neuve. La plus jolie disponible au bazar pour gens de couleur. Elle y achetait le moins de choses possible, compte tenu de la surtaxe. À force de faire les courses pour Mrs Anderson, elle avait constaté avec horreur que les articles de ce magasin étaient vendus deux à trois fois plus cher que dans les boutiques pour Blancs. La robe lui avait coûté une semaine de salaire, et elle avait dû payer en monnaie de papier. Généralement, elle faisait attention à ses dépenses. L'argent, c'était nouveau, imprévisible, et ça partait sans crier gare. Certaines des filles devaient des mois de salaire et ne pouvaient plus acheter qu'à crédit. Cora savait pourquoi : une fois que la municipalité avait déduit le gîte, le couvert et les dépenses diverses comme l'entretien des dortoirs et les manuels scolaires, il ne restait pas grand-chose. Mieux valait ne recourir que parcimonieusement au crédit. La robe était une exception, une occasion unique, se répéta Cora.

Les filles de son dortoir étaient dans un état de grande excitation à la perspective des festivités. Cora ne faisait pas exception. Elle acheva de se pomponner. Peut-être Caesar était-il déjà sur la pelouse.

Il attendait sur l'un des bancs qui permettaient d'apercevoir le kiosque et les musiciens. Il savait qu'elle n'allait pas danser. De loin, il lui parut plus vieux qu'à l'époque de la Géorgie. Elle reconnut dans son costume un modèle vendu au bazar, mais il le portait avec plus d'aisance que d'autres hommes de son âge originaires des plantations. Le travail en usine lui réussissait. Tout comme les autres progrès de leur vie nouvelle, bien sûr. Depuis leur dernière rencontre, une semaine plus tôt, il s'était laissé pousser un début de moustache.

Et puis elle vit les fleurs. Elle le complimenta sur le bouquet et l'en remercia. Il la complimenta sur sa robe. Il avait essayé de l'embrasser un mois après leur sortie du tunnel. Elle avait fait comme si rien ne s'était passé, et depuis il s'était rallié à cette fiction. Un jour, ils en parleraient franchement. Et peut-être que cette fois-là elle le laisserait l'embrasser, elle n'en savait rien.

«Je les connais, dit-il en désignant l'orchestre en train de s'installer. Ils sont peut-être encore meilleurs que George et Wesley.»

Au fil des mois, Cora et Caesar hésitaient moins à évoquer la plantation Randall en public. Ce qu'ils disaient pouvait généralement s'appliquer à tout ancien esclave qui surprendrait leur conversation. Une plantation restait une plantation ; on pouvait croire ses misères singulières, mais leur véritable horreur tenait à leur universalité. Dans tous les cas, la musique couvrirait bientôt leur échange sur le chemin de fer clandestin. Cora espérait que les musiciens ne se formaliseraient pas de leur manque d'attention. Du reste, c'était fort peu probable qu'ils le remarquent. Jouer leur musique en hommes libres, et non en tant que têtes de bétail, devait être un délice d'une fraîcheur intacte. Attaquer la mélodie sans le fardeau d'offrir l'un des rares réconforts de leur village d'esclaves. Pratiquer leur art dans la liberté et la joie.

Les surveillants organisaient les bals pour promouvoir des rapports sains entre hommes et femmes de couleur, et pour guérir certains dommages infligés à leur personnalité par l'esclavage. Ils estimaient que la musique et la danse, le banquet et le punch, qui s'offraient à eux sur la pelouse à la lumière vacillante des lanternes, étaient un vrai remontant pour les âmes meurtries. Pour Caesar et Cora, c'était l'une des rares occasions de se voir, d'échanger des nouvelles.

Caesar travaillait à la fabrique de machines en dehors de la ville, et ses horaires variables coïncidaient rarement avec ceux de Cora. Il aimait son travail. Chaque semaine l'usine assemblait une nouvelle machine, déterminée par le volume des commandes. Les hommes se plaçaient devant la chaîne d'assemblage et chacun avait la responsabilité d'incorporer la pièce assignée dans la carcasse qui avançait sur le tapis roulant. Au début de la chaîne, il n'y avait rien, juste une pile de pièces en attente, et quand le dernier ouvrier avait terminé, le résultat complet s'offrait à leurs yeux. C'était une satisfaction inattendue, disait Caesar, que de contempler le produit fini, incomparable au labeur désincarné de la plantation.

Le travail était monotone mais pas harassant ; la variété des productions le rendait moins fastidieux. Les longues pauses étaient bien réparties tout au long de la brigade, selon les préconisations d'un théoricien de l'ergonomie souvent cité par les patrons et contremaîtres. Les collègues étaient des types bien. Certains gardaient les marques de la plantation : ils étaient enclins à venger des affronts supposés, à se comporter comme s'ils vivaient encore sous le joug de perspectives restreintes, mais ils s'amélioraient de semaine en semaine, fortifiés par les possibilités que leur offrait leur nouvelle vie.

Les deux anciens fugitifs échangèrent sur leur quotidien. Maisie avait perdu une dent. Cette semaine, l'usine fabriquait des moteurs de locomotive – Caesar se demandait s'ils serviraient un jour au chemin de fer clandestin. Les prix du bazar avaient encore monté, remarqua-t-il. Cora était déjà au courant.

« Comment va Sam ? » demanda-t-elle. C'était plus facile pour Caesar de continuer à voir le chef de gare.

« Égal à lui-même : joyeux, sans raison particulière. L'une des brutes de la taverne lui a mis un œil au beurre noir. Il en est tout fier. Il dit qu'il avait toujours voulu avoir un coquard.

— Et le reste ? »

Il croisa les mains sur ses cuisses. « Il y a un train dans quelques jours. Au cas où on voudrait le prendre. » Il ajouta cette phrase comme s'il connaissait déjà son sentiment.

« Plutôt le prochain, peut-être.

— Oui, peut-être le prochain. »

Trois trains étaient passés depuis leur arrivée. La première fois, ils avaient discuté des heures pour décider s'il était plus sage de quitter immédiatement les ténèbres du Sud ou de voir ce que la Caroline avait encore à leur offrir. À ce stade, ils avaient repris des forces, ils touchaient un salaire, et ils commençaient à oublier la brûlure quotidienne de la plantation. Mais ils n'étaient pas d'accord : Cora militait en faveur du train, tandis que Caesar mettait en avant le potentiel de l'endroit. Sam ne leur était d'aucun secours : il avait une tendresse particulière pour son État natal, dont il célébrait le progressisme sur les questions raciales. Il ignorait ce que donnerait l'expérience, et il venait d'une longue lignée de fauteurs de troubles méfiants envers le gouvernement, mais il avait de l'espoir. Ils restèrent. Le prochain train, peut-être.

Le prochain arriva et repartit après une discussion plus brève. Cora venait de terminer un succulent dîner au dortoir, Caesar de s'acheter une chemise. La perspective de prendre de nouveau la fuite et d'être rongés par la faim n'avait rien d'attrayant, pas plus que celle de laisser derrière eux les biens qu'ils avaient acquis avec le fruit de leur labeur. Le troisième train arriva et repartit, et maintenant c'était au tour du quatrième.

«Peut-être qu'on devrait rester ici pour de bon», dit Cora.

Caesar garda le silence. La nuit était belle. Comme il l'avait promis, les musiciens avaient beaucoup de talent et jouaient les ragtimes qui avaient fait le bonheur de tous aux bals précédents. Le violoneux venait de telle ou telle plantation, le banjoïste d'un autre État : chaque jour les musiciens des dortoirs partageaient les mélodies de leur région natale et le répertoire s'étoffait. En retour, les gens du public apportaient les danses de leurs plantations d'origine et les danseurs se copiaient à la faveur des morceaux. La brise les rafraîchissait quand ils s'esquivaient pour se reposer et flirter. Puis ils rentraient dans le cercle en riant et en tapant des mains.

«Peut-être qu'on devrait rester», répéta Caesar. Et le débat fut clos.

Le bal s'acheva à minuit. Les musiciens firent circuler un chapeau, mais comme tous les samedis soir la plupart des danseurs en étaient réduits au crédit, et le chapeau demeura vide. Cora souhaita bonne nuit à Caesar, et elle regagnait son dortoir quand elle fut témoin d'un incident.

La femme traversait en courant la pelouse près de l'école. Elle avait environ vingt-cinq ans, mince, échevelée, égarée. Son corsage ouvert jusqu'au nombril dévoilait ses seins. L'espace d'un instant, Cora fut de retour à Randall, prête à découvrir une nouvelle atrocité.

Deux hommes saisirent la femme et, aussi délicatement que possible, l'empêchèrent de se débattre. Une foule se rassembla. Une fille alla chercher les surveillantes du côté de l'école. Cora se fraya un passage. La femme balbutiait des paroles incohérentes puis s'écria soudain : «Mes bébés, ils veulent me prendre mes bébés!»

Les badauds soupirèrent à cette rengaine trop familière. Ils l'avaient entendue tant de fois à la plantation, la complainte de la mère pour ses rejetons suppliciés. Cora se rappela les propos de Caesar sur les ouvriers qui restaient hantés par la plantation et l'emportaient avec eux par-delà la distance. Elle vivait en eux. Elle vivait encore en eux tous, guettant la moindre occasion de les tourmenter et de leur nuire.

La femme finit par se calmer un peu et on la reconduisit au dortoir, tout au fond des bâtiments. Malgré le réconfort offert par leur décision de rester, ce fut une longue nuit pour Cora, qui ne cessait de repenser aux cris de cette femme, et aux fantômes qu'elle disait siens.

« Est-ce que je pourrai leur dire au revoir ? demanda Cora. Aux Anderson et aux enfants ? »

Miss Lucy était certaine que cela pouvait se faire. La famille l'aimait beaucoup, dit-elle.

« Est-ce que j'ai mal fait mon travail ? » Cora pensait s'être très bien pliée au rythme et aux subtilités du travail domestique. Elle passa le pouce sur l'extrémité de ses doigts. Ils étaient devenus si doux.

« Tu as merveilleusement fait ton travail, Bessie, dit Miss Lucy. C'est bien pour ça que quand ce nouveau poste nous a été proposé, nous avons pensé à toi. C'était mon idée, et Miss Handler l'a soutenue. Le musée a besoin d'un type de fille bien particulier, et peu de résidentes se sont adaptées aussi bien que toi. Tu devrais le prendre comme un compliment. »

Cora était rassurée, mais elle s'attarda sur le seuil.

« Autre chose, Bessie ? » demanda Miss Lucy en rassemblant ses papiers.

Deux jours après l'incident du bal, Cora restait troublée. Elle s'enquit de la femme qui hurlait.

Miss Lucy eut un hochement de tête compatissant. « Tu parles de Gertrude. Je sais que c'était très perturbant. Elle va bien. Ils la gardent au lit quelques jours, le temps qu'elle reprenne ses esprits.» Miss Lucy expliqua qu'il y avait une infirmière à demeure pour veiller sur elle. «Voilà pourquoi nous avons réservé ce dortoir aux résidentes atteintes de troubles nerveux. Cela n'aurait pas de sens de les mêler au reste de la communauté. Au numéro 40, elles disposent de tous les soins nécessaires.

— Je ne savais pas que le 40 était spécial, dit Cora. C'est votre Hob à vous.

— Pardon ?»

Cora renonça à développer.

«Elles n'y sont que pour un bref séjour, ajouta la femme blanche. Nous sommes optimistes.»

Cora ne savait pas ce que voulait dire «optimiste». Ce soir-là, elle demanda aux autres filles si elles connaissaient ce mot. Jamais personne ne l'avait entendu. Elle décréta que ça voulait dire «persévérant».

Le chemin du musée était le même que celui qui conduisait chez les Anderson, sauf qu'il fallait tourner à droite au niveau du tribunal. La perspective de quitter la famille l'emplissait de chagrin. Elle avait peu de contacts avec le père, qui partait tôt le matin et dont la fenêtre était l'une des dernières à rester éclairées, le soir, au Griffin. Lui aussi, le coton l'avait rendu esclave. Mais Mrs Anderson avait été une employeuse patiente, surtout depuis l'ordonnance du médecin, et les enfants étaient agréables. Maisie avait dix ans. À cet âge, à la plantation Randall, toute joie était anéantie. Un jour les négrillons étaient heureux, et le lendemain ils avaient perdu leur lumière; entre-temps, ils avaient été initiés à une nouvelle réalité de l'esclavage. Maisie était gâtée, incontestablement, mais il y avait pire que d'être gâté quand on était noir. La petite fille amenait Cora à s'interroger sur ce que seraient ses enfants, si elle en avait un jour.

Elle avait vu le musée des Merveilles de la Nature bien des fois au cours de ses promenades, mais sans jamais savoir à quoi servait cet édifice de calcaire trapu. Il occupait tout un pâté de maisons. Des statues de lions gardaient les longues marches plates et semblaient contempler, assoiffées, la grande fontaine. Lorsque Cora pénétra dans son aura, le son de l'eau clapotante étouffa le bruit de la rue et l'éleva sous les auspices du musée.

À l'intérieur, on lui fit franchir une porte interdite au public et on la mena dans un dédale de couloirs. Par des portes entrouvertes, Cora aperçut de curieux agissements. Un homme recousait un blaireau mort. Un autre brandissait des pierres jaunes à la lumière éclatante d'une lampe. Dans une pièce remplie de longues tables de bois et d'engins inconnus, elle vit ses premiers microscopes, accroupis sur les tables comme des crapauds noirs. Enfin on lui présenta Mr Fields, conservateur du département d'histoire vivante.

« Vous ferez parfaitement l'affaire », dit-il en la scrutant comme les hommes des autres pièces scrutaient leurs objets d'étude sur les plans de travail. Son élocution était vive et énergique en toutes circonstances, sans la moindre trace d'accent du Sud. Elle découvrit plus tard que Mr Fields avait été débauché d'un musée de Boston pour moderniser les pratiques locales. « Vous mangez mieux depuis votre arrivée, à ce que je vois, dit-il. C'était à prévoir, mais vous ferez l'affaire.

— Je commence par faire le ménage ici, Mr Fields ? » Cora avait décrété en chemin que dans son nouveau poste, elle gommerait de son mieux l'accent de la plantation.

« Le ménage ? Oh, pas du tout ! Vous savez ce que nous faisons ici… » Il s'interrompit. « Êtes-vous déjà venue ? » Il expliqua ce que faisaient les musées. Celui-ci s'attachait à valoriser l'histoire américaine : pour une jeune nation, il fallait instruire le public sur tant de choses ! La flore et la faune sauvages du continent nord-américain, les minéraux et autres splendeurs du monde qui s'étendait sous leurs pieds. Certaines personnes ne quittaient jamais leur comté de naissance, dit-il. À l'image du chemin de fer, le musée leur permettait de dépasser leur petite expérience et de voir le reste du pays, de la Floride au Maine et à la limite de la Frontière et du Far West. Tout en découvrant à chaque fois les habitants. « Des gens comme vous », conclut-il.

Cora travaillait dans trois salles différentes. Le premier jour, des tentures grises recouvraient les grandes vitrines qui les séparaient du public. Le lendemain matin, les tentures avaient disparu et les visiteurs affluèrent.

La première salle était baptisée « Scènes du cœur noir de l'Afrique ». Une hutte constituait la pièce maîtresse de l'exposition, avec en guise de cloisons des poteaux de bois reliés ensemble sous un toit de paille pointu. Cora se retirait sous son ombre quand elle avait besoin de faire une pause loin des regards. Il y avait aussi une marmite, avec des tessons de verre rouge pour figurer les flammes du feu en dessous ; un petit banc grossièrement sculpté ; et un assortiment d'outils, de calebasses et de coquillages. Trois grands oiseaux noirs étaient suspendus au plafond par un fil de fer. L'effet recherché était celui d'un essaim de volatiles tournoyant au-dessus des indigènes affairés. Ils rappelaient à Cora les buses qui dévoraient la chair des suppliciés exhibés à la plantation.

Les murs bleus apaisants de « Vie sur un navire négrier » évoquaient le ciel de l'Atlantique. Dans cette pièce, Cora arpentait le pont d'une frégate, marchant d'un pas raide entre le mât, divers tonnelets et des rouleaux de corde. Son costume africain était un boubou coloré ; sa tenue de matelot – tunique, pantalon et bottes de cuir – lui donnait l'allure d'un vaurien des rues. L'histoire voulait que le jeune Africain, une fois à bord, contribue modestement aux tâches du navire, tel un apprenti ou un mousse. Cora fourrait ses cheveux sous la casquette rouge. Une statue de marin, appuyée au plat-bord, pointait sa lunette vers le large. Sur la tête de cire, les yeux, la bouche et la peau étaient peints en des teintes dérangeantes.

« Journée typique à la plantation » lui permettait de s'asseoir devant un rouet, sur un siège aussi fiable que sa vieille souche d'érable, et de reposer ses jambes. Des poulets rembourrés de sciure picoraient le sol ; de temps à autre Cora leur jetait du grain imaginaire. Elle avait déjà bien des soupçons sur l'exactitude des scènes africaine et maritime, mais s'agissant du thème de cette salle elle était sûre de son fait. Elle fit part de ses réserves. Mr Fields concéda que le rouet était rarement usité en plein air, au pied d'une hutte d'esclave, mais fit valoir que si l'authenticité était leur mot d'ordre, les dimensions de la pièce imposaient quelques concessions. Si seulement il pouvait faire entrer dans le diorama tout un champ de coton, si seulement le budget permettait d'engager une douzaine d'acteurs pour jouer les cueilleurs. Un jour, peut-être.

Les correctifs de Cora ne s'appliquaient pas aux costumes de «Journée typique», confectionnés dans une authentique toile à nègre bien rugueuse. Elle brûlait de honte deux fois par jour quand elle devait se changer pour enfiler sa tenue.

Le budget de Mr Fields lui autorisait trois actrices, ou trois «spécimens» comme il les appelait. Également recrutées dans la classe de Miss Handler, Isis et Betty avaient à peu près l'âge et la carrure de Cora. Elles se partageaient les costumes. Pendant les pauses, le trio discutait des avantages et inconvénients de ce nouveau poste. Après un ou deux jours de mises au point, Mr Fields les laissa en paix. Betty appréciait qu'il n'ait jamais de mouvements d'humeur, contrairement à la famille pour laquelle elle travaillait auparavant – des gens le plus souvent gentils, mais avec qui il y avait toujours le risque d'un malentendu ou d'une contrariété indépendante de sa volonté. Isis, elle, était contente de ne pas avoir à parler. Elle venait d'une petite ferme où elle était souvent livrée à elle-même, sauf les nuits où le maître avait besoin de compagnie et la forçait à boire à la coupe du vice. Quant à Cora, elle regrettait les magasins des Blancs et leurs rayons abondants, mais elle profitait encore de ses promenades du soir, en rentrant du travail, pour se repaître des vitrines perpétuellement renouvelées.

En revanche, ignorer les visiteurs était une entreprise qui demandait davantage d'efforts. Les enfants tapaient à la vitre, montraient du doigt les spécimens de façon irrespectueuse, les faisaient sursauter alors qu'elles faisaient semblant de démêler des nœuds de marin. Parfois, les spectateurs de leur pantomime hurlaient des commentaires qu'elles ne distinguaient pas clairement mais qui avaient tout l'air d'insinuations salaces. Les spécimens effectuaient une rotation toutes les heures et changeaient de vitrine pour alléger la monotonie de leur numéro, nettoyer le pont, tailler des outils de chasse, caresser les ignames de bois. La seule instruction que Mr Fields donnait, c'était de ne pas rester aussi souvent assises, mais il n'insistait pas. Sur leurs tabourets, elles taquinaient Captain John, comme elles avaient surnommé le mannequin déguisé en marin, tout en tripotant la corde de chanvre.

Les salles du musée avaient ouvert le même jour que l'hôpital, dans le cadre d'une célébration ostentatoire des innovations de la municipalité. Le nouveau maire avait été élu sur la liste progressiste et tenait à s'assurer que ses concitoyens l'associent aux initiatives visionnaires de son prédécesseur, entérinées quand il était encore avocat foncier à la tour Griffin. Cora n'assista pas aux festivités, même si ce soir-là elle vit le superbe feu d'artifice depuis la fenêtre du dortoir, et qu'elle eut l'occasion de voir l'hôpital de près à l'occasion de son contrôle médical. À mesure que les résidents de couleur s'intégraient à la vie en

Caroline du Sud, les médecins contrôlaient leur santé physique avec autant de dévouement que les surveillantes mesuraient leur adaptation mentale et affective. Un jour, lui avait expliqué Miss Lucy une après-midi, tandis qu'elles se promenaient dans le jardin, tous ces chiffres, ces données, ces observations constitueraient une contribution majeure à une meilleure compréhension des gens de couleur.

Vu de face, l'hôpital apparaissait comme un édifice élégant, de plain-pied, qui semblait aussi large que le Griffin était haut. Son architecture était dépouillée et austère, toute nouvelle pour Cora, comme pour proclamer à travers ses murs son efficacité. L'entrée des gens de couleur était située sur le côté, mais pour le reste elle était identique à l'entrée des Blancs, conçue dans le même style et non ajoutée après coup comme c'était si souvent le cas.

L'aile des Noirs était très animée ce matin-là lorsque Cora se présenta à l'accueil. Un groupe d'hommes – elle en avait déjà vu certains à des bals ou des réceptions sur la pelouse – se pressaient dans la pièce adjacente, en attente de leur traitement. Elle n'avait jamais entendu parler de problèmes sanguins avant son arrivée en Caroline du Sud, mais ce mal affectait un grand nombre de résidents des dortoirs et faisait l'objet d'un soin particulier de la part des médecins de la ville. Les spécialistes avaient apparemment leur propre service, car les patients disparaissaient au bout d'un long couloir quand on appelait leur nom.

Elle vit un autre médecin cette fois, plus avenant que le Dr Campbell. Il s'appelait Stevens. C'était un Nordiste aux bouclettes noires presque efféminées, qu'il compensait par une barbe soigneusement taillée. Le Dr Stevens semblait bien jeune pour un médecin. Cora vit dans cette précocité un gage de ses compétences. Au fil de l'examen, elle eut l'impression d'être convoyée sur un tapis roulant, tels les produits manufacturés par Caesar, et manipulée à chaque étape de la chaîne avec diligence et attention.

L'examen physique ne fut pas aussi poussé que le précédent. Il consulta le dossier médical de la première visite et ajouta ses observations sur papier bleu. Tout en lui posant des questions sur la vie de dortoir. «Ça m'a l'air bien organisé», commenta-t-il. Et il considérait le travail au musée comme «un service public des plus fascinants».

Lorsqu'elle se fut rhabillée, il approcha un tabouret de bois. Il garda un ton désinvolte pour dire: «Vous avez déjà eu des relations intimes. Avez-vous envisagé le contrôle des naissances?» Il sourit. La Caroline du Sud, expliqua-t-il, avait lancé un vaste programme de santé publique pour instruire la population d'une nouvelle méthode chirurgicale consistant à sectionner les trompes d'une femme pour empêcher la conception d'un bébé. C'était une procédure simple, définitive et sans risque. Le nouvel hôpital était spécifiquement équipé à cet effet, et le Dr Stevens s'était personnellement formé auprès du médecin qui avait mis au point cette technique révolutionnaire, en la perfectionnant sur les pensionnaires de couleur d'un asile de Boston. Enseigner cette chirurgie aux médecins de la région, en faire don à la population noire, était l'une des raisons de son affectation.

«Et si je ne veux pas?

— Le choix vous appartient, bien sûr. À compter de cette semaine, ce sera obligatoire pour certaines résidentes de l'État. Les femmes de couleur qui ont déjà mis au monde plus de deux enfants, et ce à des fins de contrôle démographique. De même que les demeurées et autres inaptes mentales, pour des raisons évidentes. Et les criminelles récidivistes. Mais cela ne s'applique pas à vous, Bessie. Ce sont là des femmes qui ont déjà un fardeau assez lourd à porter. Mais pour vous, c'est simplement une occasion de prendre en main votre destin. »

Elle n'était pas sa première patiente récalcitrante. Il délaissa le sujet, sans rien perdre de ses manières chaleureuses. La surveillante pouvait lui fournir un complément d'information sur ce programme, conclut-il, et était à sa disposition pour dissiper toute inquiétude.

Cora reprit le couloir d'un pas vif, avide d'air frais. Elle s'était trop accoutumée à sortir indemne de ses entretiens avec l'autorité blanche. La franchise des questions du médecin et de ses précisions ultérieures la déstabilisait. Oser comparer ce qui s'était passé la nuit du fumoir et ce qui unissait des époux amoureux. Le discours du Dr Stevens en faisait une seule et même chose. Elle avait l'estomac retourné à cette idée. Et puis il y avait cette histoire d'« obligation », qui donnait l'impression que ces femmes, celles de Hob, au visage simplement différent, n'avaient pas leur mot à dire. Comme si elles étaient la propriété des médecins qui pouvaient faire d'elles ce qu'ils voulaient. Mrs Anderson souffrait d'humeurs, d'idées noires. Est-ce que cela la rendait inapte ? Est-ce que son médecin lui faisait la même proposition ? Non.

156

Tandis qu'elle retournait ces pensées dans sa tête, elle réalisa qu'elle se trouvait devant la maison des Anderson. Ses pieds avaient pris le contrôle quand son esprit était ailleurs. Peut-être qu'au fond d'elle-même Cora pensait aux enfants. Maisie devait être à l'école, mais Raymond était peut-être à la maison. Elle avait été trop occupée ces deux dernières semaines pour faire ses adieux comme il fallait.

La fille qui ouvrit la porte regarda Cora d'un air soupçonneux, même une fois qu'elle eut expliqué qui elle était.

«Je croyais qu'elle s'appelait Bessie», dit-elle. Elle était petite et maigre, mais se cramponnait à la porte comme si elle était plus qu'heureuse d'y mettre son poids pour repousser toute intrusion. «T'as dit que tu t'appelais Cora.»

Cora maudit le médecin de l'avoir distraite. Elle expliqua que son maître l'avait baptisée Bessie, mais qu'aux quartiers tout le monde l'appelait Cora parce qu'elle était le portrait craché de sa mère.

«Mrs Anderson n'est pas à la maison, dit la fille. Et les enfants sont en train de jouer avec leurs amis. Tu ferais mieux de revenir quand Madame sera là.» Elle referma la porte.

Pour une fois, Cora prit le raccourci pour rentrer chez elle. Parler à Caesar lui aurait fait du bien, mais il était à l'usine. Elle resta au lit jusqu'au dîner. À dater de ce jour, elle alla au musée par un itinéraire qui évitait la maison des Anderson.

Deux semaines plus tard, Mr Fields décida d'offrir à ses spécimens une visite du musée en bonne et due forme. À force d'être en vitrine, Isis et Betty avaient travaillé leurs talents d'actrices. Le duo feignit un intérêt plausible tandis que Mr Fields discourait sur les vues en coupe de citrouilles et de troncs de chênes centenaires, sur les géodes fendues dont les cristaux violets ressemblaient à des dents de verre, sur les minuscules scarabées et fourmis que les savants avaient conservés grâce à une préparation spéciale. Elles gloussèrent devant le sourire figé du glouton empaillé, le faucon à queue rouge saisi en plein piqué, et l'ours noir pataud qui chargeait vers la vitrine. Des prédateurs figés dans l'instant où ils fondaient sur leur proie.

Cora fixa les visages de cire des Blancs. Les spécimens de Mr Fields étaient les seuls modèles vivants exposés. Les Blancs étaient faits de plâtre, de fil de fer et de peinture. Dans une vitrine, deux pèlerins en pourpoint et culotte de grosse laine désignaient le rocher de Plymouth à leurs compagnons de voyage qui naviguaient sur des fresques. Enfin parvenus à bon port après une traversée périlleuse vers un nouveau départ. Dans une autre vitrine, le musée offrait une scène portuaire dans laquelle des colons blancs déguisés en Mohicans jetaient par-dessus bord des caisses de thé avec une allégresse surjouée. Les gens portaient différentes sortes de chaînes au cours de leur vie, mais il n'était pas difficile d'identifier la rébellion, même quand les rebelles arboraient un déguisement pour ne pas être incriminés.

Les spécimens déambulaient au milieu des vitrines comme de simples visiteurs. Deux explorateurs déterminés posaient sur une crête et contemplaient les montagnes de l'Ouest, cette contrée mystérieuse qui s'étendait devant eux, riche de dangers et de découvertes. Comment savoir ce qui les attendait ? Ils étaient maîtres de leur destin, et s'aventuraient, intrépides, vers l'avenir.

Dans la dernière vitrine, un Peau-Rouge recevait un parchemin de la part de trois Blancs à la noble posture, aux mains ouvertes en signe de négociation.

« C'est quoi ? demanda Isis.

— C'est un authentique tipi, dit Mr Fields. Nous aimons que chaque vitrine raconte une histoire, pour éclairer ce qu'est l'Amérique, cette expérience unique. Tout le monde connaît la vérité de cette rencontre historique, mais la voir de ses yeux…

— Et ils dorment là-dedans ? »

Il expliqua que oui. Sur ce, les filles retournèrent à leurs propres vitrines.

« Qu'est-ce que t'en dis, Captain John ? demanda Cora à son compagnon de traversée. Est-ce qu'on est dans la vérité de notre rencontre historique ? » Depuis peu, elle s'était mise à faire la conversation au mannequin, pour offrir un moment de théâtre au public. La peinture s'écaillait sur sa joue et mettait à nu la cire grise.

Les coyotes empaillés sur leurs socles ne mentaient pas, supposait Cora. Et les fourmilières, les minéraux disaient leur propre vérité. Mais les vitrines mettant en scène des Blancs comportaient autant d'inexactitudes et de contradictions que les trois habitats de Cora. Jamais aucun garçon enlevé à son village n'avait briqué le pont luisant d'un navire négrier, jamais son ravisseur blanc ne lui avait tapoté le crâne en récompense. Le jeune Africain dynamique dont elle portait les bottes de cuir fin aurait été enchaîné dans la cale, le corps luisant de ses propres excréments. Certes, le travail d'esclave consistait parfois à tisser du fil, mais c'était exceptionnel. Aucune esclave n'était tombée raide morte à son rouet, ou n'avait été massacrée pour un tissage emmêlé. Mais personne ne voulait évoquer la véritable marche du monde. Et personne ne voulait l'entendre. Assurément pas les monstres blancs qui se pressaient derrière la vitrine à cet instant, collant leurs mufles gras contre le verre, ricanant et criaillant. La vérité était une vitrine régulièrement redécorée, manipulée par des mains invisibles dès qu'on tournait le dos, aguichante et toujours hors de portée.

Les Blancs étaient venus sur cette terre pour prendre un nouveau départ et échapper à la tyrannie de leurs maîtres, tout comme les Noirs libres avaient fui les leurs. Mais ces idéaux qu'ils revendiquaient pour eux-mêmes, ils les refusaient aux autres. Cora avait entendu maintes fois Michael réciter la Déclaration d'indépendance à la plantation Randall, sa voix flottant dans le village comme un spectre furieux. Elle n'en comprenait pas les mots, la plupart en tout cas, mais « naissent égaux en droits » ne lui avait pas échappé. Les Blancs qui avaient écrit ça ne devaient pas tout comprendre non plus, si « tous les hommes » ne voulait pas vraiment dire tous les hommes. Pas s'ils confisquaient ce qui appartenait à autrui, qu'on puisse tenir ce bien dans sa main – comme la terre – ou non – comme la liberté. La terre qu'elle avait labourée et cultivée avait été une terre indienne. Elle savait que les Blancs se vantaient de l'efficacité des massacres, au cours desquels ils tuaient des femmes et des enfants et étouffaient au berceau leur avenir.

Des corps volés qui travaillaient une terre volée. C'était une locomotive qui ne s'arrêtait jamais, dont la chaudière avide se nourrissait de sang. Avec la chirurgie décrite par le Dr Stevens, songea-t-elle, les Blancs commençaient pour de bon à voler l'avenir. Ils vous ouvraient le ventre pour vous l'arracher, tout dégoulinant. Car c'est précisément ce qu'on fait quand on enlève aux gens leurs bébés : on leur vole leur avenir. On les torture d'abord tant qu'on peut quand ils sont sur cette terre, puis on leur enlève tout espoir qu'un jour leur peuple connaisse un sort meilleur.

« Pas vrai, Captain John ? » demanda Cora. Parfois, quand elle tournait la tête assez vite, elle croyait voir le mannequin lui faire un clin d'œil.

Un soir, quelques jours plus tard, elle remarqua que les lumières du numéro 40 étaient éteintes, alors qu'il était encore tôt. Elle questionna les autres filles. « Elles ont été transportées à l'hôpital, répondit l'une d'elles. Pour guérir plus vite. »

Un soir, juste avant que Ridgeway ne mette un terme à son séjour en Caroline du Sud, Cora s'attarda sur le toit du Griffin, cherchant à voir d'où elle était venue. Il lui restait une heure avant de retrouver Caesar et Sam, et elle n'avait nulle envie de rester sur son lit à s'agiter en écoutant le gazouillis des autres filles. Le samedi précédent, après l'école, l'un des hommes qui travaillaient au Griffin, un ancien cueilleur de tabac prénommé Martin, lui avait appris que la porte menant au toit n'était pas verrouillée. L'accès était aisé. Si elle craignait qu'un des employés blancs du douzième étage ne l'interroge quand elle sortirait de l'ascenseur, expliqua-t-il, elle n'avait qu'à terminer la montée par l'escalier.

C'était sa seconde visite au crépuscule. La hauteur lui faisait tourner la tête. Elle avait envie de bondir pour attraper les nuages gris qui bouillonnaient dans le ciel. Miss Handler leur avait fait un cours sur les grandes pyramides d'Égypte et les miracles accomplis par les esclaves, de leurs mains nues et à la sueur de leur front. Les pyramides étaient-elles aussi hautes que cet immeuble, les pharaons s'installaient-ils au sommet pour prendre la mesure de leur royaume, pour voir comme le monde était diminué quand on acquérait la bonne distance ? Sur Main Street tout en bas, des ouvriers érigeaient des immeubles de trois et quatre étages, bien plus hauts que la succession de vieux bâtiments qu'ils venaient remplacer. Chaque jour Cora longeait le chantier. Rien encore d'aussi imposant que le Griffin, mais un jour la tour aurait des frères et sœurs qui enjamberaient le pays. Chaque fois qu'elle laissait ses rêves l'emmener sur les voies de l'espoir, cette perspective l'exaltait : la ville prenant son essor.

Sur le flanc est du Griffin s'étendaient les maisons des Blancs et leurs nouveaux projets : la place agrandie, l'hôpital, le musée. Cora traversa le toit vers l'ouest, où se trouvaient les dortoirs des Noirs. Vues de cette hauteur, les impressionnantes rangées de cubes rouges semblaient grignoter les bois en friche. Était-ce là qu'elle vivrait un jour ? Dans un petit cottage d'une rue pas encore tracée ? En mettant au lit son fils et sa fille dans la chambre du haut. Cora tenta de se représenter le visage de l'homme, d'invoquer les noms des enfants. L'imagination lui fit défaut. Les yeux plissés, elle scruta le sud, dans la direction de Randall. Qu'espérait-elle voir ? La nuit entraînait le sud dans les ténèbres.

Et le Nord ? Peut-être le visiterait-elle un jour.

Le vent la fit frissonner et elle regagna la rue. À cette heure, il n'y avait plus de risque à aller chez Sam.

Caesar ne savait pas pourquoi le chef de gare tenait à les voir. Lorsqu'il était passé devant la taverne, Sam lui avait fait signe en disant : « Ce soir. » Cora n'était pas retournée à la gare depuis son arrivée, mais le jour de sa délivrance restait si vif dans son esprit qu'elle n'eut aucun mal à retrouver le chemin. Les bruits d'animaux dans la forêt obscure et le craquement du bois mort lui rappelèrent sa fuite, et puis Lovey évanouie dans la nuit.

Elle pressa le pas en voyant la lueur aux fenêtres de Sam vaciller parmi les branchages. Il l'étreignit avec son enthousiasme habituel ; sa chemise était trempée et empestait l'alcool. Lors de sa première visite, elle avait eu trop de choses en tête pour remarquer le désordre de la maison, les assiettes sales, la sciure, les piles de vêtements. Pour atteindre la cuisine, elle dut enjamber une boîte à outils renversée, son contenu répandu sur le sol, des clous déployés en éventail comme des cure-dents. Avant de partir, elle lui recommanderait de contacter le bureau de placement pour demander une bonne.

Caesar était déjà là et sirotait une bouteille de bière, attablé dans la cuisine. Il avait apporté un de ses bols pour l'offrir à Sam et passait les doigts sur le fond comme s'il traquait quelque imperceptible fissure. Cora avait presque oublié qu'il aimait travailler le bois. Elle ne l'avait guère vu ces derniers temps. Il avait encore acheté des vêtements chics au bazar des gens de couleur, constata-t-elle, ravie – un costume noir qui lui allait à merveille. Et on lui avait appris à nouer une cravate, ou peut-être était-ce là un vestige de son séjour en Virginie, du temps où, croyant que la vieille femme blanche l'affranchirait, il soignait son apparence.

« Il y a un train qui arrive ? demanda Cora.

— Dans quelques jours», répondit Sam.

Caesar et Cora s'agitèrent sur leurs sièges.

«Je sais que vous ne voulez pas le prendre. Ça n'a pas d'importance.

— On a décidé de rester, dit Caesar.

— On voulait être sûrs avant de t'en parler», ajouta Cora.

Sam souffla bruyamment et s'adossa à sa chaise branlante. «Ça m'a fait plaisir de vous voir laisser passer les trains pour tenter votre chance ici. Mais vous allez peut-être reconsidérer les choses en entendant ce que j'ai à vous dire.»

Il leur offrit des sucreries – il était un fidèle client de la Boulangerie Idéale dans Main Street – et révéla le motif de cette rencontre.

«Je veux vous mettre en garde: n'allez plus chez Red.

— T'as peur de la concurrence?» plaisanta Caesar. La question ne se posait même pas: la taverne de Sam ne servait pas les clients de couleur. Non, Red avait le monopole des résidents des dortoirs avides de danse et de boisson. D'autant qu'on y faisait crédit et qu'on y acceptait la monnaie de papier.

«C'est plus grave que ça, dit Sam. Je ne sais pas trop quoi en penser, à dire vrai.» Et de fait il leur raconta une drôle d'histoire. Caleb, le propriétaire du Drift, était d'un caractère notoirement acariâtre; Sam, en revanche, avait la réputation du barman qui apprécie la conversation. «C'est comme ça, en travaillant là-bas, qu'on arrive à connaître la vraie vie d'une ville», aimait-il à dire. L'un de ses fidèles clients était un médecin dénommé Bertram, embauché depuis peu à l'hôpital. Il ne se mêlait pas aux autres Nordistes à ses heures de loisir, préférant l'atmosphère du Drift et sa compagnie corsée. Il avait un goût immodéré pour le whisky. « Pour y noyer ses péchés », disait Sam.

En règle générale, Bertram gardait ses pensées pour lui jusqu'au troisième verre, mais quand le whisky le débouchait enfin, il se mettait à pérorer fiévreusement sur les blizzards du Massachusetts, les rituels de bizutage de l'école de médecine ou l'intelligence de l'opossum de Virginie. La veille au soir, il s'était répandu sur la gent féminine. Le médecin était un visiteur assidu de l'établissement de Miss Trumball, qu'il préférait à la maison Lanchester, dont les filles à ses yeux avaient un tempérament trop taciturne, comme si on les avait importées du Maine ou de quelque autre province lugubre.

« Sam ? intervint Cora.

— Excuse-moi, Cora. » Il abrégea. Le Dr Bertram avait donc énuméré les vertus de la maison Trumball, avant d'ajouter : « Mais quoi que tu fasses, mon gars, reste à l'écart de chez Red, si tu as du goût pour les négresses. »

Plusieurs de ses patients fréquentaient la taverne et fricotaient avec les clientes. Ils croyaient être traités pour des affections sanguines, sauf que les remèdes administrés à l'hôpital n'étaient rien d'autre que de l'eau sucrée. En réalité, les nègres participaient sans le savoir à une étude portant sur les stades latent et tertiaire de la syphilis.

« Et ils croient que vous les soignez ? avait demandé Sam au médecin d'une voix neutre, malgré son visage échauffé.

— C'est une recherche importante, expliqua Bertram. Si on découvre comment se propage une maladie, la trajectoire d'infection, on s'achemine vers un remède. » Red était la seule vraie taverne de la ville destinée aux gens de couleur ; le propriétaire avait droit à une réduction de loyer pour garder l'œil sur la clientèle. Le programme de recherche sur la syphilis s'inscrivait dans tout un ensemble d'études et d'expériences menées dans l'aile de l'hôpital réservée aux gens de couleur. Sam était-il au courant, par exemple, que la tribu Ibo du continent africain avait une prédisposition aux maladies nerveuses ? Aux idées noires et aux tendances suicidaires ? Le médecin relata l'histoire de quarante esclaves, enchaînés ensemble à bord d'un navire, qui avaient sauté par-dessus bord comme un seul homme plutôt que de vivre dans la servitude. Quel genre d'esprit fallait-il pour concevoir et exécuter un projet aussi aberrant ! Et s'il était possible d'apporter des ajustements aux tendances héréditaires et aux modes de reproduction des nègres pour éradiquer ceux qui étaient enclins à la mélancolie ? Pour maîtriser d'autres pulsions telles l'agressivité sexuelle et la propension à la violence ? Ainsi, nous pourrions protéger nos femmes et nos filles de ces instincts surgis de la jungle, lesquels, d'après les observations du Dr Bertram, constituaient une hantise majeure chez les Blancs du Sud. Le médecin se pencha vers Sam. Avait-il lu le journal aujourd'hui ?

Sam secoua la tête et remplit son verre.

Pourtant, insista le médecin, le barman avait bien dû voir les éditoriaux qui exprimaient des inquiétudes à ce sujet au fil des ans. L'Amérique a importé et élevé tant d'Africains que dans bien des États, les Blancs deviennent minoritaires. Ne serait-ce que pour cette raison, toute émancipation est impossible. Par une stérilisation stratégique – d'abord des femmes, puis, à terme, des deux sexes –, nous pourrions les libérer de leur servitude sans craindre qu'ils nous massacrent dans notre sommeil. Les artisans des soulèvements en Jamaïque étaient d'extraction béninoise et congolaise, des races volontaires et rusées. Et si graduellement nous pouvions diluer méthodiquement ces lignées ? Les données collectées au fil des décennies sur les gars de couleur et leur descendance, disait le médecin, se révéleront l'un des projets scientifiques les plus audacieux de l'Histoire. La stérilisation contrôlée, la recherche sur les maladies transmissibles, le perfectionnement de nouvelles méthodes chirurgicales sur les inadaptés sociaux : était-ce un hasard si les meilleurs scientifiques du pays affluaient en Caroline du Sud ?

Un groupe de clients tapageurs envahit alors la taverne et repoussa Bertram vers l'extrémité du comptoir. Sam était affairé. Le médecin vida son verre en silence puis s'éclipsa. « Vous n'êtes pas du genre à aller chez Red, vous deux, conclut Sam, mais je tenais à vous mettre au courant.

— Red, répéta Cora. Il ne s'agit pas que de la taverne, Sam. Il faut les prévenir qu'on leur ment. Ils sont malades. »

Caesar était du même avis.

« Est-ce qu'ils vous croiront ? demanda Sam. C'est votre parole contre celle des docteurs blancs. Et sur quelles preuves ? Il n'y a aucune autorité qu'on puisse saisir pour obtenir justice : tout est financé par la municipalité. Sans compter les nombreuses autres villes qui hébergent des gens de couleur selon le même système. On n'est pas les seuls à avoir un nouvel hôpital. »

Ils continuèrent à débattre, autour de la table de la cuisine. Était-ce possible que non seulement les médecins mais toute personne s'occupant de la population noire soient impliqués dans cet incroyable complot ? Qu'ils poussent les gens de couleur sur telle ou telle voie, qu'ils les rachètent aux domaines et aux enchères à seule fin de mener cette expérience ? Toutes ces mains blanches qui agissaient de concert et consignaient leurs données et leurs chiffres sur papier bleu. Après sa discussion avec le Dr Stevens, Cora avait été interceptée par Miss Lucy un matin sur le chemin du musée. Cora avait-elle réfléchi au programme de contrôle des naissances proposé par l'hôpital ? Peut-être pourrait-elle en parler aux autres filles, en utilisant des mots qu'elles seraient à même de comprendre. Un tel geste serait grandement apprécié, avait ajouté la femme. Il y avait toutes sortes de nouveaux postes qui se créaient en ville, des perspectives uniques pour ceux qui avaient prouvé leur valeur.

Cora repensa au soir où Caesar et elle avaient décidé de rester ici, à la femme qui s'était aventurée sur la pelouse à l'issue du bal en hurlant : « Ils m'enlèvent mes bébés ! » Cette femme ne déplorait pas une injustice passée, du temps où elle vivait sur la plantation, mais un crime perpétré ici même, en Caroline du Sud. C'étaient les médecins qui lui volaient ses bébés, non ses anciens maîtres.

« Ils m'ont demandé de quelle région d'Afrique mes parents étaient originaires, dit Caesar. Comment le savoir ? Il a dit que j'avais un nez de Béninois.

— Rien de tel que de flatter un homme avant de le châtrer, commenta Sam.

— Il faut que je prévienne Meg, dit Caesar. Certaines de ses amies passent leurs soirées chez Red. Je sais qu'elles y voient des hommes.

— C'est qui Meg ? demanda Cora.

— Une amie que je fréquente depuis peu.

— Je vous ai vus ensemble l'autre jour dans Main Street, dit Sam. Elle est spectaculaire.

— C'était une belle après-midi », commenta Caesar. Il but une gorgée de bière, les yeux fixés sur la bouteille pour éviter le regard de Cora.

Ils n'avancèrent guère dans l'élaboration d'un plan d'action, car ils butaient sur deux problèmes : à qui pouvaient-ils s'adresser, et quelle serait la réaction des autres résidents de couleur ? Peut-être préféraient-ils ne pas savoir, hasarda Caesar. Que pesaient ces rumeurs au regard du cauchemar dont ils avaient réchappé ? Quel calcul feraient leurs voisins, en soupesant toutes les promesses de leur condition nouvelle face à ces allégations et à la vérité de leur propre passé ? Légalement, la plupart d'entre eux étaient encore la propriété du gouvernement des États-Unis, et leur nom figurait sur un bout de papier dans une armoire des archives fédérales. Pour l'heure, tout ce qu'ils pouvaient faire, c'était mettre les gens en garde.

Cora et Caesar étaient presque arrivés en ville lorsque ce dernier dit : « Meg travaille pour une des familles de Washington Street. Dans une de ces grandes maisons, tu vois?

— Je suis contente que tu aies des amies, répondit Cora.

— Tu es sûre?

— Est-ce qu'on a eu tort de rester?

— Peut-être que c'est là qu'on était censés descendre. Ou peut-être pas. Qu'en penserait Lovey?»

Cora n'avait pas de réponse. Ils demeurèrent silencieux pendant tout le reste du chemin.

Elle dormit très mal. Sur les quatre-vingts couchettes, les femmes ronflaient et s'agitaient sous les draps. Elles s'étaient mises au lit en se croyant libres, hors d'atteinte des Blancs, de leur contrôle et de leurs injonctions concernant ce qu'elles devaient faire et être. Convaincues qu'elles maîtrisaient le cours de leur vie. Mais ces femmes demeuraient un troupeau domestiqué. Non plus une pure marchandise comme naguère, mais du bétail : élevé et stérilisé. Parqué à l'intérieur de dortoirs comme dans un clapier ou des cages à poules.

Au matin, Cora partit avec les autres filles faire le travail qui lui était assigné. Tandis qu'elle s'apprêtait à enfiler son costume comme les deux autres spécimens, Isis lui demanda d'intervertir les vitrines. Elle se sentait mal et voulait se reposer un peu au rouet. «J'aimerais juste ne pas avoir à rester debout.»

Après six semaines au musée, Cora avait trouvé un roulement qui convenait à son caractère. Si elle commençait par la «Journée typique», elle pouvait expédier sa seconde corvée de plantation juste après

171

le déjeuner. Elle haïssait ce grotesque spectacle esclavagiste et préférait en finir le plus tôt possible. La progression de la «Plantation» au «Navire négrier» puis au «Cœur noir de l'Afrique» avait une logique réconfortante. C'était comme remonter le cours du temps, défaire le fil de l'Amérique. Et terminer ainsi sa journée parmi les «Scènes du cœur noir de l'Afrique» ne manquait jamais de la plonger dans un océan de calme, où le simple théâtre cessait d'être du théâtre pour devenir un authentique refuge. Mais elle accéda à la requête d'Isis. Elle terminerait sa journée en esclave.

Aux champs, elle était perpétuellement sous la surveillance sans merci du régisseur ou du chef d'équipe. «Courbez le dos!», «Avancez dans la rangée!» Chez les Anderson, lorsque Maisie était en classe ou avec ses amies et le petit Raymond endormi, Cora travaillait sans être surveillée ni maltraitée. C'était comme un petit trésor à chérir au milieu de sa journée. Sa récente installation au musée la ramenait aux sillons de Géorgie, et les regards bêtes et béats des visiteurs l'arrachaient à sa liberté pour la réduire au statut d'objet exhibé.

Un jour, elle décida de s'en prendre à une femme blanche aux cheveux roux qui toisait d'un œil réprobateur les activités «maritimes» de Cora. Peut-être cette femme avait-elle épousé un marin aux appétits insatiables et lui en voulait-elle de raviver ce souvenir; Cora ignorait la source de cette animosité, et peu lui importait. Cette femme la hérissait. Cora la regarda droit dans les yeux, inflexible et farouche, jusqu'à ce que l'autre cède et se détourne de la vitrine pour gagner au pas de course la section agricole.

Dès lors, Cora sélectionna chaque heure un visiteur à foudroyer du regard. Un jeune entrepreneur dynamique échappé de son bureau du Griffin ; une matrone harassée tentant de canaliser son indocile troupeau d'enfants ; un de ces adolescents aigris qui aimaient tambouriner à la vitre pour faire sursauter les spécimens. Tantôt l'un, tantôt l'autre. Elle choisissait dans le public les maillons faibles, ceux qui cédaient sous son regard. Le « maillon faible » : elle aimait le son de ces mots. Traquer le défaut de la chaîne qui vous tient asservi. Pris isolément, le maillon ne représentait pas grand-chose. Mais de concert avec ses semblables, il devenait un fer puissant qui subjuguait des millions d'individus malgré sa faiblesse. Les gens qu'elle choisissait, jeunes ou vieux, venus des quartiers riches ou des rues plus modestes, ne persécutaient pas Cora à titre individuel. Mais en communauté, ils devenaient des chaînes. Et si elle persistait à limer les maillons faibles chaque fois qu'elle en trouvait, elle aboutirait peut-être à quelque chose.

Elle perfectionna son mauvais œil. Elle levait la tête de son rouet ou du feu de verre de la hutte pour épingler quelqu'un sur place tel un scarabée ou une mite des vitrines d'entomologie. Ils cédaient toujours, ces gens, surpris par cet étrange assaut, et ils reculaient d'un pas chancelant, ou baissaient les yeux, ou forçaient leurs compagnons à aller dans une autre section du musée. C'était une très bonne leçon, songeait Cora, d'apprendre que l'esclave, l'Africain parmi vous, vous regarde comme vous le regardez.

Le jour où Isis se sentit indisposée, Cora, à son second passage sur le navire, regarda par la vitre et aperçut Maisie les cheveux noués en tresse, vêtue d'une des robes que Cora lavait jadis et mettait à sécher sur la corde à linge. C'était une sortie scolaire. Cora reconnut les garçons et les filles qui l'accompagnaient, même si les enfants ne voyaient pas en elle l'ancienne bonne des Anderson. Au début, Maisie ne la reconnut pas. Et puis Cora la pétrifia de son mauvais œil et la petite fille comprit. L'institutrice discourait sur la signification de la vitrine, les autres enfants désignaient du doigt en ricanant le sourire criard de Captain John, et le visage de Maisie se contracta de peur. De l'extérieur, personne ne pouvait dire ce qui se passait entre elles, comme lorsque Blake et elle s'étaient affrontés autour de la niche. Cora pensa : Toi aussi, Maisie, je vais te briser, et c'est ce qu'elle fit, et la petite fille s'enfuit hors de sa vue. Cora ne savait pas pourquoi elle avait fait ça, et elle se sentit décontenancée jusqu'à ce qu'elle ôte son costume et regagne le dortoir.

Ce soir-là, elle rendit visite à Miss Lucy. Cora avait gambergé toute la journée sur la révélation de Sam, l'avait étudiée à la lumière telle une hideuse babiole, sous un angle puis un autre. Bien des fois la surveillante lui avait prêté assistance. À présent, ses conseils et ses avis paraissaient des manœuvres, comme un paysan manipule un mulet pour qu'il avance selon ses intentions.

La femme blanche rassemblait une pile de papiers bleus dans son bureau quand Cora passa la tête par l'embrasure de la porte. Son nom était-il inscrit là, et accompagné de quelles remarques ? Non, se corrigea-t-elle : le nom de Bessie, pas le sien.

« Je n'ai qu'un instant à vous accorder, dit la surveillante.

— J'ai vu des gens emménager au numéro 40, dit Cora. Mais aucune des femmes qui y habitaient avant. Elles sont encore à l'hôpital pour se faire soigner ? »

Miss Lucy regarda ses papiers et se raidit. « Elles ont été transportées dans une autre ville, répondit-elle. Nous avons besoin de place pour toutes les nouvelles arrivantes, et les femmes comme Gertrude, celles qui ont besoin d'aide, sont envoyées là où elles pourront bénéficier de soins appropriés.

— Donc elles ne reviennent pas.

— Non, elles ne reviennent pas. » Miss Lucy étudia sa visiteuse. « Cela te trouble, je le vois bien. Tu es une fille intelligente, Bessie. Je continue d'espérer que tu endosseras le rôle de meneuse pour les autres filles, même si pour l'heure tu n'es pas convaincue d'avoir besoin de cette opération. Tu pourrais faire honneur à ta race si tu t'en donnais les moyens.

— Je peux en décider toute seule, dit Cora. Pourquoi elles n'en seraient pas capables elles aussi ? À la plantation, notre maître décidait de tout pour nous. Je croyais qu'ici on en avait fini avec ça. »

Miss Lucy frémit devant la comparaison. « Si tu ne sais pas faire la différence entre des gens sains, vertueux et respectables d'un côté, et les malades mentaux, les criminels et les demeurés de l'autre, tu n'es pas celle que je croyais. »

Je ne suis pas celle que tu croyais.

L'une des surveillantes les interrompit, une femme plus âgée prénommée Roberta qui servait souvent d'intermédiaire avec le bureau de placement. C'était elle qui avait placé Cora chez les Anderson, bien des mois plus tôt. «Lucy? Ils vous attendent, ils comptent sur vous.

— J'ai tous les papiers ici, grommela-t-elle à sa collègue. Mais les archives du Griffin sont identiques. La loi sur les esclaves fugitifs stipule que nous devons livrer les évadés et non entraver leur capture – elle ne nous enjoint pas de délaisser toutes nos tâches en cours sous prétexte qu'un chasseur de primes est convaincu d'avoir trouvé sa proie. Nous n'hébergeons pas d'assassins.» Elle se leva, serrant ses papiers contre sa poitrine. «Bessie, nous reprendrons cela demain. Je vous en prie, réfléchissez à notre discussion.»

Cora battit en retraite vers l'escalier des dortoirs. Elle s'assit sur la troisième marche. Ils pouvaient rechercher n'importe qui. Les dortoirs étaient remplis d'esclaves en fuite qui avaient trouvé refuge ici, dans le sillage d'une évasion récente ou après des années à se construire une vie ailleurs. Ils pouvaient rechercher n'importe qui.

Ils traquaient des assassins.

Elle se rendit d'abord au dortoir de Caesar. Elle connaissait son emploi du temps, mais dans sa panique elle ne parvenait plus à se remémorer son horaire de brigade. Dehors, elle n'aperçut aucun Blanc, aucune brute ressemblant à un chasseur d'esclaves tel qu'elle se l'imaginait. Elle traversa la pelouse en courant. Le vieil homme à l'accueil lui adressa un sourire salace – il y avait toujours un sous-entendu polisson quand une fille se rendait dans les logements des hommes – et l'informa que Caesar était encore à l'usine. « Tu veux attendre avec moi ? » demanda-t-il.

La nuit tombait. Elle hésita à se risquer dans Main Street. Dans les dossiers administratifs de la ville, elle était recensée sous le nom de Bessie. Les portraits des avis de recherche imprimés par Terrance après leur évasion étaient des esquisses grossières, mais assez ressemblantes pour qu'un chasseur un peu futé y regarde à deux fois. Aucune chance qu'elle se calme avant d'avoir pu discuter avec Caesar et Sam. Elle emprunta Elm Street, qui était parallèle à Main, jusqu'à atteindre le pâté de maisons où se trouvait le Drift. À chaque carrefour, elle s'attendait à voir surgir une milice à cheval, avec torches, mousquets et sourires mauvais. Même s'il était encore tôt, le Drift était rempli de fêtards, certains qu'elle reconnut, d'autres non. Elle dut passer deux fois devant la fenêtre de la taverne pour que le chef de gare la voie et lui fasse signe de passer par-derrière.

Les buveurs éclatèrent de rire. Elle franchit discrètement la lumière projetée dans l'allée. La porte des latrines était entrebâillée : vides. Sam se tenait debout dans l'ombre, le pied sur une caisse pour lacer ses bottes. « Je cherchais un moyen de vous faire passer le mot, dit-il. Le chasseur d'esclaves s'appelle Ridgeway. Il est en train de parler au commissaire, de toi et de Caesar. J'ai servi du whisky à deux de ses hommes. »

Il lui tendit un avis de recherche. Identique à ceux que Fletcher avait décrits, à un détail près. À présent

177

qu'elle connaissait son alphabet, le mot «assassins» lui harponna le cœur.

Il y eut du raffut à l'intérieur du bar et Cora s'enfonça dans l'ombre. Sam ne pourrait partir que dans une heure, dit-il. Il allait glaner autant d'informations que possible et tenter d'intercepter Caesar à l'usine. Le mieux serait que Cora les précède et les attende chez lui.

Elle courut comme elle ne l'avait plus fait depuis longtemps, se cantonnant au bord de la route et se réfugiant au milieu des arbres au moindre bruit de passage. Elle entra dans la ferme de Sam par la porte de derrière et alluma une bougie dans la cuisine. Après avoir arpenté la pièce, incapable de s'asseoir, Cora fit la seule chose qui pouvait la calmer. Lorsque Sam rentra, toute la vaisselle était lavée.

«Ça se présente mal, dit le chef de gare. L'un des chasseurs de primes a débarqué juste après notre discussion. Il portait un collier d'oreilles comme un Peau-Rouge, un vrai dur à cuire. Il a dit aux autres qu'ils savaient où vous étiez. Ils sont partis retrouver leur chef devant la taverne, le dénommé Ridgeway.» Il haletait, essoufflé d'avoir couru. «Je ne sais pas comment, mais ils savent qui vous êtes.»

Cora avait saisi le bol de Caesar. Elle le retourna dans ses mains.

«Ils ont constitué une milice, reprit Sam. Je n'ai pas réussi à trouver Caesar. Il sait qu'il doit venir soit ici, soit à la taverne – c'était convenu. Il est peut-être déjà en chemin.» Sam comptait retourner l'attendre au Drift.

«Tu crois que quelqu'un nous a vus parler? demanda Cora.

— Tu devrais peut-être descendre sur le quai.»

Ils tirèrent la table de la cuisine et dégagèrent l'épais tapis gris. Ensemble, ils soulevèrent la trappe – étroitement ajustée –, et l'air moisi fit vaciller les bougies. Elle prit des provisions, une lanterne, et descendit dans les ténèbres. La trappe se referma au-dessus d'elle et la table fut remise en place.

Elle avait évité les offices dans les églises noires de la ville. Randall prohibait la religion à la plantation, pour éliminer toute tentation de délivrance, et les bondieuseries ne l'avaient jamais attirée une fois parvenue en Caroline du Sud. De ce fait, les autres résidentes la trouvaient bizarre, elle le savait, mais il y avait longtemps que ça ne la dérangeait plus de paraître bizarre. Était-elle censée prier à présent? Elle s'assit autour de la table dans la lueur ténue. Il faisait trop sombre sur le quai pour distinguer le début du tunnel. Combien de temps leur faudrait-il pour débusquer Caesar? À quelle vitesse pouvait-il courir? Elle avait conscience des marchés que passaient les gens en situation désespérée. Pour faire tomber la fièvre d'un enfant malade, mettre fin aux brutalités d'un régisseur, pour délivrer un esclave d'une myriade d'enfers possibles. D'après son expérience, ces marchandages étaient stériles. Parfois la fièvre retombait, mais la plantation était toujours là. Cora ne pria pas.

Elle s'endormit à force d'attendre. Plus tard, elle remonta les marches à quatre pattes, se percha juste en dessous de la trappe et tendit l'oreille. Le jour s'était peut-être levé dans le monde extérieur, elle n'avait aucun moyen de le savoir. Elle avait faim et soif. Elle mangea un peu de pain et de saucisse. Elle passa le temps en arpentant les escaliers, collant un instant son oreille à la trappe puis s'écartant. Quand elle eut fini ses provisions, son désespoir fut complet. Elle écouta à la trappe. Pas un son.

Le fracas au-dessus de sa tête la réveilla et mit fin au vide. Il n'y avait pas une personne ou deux, mais une foule d'hommes. Ils ravagèrent la maison en hurlant, renversèrent les armoires et les meubles. Le bruit était violent, assourdissant, et si proche qu'elle redescendit les marches, toute recroquevillée. Elle ne distinguait pas leurs paroles. Puis ils en eurent fini.

Les jointures de la trappe ne laissaient passer ni lumière ni air. Elle ne sentit pas la fumée, mais elle entendit les bris de verre et les craquements du bois.

La maison était en feu.

STEVENS

Le département d'anatomie de l'école de médecine Proctor était situé à trois rues du bâtiment principal, l'avant-dernier pâté de maisons de l'impasse. La faculté n'était pas aussi sourcilleuse dans son recrutement que ses rivales plus réputées de Boston, et la pression des admissions nécessitait une extension des locaux. Aloysius Stevens occupait un poste de nuit pour satisfaire aux conditions de sa bourse. En échange d'un allègement de ses frais de scolarité et d'un endroit où travailler – la période nocturne était calme et propice à l'étude –, l'école avait ainsi quelqu'un sous la main pour ouvrir la porte au déterreur de cadavres.

Carpenter effectuait généralement sa livraison juste avant l'aube, avant que le quartier ne s'arrache au sommeil, mais ce soir-là il arriva à minuit. Stevens éteignit la lampe dans la salle de dissection et se précipita en haut de l'escalier. Il faillit oublier son cache-nez, mais se souvint du froid qu'il avait fait la fois précédente, lorsque les prémices de l'automne leur avaient rappelé la saison amère qui approchait. Il avait plu dans la matinée, et il espérait qu'il n'y aurait pas trop de boue.

Il n'avait qu'une seule paire de grosses chaussures, dont les semelles étaient dans un état lamentable.

Carpenter et son acolyte Cobb attendaient sur la banquette du cocher. Stevens s'installa dans la carriole avec les outils. Il y resterait hors de vue jusqu'à ce qu'ils soient à bonne distance, de crainte que quelque professeur ou étudiant ne l'aperçoive. Il était tard, mais un spécialiste venu de Chicago avait donné une conférence ce soir-là, et tous étaient sans doute encore en train de faire la fête dans les tavernes du coin. Stevens était déçu d'avoir manqué la conférence – les conditions de sa bourse l'empêchaient souvent d'y assister –, mais l'argent adoucirait un peu ce regret cuisant. La plupart de ses condisciples venaient de familles nanties du Massachusetts et n'avaient pas à se soucier du loyer ou des frais de bouche. Lorsque la carriole passa devant chez McGinty et qu'il entendit les rires à l'intérieur, Stevens enfonça son chapeau pour dissimuler son visage.

Cobb se retourna. «Ce soir, c'est Concord», et il lui tendit sa fiasque. En règle générale, Stevens refusait poliment de boire avec lui. Quoique encore étudiant, il était certain de ses divers diagnostics sur l'état de santé de cet homme. Mais le vent était vif et cinglant, et ils allaient passer des heures dans le noir et la boue avant de regagner le département d'anatomie. Stevens but une longue rasade et s'étouffa, le gosier en feu. «Qu'est-ce que c'est que ça?

— La concoction maison d'un de mes cousins. C'est trop fort pour votre palais?» Cobb et Carpenter ricanèrent.

En réalité, il avait certainement récupéré les fonds

de bouteilles de la veille à la taverne. Stevens accueillit la plaisanterie de bonne grâce. Cobb avait perdu sa froideur envers lui au fil des mois ; il avait imaginé sans peine ses objections lorsque Carpenter avait proposé que Stevens assure le remplacement chaque fois qu'un membre de leur bande était trop imbibé, ou incarcéré, ou incapable pour une raison ou une autre d'assurer une mission nocturne. Comment être sûr que ce gosse de riche, ce dandy, savait tenir sa langue ? (Stevens n'était pas riche, et n'était un dandy que dans ses rêves.) Depuis peu, la municipalité pendait les pilleurs de tombes – ce qui était ironique, ou pertinent selon le point de vue, puisque les corps des pendus étaient donnés aux écoles de médecine pour dissection.

« La potence, je m'en fous, avait confié Cobb à Stevens. C'est rapide. Le problème, c'est les gens – ça devrait se passer dans l'intimité, si vous voulez mon avis. Regarder un homme se conchier, c'est indécent. »

Profaner des sépultures avait cimenté les liens de l'amitié. À présent, quand Cobb l'appelait Docteur, c'était avec respect plutôt que par dérision. « Vous n'êtes pas comme les autres types, lui dit-il un soir, alors qu'ils transportaient un cadavre par la porte de derrière. Vous êtes un peu louche. »

Et en effet il l'était. C'était utile pour un jeune chirurgien d'être un peu malsain, surtout quand il s'agissait de se procurer de la matière première pour les dissections et autopsies. Il y avait une constante pénurie de corps depuis que l'anatomie était devenue une science à part entière. La loi, la prison et le juge ne fournissaient qu'une quantité limitée de défunts, assassins ou prostituées. Certes, des personnes affligées de maladies rares ou autres difformités insolites vendaient leur corps à la science pour analyse posthume, et certains médecins faisaient don de leur dépouille à la cause du progrès de la science, mais leur nombre ne suffisait guère à satisfaire la demande. Le marché des cadavres était âprement disputé, par les acheteurs comme par les vendeurs. Les écoles de médecine prospères renchérissaient victorieusement sur les moins nanties. Les pourvoyeurs de cadavres faisaient payer le corps, à quoi ils ajoutaient une commission et les frais de livraison. Ils faisaient monter les prix au début de l'année universitaire, quand la demande était à son paroxysme, pour proposer des soldes en fin de semestre, quand il n'y avait plus besoin de spécimens.

Chaque jour confrontait Stevens à des paradoxes morbides. Sa profession œuvrait à prolonger la vie tout en espérant secrètement un accroissement des décès. Une plainte à la suite d'une erreur médicale vous amenait devant le juge pour incompétence, mais si l'on était surpris avec un cadavre mal acquis, le juge vous punissait d'avoir voulu acquérir cette compétence. Les étudiants de Proctor devaient payer eux-mêmes leurs spécimens. Le premier cours d'anatomie de Stevens exigeait deux dissections complètes : comment était-il censé les payer ? Dans son Maine natal, il avait été gâté par la cuisine maternelle ; sa mère venait d'une lignée de cordons-bleus. Ici, dans la grande ville, les frais de scolarité, les livres, les conférences et le loyer le réduisaient à se nourrir de pain rassis pendant des jours d'affilée.

Lorsque Carpenter lui proposa de travailler pour lui, Stevens n'hésita pas un instant. En le voyant des mois plus tôt, à sa première livraison, il avait eu peur de lui. Le déterreur était un géant irlandais, imposant par sa carrure, mal dégrossi dans ses manières et son parler, et imprégné de relents de terre humide. Carpenter et sa femme avaient six enfants ; lorsque deux d'entre eux étaient morts de la fièvre jaune, il les avait vendus pour dissection. Du moins c'est ce qu'on disait. Stevens avait trop peur de lui pour requérir un démenti. Dans le trafic de cadavres, mieux valait être immunisé contre tout sentimentalisme.

Il ne serait pas le premier pilleur de tombes à se retrouver face à un cousin perdu de vue ou un ami très cher.

Carpenter recrutait sa bande à la taverne, tous des soudards et de joyeux drilles. Ils passaient la journée à dormir, buvaient jusque tard le soir, puis partaient se livrer à leur passe-temps. «Les horaires sont ingrats, mais adaptés à un certain type d'homme.» Du genre criminel, irrécupérable à tous égards. C'était une activité sordide. Profaner les cimetières était un moindre mal. La concurrence était une meute de bêtes enragées. Si on remettait à plus tard un cas prometteur, on risquait fort de constater, en fin de soirée, que quelqu'un d'autre avait déjà chapardé le cadavre. Carpenter dénonçait à la police les clients de ses concurrents, entrait par effraction dans les salles de dissection pour mutiler leurs livraisons. Des bagarres éclataient lorsque deux bandes rivales convergeaient vers la même fosse commune. Ils se cassaient mutuellement la gueule au milieu des tombes. «C'était agité», disait toujours Carpenter quand il achevait une anecdote, en souriant de toutes ses dents moussues.

À sa grande période, il avait élevé les stratagèmes et subtilités du métier au rang d'art démoniaque. Il apportait aux fossoyeurs un sac de cailloux dans une brouette et emportait le défunt. Un acteur avait enseigné à ses neveux et nièces l'art de pleurer sur commande, la pantomime du deuil. Alors ils faisaient la tournée des morgues et réclamaient les corps de soi-disant parents éloignés – même si Carpenter n'hésitait pas au besoin à voler tout simplement des cadavres chez le légiste. Plus d'une fois, il avait vendu un corps à une école d'anatomie, signalé le décès à la police, puis envoyé sa femme, en grand deuil, réclamer la dépouille de son fils. Sur quoi il avait revendu le cadavre à une autre faculté. Cela épargnait au comté les frais d'inhumation; personne n'y regardait de trop près.

Le trafic de cadavres finit par devenir si anarchique que les familles se mirent à monter la garde au chevet des tombes, de peur que leurs chers disparus ne disparaissent une seconde fois dans la nuit. D'un seul coup, tout enfant perdu était soupçonné d'avoir été victime d'un complot: kidnappé, liquidé, puis vendu pour dissection. La presse s'empara du problème à coups d'éditoriaux enflammés; la police et la justice intervinrent. Dans cette atmosphère nouvelle, la plupart des déterreurs élargirent leur champ d'action et se mirent à écumer les tombes de cimetières éloignés pour répartir leurs expéditions. Carpenter se consacra exclusivement aux nègres.

Les nègres ne postaient pas de sentinelles auprès

de leurs morts. Les nègres ne tambourinaient pas à la porte du poste de police, ni ne hantaient les bureaux des journalistes. Aucun shérif ne se souciait de leurs histoires, aucun plumitif ne leur prêtait l'oreille. Les corps de leurs défunts disparaissaient dans des sacs et resurgissaient dans la fraîcheur des caves des écoles de médecine pour livrer leurs secrets. Et aux yeux de Stevens, chacun d'eux était un miracle qui offrait des leçons sur les mystères des voies divines.

Carpenter grondait en prononçant le mot, tel un chien efflanqué couvant son os : « Nègre ». Stevens, lui, ne l'employait jamais. Il désapprouvait tout préjugé racial. À vrai dire, un Irlandais inculte comme Carpenter, réduit par la société à fourrager dans des tombes pour survivre, avait plus en commun avec un Noir qu'avec un médecin blanc. Si l'on considérait les choses avec un peu d'attention. Mais Stevens se gardait bien de le dire à voix haute. Parfois, il se demandait si ses opinions n'étaient pas un peu insolites, au vu du monde moderne et de la pensée dominante. Les autres étudiants proféraient des horreurs sur les gens de couleur de Boston, leur odeur, leurs déficiences intellectuelles, leurs instincts primitifs. Pourtant, quand ses condisciples entamaient de leur lame un cadavre de Noir, ils faisaient davantage progresser la cause de ces gens que l'abolitionniste le plus vertueux. Dans la mort, le Noir devenait un être humain. Alors seulement il était l'égal du Blanc.

Aux abords de Concord, ils s'arrêtèrent à un petit portail de bois et attendirent le signal du gardien. L'homme agita sa lanterne et Carpenter fit entrer sa carriole dans le cimetière. Cobb paya son dû au gardien et les guida vers le butin du jour : deux grands, deux moyens et trois enfants en bas âge. La pluie avait ramolli la terre. Il leur faudrait trois heures. Une fois les tombes comblées, ce serait comme s'ils n'étaient jamais venus.

« Votre bistouri. » Carpenter tendit une bêche à Stevens.

Au matin, il redeviendrait étudiant en médecine. Ce soir, il était résurrecteur. Déterreur de cadavres était l'expression la plus juste. Résurrecteur était un peu emphatique, mais le mot contenait une part de vérité. Il donnait à ces gens une seconde chance de faire leur part, une chance qu'on leur avait refusée dans leur vie passée.

Et si l'on pouvait étudier les morts, songeait Stevens de temps à autre, alors on pouvait aussi étudier les vivants et les faire témoigner bien mieux que n'importe quel cadavre.

Il se frotta les mains pour faire circuler le sang et se mit à creuser.

CAROLINE DU NORD

Évadée, ou convoyée, de la résidence du soussigné, près d'Henderson, le 16 du mois courant, une jeune négresse dénommée MARTHA, propriété du soussigné. Ladite fille est de teint brun foncé, de corps malingre, la langue bien pendue, et d'environ 21 ans d'âge ; elle portait un bonnet de soie noire à plumes, et avait en sa possession deux édredons de calicot. Je crois comprendre qu'elle essaiera de se faire passer pour une affranchie.

RIGDON BANKS
Comté de Granville, 28 août 1839

Cora avait perdu les bougies. L'un des rats la réveilla à coups de dents et quand enfin elle se calma, elle parcourut le quai à quatre pattes, tâtonnant à l'aveugle pour les retrouver dans la terre poussiéreuse. En vain. C'était la veille que la maison de Sam s'était écroulée, mais elle ne pouvait pas en être certaine. Mieux valait désormais mesurer le temps avec une balance à coton de la plantation Randall : sa faim et sa peur s'empilaient sur un plateau tandis que ses espoirs étaient graduellement retirés de l'autre. Le seul moyen de savoir depuis combien de temps on est perdu dans les ténèbres, c'est d'en être délivré.

À ce stade, Cora n'avait besoin de la lumière des bougies que pour lui tenir compagnie, car elle avait assimilé les détails de sa prison. Le quai faisait vingt-huit pas de long, et cinq et demi séparaient le mur du bord des rails. Il fallait vingt-six marches pour remonter vers le monde du dehors. La trappe était encore chaude quand elle y appuya sa paume. Elle savait quelle marche accrochait sa robe quand elle montait à quatre pattes (la huitième) et laquelle aimait lui écorcher la peau si elle redévalait trop vite (la quinzième). Elle se rappelait avoir vu un balai dans un coin. Elle s'en servit pour tâter le sol comme la vieille dame aveugle rencontrée en ville, ou comme Caesar avait sondé les eaux noires pendant leur fuite. Et puis, maladroite ou présomptueuse, elle tomba sur les voies, et perdit à la fois le balai et tout autre désir que celui de rester blottie à même le sol.

Il fallait qu'elle sorte. Durant ces longues heures, elle ne put s'empêcher d'imaginer des scènes cruelles, d'aménager son propre musée des Merveilles de la Terreur : Caesar pendu haut et court par la foule ricanante ; Caesar brutalisé, gisant en charpie au fond de la charrette du chasseur d'esclaves, en route pour la plantation Randall et le châtiment qui l'y attendait ; le brave Sam en prison ; Sam enduit de goudron et de plumes, interrogé sur le réseau souterrain, les os en miettes et l'âme brisée. Une milice de Blancs sans visage passait au tamis les ruines fumantes de la cabane, soulevait la trappe, la ramenait à la lumière et la livrait au pire des sorts.

Cela, c'étaient les scènes qu'elle colorait de sang quand elle était éveillée. Dans ses cauchemars, les vitrines se faisaient plus grotesques. Elle marchait de long en large dans la salle d'exposition, visiteuse de la douleur. Elle restait enfermée dans « Vie sur un navire négrier » après la fermeture du musée, à jamais entre deux ports, attendant un vent favorable tandis que des centaines d'âmes kidnappées hurlaient à fond de cale. Derrière la vitrine voisine, Miss Lucy lui ouvrait l'estomac avec un coupe-papier et mille araignées noires se déversaient de ses entrailles. Encore et encore, elle était ramenée à la nuit du fumoir, maintenue par des infirmières de l'hôpital pendant que Terrance Randall, penché sur elle, l'empalait en ahanant. Généralement, les rats ou les cafards la réveillaient quand ils devenaient trop curieux, interrompaient ses rêves et la rendaient aux ténèbres du quai.

Son estomac frémit sous ses doigts. Elle avait déjà connu la faim, quand Connelly s'était mis en tête de punir les esclaves pour un quelconque méfait et les avait privés de leur ration. Mais il fallait qu'ils mangent pour travailler, et le coton exigeait que le châtiment soit bref. Ici, il n'y avait aucun moyen de savoir quand elle mangerait enfin. Le train avait du retard. Le soir où Sam leur avait parlé de ce qui se tramait, du poison dans le sang – quand la maison était encore debout –, le prochain était prévu le surlendemain. Il aurait déjà dû arriver. Elle ne connaissait pas l'ampleur de son retard, mais il ne signifiait rien de bon. Peut-être ce tronçon avait-il été fermé, toute la ligne découverte et désaffectée. Personne n'allait venir. Elle était trop faible pour parcourir à pied tous les imprévisibles kilomètres jusqu'à la prochaine gare, dans l'obscurité, et a fortiori pour affronter ce qui pouvait l'attendre à l'arrêt suivant.

Caesar. S'ils avaient été raisonnables et avaient poursuivi leur voyage, Caesar et elle seraient déjà dans les États libres. Comment avaient-ils pu croire que deux misérables esclaves étaient dignes de la générosité de la Caroline du Sud ? Qu'une nouvelle vie existait si près, juste derrière les limites de la Géorgie ? Ça restait le Sud, et le diable avait de longs doigts agiles. Et puis, après tout ce que le monde leur avait enseigné, comment ne pas reconnaître des chaînes quand

on les leur fixait aux poignets et aux chevilles...
Celles de Caroline du Sud étaient de facture nouvelle
– avec des clefs et des cadenas typiques de la région –
mais elles n'en remplissaient pas moins leur fonction
de chaînes. Ils n'étaient pas allés bien loin.

Elle ne pouvait même pas voir sa main, mais elle
revoyait inlassablement la capture de Caesar. Appré-
hendé à son poste à l'usine, raflé sur le chemin du
Drift en voulant retrouver Sam. Il descendait Main
Street, bras dessus bras dessous avec sa bonne amie
Meg. Meg pousse un cri quand ils le saisissent, ils
la bousculent et elle s'effondre sur le trottoir. Voilà
une chose qui aurait été différente si elle avait fait de
Caesar son amoureux : ils auraient pu être capturés
ensemble. Ils ne seraient pas seuls dans des prisons
séparées. Cora ramena ses genoux contre sa poitrine
et les entoura de ses bras. Au bout du compte, elle
l'aurait déçu. Après tout, c'était une enfant perdue.
Pas seulement dans le sens que la plantation donnait à ce terme – une orpheline, sans personne pour
s'occuper d'elle – mais dans toutes les autres sphères.
Quelque part, bien des années plus tôt, elle avait
quitté le chemin de la vie et ne retrouvait plus son
chemin vers la famille des hommes.

La terre trembla légèrement. Dans les jours à venir,
quand elle se rappellerait l'approche du train, elle
n'associerait pas la vibration à la locomotive mais au
surgissement furieux d'une vérité qu'elle avait toujours
sue : c'était une enfant perdue dans tous les sens du
terme. La dernière de sa tribu.

La lumière du train vacilla au tournant. Cora tendit
la main vers ses cheveux avant de se rendre compte

qu'après son ensevelissement, rien ne pouvait la rendre présentable. Le conducteur ne la jugerait pas ; leur entreprise secrète était une fraternité d'âmes singulières. Elle agita les mains fébrilement, savoura la lumière orangée qui se répandait sur le quai comme une bulle chaude.

Le train traversa la gare et disparut.

Elle faillit basculer sur les rails et hurla dans son sillage, d'une gorge râpeuse et à vif après des jours de privations. Elle se redressa, tremblante, incrédule, jusqu'à ce qu'elle entende le train s'arrêter et repartir en marche arrière.

Le conducteur était confus. «Vous voulez aussi mon sandwich ?» demanda-t-il tandis que Cora buvait avidement à son outre. Elle le dévora, insensible à la plaisanterie, même si elle n'avait jamais été friande de langue de porc.

«Vous n'êtes pas censée être ici», dit le garçon en rajustant ses lunettes. Il ne devait pas avoir plus de quinze ans, tout en os et en enthousiasme.

«Eh bien, je suis là, non ?» Elle se lécha les doigts, qui avaient un goût de terre.

Le garçon s'écriait : «Fichtre !» ou : «Bonté divine !» à chaque rebondissement de son récit, les pouces fourrés dans les poches de sa salopette, en équilibre sur les talons. Il parlait comme un de ces petits Blancs que Cora avait vus jouer au ballon sur la grand-place, d'un ton d'assurance insouciante qui jurait avec sa couleur de peau, sans parler de la nature de son travail. Comment il en était venu à conduire une locomotive, voilà qui méritait d'être raconté, mais le moment était mal choisi pour faire le récit de l'histoire improbable d'un garçon de couleur.

«La gare de Géorgie est fermée, finit-il par dire en se grattant la tête sous sa casquette bleue. On n'est pas censés l'approcher. Des patrouilleurs ont dû l'enfumer, j'imagine. » Il fouilla dans sa cabine pour dénicher son pot de chambre, qu'il alla vider à l'orée du tunnel. «Les responsables n'avaient pas de nouvelles du chef de gare, donc on m'a dit de suivre le trajet express. Cet arrêt n'était pas sur ma feuille de route. » Il voulait partir tout de suite.

Cora hésita, ne put se retenir de chercher dans l'escalier un passager de dernière minute. Le passager impossible. Et puis elle se dirigea vers la cabine.

«Vous ne pouvez pas monter là ! dit le garçon. C'est le règlement.

— Je ne vais quand même pas voyager là-dessus !

— Tous les passagers de ce train doivent voyager en wagon, mademoiselle. Ils sont très stricts à ce sujet. »

Appeler «wagon» la plate-forme roulante était très exagéré. C'était certes un wagon de marchandises comme celui dans lequel elle avait voyagé jusqu'en Caroline du Sud, mais il n'en avait que les fondations. La plate-forme en bois était rivée au châssis, mais n'avait ni murs ni plafond. Elle monta à bord et le train s'ébranla sous les manœuvres du garçon. Il tourna la tête et agita la main vers sa passagère avec une exaltation disproportionnée.

Des courroies et des cordes pour fixer les marchandises trop grandes gisaient sur le plancher, molles et serpentines. Cora s'assit bien au centre de la plate-forme, enroula une corde trois fois autour de sa taille et en empoigna deux autres en guise de rênes. Elle se cramponna.

Le train pénétra dans le tunnel en cahotant. En direction du nord. Le conducteur cria : « En voiture ! » Il était simplet, décréta Cora, nonobstant les responsabilités inhérentes à son travail. Elle regarda en arrière. Sa prison souterraine s'effaça, reconquise par les ténèbres. Elle se demanda si elle en était l'ultime passagère. Puisse le prochain voyageur ne pas s'attarder et continuer à suivre la ligne jusqu'au bout, jusqu'à la liberté.

Durant le périple vers la Caroline du Sud, Cora avait dormi dans le wagon agité, blottie contre le corps tiède de Caesar. Cette fois, elle fut incapable de fermer les yeux. Le prétendu wagon était plus solide que le précédent, mais le violent courant d'air fit du voyage un supplice venteux. Régulièrement, elle devait se détourner pour reprendre son souffle. Le conducteur était plus casse-cou que son prédécesseur, plus brusque, poussant la machine au maximum de sa vitesse. Le wagon à plate-forme sursautait à chaque virage. Sa seule expérience de la mer, Cora l'avait eue au musée des Merveilles de la Nature ; les planches du wagon lui apprirent ce qu'étaient un navire et une tempête. Elle percevait certaines bribes de ce que fredonnait le conducteur, des chansons inconnues d'elle, des débris du Nord soulevés par le vent. Elle finit par renoncer et s'allongea à plat ventre, les doigts enfoncés dans les jointures des planches.

« Comment ça va derrière ? » demanda le garçon

lorsqu'ils s'arrêtèrent. Ils étaient en plein cœur du tunnel, sans la moindre gare en vue.

Cora fit claquer ses rênes.

«Bien», fit le garçon. Il essuya son front couvert de suie et de sueur. «On est à peu près à mi-chemin. Il fallait que je m'étire les jambes.» Il donna du plat de la main un coup sec sur le flanc de la chaudière. «Elle se cabre, la chérie.»

Ils étaient déjà repartis quand Cora se rendit compte qu'elle avait oublié de demander où ils allaient.

Un motif raffiné de pierres de couleur décorait la gare située sous la ferme de Lumbly, et des lattes de bois couvraient les murs de celle de Sam. Les bâtisseurs de cet arrêt-là l'avaient taillé dans la terre impitoyable, à la pioche et à l'explosif, sans aucun effort d'ornement, pour mettre en valeur la difficulté de leur exploit. Des veines blanches, orange et rouille striaient les arêtes, creux et bosses de la roche. Cora se trouvait dans les entrailles d'une montagne.

Le conducteur alluma l'une des torches accrochées au mur. Les ouvriers n'avaient pas nettoyé à la fin du chantier. Des caisses d'outils et de matériel de mineur encombraient le quai, transformé en atelier. Les passagers choisissaient leur siège parmi des caisses vides de poudre et d'explosifs. Cora goûta l'eau d'un des tonneaux. Elle était fraîche. Sa bouche était une vraie pelle à poussière après le déluge granuleux du tunnel. Elle but longuement à la louche, sous le regard du conducteur qui s'agitait nerveusement.

« On est où, là ? demanda-t-elle.

— En Caroline du Nord, répondit le garçon.

Avant, c'était un arrêt fréquenté, à ce qu'on m'a dit. Mais plus maintenant.

— Et le chef de gare ?

— Je ne l'ai jamais rencontré, mais je suis sûr que c'est un brave type. »

Il fallait un caractère solide et une sacrée endurance pour opérer dans un tel puits. Après les jours qu'elle avait passés terrée sous la ferme de Sam, Cora ne releva pas le défi. « Je viens avec vous, dit-elle. C'est quoi la prochaine gare ?

— C'est ce que j'ai essayé de vous dire, mademoiselle. Je fais juste de la maintenance. » À cause de son âge, expliqua-t-il, on lui confiait la locomotive mais pas de cargaison humaine. Depuis la fermeture de la gare de Géorgie – il ne connaissait pas les détails, mais selon les rumeurs elle avait été découverte –, ils testaient toutes les lignes pour rediriger le trafic. Le train qu'elle avait attendu avait été annulé, et le garçon ne savait pas quand il en passerait un autre. Il avait pour instructions de faire un rapport sur la situation puis de rejoindre l'embranchement.

« Vous ne pouvez pas m'emmener au prochain arrêt ? »

Il lui fit signe de le suivre jusqu'au bord du quai et brandit sa lanterne. Le tunnel se terminait en une pointe déchiquetée à une quinzaine de mètres. « On a passé un aiguillage tout à l'heure, un tronçon qui va vers le sud. J'ai juste assez de charbon pour le contrôler et rentrer au dépôt.

— Je ne peux pas repartir vers le sud.

— Le chef de gare va venir. J'en suis sûr. »

Malgré sa bêtise, le garçon lui manqua une fois parti.

Cora avait de la lumière, et autre chose qu'elle n'avait pas en Caroline du Sud : des sons. Une eau noire formait des flaques entre les rails, nourrie par des égouttements réguliers du toit de la gare. La voûte de pierre était blanche, éclaboussée de rouge, telle une chemise trempée du sang des coups de fouet. Le bruit la réconfortait, malgré tout. De même que l'abondance d'eau potable, les torches, et la distance qu'elle avait mise entre elle et les chasseurs d'esclaves. La Caroline du Nord était un progrès, du moins sous terre.

Elle explora les lieux. La gare jouxtait un tunnel grossièrement creusé. Des étais soutenaient le plafond de bois, et les cailloux incrustés dans la terre la faisaient trébucher. Elle choisit de commencer par la gauche, enjambant les éboulis descellés des murs. Des outils rouillés jonchaient le passage. Des ciseaux de maçon, des masses, des pioches : tout un arsenal pour combattre les montagnes. L'air était humide. Quand elle passa la main sur le mur, elle la retrouva couverte d'une poussière blanche et fraîche. Au bout du couloir, l'échelle rivée à la roche menait vers un conduit douillet. Elle leva sa torche. Impossible de dire jusqu'où montaient les échelons. Elle ne risqua l'ascension qu'après avoir découvert que l'autre extrémité du couloir s'étrécissait en une morne impasse.

En s'aventurant de quelques mètres au niveau supérieur, elle comprit pourquoi l'équipement avait été abandonné par les ouvriers. Un monticule en pente douce fait de roche et de terre bouchait le tunnel du sol au plafond. À l'autre extrémité, celui-ci s'achevait une trentaine de mètres plus loin, confirmant ses craintes. Une fois de plus, elle était prise au piège.

Cora s'effondra sur les pierres et pleura jusqu'à ce que le sommeil la submerge.

Une voix d'homme la réveilla. Son visage rond et rougeaud émergeait du trou qu'il avait ménagé au sommet des débris. «Oh, mon Dieu, s'écria le chef de gare. Qu'est-ce que vous faites ici?

— Je suis une passagère, monsieur.

— Vous ne savez donc pas que cette gare est fermée?»

Elle toussa et se releva en lissant sa robe souillée.

«Oh, mon Dieu, mon Dieu», répéta-t-il.

Il s'appelait Martin Wells. Ensemble, ils élargirent le trou et elle se faufila à travers. Il l'aida à regagner le niveau du sol comme il aurait aidé une dame à descendre d'une calèche raffinée. Après plusieurs tournants, la gueule du tunnel lança une vague invitation. Cora sentit un souffle d'air lui chatouiller la peau. Elle l'aspira aussi goulûment que si ç'avait été de l'eau: le ciel nocturne était le meilleur repas qu'elle ait jamais goûté, ses étoiles succulentes et mûres après tout ce temps passé sous terre.

Le chef de gare était un homme d'âge mûr, rond comme un tonneau, au teint pâteux et aux manières molles. Pour un agent du réseau, censément familier du danger, il dégageait une impression de nervosité. «Vous n'avez rien à faire ici, dit-il, répétant le constat du conducteur. C'est un imprévu fort regrettable.» Il lui expliqua la situation d'une voix essoufflée en dégageant de son visage ses cheveux grisonnants et gras. Les cavaliers de la nuit étaient en maraude, et l'agent comme la passagère naviguaient dans des eaux dangereuses. Certes, l'ancienne mine de mica était excentrée, épuisée depuis longtemps par les Indiens, oubliée de tous ou presque, mais les miliciens contrôlaient par principe les grottes et les mines, tous les endroits où un fugitif pensait pouvoir échapper à leur justice.

L'éboulement qui avait affolé Cora était une ruse pour dissimuler la gare en dessous. Malgré ce succès, la nouvelle législation de Caroline du Nord rendait cet arrêt inutilisable : Wells ne descendait dans la mine que pour laisser un message aux autres agents du réseau, leur signalant qu'il ne pouvait plus accepter de passagers. Pour ce qui était d'héberger Cora ou tout autre fugitif, il était totalement pris au dépourvu. « Surtout compte tenu des circonstances actuelles », chuchota-t-il, comme si les patrouilleurs attendaient en haut du ravin.

Quand il lui dit qu'il devait aller chercher une carriole, elle douta qu'il revienne. Il soutint que ce ne serait pas long : l'aube approchait, et ensuite il serait impossible de la déplacer. Elle lui était si reconnaissante de l'avoir conduite dehors, dans le monde des vivants, qu'elle décida de le croire, et faillit se jeter à son cou lorsqu'il reparut, conduisant une carriole fatiguée tirée par deux chevaux de trait efflanqués. Ils ajustèrent les sacs de grain et de semences pour lui ménager une poche étroite. La dernière fois que Cora avait dû se cacher ainsi, il fallait de la place pour deux. Martin déploya une toile goudronnée sur son chargement et ils sortirent de la ravine dans un grondement de roues ; le chef de gare ne cessa de marmonner des commentaires grossiers jusqu'à ce qu'ils atteignent la route.

Ils n'avaient pas fait beaucoup de chemin quand il

arrêta l'attelage. Il retira la toile. «Le soleil va bientôt se lever, mais je tenais à ce que vous voyiez ça», dit-il.

Cora ne comprit pas tout de suite de quoi il parlait. La route de campagne était déserte, pressée sur ses flancs par la canopée. Elle vit une silhouette, puis une autre. Elle descendit de la carriole.

Les cadavres pendaient aux arbres comme des ornements pourrissants. Certains étaient nus, d'autres à demi vêtus, le fond de pantalon noirci d'excréments attestant que leurs intestins s'étaient vidés à l'instant où leur nuque s'était rompue. D'horribles plaies et blessures marquaient la chair des deux corps les plus proches, ceux qu'éclairait la lanterne du chef de gare. L'un avait été castré, et une bouche hideuse béait à la place de ses organes virils. L'autre était une femme. Au ventre arrondi. Cora n'avait jamais été très douée pour déterminer, en voyant le corps d'une femme, si celle-ci était enceinte. Leurs yeux protubérants semblaient réprouver son regard, mais que pesait l'attention d'une jeune fille dérangeant leur repos face à ce que le monde leur avait infligé depuis le jour de leur naissance?

«Désormais, ils appellent cette route la Piste de la Liberté, dit Martin en replaçant la toile. Les cadavres la jonchent tout du long, jusqu'à la ville.»

Dans quel enfer le train l'avait-il débarquée?

Lorsqu'elle émergea de la carriole, ce fut pour contourner discrètement la maison jaune du chef de gare. Le ciel s'éclaircissait. Martin avait amené l'attelage aussi près qu'il l'osait. Les deux maisons voisines étaient toutes proches: si quelqu'un était réveillé par le bruit des chevaux, il verrait forcément Cora. Côté façade, elle aperçut la rue et, au-delà, une pelouse.

Martin la pressa pour qu'elle se glisse sur la terrasse puis dans la maison. Une femme blanche de haute taille, en chemise de nuit, était adossée aux lambris de la cuisine. Elle sirotait un verre de limonade et dit, sans regarder la nouvelle venue : « Vous allez nous faire massacrer. »

C'était Ethel. Martin et elle étaient mariés depuis trente-cinq ans. Ils n'échangèrent pas un mot tandis qu'il lavait ses mains tremblantes dans la cuvette. Ils s'étaient disputés à son sujet, Cora le savait, alors qu'elle attendait à la mine, et ils reprendraient leur querelle dès qu'ils auraient réglé son cas et paré au plus urgent.

Ethel conduisit la fugitive à l'étage pendant que son mari ramenait la carriole à sa boutique. Cora eut un bref aperçu du salon, modestement meublé ; après les mises en garde de Martin, l'aurore qui éclairait la fenêtre lui fit presser le pas. La longue chevelure grise d'Ethel lui arrivait au milieu du dos. Sa façon de marcher crispait Cora : elle semblait flotter, portée par sa fureur. En haut de l'escalier, la femme s'arrêta et désigna la salle d'eau. « Vous puez, dit-elle. Faites vite. »

Lorsque Cora ressortit sur le palier, Ethel lui enjoignit de grimper au grenier. La tête de Cora effleurait presque le plafond de la petite pièce surchauffée. Entre les murs mansardés s'accumulaient des années de rebuts. Deux planches à laver cassées, des piles d'édredons mangés aux mites, des chaises au siège fendu. Un cheval à bascule tapissé de cuir tressé boudait dans un coin où le papier peint jaune était à moitié décollé.

« Il va falloir recouvrir ça », dit Ethel en parlant de

la fenêtre. Elle déplaça une caisse posée contre le mur, monta dessus et poussa la trappe au plafond. «Allez, allez», fit-elle. Son visage se tordit en grimace. Elle n'avait toujours pas adressé un regard à la fugitive.

Cora se hissa au-dessus du faux plafond, dans les combles étriqués. Ils se terminaient en pointe à un mètre du sol et faisaient cinq mètres de long. Elle poussa les piles de livres et de gazettes moisis pour faire de la place. Elle entendit Ethel descendre l'escalier, et quand son hôtesse remonta, ce fut pour lui tendre à manger, une cruche d'eau et un pot de chambre.

Ethel regarda Cora pour la première fois, son visage tiré encadré par la trappe. «La bonne sera bientôt là, dit-elle. Si elle vous entend, elle nous dénoncera et ils nous tueront tous. Notre fille et sa famille arrivent cette après-midi. Ils ne doivent pas savoir que vous êtes ici. Vous comprenez ?

— Ça va durer combien de temps ?

— Stupide créature. Pas un bruit. Pas le moindre bruit. Si quelqu'un vous entend, nous sommes perdus.» Ethel referma la trappe.

La seule source de lumière et d'air était un trou dans le mur côté rue. Cora le rejoignit à quatre pattes, courbée sous les chevrons. Ce trou aux bords inégaux avait été creusé de l'intérieur, par un précédent occupant certainement mécontent de l'état de son logement. Elle se demanda où se trouvait cette personne à présent.

Le premier jour, Cora se familiarisa avec la vie du parc, ce bout de verdure qu'elle avait aperçu en face de la maison. Elle collait son œil au judas en pivotant pour obtenir une vue complète. Des maisons en bois à un ou deux étages bordaient le parc de tous côtés, d'architecture identique mais se distinguant par la couleur de leur peinture et le type de mobilier qui agrémentait leurs galeries extérieures. De belles allées de brique quadrillaient le gazon, serpentaient parmi les ombres de grands arbres au feuillage luxuriant. Une fontaine gazouillait près de l'entrée principale, entourée de bancs de pierre assez bas occupés dès le jour levé et jusque dans la nuit.

Des hommes âgés au mouchoir rempli de miettes pour les oiseaux, des enfants avec ballons et cerfs-volants, de jeunes couples ensorcelés d'amour passaient tour à tour. Le maître des lieux, connu de tous, était un molosse brun qui jappait et gambadait. Tout au long de l'après-midi, les enfants le poursuivaient dans l'herbe jusque vers le kiosque à musique blanc qui trônait au bout du parc. Le chien somnolait à l'ombre des bancs et du chêne gigantesque qui dominait la verdure avec une aisance majestueuse. Il était bien nourri, remarqua Cora, à force d'engloutir les friandises et les os que lui offraient ces braves gens. L'estomac de Cora ne manquait jamais de gargouiller à ce spectacle. Elle le baptisa Monsieur le Maire.

Quand le soleil approchait du zénith et que le parc bruissait de la foule du déjeuner, la chaleur transformait sa cachette en terrible fournaise. Ramper aux quatre coins des combles, en quête d'une illusoire oasis de fraîcheur, devint son activité principale après la surveillance du parc. Elle comprit que ses hôtes ne lui rendraient jamais visite dans la journée, quand la bonne, Fiona, était là. Martin tenait sa boutique,

Ethel s'absentait de temps à autre pour ses obligations mondaines, mais Fiona était toujours en bas. Elle était jeune, parlait avec un fort accent irlandais. Cora l'entendait s'activer, soupirer toute seule, marmonner des invectives contre ses employeurs absents. Fiona ne monta pas au grenier le premier jour, mais au bruit de ses pas Cora se raidissait, aussi rigide que son vieil acolyte Captain John. Les mises en garde d'Ethel, le premier matin, avaient eu l'effet escompté.

Le jour de son arrivée, il y eut d'autres visiteurs : Jane, la fille de Martin et d'Ethel, et sa famille. À ses manières vives et avenantes, Cora déduisit que la jeune femme tenait de son père, et imagina ses traits en prenant Martin pour modèle. Le gendre et les deux petites-filles faisaient un vacarme infernal en galopant bruyamment dans la maison. À un moment, les fillettes se dirigèrent vers le grenier, mais se ravisèrent après une discussion sur les us et coutumes des fantômes. Il y avait bien un spectre dans la maison, mais celui-ci en avait fini avec les chaînes.

Le soir, le parc demeurait animé. Main Street devait être toute proche, songea Cora, comme un canal dans la ville. Des vieilles dames en robe de vichy bleu clouèrent des pavillons bleu et blanc au kiosque pour le pavoiser. Des guirlandes de feuilles ajoutèrent une touche orangée. Les familles réservèrent des places devant la scène, déployant des couvertures, déballant leurs paniers de pique-nique. Ceux qui résidaient en bordure du parc s'installèrent sur leur perron avec verres et pichets.

Obnubilée par l'inconfort de son refuge et sa succession d'infortunes depuis que les chasseurs les avaient débusqués, Cora ne remarqua pas tout de suite une particularité importante du parc : il n'y avait que des Blancs. Elle n'avait jamais quitté la plantation avant sa fuite avec Caesar, et la Caroline du Sud lui avait offert son premier aperçu de la coexistence des races dans les villes, petites ou grandes. Sur Main Street, dans les boutiques, les usines et les bureaux, dans tout secteur d'activité, Noirs et Blancs se mêlaient à longueur de journée comme une évidence. Sans quoi le commerce humain aurait périclité. Dans la liberté comme dans la servitude, on ne pouvait séparer l'Africain de l'Américain.

En Caroline du Nord, la race noire n'existait pas, sinon au bout d'une corde.

Deux jeunes gens robustes aidèrent les matrones à suspendre une banderole au-dessus du kiosque : « Fête du Vendredi ». Un orchestre prit place sur le podium pour s'accorder, et le son des instruments ameuta les badauds dispersés. Cora, prostrée, pressa son visage contre le mur. Le joueur de banjo n'était pas sans talent, mais c'était moins vrai du corniste et du violoneux. Leurs mélodies faisaient pâle figure comparées à celles des musiciens noirs qu'elle avait pu entendre, à Randall et ailleurs, mais les gens de la ville appréciaient ces rythmes dénaturés. L'orchestre conclut par des interprétations enthousiastes de deux negro spirituals qu'elle reconnut, et qui se révélèrent les plus populaires de la soirée. En bas, sur le perron, les petits-enfants de Martin et d'Ethel piaillaient et tapaient des mains.

Un homme en costume de lin froissé monta sur scène pour un bref discours de bienvenue. Martin

apprit plus tard à Cora qu'il s'agissait du juge Tennyson, une figure respectée de la ville lorsqu'il était à
jeun. Ce soir-là, il titubait. Elle ne comprit pas un mot
de sa présentation du numéro suivant, un spectacle de
faux nègres. Elle en avait entendu parler, mais n'avait
jamais assisté à ces parodies ; les soirées théâtrales des
Noirs en Caroline du Sud étaient bien différentes. Ici,
deux Blancs, le visage noirci au bouchon brûlé, cabo-
tinèrent en une série de sketchs qui firent résonner
le parc de rires tonitruants. Vêtus d'habits criards et
mal assortis, coiffés de chapeaux en tuyau de poêle, ils
modulaient leur voix avec un accent exagéré : c'était
la source principale de leur humour. Le sketch où le
plus maigre des deux acteurs ôtait sa botte dépenail-
lée pour compter et recompter ses orteils, sans jamais
tomber juste, remporta le plus bruyant des triomphes.

L'ultime spectacle, précédé d'une allocution du
juge sur les problèmes chroniques d'assèchement du
lac, était une courte pièce. D'après ce que Cora put
déduire du mouvement des acteurs et des bribes de
dialogue qui parvenaient jusqu'à son refuge suffo-
cant, la pièce parlait d'un esclave – là encore, un Blanc
passé au brou de noix, dont la peau rose transparais-
sait au cou et aux poignets – qui fuyait vers le Nord
après une inoffensive réprimande de son maître. Il
souffrait mille maux au cours de son voyage, et décla-
mait un monologue boudeur sur la faim, le froid et
les bêtes sauvages. Dans le Nord, il était engagé par
un tavernier. Patron brutal, celui-ci battait et insultait l'esclave égaré à la moindre occasion, lui volait
son salaire et sa dignité, terrible et exact portrait des
Blancs du Nord et de leur comportement. La dernière

scène montrait l'esclave sur le seuil de la maison de son maître : de nouveau il s'était enfui, mais cette fois il fuyait les fausses promesses des États libres. Il suppliait qu'on lui rende son ancienne situation, maudissait sa folie, implorait le pardon. En des termes généreux et patients, le maître expliquait que c'était impossible. En l'absence de l'esclave, la Caroline du Nord avait changé. Le maître siffla et deux patrouilleurs escortèrent l'esclave prostré hors du domaine.

La ville apprécia la morale du spectacle, et les applaudissements résonnèrent dans tout le parc. Des bambins tapaient des mains, juchés sur les épaules de leurs pères, et Cora surprit Monsieur le Maire en train de mordiller dans le vide. Elle n'avait aucune idée de la taille de la ville, mais elle avait l'impression que tous ses citoyens étaient réunis dans le parc, dans une sorte d'attente. La véritable raison d'être de cette soirée se révéla enfin. Un homme corpulent en pantalon blanc et veste rouge vif prit possession de la scène. Malgré sa taille, il se déplaçait avec force et autorité : Cora repensa à l'ours empaillé du musée, figé dans l'instant dramatique, la posture de l'attaque. L'homme lissa une pointe de sa moustache en guidon de vélo avec un amusement patient, jusqu'à ce que le silence se fasse. Il avait une voix ferme et claire, et pour la première fois de la soirée Cora ne manqua pas un mot.

Il se présenta : Jamison – même si toutes les âmes rassemblées ici connaissaient son identité. « Tous les vendredis je m'éveille plein de vigueur, dit-il, en sachant que quelques heures plus tard nous nous retrouverons ici pour célébrer notre bonne fortune. Naguère, le sommeil me fuyait, avant que nos miliciens ne domptent les ténèbres.» Il désigna la bande impressionnante, constituée d'une bonne cinquantaine d'hommes, qui s'était assemblée à côté du kiosque. La foule les acclama quand ils la saluèrent en acquiesçant à la remarque de Jamison.

Ce dernier informa le public des dernières nouvelles. Dieu avait fait à un milicien le don d'un fils nouveau-né, et deux autres avaient fêté leur anniversaire. «Et nous avons une nouvelle recrue avec nous ce soir, poursuivit-il, un jeune homme de bonne famille venu cette semaine grossir les rangs des cavaliers de la nuit. Approche, Richard, que tout le monde puisse te voir.»

Un jeune homme roux et mince s'avança timidement. Comme ses comparses, il portait la tenue réglementaire : pantalon noir, chemise blanche de toile épaisse, au col trop large. Il bredouilla quelque chose. Des propos de Jamison, Cora déduisit que la nouvelle recrue avait fait la tournée du comté pour assimiler le protocole de son escouade.

«Et ça a commencé sous les meilleurs auspices, pas vrai, fiston ?»

Le jeune homme efflanqué hocha la tête. Sa jeunesse et sa silhouette frêle rappelèrent à Cora le conducteur de train de son second voyage, vite initié par les événements à un travail d'homme. Il avait la peau plus claire, des taches de rousseur, mais ils partageaient la même ferveur fragile. Nés le même jour, peut-être, puis conduits par les codes et les circonstances à servir des forces divergentes.

«Ce n'est pas donné à tous les cavaliers de capturer une proie dès la première semaine, dit Jamison. Voyons ce que le jeune Richard nous a apporté.»

Deux des cavaliers traînèrent sur scène une jeune fille de couleur. Elle avait le physique gracile d'une domestique, et elle se recroquevilla encore davantage au sol en gémissant. Sa tunique grise était déchirée, tachée de sang et d'excréments, et elle avait le crâne grossièrement tondu.

«Richard inspectait la cale d'un vapeur en route pour le Tennessee quand il y a débusqué cette vau-rienne, dit Jamison. Elle se nomme Louisa. Elle s'est échappée de sa plantation dans la confusion de la réorganisation et a vécu cachée dans les bois tous ces derniers mois. Croyant se soustraire à la logique de notre système.»

Louisa roula sur elle-même pour observer la foule, leva un instant la tête puis se figea. Elle aurait eu du mal à distinguer ses bourreaux, avec ses yeux emplis de sang.

Jamison leva les poings au ciel comme pour y défier quelque puissance. La nuit était son adver-saire, en conclut Cora, la nuit et les fantômes dont il la peuplait. Dans l'obscurité éternelle, disait-il, des nègres dévoyés rôdaient pour violenter les femmes et les filles des honnêtes gens. Dans le noir impéris-sable, leur héritage sudiste était en péril, sans défense. Mais grâce aux cavaliers ils seraient en sécurité. «Nous avons tous fait des sacrifices pour cette nou-velle Caroline du Nord et ses droits, dit Jamison. Pour cette nation distincte que nous avons forgée, libre de toute interférence nordiste et de toute contamination par une race inférieure. La horde noire a été refoulée, nous avons corrigé l'erreur commise jadis lors de la naissance de cette nation. Certains, comme nos frères de l'État voisin, ont embrassé l'idée absurde d'un progrès du nègre. Autant apprendre l'arithmétique à une mule. » Il se pencha pour frictionner la tête de Louisa. « Quand nous trouvons un vaurien égaré, notre devoir est clair. »

La foule se fendit, instruite par l'habitude. Avec Jamison en tête de cortège, les cavaliers de la nuit traînèrent la jeune fille jusqu'au grand chêne dominant la pelouse. Dans la journée, Cora avait vu la plate-forme à roues dans un coin du parc ; toute l'après-midi les enfants y avaient grimpé pour mieux en sauter. Au cours de la soirée, elle avait été poussée sous le chêne. Jamison demanda des volontaires, et des gens de tous âges se précipitèrent de part et d'autre de la plate-forme. Le nœud coulant s'abaissa sur le cou de Louisa et on lui fit monter les marches. Avec la précision née d'une longue pratique, un cavalier fit passer la corde par-dessus une branche épaisse et robuste, d'un seul geste fluide. L'un des hommes assemblés pour retirer la rampe fut éjecté du groupe : il avait déjà eu son tour à une fête précédente. Une jeune fille brune en robe à pois roses se rua pour prendre sa place.

Cora se détourna sans attendre que la fille se balance au bout de la corde. Elle rampa jusqu'au mur opposé, dans le recoin de sa nouvelle cage. Au cours des mois suivants, les nuits moins étouffantes, elle préféra dormir de ce côté. C'était aussi loin du parc, misérable cœur palpitant de cette ville, qu'elle pouvait espérer être.

La ville se tut. Jamison donna le signal.

Pour expliquer pourquoi sa femme et lui gardaient Cora prisonnière au grenier, Martin dut remonter loin. Comme toutes choses dans le Sud, cela avait commencé avec le coton. L'implacable machine du coton réclamait son carburant de corps africains. Sillonnant l'océan, des navires apportaient ces corps pour travailler la terre et engendrer d'autres corps.

Les pistons de cette machine fonctionnaient sans relâche. Plus il y avait d'esclaves, plus on produisait de coton, qui produisait plus d'argent pour acheter plus de terres pour cultiver plus de coton. Même après la suppression de la traite des Noirs, en moins d'une génération les chiffres étaient devenus intenables : trop de nègres. Les Blancs surpassaient en nombre les esclaves en Caroline du Nord dans une proportion de deux contre un, mais en Louisiane et en Géorgie les deux populations tendaient à la parité. De l'autre côté de la frontière, en Caroline du Sud, le nombre de Noirs dépassait celui des Blancs de plus de cent mille. Il n'était pas difficile d'imaginer le stade où l'esclave briserait ses chaînes en quête de liberté – et de vengeance.

En Géorgie et au Kentucky, en Amérique du Sud et aux Caraïbes, les Africains se retournaient contre leurs maîtres dans des affrontements brefs mais inquiétants. Avant que la rébellion de Southampton ne soit étouffée, Nat Turner et sa bande avaient assassiné soixante-cinq hommes, femmes et enfants. Les milices civiles et les patrouilleurs en avaient lynché trois fois plus en représailles – conspirateurs, sympathisants et innocents – pour faire un exemple. Pour clarifier les choses. Mais les chiffres persistaient, proclamant une vérité exempte de préjugés. « Par ici, ce qui se rapprochait le plus d'un agent de police, c'était le patrouilleur, dit Martin.

— Un peu comme partout, répliqua Cora. Le patrouilleur peut vous harceler dès qu'il en a envie. »

C'était après minuit, le premier lundi. La fille de Martin et sa famille étaient rentrés chez eux, tout comme Fiona, qui habitait plus loin, dans le quartier irlandais. Perché sur une caisse dans le grenier, Martin s'éventait. Cora faisait les cent pas et étirait ses membres ankylosés. C'était la première fois depuis des jours qu'elle pouvait se tenir debout. Ethel avait refusé de venir. Des tentures bleu sombre dissimulaient les fenêtres, et seule la petite chandelle perçait l'obscurité.

Malgré l'heure tardive, Martin chuchotait – le fils de son voisin était un cavalier de la nuit. En tant qu'hommes de main des propriétaires d'esclaves, les patrouilleurs incarnaient la loi : blancs, retors, et sans pitié. Recrutés dans le segment le plus vil et le plus vicieux de la population, trop bêtes même pour être régisseurs. (Cora approuva de la tête.) Le patrouilleur n'avait pas besoin de motif autre que la couleur de peau pour contrôler quelqu'un. Les esclaves surpris hors de la plantation avaient besoin d'un sauf-conduit s'ils ne voulaient pas avoir droit à une raclée et à une visite de la prison du comté. Les Noirs libres devaient détenir sur eux la preuve de leur affranchissement, sous peine d'être livrés aux griffes de l'esclavage ; parfois, clandestinement, on les envoyait quand même aux enchères. Les Noirs rebelles qui refusaient de se rendre pouvaient être abattus. Les patrouilleurs perquisitionnaient à leur guise les villages d'esclaves en prenant toutes les libertés : ils pillaient les maisons des affranchis, volaient le linge acquis à la sueur de leur front ou faisaient aux femmes des avances déplacées.

En temps de guerre – et mater une révolte d'esclaves était le plus glorieux des appels aux armes –, les patrouilleurs transcendaient leurs origines pour devenir une authentique armée. Cora se figurait les insurrections comme des batailles sanglantes et héroïques qui se déployaient sous le ciel nocturne dans la clarté d'immenses brasiers. D'après les récits de Martin, les véritables soulèvements étaient modestes et chaotiques. Les esclaves parcouraient les routes entre les villes avec leurs armes de fortune : hachettes et faucilles, couteaux et briques. Informés par des traîtres, les agents de la loi blanche planifiaient méthodiquement des embuscades, décimaient les insurgés à coups de feu et les chargeaient à cheval, avec en renfort toute la puissance de l'US Army. Aux premières alertes, des volontaires civils se joignaient aux patrouilleurs pour mettre fin à ces troubles, envahissaient les quartiers d'esclaves et mettaient le feu aux maisons des Noirs libres. Les prisons regorgeaient de suspects et de simples passants. On pendait les coupables et aussi, dans un but préventif, un coquet pourcentage d'innocents. Une fois que les martyrs avaient été vengés – et surtout que l'outrage à l'ordre blanc avait été payé, avec intérêts –, les civils regagnaient leurs fermes, leurs usines, leurs boutiques, et les patrouilleurs reprenaient leurs rondes.

Les révoltes étaient certes écrasées, mais la densité de la population noire persistait. Le verdict du recensement s'étalait lugubrement en colonnes de chiffres.

«On le sait, mais on ne le dit pas», confia Cora à Martin.

La caisse émit un craquement quand celui-ci s'agita sur son siège.

«Ou si on le dit, c'est quand personne ne peut entendre, reprit Cora. La force qu'on est.»

L'automne précédent, par une soirée glaciale, les puissants de Caroline du Nord s'étaient réunis pour résoudre le problème noir : des politiciens rompus aux complexités changeantes du débat sur l'esclavage, de riches fermiers qui conduisaient la bête du coton et sentaient les rênes leur échapper des mains, ainsi que les inévitables juristes à même de donner solidité et permanence à l'argile molle de leurs projets en la passant au four de la loi. Jamison était présent, dit Martin, en sa double qualité de sénateur et de planteur. Ce fut une longue nuit.

Ils se réunirent dans la salle à manger d'Oney Garrison. Oney vivait au sommet de Justice Hill, colline ainsi nommée parce qu'elle permettait de voir tout ce qui s'étendait à des kilomètres à la ronde et redonnait au monde ses justes proportions. Après cette nuit-là, la réunion serait rebaptisée le «pacte de Justice». Le père de leur hôte avait été à l'avant-garde du coton, prosélyte futé de la récolte miracle. Oney avait grandi entouré des bénéfices de sa culture et de son mal nécessaire : les nègres. À bien y réfléchir – assis dans cette salle, observant les longs visages blafards de ces hommes qui buvaient ses alcools et s'incrustaient chez lui –, ce qu'il voulait vraiment, c'était augmenter les premiers et diminuer les seconds. Pourquoi passait-on tant de temps à s'inquiéter des soulèvements d'esclaves et de l'influence nordiste au Congrès quand la vraie question était de savoir qui allait cueillir tout ce foutu coton ?

Les jours suivants, raconta Martin, les journaux publièrent les chiffres pour sensibiliser l'opinion. Il y avait près de trois cent mille esclaves en Caroline du Nord. Chaque année, le même nombre d'Européens – essentiellement des Irlandais et des Allemands, qui fuyaient la famine et les troubles politiques – déferlait dans les ports de Boston, New York et Philadelphie. Lors des assemblées d'élus, dans les éditoriaux, la question fut posée : pourquoi laisser les Yankees profiter seuls de cet afflux ? Pourquoi ne pas détourner le cours de ce fleuve humain pour qu'il coule vers le Sud ? Des réclames placées dans les journaux d'outre-Atlantique vantèrent les avantages d'un travail contractuel, des agents recruteurs discoururent dans les tavernes, les réunions publiques, les asiles de nuit, et à la longue les navires spécialement affrétés, grouillants d'une cargaison humaine et volontaire, amenèrent ces rêveurs aux rives d'un nouveau monde. Et ils débarquèrent pour aller travailler aux champs.

« Jamais vu un Blanc cueillir le coton, dit Cora.

— Avant de revenir en Caroline du Nord, je n'avais jamais vu une foule déchiqueter un homme et lui arracher les membres, répondit Martin. Quand on a vu ça, on renonce à dire ce que les gens sont capables de faire ou pas. »

Certes, on ne pouvait pas traiter un Irlandais comme un Africain, qu'il soit ou non considéré comme un nègre blanc. Il s'agissait de peser le pour et le contre entre le coût de l'achat et de l'entretien des esclaves d'un côté et, de l'autre, le versement à des travailleurs blancs d'un salaire, maigre mais suffisant pour vivre. Entre la réalité de la violence des esclaves et la stabilité à long terme. Les Européens avaient été paysans ; ils redeviendraient paysans. Une fois que les immigrants auraient rempli leur contrat (remboursé le voyage, les outils et le logement) et trouvé leur place dans la société américaine, ils seraient des alliés du système sudiste qui les avait nourris. Le jour de l'élection, quand ils mettraient leurs bulletins dans l'urne, leur vote serait pleinement acquis, et pas aux trois cinquièmes. Un réajustement financier était inévitable, mais quand éclaterait le conflit imminent sur la question raciale, la Caroline du Nord se trouverait dans la position la plus avantageuse de tous les États esclavagistes.

En pratique, ils avaient aboli l'esclavage. C'est tout le contraire, rétorquait Oney Garrison. Nous avons aboli les nègres.

«Et tous ces gens, les femmes et les enfants, les hommes... ils sont partis où?» demanda Cora.

Il y eut un cri dans le parc, et les deux occupants du grenier restèrent un moment silencieux.

«Vous les avez vus», dit Martin.

Le gouvernement de Caroline du Nord – dont la moitié se pressait dans la salle à manger de Garrison ce soir-là – racheta aux fermiers les esclaves existants à des conditions très favorables, tout comme la Grande-Bretagne l'avait fait en abolissant l'esclavage quelques décennies plus tôt. Les autres États de l'empire du coton absorbèrent le stock; la Floride et la Louisiane, qui connaissaient alors une croissance explosive, avaient particulièrement faim de bras noirs, de préférence chevronnés. Une rapide visite de Bourbon Street à La Nouvelle-Orléans suffisait à prédire le résultat pour tout observateur attentif: un répugnant État mulâtre où la race blanche, abâtardie par le sang noir, serait souillée, obscurcie, brouillée. Qu'ils polluent donc de noirceur égyptienne leur pedigree européen pour produire un flot de sang-mêlé, de quarterons, toute la gamme misérable des métis jaunes: ils forgeraient eux-mêmes les lames qui serviraient à les égorger.

Les nouvelles lois raciales interdisaient aux hommes et femmes de couleur de poser le pied en Caroline du Nord. Les affranchis qui refusèrent de quitter leur terre furent chassés ou massacrés. Les vétérans des guerres indiennes gagnèrent des sommes rondelettes pour leur expertise mercenaire. Quand les soldats eurent fini leur travail, les anciens patrouilleurs revêtirent le manteau des cavaliers de la nuit et traquèrent les éléments isolés : des esclaves qui tentaient d'échapper à l'ordre nouveau, des affranchis dépossédés qui n'avaient pas les moyens de gagner le Nord, des Noirs malchanceux égarés sur le territoire pour toutes sortes de raisons.

Lorsque Cora s'éveilla le premier samedi matin, elle repoussa le moment de regarder par le judas. Quand enfin elle s'arma de courage, on avait déjà coupé la corde et descendu le corps de Louisa. Des enfants sautaient à la corde sous la branche où elle s'était balancée.

« La route, dit Cora, la *Piste de la Liberté*, comme vous l'appelez. Jusqu'où elle va ? »

Elle s'étendait aussi loin qu'il y avait des corps pour l'alimenter, expliqua Martin. Les corps pourrissants, les corps rongés par les charognards étaient constamment remplacés, mais la piste ne cessait de se prolonger. Chaque ville digne de ce nom dans cet État avait sa fête du Vendredi, qui s'achevait par le même macabre bouquet final. Certaines gardaient des prisonniers en réserve pour les semaines maigres où les cavaliers de la nuit rentraient bredouilles.

Les Blancs punis en vertu de la nouvelle législation étaient simplement pendus, mais non exhibés. Même si, nuança Martin, il y avait l'exemple d'un fermier blanc qui avait abrité un groupe de réfugiés noirs. Quand on avait passé au peigne fin les cendres de sa maison, il avait été impossible de distinguer son corps de ceux de ses protégés, car le feu avait tout nivelé, effacé leur différence de peau. Les cinq corps avaient été pendus sur la piste et personne n'avait pinaillé sur cette entorse au protocole.

Le sujet du châtiment des Blancs les avait amenés à la raison du séjour de Cora sous les combles. «Vous comprenez donc notre situation», conclut Martin.

Les abolitionnistes avaient toujours été chassés d'ici, précisa-t-il. La Virginie ou le Delaware pouvaient tolérer leur agitation, mais pas un État cotonnier. Détenir des textes abolitionnistes suffisait à vous envoyer en prison, et une fois relâché on ne faisait pas de vieux os en ville. Selon les amendements à la Constitution de l'État, la peine encourue pour possession d'écrits séditieux, ou pour complicité avec une personne de couleur, était laissée à la discrétion des autorités locales. En pratique, le verdict était la mort. Les accusés étaient traînés par les cheveux hors de chez eux. Les propriétaires d'esclaves qui refusaient d'obtempérer – par sentimentalisme, ou au nom d'une conception désuète du droit à la propriété – étaient pendus haut et court, tout comme les citoyens au grand cœur qui cachaient des nègres dans leur grenier, leur sous-sol ou leur cave à charbon.

Après une accalmie dans les arrestations de Blancs, certaines villes augmentèrent la récompense pour qui livrerait des collaborateurs. Les gens se mirent à dénoncer des concurrents en affaires, de vieux ennemis intimes ou de simples voisins, en invoquant d'anciennes conversations au cours desquelles les traîtres avaient exprimé des sympathies prohibées. Les enfants mouchardaient leurs parents, sous l'influence d'institutrices qui leur avaient inculqué les signes de la sédition. Martin raconta l'histoire d'un homme qui essayait depuis des années de se débarrasser de sa femme, en vain. Les détails du crime supposé ne résistaient pas à un examen attentif, mais l'épouse n'en paya pas moins le prix suprême. Le gentleman se remaria trois mois plus tard.

« Et il est heureux maintenant ? demanda Cora.

— Quoi ? »

Cora fit un geste dédaigneux. La sévérité du récit de Martin l'avait aiguillée sur la voie d'un humour grinçant.

Auparavant, les chasseurs d'esclaves fouillaient à volonté les logements des individus de couleur, qu'ils soient libres ou asservis. Leurs pouvoirs accrus leur donnaient désormais licence de frapper à n'importe quelle porte pour enquêter sur une accusation, ou même pour une perquisition aléatoire, au nom de la sécurité publique. Les miliciens survenaient à n'importe quelle heure, visitaient le plus riche magistrat comme le plus pauvre trappeur. Carrioles et calèches étaient arrêtées à des barrages routiers. La mine de mica n'était qu'à quelques kilomètres : même si Martin avait le cran de s'enfuir avec Cora, ils n'atteindraient pas le comté voisin sans être contrôlés.

Cora pensait que les Blancs répugneraient à renoncer à leurs libertés, même au nom de la sécurité. Or, loin d'inspirer le ressentiment, lui apprit Martin, le zèle des patrouilleurs faisait la fierté unanime de tous les comtés. Les patriotes se vantaient du nombre de fois où ils avaient été fouillés et déclarés en règle. Plus d'une visite d'un cavalier de la nuit dans la maison d'une jeune femme avenante avait abouti à d'heureuses fiançailles.

Par deux fois ils avaient perquisitionné la maison des Wells avant la venue de Cora. Les cavaliers s'étaient montrés tout à fait plaisants, et ils avaient complimenté Ethel sur son gâteau au gingembre. Ils n'avaient pas remarqué la trappe du grenier, mais cela ne garantissait pas que la prochaine fois il en irait de même. La seconde visite avait poussé Martin à renoncer à ses fonctions au sein du chemin de fer clandestin. Il n'y avait rien de prévu pour la prochaine étape du voyage de Cora, pas de nouvelles des camarades. Il leur faudrait attendre un signe.

Une fois encore, Martin s'excusa du comportement de sa femme. « Vous comprendrez qu'elle est morte de peur. Nous sommes à la merci du destin.

— Vous avez l'impression d'être des esclaves ? » demanda Cora.

Ethel n'avait pas choisi cette vie, expliqua Martin.

« Vous êtes nés dans cette vie ? Comme des esclaves ? »

Cela mit un terme à la conversation ce soir-là. Cora grimpa dans les combles avec quelques provisions et un pot de chambre propre.

Une routine ne tarda pas à s'établir. Il ne pouvait en être autrement, compte tenu des contraintes. Après s'être cogné la tête contre le plafond une bonne dizaine de fois, son corps assimila les limites de sa liberté de mouvement. Cora dormait, blottie entre les chevrons comme dans la cale confinée d'un navire. Elle regardait le parc. Elle s'entraînait à lire pour mettre à profit ses leçons interrompues de Caroline du Sud, plissant les yeux à la maigre lumière du judas. Elle se demandait pourquoi il n'y avait que deux types de climat : des épreuves le matin, des tribulations le soir.

Chaque vendredi la ville faisait la fête et Cora se réfugiait à l'autre bout des combles.

La plupart du temps la chaleur était insoutenable. Les pires jours, elle aspirait l'air du judas comme un poisson dans un seau. Parfois, elle négligeait de rationner son eau, en buvait trop le matin et passait le reste de la journée à fixer amèrement la fontaine du parc. Et ce satané chien qui s'ébattait dans l'écume. Quand la chaleur la faisait s'évanouir, elle se réveillait la tête coincée dans un chevron, le cou tordu comme celui d'un poulet qu'Alice aurait sacrifié pour le dîner. Alors qu'elle s'était un peu remplumée en Caroline du Sud, toute cette chair fondit, ne laissant qu'un sac d'os. Son hôtesse avait remplacé sa robe souillée par une vieille robe de sa fille ; Jane avait les hanches étroites, mais à présent Cora flottait dans ses vêtements.

Peu avant minuit, une fois que toutes les lumières étaient éteintes dans les maisons donnant sur le parc et que Fiona était depuis longtemps rentrée chez elle, Martin lui apportait à manger. Cora descendait dans le grenier proprement dit, pour s'étirer et respirer un autre air. Ils parlaient un peu, et puis, à un moment donné, Martin se levait, l'air solennel, et Cora regagnait les combles. Une ou deux fois par semaine, Ethel, via son mari, lui concédait une brève visite à la salle d'eau. Cora s'endormait toujours après la visite de Martin, parfois au prix d'une crise de larmes préalable, et parfois aussi vite qu'une chandelle qu'on souffle. Ses rêves torturés recommencèrent.

Elle suivait les passants réguliers dans leur traversée quotidienne du parc, accumulait les notes et les spéculations à l'exemple des compilateurs d'almanachs. Martin conservait dans les combles des journaux et pamphlets abolitionnistes. Ils représentaient un danger ; Ethel voulait s'en débarrasser mais ils venaient du père de Martin, préexistaient à leur installation dans la maison, et Martin se disait qu'ils pourraient toujours nier que ce soit à eux. Lorsque Cora eut glané ce qu'elle pouvait dans les pamphlets jaunis, elle s'attaqua aux vieux almanachs, découvrit leurs prévisions et leurs méditations sur les marées et les étoiles, agrémentées ici et là d'obscurs commentaires. Martin lui apporta une bible. Lors d'un de ses brefs passages au grenier, elle aperçut un exemplaire du *Dernier des Mohicans*, déformé et gonflé par l'humidité. Elle lisait blottie à la lumière du judas, ou bien le soir, penchée au-dessus d'une chandelle.

Cora accueillait chaque visite de Martin par la même question : « Des nouvelles ? »

Au bout de quelques mois, elle renonça.

Le silence était total de la part du chemin de fer clandestin. Les gazettes publiaient des récits de dépôts démantelés, de chefs de gare soumis à une justice sommaire, mais c'étaient là rumeurs communes dans les États esclavagistes. Naguère, des inconnus frappaient à la porte de Martin, apportaient des messages concernant les itinéraires et même, une fois, l'annonce confirmée d'une arrivée. Ce n'était jamais le même messager. Mais personne n'était venu depuis bien longtemps, lui dit Martin. À sa connaissance, il ne pouvait rien y faire.

« Vous ne voulez pas me laisser partir », dit Cora.

Il répondit en geignant : « La situation est simple. » C'était un piège parfait, selon lui, pour tout le monde.

« Vous n'y arriverez pas. Ils vous attraperont. Et alors vous leur parlerez de nous.

— À Randall, quand ils veulent vous mettre aux fers, ils vous mettent aux fers et c'est tout.

— Vous allez attirer le malheur sur nous. Sur vous-même, sur moi, sur Ethel, et sur tous ceux qui vous ont aidée d'un bout à l'autre de la ligne. »

Elle était injuste avec lui, mais elle s'en moquait car elle était têtue comme une mule. Martin lui donna le journal du jour et remit la trappe en place.

Le moindre son provenant de Fiona la pétrifiait. Elle ne pouvait qu'imaginer à quoi ressemblait la jeune Irlandaise. De temps à autre, celle-ci traînait du fatras jusqu'au grenier. L'escalier gémissait bruyamment à la moindre pression – un efficace signal d'alarme. Une fois la domestique repartie, Cora retournait à son infime gamme d'activités. Les grossièretés de la jeune fille lui rappelaient la plantation, et le flot de jurons déversé par les cueilleurs quand l'œil du maître n'était pas sur eux. La modeste révolte des serviteurs, où qu'ils soient. Elle était sûre que Fiona crachait dans la soupe de ses patrons.

Son itinéraire pour rentrer chez elle n'impliquait pas de couper par le parc. Cora n'avait jamais vu son visage, alors même qu'elle devenait experte à interpréter ses soupirs. Elle l'imaginait, rachitique et déterminée, survivante de la famine et des rigueurs de l'expatriation. Martin lui avait raconté qu'elle était venue en Amérique sur un navire affrété par l'État de Caroline, avec sa mère et son frère. La mère, malade des poumons, était morte au deuxième jour de la traversée. Le garçon était trop jeune pour travailler, et de toute façon de constitution trop chétive ; des vieilles compatriotes s'occupaient généralement de lui. Le faubourg des Irlandais était-il semblable aux quartiers noirs de Caroline du Sud ? Traverser une seule rue suffisait parfois à modifier la façon de parler des gens, à déterminer la taille et l'état de leurs maisons, l'ampleur et la nature de leurs rêves.

Dans quelques mois ce serait la moisson. En dehors de la ville, dans les champs, le coton éclaterait en capsules et voyagerait en sacs, cueilli cette fois par des mains blanches. Est-ce que ça dérangeait les Irlandais et les Allemands de faire un travail de nègre, ou bien la certitude d'un salaire effaçait-elle le déshonneur ? Dans les plantations, les Blancs sans le sou succédaient désormais aux Noirs sans le sou, sauf qu'à la fin de la semaine les Blancs n'étaient plus sans le sou. Contrairement à leurs frères plus foncés, ils pouvaient racheter leur contrat avec leur salaire et commencer un nouveau chapitre de leur vie.

À Randall, Jockey racontait que les négriers devaient s'aventurer de plus en plus loin en Afrique pour dénicher la prochaine brassée d'esclaves : ils kidnappaient tribu après tribu afin de nourrir le coton, et transformaient les plantations en mosaïques de langues et de clans. Cora se disait qu'une nouvelle vague d'immigrants remplacerait les Irlandais, des gens qui fuiraient un pays différent mais non moins misérable, et le processus recommencerait de plus belle. La machine soufflait, grognait et continuait de tourner ; on avait simplement remplacé le carburant qui alimentait les pistons.

Les murs obliques de sa prison étaient la toile où

elle projetait ses réflexions morbides, particulièrement entre le coucher du soleil et la visite tardive de Martin. Lorsque Caesar l'avait abordée, elle avait envisagé deux issues : une vie épanouie et durement gagnée dans une cité du Nord, ou la mort. Terrance ne se contenterait pas de la châtier pour sa fuite ; il ferait de sa vie un enfer élaboré jusqu'à ce qu'il se lasse, et alors il l'éliminerait en un grand spectacle sanglant.

Son fantasme nordiste, durant les premières semaines au grenier, n'était qu'une simple esquisse. Des aperçus d'enfants dans une cuisine radieuse – un garçon et une fille, toujours – et un mari dans la pièce voisine, invisible mais aimant. À mesure que les jours s'étiraient, de nouvelles pièces bourgeonnèrent autour de la cuisine. Un salon aux meubles simples mais de bon goût, comme elle en avait vu dans les boutiques pour Blancs de Caroline du Sud. Une chambre à coucher. Puis un lit couvert de draps blancs qui brillaient au soleil, sur lequel ses enfants roulaient avec elle, et le corps de son mari entrevu au bord du cadre. Dans une autre scène, des années plus tard, Cora marchait dans une rue animée de sa ville et tombait sur sa mère. Elle mendiait dans le ruisseau, vieillarde brisée et voûtée, réduite à la somme de ses fautes. Mabel levait les yeux mais ne reconnaissait pas sa fille. Cora donnait un coup de pied dans sa sébile, les rares piécettes s'envolaient au milieu des passants, et Cora poursuivait son chemin, allait acheter de la farine pour le gâteau d'anniversaire de son fils.

Dans ce lieu à venir, Caesar s'invitait parfois à dîner, et ils riaient un peu tristement de Randall, des épreuves de leur fuite, de leur liberté finalement acquise. Caesar racontait aux enfants l'histoire de la petite cicatrice qu'il avait au-dessus du sourcil, sur laquelle il passait le doigt : il avait été capturé par un chasseur d'esclaves en Caroline du Sud, mais était parvenu à s'échapper.

Cora ne pensait guère au garçon qu'elle avait tué. Elle n'avait nul besoin de justifier les actes commis lors de cette nuit dans les bois : personne n'avait le droit de lui réclamer des comptes. À travers l'exemple de Terrance Randall, elle se figurait bien l'esprit qui avait pu concevoir le système adopté en Caroline du Nord, mais elle avait du mal à concevoir l'échelle de sa violence. C'était la peur qui motivait ces gens, plus encore que l'argent du coton. L'ombre de la main noire qui rendrait tôt ou tard ce qu'on lui avait donné. Un soir, il lui vint à l'esprit qu'elle était l'un de ces monstres vengeurs qu'ils craignaient tant : elle avait tué un jeune Blanc. Elle était bien capable de tuer à nouveau l'un d'entre eux. Et à cause de cette crainte, ils avaient érigé un nouvel échafaudage d'oppression sur les cruelles fondations établies des siècles plus tôt. C'était du coton à longue soie que le maître avait commandé pour ses plants, mais parmi les semences se trouvaient aussi celles de la violence et de la mort, et leur moisson mûrissait vite. Les Blancs avaient raison d'avoir peur. Un jour, le système s'effondrerait dans le sang.

Une insurrection à elle toute seule. Elle sourit un moment, avant que la réalité de sa nouvelle cellule ne reprenne ses droits. Elle grattait entre quatre murs comme un rat. Aux champs, sous terre ou dans un grenier, l'Amérique restait sa geôlière.

C'était une semaine avant le solstice d'été. Martin coinça un des vieux édredons dans une chaise qui n'avait plus d'assise et s'y enfonça graduellement à mesure qu'il parlait. Comme à son habitude, Cora lui demanda de l'aide pour certains mots. Cette fois, ils venaient de la Bible, qu'elle parcourait avec difficulté : « disconvenir », « vorace », « séculaire ». Martin avoua qu'il ne connaissait pas le sens de disconvenir et de séculaire. Puis, comme pour se préparer à la saison nouvelle, il passa en revue la série de mauvais présages.

Le premier s'était produit la semaine précédente, lorsque Cora avait renversé le pot de chambre. Elle était dans les combles depuis quatre mois et avait déjà fait du bruit par le passé, en se cognant la tête contre le plafond ou le genou contre un chevron. Fiona n'avait jamais réagi. Cette fois, la fille était en train de s'affairer dans la cuisine quand Cora envoya valser le pot contre le mur. Dès que Fiona monterait, elle ne pourrait ignorer le bruit de l'urine qui s'insinuait entre les planches et gouttait dans le grenier, et encore moins l'odeur.

Le sifflet de midi venait de retentir. Ethel était sortie. Par bonheur, une autre fille du quartier irlandais rendit visite à Fiona après le déjeuner et elles cancanèrent si longtemps au salon qu'ensuite Fiona dut expédier fiévreusement ses corvées. Elle ne remarqua pas la puanteur, ou décida de l'ignorer, esquivant la responsabilité de nettoyer les saletés du rongeur qui nichait là-haut. Lorsque Martin vint ce soir-là et qu'ils nettoyèrent, il expliqua à Cora qu'il préférait ne pas parler de cette fausse alerte à Ethel. Elle avait les nerfs particulièrement fragiles par ce temps d'humidité croissante.

Il incombait à Martin d'informer ou non sa femme. Cora ne l'avait pas revue depuis la nuit de son arrivée. À sa connaissance, ses hôtes ne la mentionnaient jamais – même en l'absence de Fiona –, hormis de rares allusions d'Ethel à «cette créature». La visite de Martin au grenier était souvent précédée par le claquement de la porte de la chambre à coucher. La seule chose qui retenait Ethel de la dénoncer, décréta Cora, était sa complicité.

«Ethel est une femme simple, dit Martin en s'affaissant dans son siège. Elle ne pouvait pas prévoir la situation quand j'ai demandé sa main.»

Cora savait que Martin était sur le point de relater son enrôlement accidentel dans le réseau, ce qui signifiait plus de temps passé hors des combles. Elle s'étira et l'encouragea. «Mais comment avez-vous pu, Martin.

— Oui, mon Dieu, comment ai-je pu.»

Il était le plus improbable des instruments de l'abolition. Dans son souvenir, son père, Donald, n'avait jamais exprimé d'avis sur l'«Institution particulière», même si sa famille faisait exception dans son cercle social en ce qu'elle ne possédait pas d'esclaves. Quand Martin était petit, le manutentionnaire du magasin de semences familial était un homme voûté à la peau parcheminée nommé Jericho, affranchi des années auparavant. À la consternation de sa mère, Jericho débarquait chaque année le soir de Thanksgiving avec une boîte de purée de navets et dînait avec eux. Donald poussait un grognement réprobateur ou secouait la tête à toute mention dans le journal d'un incident impliquant un esclave, mais on ne savait pas s'il condamnait la brutalité du maître ou l'entêtement de l'esclave.

À dix-huit ans, Martin quitta la Caroline du Nord et, après une période d'errance solitaire, prit un emploi de clerc auprès d'une compagnie maritime de Norfolk. Ce travail tranquille et l'air marin lui convenaient. Il acquit le goût des huîtres et sa constitution se fit plus robuste. Le visage d'Ethel apparut un jour dans la foule, lumineux. Les Delany avaient des liens anciens avec la région, et leur arbre généalogique était taillé à l'envers : luxuriant de cousins au nord, dénudé et sans visage au sud. Martin rendait rarement visite à son père. Lorsque Donald tomba du toit qu'il réparait, cela faisait cinq ans que son fils n'était pas revenu à la maison.

Les deux hommes avaient toujours eu du mal à communiquer. Avant le décès de la mère de Martin, c'était à elle qu'il incombait de traduire les ellipses et apartés marmonnants qui constituaient la conversation entre père et fils. Au chevet de Donald mourant, il n'y eut pas d'interprète. Il fit promettre à Martin de poursuivre son travail, et son fils supposa qu'il s'agissait de reprendre le magasin de semences. Ce fut le premier malentendu. Le second fut de croire que la carte qu'il découvrit plus tard dans ses papiers indiquait un trésor caché. De son vivant, Donald s'était drapé dans un silence qui, selon l'observateur, pouvait suggérer soit la débilité mentale, soit des mystères sans fond. Cela lui ressemblerait bien, avait songé Martin, de se comporter comme un indigent tout en ayant accumulé secrètement une véritable fortune.

Le trésor, bien sûr, c'était le chemin de fer clandestin. D'aucuns diraient que la liberté est la plus précieuse des monnaies, mais Martin avait espéré autre chose. Le journal intime de Donald – ceint de pierres colorées et posé sur un tonneau du quai comme sur une sorte d'autel – racontait comment son père avait toujours été dégoûté par le traitement bestial que son pays infligeait à la tribu d'Éthiopie. L'esclavage était un outrage à Dieu, les esclavagistes un visage de Satan. Toute sa vie Donald avait fourni de l'aide aux esclaves, chaque fois que possible et avec tous les moyens en son pouvoir, depuis que, à un très jeune âge, il avait égaré sur une fausse piste des chasseurs de primes qui le harcelaient de questions sur un fugitif.

Tous ses déplacements professionnels durant l'enfance de Martin étaient en fait des missions abolitionnistes. Rendez-vous de minuit, stratagèmes fluviaux, complots de carrefours. Ironiquement, au regard de sa difficulté à communiquer, Donald servait de télégraphe humain et relayait des messages tout le long de la côte. Le CDFC (ainsi qu'il le désignait dans ses notes) n'avait pas de tronçon ni de gare en Caroline du Nord jusqu'à ce que Donald en fasse sa mission. De l'avis unanime, opérer si loin dans le Sud était suicidaire. Il n'en avait pas moins aménagé des combles dans son grenier, et si le faux plafond n'était pas hermétique, il soutenait le poids de ses occupants. Lorsqu'il fut vaincu à mort par une tuile branlante, Donald avait convoyé une bonne douzaine d'âmes jusqu'aux États libres.

Martin avait aidé un nombre bien moindre de fugitifs. Il conclut comme Cora que sa personnalité craintive et nerveuse ne les avait guère aidés lors de l'alerte de la veille au soir quand, autre mauvais présage, les miliciens avaient frappé à sa porte.

La nuit venait de tomber, et le parc était peuplé de gens qui avaient peur de rentrer chez eux. Cora se demandait ce qu'ils redoutaient d'y trouver pour s'attarder si délibérément – toujours les mêmes d'une semaine à l'autre. L'homme au pas rapide qui s'asseyait au bord de la fontaine et passait les doigts dans ses cheveux clairsemés. La femme négligée aux larges hanches qui portait toujours un bonnet noir et maugréait toute seule. Ils n'étaient pas là pour savourer l'air du soir ou dérober un baiser. Ces gens s'étiolaient au fil de leur parcours échevelé, regardaient de part et d'autre, jamais devant eux. Comme pour éviter les regards de tous les fantômes, ceux des morts qui avaient bâti leur ville. C'était la main-d'œuvre noire qui avait construit chaque maison du parc, posé les pierres de la fontaine et le pavement des allées. Qui avait martelé et cloué la scène sur laquelle les cavaliers de la nuit interprétaient leurs spectacles grinçants, et la plate-forme à roues qui livrait au vide les femmes et les hommes maudits. La seule chose à ne pas avoir été construite par des Noirs, c'était l'arbre. C'était Dieu qui l'avait créé, pour que la ville le plie à ses fins malfaisantes.

Pas étonnant que les Blancs errent dans le parc à la nuit triomphante, songea Cora, le front pressé contre le bois. Eux-mêmes étaient des fantômes, pris entre deux mondes : la réalité de leurs crimes et l'au-delà qui leur serait refusé pour ces crimes.

Cora fut informée du raid par l'onde de choc qui parcourut le parc. La foule du soir se retourna pour regarder bouche bée une maison de l'autre côté. Une jeune fille à tresses y fit entrer un trio de miliciens. Cora se rappela que son père avait du mal à descendre les marches. Elle ne l'avait pas vu depuis des semaines. La jeune fille serra le col de sa chemise de nuit et referma la porte derrière eux. Deux cavaliers, grands et costauds, paressèrent sur le perron en fumant la pipe avec une nonchalance complaisante.

Une demi-heure plus tard, la patrouille sortit et se pressa sur le trottoir pour consulter un registre à la lueur d'une lanterne. Ils traversèrent le parc et finirent par sortir du champ du judas. Cora avait fermé les yeux quand les coups bruyants donnés à la porte d'entrée la firent sursauter. Ils étaient juste en dessous d'elle.

Les minutes suivantes s'écoulèrent avec une terrifiante lenteur. Cora, blottie dans un coin, se faisait toute petite derrière un chevron, tâchant de deviner aux bruits ce qui se passait en bas. Ethel accueillit chaleureusement les cavaliers de la nuit ; quiconque la connaissait en aurait déduit qu'elle avait quelque chose à cacher. Martin fit une rapide inspection du grenier pour vérifier qu'il n'y avait rien d'anormal, puis rejoignit tout le monde au rez-de-chaussée.

Les Wells répondaient prestement aux questions du groupe tout en leur faisant la visite. Oui, il n'y avait qu'eux deux. Leur fille vivait ailleurs. (Les cavaliers contrôlèrent la cuisine et le salon.) La bonne, Fiona, avait une clef, mais personne d'autre n'avait accès à la maison. (L'escalier.) Ils n'avaient reçu aucune visite d'inconnus, entendu aucun bruit suspect, rien remarqué d'inhabituel. (Ils fouillèrent les deux chambres.) Pas de vol à signaler. Il n'y avait pas de cave – les cavaliers devaient savoir à présent que les maisons des abords du parc n'avaient jamais de cave. Martin était monté au grenier l'après-midi même et n'avait rien remarqué d'insolite.

« Ça vous dérangerait qu'on monte voir ? » La voix était grave et bourrue. Cora l'attribua au plus petit des cavaliers, le barbu.

Leurs pas résonnaient dans l'escalier du grenier. Ils se frayèrent un chemin parmi le fatras. L'un d'eux parla et Cora sursauta : il avait la tête juste en dessous d'elle, à quelques centimètres. Elle retint son souffle. Ces hommes étaient des requins qui promenaient leur gueule sous la coque d'un navire, traquant leur pitance qu'ils sentaient proche. Seules des planches toutes minces séparaient le chasseur de la proie.

« On ne monte plus tellement ici depuis que des ratons laveurs y nichent, dit Martin.

— Oui, on les remarque à l'odeur », dit l'autre cavalier.

Les miliciens partirent. Martin renonça à sa visite nocturne au grenier, craignant d'être la proie d'un piège à retardement. Cora, dans ses ténèbres rassurantes, tapota le mur solide : il l'avait protégée.

Ils avaient survécu au pot de chambre et aux cavaliers. L'ultime mauvais présage était survenu le matin même : la foule avait lynché un couple qui cachait deux garçons noirs dans sa grange. C'était leur fille qui les avait dénoncés, jalouse de l'attention qu'ils leur portaient. Malgré leur jeune âge, les garçonnets étaient allés grossir la lugubre galerie de la Piste de la Liberté. L'une des voisines d'Ethel l'en avait informée au marché et celle-ci s'était évanouie, s'effondrant contre un étal de confitures.

Les perquisitions se multipliaient. « Ils ont tellement bien réussi à rafler les gens qu'à présent ils doivent redoubler d'efforts pour atteindre leur quota », dit Martin.

Cora suggéra que c'était peut-être une bonne chose que la maison ait déjà été fouillée : il se passerait quelque temps avant qu'ils ne reviennent. Autant de temps pour que le réseau les contacte enfin, ou que quelque autre occasion se présente.

Martin devenait toujours nerveux quand Cora évoquait l'idée de passer à l'action. Il caressa l'un de ses jouets d'enfance, un canard en bois. Il en avait usé la peinture ces derniers mois. « Ou bien ça veut dire que les routes seront deux fois plus dures à passer, dit-il. Ces gars vont avoir faim de souvenirs. » Son visage s'éclaira : « Voraces ! Comme dans la Bible. »

Cora s'était sentie indisposée toute la journée. Elle lui dit bonne nuit et remonta dans son abri. Malgré les alertes récentes, elle en était au même point depuis des mois : encalminée. Immobilisée entre le départ et l'arrivée, en transit comme la passagère qu'elle était devenue depuis son évasion. Quand le vent se lèverait, elle reprendrait enfin sa route, mais pour l'heure il n'y avait que la mer vide et sans fin.

Quel est ce monde, pensa-t-elle, qui fait d'une prison vivante votre seul refuge. Était-elle libérée de ses liens ou prise dans leur toile ? Comment décrire le statut d'une fugitive ? La liberté était une chose changeante selon le point de vue, de même qu'une forêt vue de près est un maillage touffu, un labyrinthe d'arbres, alors que du dehors, depuis la clairière vide, on en voit les limites. Être libre n'était pas une question de chaînes, ni d'espace disponible. Sur la plantation, elle n'était pas libre, mais elle y évoluait sans restriction, elle goûtait l'air frais et suivait la course des étoiles d'été. C'était un endroit vaste dans son étroitesse. Ici, elle était libérée de son maître, mais elle tournait en rond dans un terrier si minuscule qu'elle ne pouvait même pas s'y tenir debout.

Cela faisait des mois que Cora n'avait pas quitté les étages supérieurs, mais son panorama s'étendait largement. La Caroline du Nord avait sa colline de la Justice, et Cora avait la sienne. Dominant du regard tout l'univers du parc, elle voyait la ville errer à sa guise, se baigner de soleil sur un banc de pierre, se rafraîchir à l'ombre de l'arbre aux pendus. Mais tous ces gens étaient des prisonniers comme elle, enchaînés à la peur. Martin et Ethel vivaient dans la terreur des regards curieux guettant à chaque fenêtre éteinte. La ville se rassemblait le vendredi soir dans l'espoir de faire nombre, de repousser les créatures tapies dans les ténèbres : la tribu noire toujours croissante, toujours plus menaçante ; l'ennemi qui ourdit des accusations ; l'enfant qui échafaude une magnifique vengeance pour une réprimande et qui fait s'effondrer la maison. Mieux valait se cacher au grenier qu'avoir à affronter ce que dissimulait le visage des voisins, des amis, de la famille.

Le parc les nourrissait, ce havre vert qu'ils préservaient tandis que la ville étendait son périmètre, rue après rue, maison après maison. Cora repensa à son potager de Randall, ce lopin qu'elle chérissait. À présent, elle le voyait tel qu'il était : risible – un infime carré de terre qui l'avait persuadée qu'elle possédait quelque chose. Il était à elle autant que le coton qu'elle semait, désherbait et cueillait. Son lopin était l'ombre d'une chose qui vivait ailleurs, hors de vue. Tout comme le pauvre Michael récitant la Déclaration d'indépendance était l'écho d'une chose qui existait ailleurs. À présent qu'elle s'était enfuie, qu'elle avait vu du pays, Cora n'était plus certaine que ce document décrive quoi que ce soit de réel. Comme elle, l'Amérique était un fantôme des ténèbres.

Cette nuit-là, elle tomba malade. Elle fut réveillée par des spasmes au ventre. Dans son vertige, les combles roulaient et tanguaient. Son estomac se vida et elle perdit le contrôle de ses intestins. La chaleur assiégeait le réduit, enflammait l'air et l'intérieur de sa peau. Elle parvint sans savoir comment à tenir jusqu'aux premières lumières de l'aube, où le voile se leva. Le parc était toujours là ; dans la nuit, elle avait rêvé qu'elle était en mer, enchaînée à fond de cale. À côté d'elle, une autre captive, et une autre, des centaines qui pleuraient et hurlaient de peur. Le navire se cabrait sur la houle, plongeait et se fracassait sur des enclumes d'eau. Elle entendit des pas dans l'escalier, le frottement de la trappe, et elle ferma les yeux.

Cora se réveilla dans une pièce toute blanche, le corps lové sur un matelas moelleux. La fenêtre offrait plus qu'un chiche poinçon de soleil. Le bruit du parc était son horloge : c'était la fin d'après-midi.

Ethel était assise dans un coin de la chambre d'enfant de son mari. Son tricot posé sur les genoux, elle observait Cora. Elle tâta le front de sa patiente. « Ça va mieux », dit-elle. Elle lui servit un verre d'eau, puis lui apporta un bol de bouillon de bœuf.

Son attitude s'était adoucie pendant le délire de Cora. La fugitive avait fait tant de bruit en gémissant dans la nuit, elle était si malade quand ils l'avaient descendue des combles, qu'ils furent obligés de donner à Fiona un congé de quelques jours. Martin avait attrapé la variole vénézuélienne, expliquèrent-ils à la jeune Irlandaise, contaminé par un sac de semences, et le docteur interdisait à quiconque de pénétrer dans la maison tant que la maladie suivrait son cours. Il avait lu un article sur une telle quarantaine dans un magazine, et c'était le premier prétexte qui lui était venu à l'esprit. Ils lui payèrent sa semaine. Fiona fourra l'argent dans son sac sans poser de questions.

Ce fut au tour de Martin de s'absenter pendant qu'Ethel s'occupait de leur hôte, et ce fut elle qui la soigna durant deux jours de fièvre et de convulsions. Le couple s'était fait peu d'amis depuis son installation dans l'État, ce qui lui permettait de s'abstraire facilement de la vie mondaine. Tandis que Cora se débattait dans son délire, Ethel lui lisait la Bible pour hâter sa guérison. La voix de cette femme s'insinuait dans ses rêves. Si sévère la nuit où Cora avait surgi de la mine, elle contenait désormais une nuance de tendresse. Elle rêva qu'Ethel lui déposait un baiser sur le front, comme une mère. Cora écoutait ses histoires, l'esprit flottant. L'arche menait les êtres justes à bon port, de l'autre côté du désastre. Le désert s'étendait sur quarante ans avant que d'autres trouvent leur terre promise.

L'après-midi étirait les ombres comme de la mélasse, et le parc se vida peu à peu à l'approche du dîner. Ethel, assise dans son rocking-chair, souriait en feuilletant les Écritures à la recherche d'un passage approprié.

À présent qu'elle était éveillée et pouvait s'exprimer, Cora expliqua à son hôtesse que les versets étaient superflus.

La bouche d'Ethel se pinça pour former une ligne mince. Elle referma le livre, gardant la page d'un doigt maigre. «Nous avons tous besoin de la grâce du Seigneur, dit-elle. Ce ne serait guère chrétien de ma part de laisser entrer une païenne dans ma maison sans partager avec elle Sa parole.

— Elle est déjà partagée», dit Cora.

C'était la bible d'enfant d'Ethel que Martin avait donnée à Cora, tachée et marquée par ses doigts juvéniles. Ethel sonda Cora par diverses questions, sceptique quant à ce qu'elle pouvait lire et comprendre. Assurément, Cora n'était pas spontanément croyante, et son éducation avait pris fin plus tôt qu'elle ne l'aurait voulu. Au grenier, elle s'était débattue avec les mots, avait persévéré, était revenue sur des versets problématiques. Les contradictions la troublaient, même à moitié comprises.

« Je ne comprends pas le passage qui dit : *Celui qui dérobera un homme et qui l'aura vendu sera puni de mort.* Alors que plus tard ça dit : *Les esclaves doivent être soumis à leurs maîtres, et leur plaire en toutes choses.* » Soit c'était un péché de faire d'autrui son bien, soit c'était béni par Dieu Lui-même. Mais devoir plaire à son maître, par-dessus le marché ? Un esclavagiste avait dû se glisser à l'imprimerie pour ajouter cette phrase.

« Ça dit bien ce que ça veut dire, répondit Ethel. Ça veut dire qu'un Hébreu ne peut pas asservir un autre Hébreu. Mais les fils de Cham ne sont pas de cette tribu. Ils ont été maudits, ils ont la peau noire et une queue. Quand les Écritures condamnent l'esclavage, il ne s'agit pas du tout de l'esclavage des Noirs.

— J'ai la peau noire, mais je n'ai pas de queue. Pour autant que je le sache, car je n'ai jamais pensé à regarder. Mais l'esclavage est une malédiction, ça, au moins, c'est vrai. » L'esclavage est un péché quand on soumet des Blancs à son joug, mais pas des Africains. Tous les hommes naissent égaux, mais on peut décider que vous n'êtes pas humain.

Sous le soleil de Géorgie, Connelly récitait des versets pendant qu'il châtiait des cueilleurs coupables de transgressions. « Nègres, obéissez en toutes choses à vos maîtres selon la chair, non pas seulement sous leurs yeux, comme pour plaire aux hommes, mais avec simplicité de cœur, dans la crainte du Seigneur. » Le claquement du fouet ponctuait chaque syllabe, et le gémissement de la victime. Cora se rappelait d'autres passages bibliques sur l'esclavage et en fit part à Ethel. Celle-ci répondit qu'elle ne s'était pas levée ce matin pour entrer dans un débat théologique.

Cora appréciait sa compagnie et se rembrunit quand elle partit. Pour sa part, elle rendait responsables les gens qui avaient retranscrit ces choses. Les gens déformaient toujours tout, à dessein ou par accident. Ils comprenaient de travers. Le lendemain matin, elle demanda les almanachs.

Ils étaient obsolètes, ils prédisaient le temps de l'année précédente, mais Cora adorait ces vieux recueils qui contenaient le monde entier. Ils n'avaient besoin de personne pour faire comprendre ce qu'ils voulaient dire. Les tableaux et les faits ne pouvaient être modelés en ce qu'ils n'étaient pas. Les rubriques et saynètes intercalées entre le calendrier lunaire et les prévisions climatiques – des histoires de veuves grincheuses et de moricauds simplets – la déroutaient autant que les leçons de morale du Livre saint. Les unes comme les autres décrivaient des comportements humains qui dépassaient son horizon. Que savait-elle, qu'avait-elle besoin de savoir des subtilités protocolaires d'un banquet de mariage, ou d'un troupeau de moutons acheminé dans le désert ? Mais peut-être un jour pourrait-elle mettre à profit l'almanach. Ses odes à l'atmosphère, ses odes au cocotier des îles des mers du Sud. Elle n'avait jamais entendu parler d'odes ni d'atmosphère, mais à mesure qu'elle progressait dans sa lecture, ces choses prenaient racine dans son esprit. Si jamais un beau jour elle possédait des bottes, elle saurait désormais en prolonger l'usage grâce à du suif et de la cire. Si un jour une de ses poules s'enrhumait, elle saurait la remettre sur pied en lui frottant le bec de férule persique mélangée à du beurre.

Le père de Martin avait eu besoin des almanachs pour préparer la pleine lune : ces livres contenaient des prières pour les fugitifs. La lune grossissait et mincissait, il y avait des solstices, des premiers frimas, des pluies de printemps. Tout cela advenait sans que l'homme interfère. Cora essaya d'imaginer à quoi ressemblait la marée, qui montait et descendait, mordillant le sable comme un chiot, indifférente aux gens et à leurs manigances. Elle reprit des forces.

Seule, elle ne comprenait pas tous les mots. Elle demanda à Ethel : « Vous pourriez m'en lire un peu ? »

Ethel grommela. Mais elle ouvrit un almanach à la page qui s'effeuillait et, prenant sur elle, usa du même ton que pour lire la Bible. « Transplanter un arbre à feuilles persistantes. Apparemment, cela n'a point d'importance que l'on transplante un arbre à feuilles persistantes en avril, en mai ou en juin… »

Quand le vendredi arriva, Cora était presque totalement remise. Il était prévu que Fiona revienne le lundi. Ils convinrent que Cora regagnerait les combles dans la matinée. Martin et Ethel inviteraient un voisin ou deux à goûter pour dissiper toute rumeur ou spéculation. Martin s'entraîna à prendre un air dolent. Peut-être même qu'ils accueilleraient un hôte pour la fête du Vendredi. Leur perron offrait une vue imprenable.

Ce soir-là, Ethel autorisa Cora à rester dans la chambre d'amis, pourvu qu'elle n'allume pas et se tienne à l'écart des fenêtres. Cora n'avait nulle intention d'assister au spectacle hebdomadaire, mais elle se faisait une joie de se pelotonner une dernière fois dans le lit. Au bout du compte, Martin et Ethel renoncèrent à recevoir du monde. Les seuls invités furent donc ceux qui s'invitèrent spontanément chez eux, émergeant de la foule au début du numéro de faux nègres.

Les miliciens voulaient fouiller la maison.

Le spectacle s'interrompit, la communauté se mit à bourdonner de cet incident en bordure de parc. Ethel voulut temporiser. Les cavaliers forcèrent le passage en bousculant le couple. Cora se dirigea vers l'escalier, mais on pouvait compter sur lui pour gémir (ce signal d'alarme qui lui avait tant servi ces derniers mois), et elle comprit que cela ne la sauverait pas. Elle se glissa sous le vieux lit de Martin et c'est là qu'ils la trouvèrent ; ils la saisirent par les chevilles comme dans des fers et la traînèrent hors de la chambre. Ils la balancèrent dans l'escalier. Elle se cogna l'épaule contre la rampe au niveau des dernières marches. Ses oreilles sonnèrent.

Pour la première fois elle posa les yeux sur le perron du couple. C'était le théâtre de sa capture, une seconde scène pour distraire la ville : elle gisait sur les planches aux pieds de quatre miliciens en tenue blanc et noir. Quatre autres maintenaient captifs Martin et Ethel. Un neuvième homme se tenait là, vêtu d'un gilet écossais de laine peignée et d'un pantalon gris.

C'était l'un des hommes les plus grands que Cora ait jamais vus, solidement bâti, au regard hypnotique. Il contemplait la scène en souriant, comme amusé par une plaisanterie que lui seul pouvait comprendre.

La population tout entière emplissait le trottoir et la rue, se bousculant pour mieux voir ce spectacle nouveau. Une jeune fille rousse se fraya un passage en jouant des coudes. « La variole vénézuélienne ! Je vous avais bien dit qu'ils cachaient quelqu'un là-haut ! »

Alors c'était elle, Fiona, enfin. Cora se souleva pour jeter un coup d'œil à cette fille qu'elle connaissait si bien mais n'avait jamais vue.

« Tu l'auras, ta récompense, dit le cavalier barbu déjà présent lors de la précédente fouille.

— Tu l'as dit, espèce d'empoté ! Tu disais que t'avais vérifié le grenier la dernière fois, mais tu l'avais pas fait, hein ? » Fiona prit la ville à témoin : « Vous avez bien vu : elle est à moi, la récompense. Toute cette bouffe qui disparaissait ! » Elle effleura Cora d'un léger coup de pied. « Mrs Wells faisait un énorme rôti, et le lendemain il ne restait plus rien. Qui c'est qui mangeait toute cette bouffe ? Ils passaient leur temps à regarder le plafond. Qu'est-ce qu'ils pouvaient bien regarder ? »

Elle était si jeune, se dit Cora. Son visage était une pomme toute ronde et tavelée, mais il y avait de la dureté dans ses yeux. Elle avait du mal à croire que les jurons et les gros mots qu'elle avait entendus au fil des mois sortaient de cette petite bouche, mais ses yeux suffisaient à le prouver.

« On vous a toujours bien traitée, dit Martin.

— Vous avez des manières bien bizarres, tous

les deux. Et vous méritez tout ce qu'on pourra vous faire. »

La ville avait vu justice rendue d'incalculables fois, mais l'énoncé du verdict était une expérience inouïe. Cela les mit mal à l'aise. Étaient-ils désormais le jury, et plus seulement la galerie de spectateurs ? Ils échangèrent des regards pour savoir quoi dire. Un vieux briscard, la main en porte-voix, brailla des insanités. Une pomme à moitié mangée frappa Cora au ventre. Sur la scène du kiosque à musique, les faux nègres restaient plantés, défaits, leur chapeau tout aplati à la main.

Jamison apparut, en s'épongeant le front d'un mouchoir rouge. Cora ne l'avait pas revu depuis le premier vendredi, mais elle avait entendu chaque discours annonçant le clou du spectacle. Chaque trait d'humour, chaque argument emphatique invoquant la race blanche et les droits des États, et puis l'ordre d'immoler la victime. Cette rupture du rituel le désarçonnait. Privée de son bagout, sa voix n'était plus qu'un couinement. « Ça alors, fit-il. Tu n'es pas le fils de Donald ? »

Martin hocha la tête, son corps mou frémissant de sanglots silencieux.

« Je suis sûr que ton cher papa aurait honte de toi.

— Je n'avais aucune idée de ce qu'il trafiquait, dit Ethel en se débattant contre les cavaliers qui l'agrippaient. Il a fait ça tout seul ! Je n'étais pas au courant ! »

Martin détourna les yeux. Loin des gens sur le perron, de la ville rassemblée. Il regarda vers le nord, vers la Virginie, où pendant quelque temps il s'était libéré de sa ville natale.

Jamison fit un geste et les cavaliers entraînèrent Martin et Ethel vers le parc. Le planteur jaugea Cora. «Joli morceau», dit-il. La victime programmée ce soir-là était quelque part en coulisses. «On fait un doublé?»

Le géant se fit entendre : «Elle est à moi. Je l'ai déjà dit.»

L'expression de Jamison se figea. Il n'avait pas l'habitude qu'on dédaigne son statut. Il demanda le nom de l'inconnu.

«Ridgeway, dit l'homme. Chasseur d'esclaves. Ici, ailleurs. Ça fait longtemps que je suis après elle. Votre juge est au courant.

— Vous ne pouvez pas débarquer ici en jouant des muscles.» Jamison était conscient que son public habituel, qui grouillait devant la propriété, l'observait avec des attentes imprécises. Au tremblement nouveau dans sa bouche, deux cavaliers, de jeunes hommes, s'avancèrent pour cerner Ridgeway.

Ce dernier ne parut guère se soucier de cette démonstration de force. «Vous avez vos coutumes locales, fort bien : je comprends. Vous vous faites *plaisir.*» Il prononça ce mot comme un prédicateur d'une ligue de tempérance. «Mais ça, ça ne vous appartient pas. La loi sur les esclaves fugitifs stipule que j'ai le droit de restituer ce bien à son propriétaire. Et c'est précisément ce que je compte faire.»

Cora gémit et se palpa la tête. Elle avait des vertiges, comme quand Terrance l'avait frappée. Et cet homme allait la remettre entre ses mains.

Le cavalier qui avait précipité Cora dans l'escalier s'éclaircit la gorge. Il expliqua à Jamison que c'était le chasseur d'esclaves qui les avait conduits à la maison. Il avait rendu visite au juge Tennyson dans l'après-midi pour faire une demande officielle, même si le juge, qui savourait son habituel whisky du vendredi, risquait de ne pas s'en souvenir. Personne n'avait eu envie d'effectuer cette intervention pendant la fête, mais Ridgeway avait insisté.

Le chasseur d'esclaves cracha du jus de chique sur le trottoir, aux pieds des badauds. «Tu peux garder la récompense», dit-il à Fiona. Il s'inclina légèrement et souleva Cora par le bras. «Tu n'as pas à avoir peur. Tu vas rentrer chez toi.»

Un chariot mené par un petit garçon noir d'environ dix ans qui criait des ordres aux deux chevaux surgit dans la rue et fendit la foule. En temps normal, la vue de ce gamin en costume noir et chapeau haut de forme aurait suffi à provoquer l'ébahissement. Après la capture dramatique des sympathisants abolitionnistes et de la fugitive, son apparition faisait basculer la soirée dans le domaine du fantastique. Plus d'une personne crut qu'il s'agissait là de la dernière trouvaille en date pour pimenter les festivités du vendredi, un numéro planifié pour combattre la monotonie des sketchs et lynchages hebdomadaires qui, à dire vrai, étaient devenus prévisibles.

Au pied du perron, Fiona discourait devant un groupe de jeunes filles du quartier irlandais. «Une fille doit veiller sur ses intérêts si elle veut se faire une place dans ce pays», expliquait-elle.

Ridgeway voyageait avec un autre compagnon en

plus du garçonnet, un homme blanc de haute taille, aux longs cheveux châtains, qui arborait un collier d'oreilles humaines. Cet acolyte enchaîna les chevilles de Cora, puis fit passer les chaînes dans un anneau fixé à la plate-forme du chariot. Cora s'installa tant bien que mal sur le banc ; sa tête palpitait d'une douleur aiguë à chaque battement de cœur. Tandis qu'ils s'éloignaient, elle aperçut Martin et Ethel. Ils avaient été attachés à l'arbre aux pendus. Ils sanglotaient et tiraient sur leurs liens. Monsieur le Maire courait en cercles furieux à leurs pieds. Une fillette blonde ramassa une pierre et la lança sur Ethel, qu'elle atteignit en plein visage. Une partie des habitants rirent de leurs cris pitoyables. Deux autres enfants ramassèrent des pierres et les lancèrent sur le couple. Monsieur le Maire jappait et bondissait. D'autres gens se penchèrent vers le sol. Et levèrent le bras. La ville se referma et Cora ne vit plus rien.

ETHEL

Depuis le jour où elle avait vu une gravure représentant un missionnaire entouré d'indigènes, Ethel pensait que ce serait un accomplissement spirituel que de servir le Seigneur dans les jungles du cœur noir de l'Afrique, et d'amener des sauvages à la Lumière. Elle rêvait du navire qui l'y conduirait, une magnifique goélette aux voiles semblables à des ailes d'ange, fendant la mer déchaînée. Le périlleux voyage vers l'intérieur des terres, la remontée des fleuves, le franchissement des passes montagneuses et les dangers surmontés : lions, serpents, plantes carnivores, traîtrise des guides. Et puis le village, où les indigènes l'accueillent comme un émissaire du Seigneur, l'instrument de la civilisation. Dans leur gratitude, les nègres l'élèvent vers le ciel en célébrant son nom : Ethel, Ethel.

Elle avait huit ans. Les journaux de son père racontaient des histoires d'explorateurs, de terres inconnues, de Pygmées. Pour restituer du mieux qu'elle pouvait cet univers, elle jouait à la missionnaire et à l'indigène avec Jasmine. Jasmine était comme une sœur pour elle. Le jeu basculait rapidement et alors elles jouaient au papa et à la maman, s'entraînaient à s'embrasser et à se disputer dans la cave de la maison d'Ethel. Compte tenu de leur différence de couleur de peau, il n'y eut jamais le moindre doute sur leurs rôles respectifs, nonobstant la tendance d'Ethel à s'enduire le visage de suie. Une fois noircie, elle travaillait ses expressions de stupeur et d'émerveillement devant le miroir pour savoir à quoi s'attendre quand elle rencontrerait pour de vrai ses païens.

Jasmine habitait la chambre à l'étage avec sa mère, Felice. La famille Delany était propriétaire de la mère de cette dernière, et pour ses dix ans le petit Edgar reçut Felice en cadeau. Devenu un homme, il s'aperçut que celle-ci était un miracle, à s'occuper des affaires de la maison comme si elle était née pour ça. Il avait coutume de partager sa sagesse moricaude, de répéter à ses hôtes ses paraboles sur la nature humaine dès qu'elle disparaissait en cuisine, et quand elle revenait leurs visages brillaient d'affection et de jalousie. Il lui donnait un sauf-conduit pour se rendre à la plantation Parker à chaque fête du Nouvel An ; la sœur de Felice y était lavandière. Jasmine était née neuf mois après l'une de ces visites, et dès lors les Delany avaient possédé deux esclaves.

Ethel croyait qu'un esclave était quelqu'un qui vivait dans la même maison que vous, comme la famille, mais sans être de la famille. Son père lui expliqua l'origine du Noir pour dissiper cette illusion pittoresque. D'aucuns affirmaient que le Noir était un vestige d'une race de géants qui avaient dominé la Terre en des temps reculés, mais Edgar Delany savait de façon certaine qu'ils étaient les descendants de Cham le Noir, Cham le Maudit, qui avait survécu au Déluge en s'accrochant aux pics d'une montagne d'Afrique. Ethel songea que s'ils étaient maudits, ils avaient d'autant plus besoin d'une gouverne chrétienne.

Pour le huitième anniversaire d'Ethel, son père lui interdit de jouer avec Jasmine, et ce afin de ne pas pervertir l'état naturel des relations entre les races. À l'époque déjà, la fillette avait du mal à se faire des amis. Elle sanglota et trépigna pendant des jours. Jasmine se révéla plus souple, assuma les plus simples des tâches domestiques et prit la place de sa mère quand Felice fut victime d'une attaque cardiaque qui la laissa muette et paralysée. Felice resta ainsi pendant des mois, la bouche ouverte et rose, les yeux embrumés, jusqu'à ce que Mr Delany la fasse interner. Ethel ne remarqua aucun trouble sur le visage de son ancienne compagne de jeu quand on chargea sa mère dans une carriole. À ce stade, elles ne se parlaient plus, hormis quelques échanges sur des affaires domestiques.

La maison avait été bâtie cinquante ans plus tôt et l'escalier craquait. Un murmure dans une pièce était perceptible dans les deux autres. Presque tous les soirs, après le dîner et les prières, Ethel entendait son père gravir les marches tortueuses, à la lueur vacillante d'une chandelle. Parfois, elle se glissait jusqu'au seuil de sa chambre et apercevait la chemise de nuit blanche paternelle qui disparaissait au détour du couloir.

« Où allez-vous, père ? » demanda-t-elle un soir. Felice était partie depuis deux ans. Jasmine était maintenant une adolescente.

«Je vais à l'étage», dit-il, et tous deux éprouvèrent un étrange soulagement maintenant qu'ils avaient une expression pour désigner ses visites nocturnes. Il allait «à l'étage»: où donc aurait pu mener l'escalier? Son père lui avait offert une explication de la séparation des races par châtiment fraternel; ses expéditions nocturnes précisaient et nuançaient cette situation. Les Blancs vivaient au rez-de-chaussée et les Noirs à l'étage, et combler cette séparation, c'était guérir une blessure biblique.

La mère d'Ethel avait une piètre opinion des ascensions de son époux, mais elle n'était pas sans ressources. Quand la famille vendit Jasmine au chaudronnier installé à l'autre bout de la ville, Ethel comprit qu'il s'agissait là d'une manœuvre de sa mère. Il n'y eut plus de visites à l'étage lorsque la nouvelle esclave élut résidence chez eux. Nancy était grand-mère, à moitié aveugle, et elle marchait péniblement. Désormais, c'était sa respiration sifflante qui traversait les murs, et non plus des bruits de pas et des soupirs. La maison n'avait jamais été aussi propre et bien rangée depuis Felice; Jasmine était efficace mais distraite. Son nouveau foyer se trouvait au fin fond du quartier des gens de couleur. Tout le monde chuchotait que l'enfant avait les yeux de son père.

Un jour, au déjeuner, Ethel annonça que lorsqu'elle serait assez grande, elle entendait répandre la parole chrétienne parmi les peuples primitifs d'Afrique. Ses parents se gaussèrent. Ce n'était pas là une vocation pour une jeune femme respectable de Virginie. «Si tu veux aider des sauvages, dit son père, deviens institutrice. Le cerveau d'un enfant de cinq ans est plus sauvage et turbulent que le plus primitif moricaud de la jungle. » Son chemin était tracé. Dès lors, Ethel remplaça l'institutrice de la ville quand celle-ci était indisposée. Les petits enfants blancs étaient primitifs à leur façon, braillards et encore innocents, mais ce n'était pas la même chose. L'image de la jungle, d'un cercle d'admirateurs ténébreux, continuait de hanter ses pensées intimes.

Le ressentiment était le levier de sa personnalité. Les jeunes femmes de son cercle se comportaient selon un rituel qui lui était étranger, indéchiffrable. Elle n'avait que faire des garçons, et plus tard des hommes. Quand Martin Wells apparut, présenté par un cousin d'Ethel qui travaillait à la compagnie maritime, elle s'était lassée des commérages et avait depuis longtemps renoncé à toute aspiration au bonheur. Pantelant comme un blaireau, Martin l'eut à l'usure. Jouer au papa et à la maman était encore moins drôle que ce qu'elle avait supposé. Mais Jane, au moins, se révéla une bénédiction inespérée, un joli bouquet dans ses bras, même si sa conception avait été une humiliation de plus. Au fil des années, la vie sur Orchard Street s'écoula dans un morne ennui qui finit par se figer en confort. Ethel faisait mine de ne pas voir Jasmine quand elle la croisait dans la rue, surtout quand son ancienne camarade était accompagnée de son fils. Le visage de l'enfant était un miroir opaque.

Et puis Martin fut rappelé en Caroline du Nord. Il programma les obsèques de son père, Donald, pour le jour le plus chaud de l'année ; tous crurent qu'elle s'était évanouie de tristesse alors que cette humidité barbare en était seule responsable. Dès qu'ils trouveraient acquéreur pour la boutique de semences, ils en auraient fini, assura-t-il à sa femme. Cet endroit était arriéré. Quand ce n'était pas la chaleur, c'étaient les mouches ; quand ce n'étaient pas les souris, c'étaient les gens. En Virginie au moins, les lyncheurs maintenaient un semblant de spontanéité. Ils ne laissaient pas pendre leurs victimes devant votre porte, pour ainsi dire, à la même heure chaque semaine, comme un rituel aussi immuable que la messe. La Caroline du Nord ne devait être qu'un bref intermède ; c'était en tout cas ce qu'elle croyait, jusqu'à ce qu'elle tombe sur le nègre dans sa cuisine.

George était descendu du grenier chercher à manger, unique esclave aidé par Martin jusqu'à l'arrivée de la fille. C'était une semaine avant que les lois raciales entrent en vigueur, et comme en prévision, la violence envers les gens de couleur allait déjà croissant. Il fallait bien répéter. Un mot laissé sur le seuil avait convoqué Martin à la mine de mica, lui expliqua-t-il. George l'attendait, affamé et irrité. Le cueilleur de tabac se cogna aux murs du grenier pendant une semaine avant qu'un agent du réseau ne l'emmène pour la prochaine étape, en le fourrant dans une caisse scellée qu'il fit passer par le seuil. Ethel était livide, puis se mit à désespérer : George était l'exécuteur testamentaire de Donald, et il mettait au jour l'héritage secret de Martin. Il avait perdu trois doigts en coupant de la canne à sucre.

En tant qu'enjeu moral, l'esclavage n'avait jamais intéressé Ethel. Si Dieu n'avait pas voulu que les Africains soient asservis, ils ne seraient pas enchaînés. En revanche, elle avait l'idée très arrêtée de ne pas se faire tuer pour les idéaux bien-pensants d'autrui. Elle eut avec Martin, au sujet du chemin de fer clandestin, une dispute comme ils n'en avaient pas eu depuis longtemps ; encore était-ce avant que les clauses meurtrières et les conséquences perverses des lois raciales ne fassent leur effet. À travers Cora, la termite du grenier, Donald surgissait d'outre-tombe afin de punir Ethel de sa plaisanterie d'autrefois. Lorsque leurs familles s'étaient rencontrées la toute première fois, Ethel avait fait une remarque sur les vêtements un peu rustiques de Donald. Elle voulait simplement souligner leurs conceptions divergentes d'une tenue correcte, afin de dissiper le malaise et permettre à tous de savourer le repas qu'elle avait passé tant de temps à planifier, mais son beau-père ne lui avait jamais pardonné, elle en était sûre et l'avoua à Martin, et maintenant ils allaient se balancer aux branches du chêne qui se dressait juste devant leur porte.

Quand son mari montait à l'étage aider cette fille, ce n'était certes pas avec la même intention que son père jadis, mais les deux hommes redescendaient transformés. Ils avaient franchi le fossé biblique à des fins égoïstes.

Et s'ils en étaient capables, pourquoi pas elle ?

Sa vie durant, Ethel s'était vu tout refuser. Partir en mission, aider les autres. Donner de l'amour ainsi qu'elle le voulait. Le moment qu'elle avait attendu si longtemps arriva enfin quand la fille tomba malade. Au bout du compte, elle n'était pas allée en Afrique, c'était l'Afrique qui était venue à elle. Ethel monta à l'étage, comme son père l'avait fait, pour affronter l'étrangère qui vivait dans sa maison en tant que membre de la famille. La fille était étendue sur les draps, le corps incurvé comme un fleuve primitif. Elle la lava, nettoya son corps souillé. Elle lui déposa un baiser sur le front et le cou dans son sommeil agité, et deux sentiments s'y mêlaient. Elle lui offrit le Verbe saint.

Une sauvage rien qu'à elle, enfin.

TENNESSEE

25 DOLLARS DE RÉCOMPENSE

ENFUIE de chez le soussigné, le 6 février dernier, sa jeune négresse PEGGY. D'environ 16 ans d'âge, c'est une mulâtresse à peau claire, de taille plutôt normale, aux cheveux raides, aux traits acceptables ; elle a une cicatrice irrégulière au cou occasionnée par une brûlure. Elle tentera sans nul doute de passer pour une affranchie, et se sera probablement procuré un sauf-conduit. Elle a un air sournois et abattu quand on lui parle, et ne brille pas par son intelligence. Elle parle vite, d'une voix criarde.

JOHN DARK
Comté de Chatham, 17 mai

« Jésus, emporte-moi chez moi, emporte-moi en Terre promise... »

Jasper n'arrêtait pas de chanter. Ridgeway, en tête de la petite caravane, lui hurlait de la fermer, et parfois ils s'arrêtaient pour que Boseman puisse grimper dans le chariot et gifler le fugitif. Jasper suçait quelque temps les cicatrices de ses doigts, puis reprenait sa mélopée. Discrètement d'abord, de sorte que seule Cora pouvait l'entendre. Mais très vite il chantait à pleins poumons, pour sa famille perdue, pour son dieu, pour tous ceux qu'ils croisaient sur la piste. Il allait falloir le punir pour le rappeler à l'ordre.

Cora reconnaissait certains cantiques. Mais elle le soupçonnait d'en inventer beaucoup ; les rimes étaient bancales. Cela l'aurait moins dérangée si Jasper avait eu une belle voix, mais Jésus ne l'avait pas gâté à cet égard. Ni d'ailleurs pour le physique : il avait une face de crapaud tordue, et des bras bizarrement maigres pour un cueilleur. Pas plus que pour la chance. Surtout pas pour la chance.

Cela lui faisait un point commun avec Cora.

Ils avaient récupéré Jasper trois jours après avoir

quitté la Caroline du Nord. Jasper était une livraison. Il s'était échappé des champs de canne à sucre de Floride et avait atteint le Tennessee, lorsqu'un étameur le surprit en train de voler de la nourriture dans sa réserve. Au bout de quelques semaines, le shérif adjoint avait localisé son propriétaire, mais l'étameur ne disposait d'aucun moyen de transport. Ridgeway et Boseman buvaient dans une taverne à côté de la prison tandis que le petit Homer attendait avec Cora dans le chariot. L'employé municipal avait abordé le célèbre chasseur d'esclaves, négocié un arrangement, et à présent Ridgeway transportait ce nègre enchaîné au chariot. Il n'avait pas prévu que ce serait un rossignol.

La pluie tambourinait sur la bâche. Cora savoura la brise, puis elle eut honte de savourer quoi que ce soit. Ils s'arrêtèrent pour manger quand la pluie diminua. Boseman gifla Jasper, ricana, puis détacha les deux fugitifs de la plate-forme. Il fit son habituelle promesse égrillarde en s'agenouillant devant Cora, flairant son odeur. Les deux prisonniers restèrent menottés aux chevilles et aux poignets. Elle n'avait jamais été aussi longtemps enchaînée.

Des corbeaux planaient. Le monde était calciné et ravagé à perte de vue, une mer de cendre et de charbon qui s'étendait du vaste plan des champs jusqu'aux collines et aux montagnes. Des arbres noirs penchaient, étendaient leurs branches mutilées comme pour désigner un lointain endroit épargné par les flammes. La caravane longeait les squelettes noircis d'innombrables maisons et granges aux cheminées protubérantes semblables à des pierres tombales, et les murs de pierre évidés de moulins et de greniers détruits. Des clôtures carbonisées délimitaient les pâturages où jadis paissaient les troupeaux ; il était impossible que ces bêtes aient survécu.

Après deux jours dans ce paysage, ils étaient couverts de suie. Ridgeway dit qu'il se sentait comme à la maison, lui le fils de forgeron.

Voici ce que voyait Cora : nulle part où se cacher. Pas le moindre refuge entre ces tiges noircies, quand bien même elle ne serait pas enchaînée. Quand bien même une occasion se présenterait à elle.

Un vieil homme blanc en costume gris passa en trottinant sur son cheval louvet. Comme les autres voyageurs qu'ils croisaient sur la route noire, il ralentit par curiosité. Deux esclaves adultes, c'était assez courant. Mais le garçon de couleur en costume qui conduisait le chariot avec un air bizarre décontenançait les étrangers. Le plus jeune des deux Blancs, celui au chapeau melon rouge, portait un collier de morceaux de cuir racorni. Quand les gens comprenaient qu'il s'agissait d'oreilles, son sourire exhibait une rangée de dents intermittentes, brunies par le tabac. Le plus âgé, le chef, décourageait toute conversation par son regard foudroyant. Le voyageur poursuivit donc son chemin et disparut au virage suivant, à partir duquel la route titubait entre les collines dénudées.

Homer déplia un édredon mité pour qu'ils puissent s'y asseoir et les servit dans des assiettes en fer-blanc. Le chasseur d'esclaves octroyait à ses prisonniers une portion égale de nourriture, habitude qui remontait à ses débuts dans le métier. Cela limitait les jérémiades, et il facturait le client. À la lisière du champ cendreux, ils mangèrent le porc salé aux haricots qu'avait cuisiné Boseman, au milieu des mouches sèches qui crissaient par vagues.

La pluie ranimait l'odeur d'incendie et rendait l'air âcre. Chaque bouchée de nourriture, chaque gorgée d'eau avait une saveur de fumée. Jasper chanta : « Bondis, dit le Rédempteur ! Bondis, bondis si tu veux voir Son visage !

— Alléluia ! cria Boseman. Nom d'un petit Jésus bien dodu ! » Ses mots résonnèrent et il exécuta une petite danse, dans des éclaboussures d'eau noirâtre.

« Il ne mange pas », remarqua Cora. Jasper avait déjà décliné plusieurs repas, les dents serrées, les bras croisés.

« Fort bien, dit Ridgeway. Si ça ne veut pas manger, ça ne mange pas. » Il attendit qu'elle réplique, car il s'était habitué à ce qu'elle pinaille sur chacune de ses remarques. Ils se connaissaient bien, et ne se lâchaient pas. Elle se tut pour rompre ce rituel.

Homer s'approcha en trottinant et engloutit la ration de Jasper. Il sentit Cora le fixer du regard et arbora un grand sourire sans lever les yeux.

Le cocher du chariot était un drôle de petit lutin. Il avait dix ans, l'âge de Chester, mais était doté de la grâce mélancolique d'un vieil esclave domestique, une somme de gestes éprouvés. Il était très soigneux de son beau costume noir et de son chapeau haut de forme, et il en retirait les poussières comme s'il s'agissait d'araignées venimeuses tout en les fusillant du regard, avant de les jeter par terre d'une pichenette. Homer ne parlait guère, sauf pour haranguer ses chevaux. Il ne montrait aucun signe d'affinité ou de solidarité raciales. La plupart du temps, Cora et Jasper auraient aussi bien pu être invisibles, plus infimes que des poussières sur un tissu.

Les tâches d'Homer comprenaient la conduite de l'attelage, diverses corvées d'entretien, et ce que Ridgeway appelait la « comptabilité ». Homer tenait les comptes, mais consignait aussi les paroles de Ridgeway dans un petit carnet qu'il gardait dans la poche de son habit. Ce qui rendait telle ou telle sentence du chasseur d'esclaves digne d'être transcrite, Cora n'aurait su le dire. Le garçon conservait pour la postérité, avec un zèle égal, des truismes sur la marche du monde et des remarques prosaïques sur le temps qu'il faisait.

Questionné un soir par Cora, Ridgeway affirma que, de toute sa vie, il n'avait jamais possédé d'esclave, hormis les quatorze heures où Homer avait été à lui. Pourquoi ? demanda-t-elle. « Pour quoi faire ? » répliqua-t-il. Ridgeway traversait les abords d'Atlanta – il venait de remettre un couple marié à leur légitime propriétaire, après les avoir ramenés de New York – quand il était tombé sur un boucher qui cherchait à rembourser une dette de jeu. Sa belle-famille lui avait offert la mère du garçon en cadeau de mariage. Le boucher l'avait déjà vendue lors de la précédente phase de déveine. À présent, c'était le tour du fils. Il avait peint un écriteau grossièrement et l'avait passé au cou du garçon pour claironner son offre.

L'étrange sensibilité de l'enfant avait ému Ridgeway. Les yeux brillants d'Homer, fichés dans son visage rond et joufflu, étaient à la fois féroces et sereins. Une âme sœur. Ridgeway l'acheta cinq dollars et établit les papiers d'affranchissement dès le lendemain. Homer resta à ses côtés malgré ses molles tentatives pour le congédier. Le boucher n'avait pas d'avis tranché sur l'éducation des gens de couleur et avait laissé le garçon étudier avec des enfants d'affranchis. Pour tromper l'ennui, Ridgeway l'aida à parfaire son alphabet. Homer prétendait être d'ascendance italienne quand cela l'arrangeait, et laissait ses interrogateurs macérer dans leur perplexité. Son accoutrement excentrique évolua avec le temps ; sa tournure d'esprit demeurait inchangée.

« S'il est libre, pourquoi il ne s'en va pas ?

— Pour aller où ? demanda Ridgeway. Il en a assez vu pour savoir qu'un gamin noir n'a pas d'avenir, affranchi ou non. Pas dans ce pays. Un vaurien aurait tôt fait de le kidnapper pour le vendre aux enchères en un tournemain. Avec moi, il peut découvrir le monde. Trouver sa vocation. »

Chaque soir, avec un soin méticuleux, Homer ouvrait son cartable et en retirait une paire de menottes. Il s'enchaînait au siège du cocher, empochait la clef et fermait les yeux.

Ridgeway surprit le regard de Cora. « Il dit qu'il n'y a que comme ça qu'il arrive à dormir. »

Homer ronflait chaque nuit comme un vieillard prospère.

Boseman, quant à lui, chevauchait aux côtés de Ridgeway depuis trois ans. C'était un vagabond, un aventurier originaire de Caroline du Sud qui s'était converti à la chasse aux esclaves après une succession de métiers ingrats pour joindre les deux bouts : docker, collecteur de dettes, fossoyeur. Boseman ne brillait pas par son intelligence, mais il avait le don de devancer les souhaits de Ridgeway d'une manière à la fois indispensable et surnaturelle. La bande de Ridgeway comptait cinq membres quand Boseman s'y était joint, mais ceux-ci lui avaient faussé compagnie l'un après l'autre. Cora n'en comprit pas immédiatement la raison. Le précédent détenteur du collier d'oreilles était un Indien nommé Strong. Il s'était vanté d'être un pisteur, mais la seule créature qu'il était capable de flairer efficacement était le whisky. Boseman acquit l'ornement dans un défi à la lutte, et lorsque Strong contesta les conditions du combat, Boseman assomma le Peau-Rouge avec une pelle. À en croire la rumeur, Strong en resta sourd et lâcha la bande pour travailler dans une tannerie au Canada. Les oreilles avaient beau être desséchées et racornies, elles attiraient les mouches quand il faisait chaud. Mais Boseman chérissait son trophée, et le dégoût qui se peignait sur le visage d'un nouveau client était irrésistible. Comme le lui rappelait Ridgeway de temps à autre, les mouches n'avaient jamais harcelé l'Indien quand il arborait le collier.

Boseman contemplait les collines entre deux bouchées, d'un air inhabituellement mélancolique. Il s'éloigna pour uriner et dit à son retour : « Mon père est déjà passé par ici, je crois bien. Il disait qu'à l'époque il y avait une forêt. Quand il est revenu plus tard, tout avait été défriché par les pionniers.

— Et maintenant c'est doublement défriché, répliqua Ridgeway. Mais ce que tu dis est vrai. Cette route, c'était juste un sentier, une piste pour chevaux. La prochaine fois que tu devras construire une route, Boseman, fais en sorte d'avoir dix mille Cherokees affamés sous la main pour te dégager le terrain. Ça fait gagner du temps.

— Où est-ce qu'ils sont partis ? » demanda Cora. Depuis ses soirées avec Martin, elle sentait le moment où un Blanc était prêt à raconter une histoire. Ça lui laisserait le temps d'évaluer ses chances.

Ridgeway était un fervent lecteur de gazettes. Les avis de recherche en faisaient une obligation professionnelle – et Homer en conservait une collection exhaustive –, et l'actualité confirmait généralement ses théories sur la société et l'animal humain. Le type d'individu qu'il embauchait à son service l'avait accoutumé à devoir expliquer les réalités les plus élémentaires, du passé comme du présent. Il ne pouvait guère s'attendre à ce qu'une jeune esclave sache tout ce que signifiaient ces lieux.

Ils étaient installés, expliqua-t-il, sur ce qui était naguère une terre cherokee, la terre de leurs ancêtres peaux-rouges, jusqu'à ce que le Président en décide autrement et ordonne leur expulsion. Les colons avaient besoin de la terre, et si à ce stade les Indiens n'avaient pas encore compris que les traités du Blanc n'avaient aucune valeur, dit Ridgeway, alors ils n'avaient que ce qu'ils méritaient. Certains de ses amis étaient dans l'armée à l'époque. Ils avaient raflé les Indiens dans leurs campements – hommes, femmes, enfants, et tout ce qu'ils pouvaient emporter sur leur dos –, puis ils les avaient conduits à marche forcée à l'ouest du Mississippi. «La Piste des Larmes et de la Mort », l'avait baptisée par la suite un vieux sage cherokee, à juste titre et avec ce talent rhétorique typiquement indien. La maladie et la malnutrition, sans parler de l'hiver mordant de cette année-là, dont Ridgeway lui-même gardait un souvenir amer, les terrassèrent par milliers. Lorsqu'ils finirent par atteindre l'Oklahoma, d'autres Blancs les attendaient déjà, usurpant la terre promise aux Indiens par un nouveau traité sans valeur. Ils étaient décidément lents à comprendre, ces gens. En tout cas, c'est sur cette route qu'ils se trouvaient aujourd'hui. Le trajet jusqu'au Missouri était beaucoup plus confortable qu'avant, la terre ayant été tassée par des milliers de petits pieds rouges.

«C'est le progrès, conclut Ridgeway. Mon cousin a eu de la chance, il a gagné un peu de terre indienne à la loterie, dans le nord du Tennessee. Il cultive du maïs.»

Cora inclina la tête face au paysage désolé. «De la chance…»

En chemin, Ridgeway leur avait raconté que c'était la foudre qui avait provoqué l'incendie. La fumée avait envahi le ciel sur des centaines de kilomètres, teintant le crépuscule de somptueuses contusions pourpres et mauves. C'était le Tennessee qui s'annonçait : des monstres fantastiques qui se tordaient dans un volcan. Pour la première fois, elle franchissait la frontière d'un État sans recourir au chemin de fer souterrain. Les tunnels l'avaient protégée. Le chef de gare Lumbly disait que chaque État était un État de possibles, avec ses coutumes propres. Le ciel rouge faisait redouter à Cora les règles de ce nouveau territoire. Tandis qu'ils avançaient vers la fumée, le couchant inspirait Jasper, qui leur fit partager une suite de cantiques ayant pour thème central la colère de Dieu et les mortifications qui attendaient les méchants. Boseman dut faire de fréquentes incursions dans le chariot.

La ville en bordure de la ligne de feu était submergée de réfugiés. « Des fugitifs », déclara Cora, et Homer se retourna sur son siège pour lui faire un clin d'œil. Les familles blanches grouillaient dans un campement installé en lisière de la rue principale, inconsolables et misérables, avec, empilés à leurs pieds, les maigres biens qu'elles avaient pu sauver. Des silhouettes chancelantes traversaient la rue l'air hagard, le regard halluciné, les vêtements roussis, des chiffons noués autour de leurs brûlures. Cora était accoutumée aux cris des bébés noirs en proie au tourment, à la douleur, à la faim, déroutés par la folie de ceux qui étaient censés les protéger. Mais entendre crier autant de bébés blancs était nouveau. Sa compassion allait aux bébés de couleur.

Des étagères vides accueillirent Ridgeway et Boseman au magasin général. Le commerçant expliqua que des colons avaient provoqué l'incendie en tentant de débroussailler le terrain. Le feu avait échappé à leur contrôle et ravagé la terre avec une faim inextinguible jusqu'à ce que la pluie arrive enfin. Plus d'un million d'hectares, dit l'homme. Le gouvernement avait promis une aide mais personne ne savait quand elle arriverait. De mémoire d'homme, c'était la plus grave catastrophe jamais survenue.

Les résidents originels avaient certainement une liste plus complète d'incendies, d'inondations et de tornades, songea Cora quand Ridgeway rapporta ces propos. Mais ils n'étaient plus là pour partager leur savoir. Elle ignorait le nom de la tribu qui avait fait son foyer de ce territoire, mais elle savait que c'était naguère une terre indienne. Quelle terre, d'ailleurs, n'avait pas été à eux ? Elle n'avait jamais vraiment étudié l'histoire, mais parfois le regard est un bon professeur.

« Ils ont dû provoquer la colère de Dieu, dit Boseman.

— C'est juste une étincelle de trop, rien de plus », rétorqua Ridgeway.

Ils s'attardèrent au bord de la route après le déjeuner ; les Blancs fumaient la pipe près des chevaux et se remémoraient une de leurs aventures. Il avait beau insister sur tout le temps qu'il avait passé à la traquer, Ridgeway ne manifestait nulle hâte à livrer Cora à Terrance Randall. Non qu'elle fût impatiente de le retrouver. Cora s'aventura à petits pas bégayants dans le champ calciné. Elle avait appris à marcher avec les fers. Elle avait du mal à croire que cela ait pris si longtemps. Cora avait toujours eu pitié des convois accablés qui longeaient, enchaînés, la plantation Randall en cortège pathétique. Et voilà où elle en était. La morale de l'histoire était incertaine. D'un certain point de vue, ce malheur lui avait été épargné durant des années. D'un autre, l'infortune attendait simplement son heure : il n'y avait pas d'issue. Les plaies fronçaient sur sa peau, sous le fer. Les Blancs ne lui prêtèrent pas attention quand elle marcha vers les arbres noirs.

À ce stade, elle avait déjà fui plusieurs fois. Quand ils s'étaient arrêtés pour se ravitailler, Boseman avait été distrait par un cortège funéraire qui prenait le virage, et elle avait réussi à franchir une poignée de mètres avant qu'un garçonnet ne lui fasse un croche-pied. Ils ajoutèrent une cangue, un collier de fer à son cou dont les liens métalliques tombaient jusqu'à ses poignets comme des lianes. Cela lui donnait une posture de mendiante ou de mante religieuse. Elle avait fui quand les hommes s'étaient arrêtés pour se soulager en bord de piste, et cette fois elle était parvenue un peu plus loin. Elle avait fui une autre fois, au crépuscule, près d'un ruisseau dont l'eau offrait une promesse de mouvement. Les pierres glissantes l'avaient fait basculer dans l'eau, et Ridgeway l'avait fouettée. Elle renonça à fuir.

Ils parlèrent peu les premiers jours, après avoir quitté la Caroline du Nord. Elle se dit que la confrontation avec la foule haineuse les avait épuisés autant qu'elle, mais leur silence était une position de principe – jusqu'à ce que Jasper surgisse parmi eux. Boseman chuchotait ses propositions salaces et Homer se retournait sur son siège à intervalles irréguliers pour lui adresser un sourire inquiétant, mais le chasseur d'esclaves gardait ses distances en tête de convoi. À l'occasion, il sifflotait.

Cora comprit qu'ils se dirigeaient vers l'ouest au lieu du sud. Elle n'avait jamais prêté attention aux habitudes du soleil avant Caesar. Il lui avait expliqué que ça faciliterait peut-être leur fuite. Ils s'arrêtèrent dans une ville un matin, en face d'une boulangerie. Cora s'arma de courage et interrogea Ridgeway sur ses intentions.

Ses yeux s'écarquillèrent, comme s'il avait attendu

qu'elle l'aborde. Après cette première discussion, il l'inclut dans ses projets comme si elle avait le droit de vote. « Tu auras été une vraie surprise, dit-il, mais ne t'inquiète pas, on te ramènera chez toi bien assez tôt. »

Elle avait raison, dit-il. Ils se dirigeaient vers l'ouest. Un planteur de Géorgie nommé Hinton avait engagé Ridgeway pour lui ramener un de ses esclaves. Le Noir en question était un jeune mâle rusé et plein de ressources qui avait de la famille dans une colonie noire du Missouri. Des sources fiables avaient confirmé que ce Nelson y pratiquait le métier de trappeur, au vu et au su de tous, sans s'inquiéter d'un possible châtiment. Hinton était un fermier respecté, propriétaire d'un domaine enviable, et cousin du gouverneur. De façon fort regrettable, l'un de ses régisseurs avait craché le morceau à une donzelle, une jeune esclave, et à présent l'attitude de Nelson faisait de son maître un objet de quolibets sur ses propres terres. Avant sa fuite, Hinton formait le jeune homme à devenir chef d'équipe. Il avait promis à Ridgeway une prime généreuse, allant jusqu'à lui présenter solennellement le contrat lors d'une cérémonie pompeuse. Un vieux moricaud avait servi de témoin, en toussant dans sa main tout du long.

Compte tenu de l'impatience de Hinton, le plan d'action le plus raisonnable était de s'acheminer vers le Missouri. « Une fois qu'on aura notre homme, dit Ridgeway, tu pourras enfin retrouver ton maître. D'après ce que j'ai vu, j'imagine qu'il aura prévu un accueil digne de ce nom. »

Ridgeway ne dissimulait pas son mépris pour Terrance Randall ; cet homme avait ce qu'il appelait une imagination « chamarrée » quand il s'agissait de discipliner les nègres. Cela lui était apparu clairement dès l'instant où sa bande, en s'engageant sur le chemin de la grande demeure, avait vu les trois gibets. Une jeune fille était suspendue à l'un d'eux, fixée au bois par un énorme clou de métal qui lui traversait les côtes. La terre en dessous était noircie de son sang. Les deux autres gibets attendaient.

« Si je n'avais pas été retenu ailleurs, dit Ridgeway, je suis sûr que j'aurais pu vous cueillir tous les trois quand la piste était encore chaude. Lovey… c'est bien comme ça qu'elle s'appelait ? »

Cora se couvrit la bouche pour retenir son cri. Sans y parvenir. Ridgeway attendit dix minutes qu'elle retrouve son calme. Les braves gens de la ville regardaient cette fille noire effondrée au sol et l'enjambaient pour entrer dans la boulangerie. L'odeur des pâtisseries emplissait la rue, sucrée et aguichante.

Boseman et Homer l'avaient attendu dans l'allée pendant qu'il parlait au maître, reprit Ridgeway. Du vivant de Randall père, la maison était animée et accueillante – oui, il était déjà venu par le passé, il avait traqué la mère de Cora mais était rentré bredouille. Une minute avec Terrance suffit à rendre évidente la cause de cette atmosphère délétère. Le fils était mauvais, d'une méchanceté qui contaminait tout. La lumière du jour était grise et morne, alourdie par les fronts d'orage, les esclaves domestiques lents et lugubres.

Les journaux aimaient à répandre le mythe de la plantation heureuse et de l'esclave satisfait de son sort qui chante et danse et adore Missié. Les gens appréciaient ce genre d'histoires, par ailleurs d'une véritable utilité politique dans le combat contre les États du Nord et le mouvement abolitionniste. Ridgeway savait que cette image était fausse – inutile de mentir sur le sujet de l'esclavage –, mais la menace de la plantation Randall ne reflétait pas non plus tout à fait la vérité. L'endroit était hanté. Comment reprocher aux esclaves leur ostensible tristesse quand on voyait ce cadavre, cloué à un gibet ?

Terrance avait reçu Ridgeway au salon. Il était ivre et n'avait pas pris la peine de s'habiller, avachi sur le sofa en robe de chambre rouge. C'était tragique, dit Ridgeway, de constater la décadence qui pouvait advenir en une génération, mais parfois c'est ce que provoque l'argent dans une famille. Il fait ressortir les vices. Terrance se rappelait le chasseur d'esclaves de sa précédente visite, lorsque Mabel avait disparu dans les marais comme à présent ce trio. Il expliqua à Ridgeway que son père avait été très touché qu'il vienne en personne s'excuser de son incompétence.

« J'aurais pu lui flanquer une paire de gifles, à ce freluquet, sans perdre le contrat. Mais dans la sagesse de mon âge mûr j'ai décidé d'attendre de vous avoir, toi et l'autre, entre les mains. Et je m'en réjouis d'avance. » La motivation de Terrance et l'ampleur de la récompense lui faisaient supposer que Cora était la concubine de son maître.

Elle secoua la tête. Elle avait cessé de sangloter et s'était relevée, contrôlant son tremblement, les poings serrés.

Ridgeway resta silencieux quelques instants, puis lâcha : « Alors c'est autre chose. En tout cas, tu exerces une influence puissante.» Il reprit le récit de sa visite à Randall. Terrance l'avait informé de la situation depuis la capture de Lovey. Le matin même, son régisseur Connelly avait appris que Caesar fréquentait l'échoppe d'un commerçant du coin : on racontait que le boutiquier vendait les objets en bois confectionnés par le jeune nègre. Peut-être le chasseur d'esclaves pourrait-il rendre visite à ce Mr Fletcher et voir ce que ça donnerait. Terrance voulait la fille vivante, mais se souciait peu de savoir dans quel état reviendrait l'autre. Ridgeway était-il au courant que ce garçon était originaire de Virginie ?

Non, il l'ignorait. Cela tournait à la joute sur son État natal. Les fenêtres étaient fermées, et pourtant une odeur déplaisante avait envahi la pièce.

«C'est là-bas qu'il a pris ses mauvaises habitudes, dit Terrance. Les Virginiens sont trop mous. Assurez-vous qu'il apprenne comment on fait les choses en Géorgie.» Il voulait tenir la police à l'écart de tout ça. Le couple était recherché pour le meurtre d'un jeune Blanc et n'aurait aucune chance de revenir si la populace l'apprenait. Le montant de la prime était la garantie de sa discrétion.

Le chasseur d'esclaves prit congé. L'essieu de son chariot vide gémit, comme toujours quand il n'y avait pas assez de poids pour le faire taire. Ridgeway se promit d'avoir des passagers quand il reviendrait. Il était hors de question de devoir s'excuser auprès d'un autre Randall, surtout pas ce morveux devenu maître des lieux. Il entendit un bruit et se retourna vers la maison. Le son venait de la fille, Lovey. Son bras s'agita légèrement. En fait, elle n'était pas morte. «Elle a tenu encore une demi-journée, à ce qu'on m'a dit.»

Les mensonges de Fletcher s'effondrèrent promptement – c'était un faible, un bondieusard typique – et il lâcha le nom de son complice du chemin de fer, un dénommé Lumbly. De ce dernier, pas une trace. Il n'était jamais rentré après avoir conduit Cora et Caesar hors de l'État. «Vers la Caroline du Sud, c'est bien ça? Est-ce que c'est aussi lui qui a convoyé ta mère vers le nord?»

Cora tint sa langue. Il n'était pas difficile d'imaginer le sort de Fletcher, et probablement aussi de sa femme. Au moins Lumbly en avait-il réchappé. Et ils n'avaient pas découvert le tunnel sous sa grange. Un jour peut-être, une autre âme désespérée s'enfuirait par là. Vers une issue plus heureuse, plaise au sort.

Ridgeway hocha la tête. «Peu importe. On a tout le temps de faire connaissance. C'est une longue trotte jusqu'au Missouri.» La police avait capturé un chef de gare dans le sud de la Virginie, dit-il, qui avait livré le nom du père de Martin. Donald Wells était mort, mais Ridgeway voulait avoir un aperçu de sa base d'opération, si possible, pour mieux saisir le fonctionnement général de ce réseau de conspirateurs. Il ne s'attendait pas à retrouver Cora et n'en avait été que plus ravi.

Boseman l'enchaîna au chariot. Elle connaissait à présent le bruit du cadenas. Il mettait longtemps à s'enclencher avant de se fixer. Jasper se joignit à eux le lendemain. Son corps tremblait comme celui d'un chien battu. Cora tenta d'engager la conversation, en posant des questions sur l'endroit qu'il avait fui, le travail de la canne à sucre, les circonstances de son évasion. Jasper répondait par des cantiques et des dévotions.

Tout cela s'était passé quatre jours plus tôt. À présent, elle se tenait dans un pâturage noirci du Tennessee maudit et faisait craquer sous ses pieds du bois brûlé.

Le vent reprit, ainsi que la pluie. La pause était terminée. Homer rassembla les vestiges du repas. Ridgeway et Boseman vidèrent leurs pipes et le second siffla Cora. Les collines et les montagnes du Tennessee s'élevaient autour d'elle tels les flancs d'un bol noir. Comme elles avaient dû être terribles, ces flammes, comme elles avaient dû être féroces pour provoquer une telle désolation. On rampe dans un bol de cendres. Dans ce qui reste quand tout ce qui avait du prix a été consumé, réduit en poudre noire à la merci du vent.

Boseman fit passer ses chaînes dans l'anneau de la plate-forme et les cadenassa. Dix anneaux étaient rivés aux planches, en deux rangées de cinq. C'était suffisant pour les rares cas de rafle massive. Et largement suffisant pour deux. Jasper s'appropria sa place favorite sur le banc et se mit à roucouler avec vigueur, comme s'il venait d'engloutir un festin de Noël. «Quand le Sauveur t'appellera, tu pourras déposer ton fardeau, déposer ton fardeau.

— Boseman, murmura Ridgeway.

— Il sondera ton âme et verra ce que t'as fait, pauvre pécheur, Il sondera ton âme et verra ce que t'as fait.»

Boseman fit : « Oh. »

Le chasseur d'esclaves monta dans le chariot pour la première fois depuis qu'il avait récupéré Cora. Il tenait le pistolet de Boseman et abattit Jasper d'une balle en pleine tête. Le sang et les fragments d'os tapissèrent l'intérieur de la bâche, éclaboussant la tunique déjà souillée de Cora.

Ridgeway s'essuya le visage et expliqua sa logique. La récompense pour Jasper était de cinquante dollars, dont quinze pour l'étameur qui l'avait conduit en prison. Aller jusque dans le Missouri, puis retourner vers l'est, la Géorgie : il leur aurait fallu des semaines pour le remettre à son propriétaire. Si on divisait trente-cinq dollars par, disons, trois semaines, et qu'on déduisait la part de Boseman, la prime perdue était un prix bien modique à payer en échange du silence et de la paix de l'esprit.

Homer ouvrit son carnet et vérifia les chiffres de son patron. « Il a raison », dit-il.

Le Tennessee se déroulait en une succession de fléaux. Le brasier avait dévoré les deux étapes suivantes de la route de cendres. Au matin, les vestiges d'une petite colonie émergèrent au détour d'une colline, un tableau de bois calciné et de pierre noircie. D'abord venaient les moignons de maisons qui avaient jadis renfermé les rêves de pionniers, puis la ville proprement dite, qui n'était plus qu'une ligne de constructions en ruine. La seconde ville était plus grande mais également ravagée. En son cœur, un vaste carrefour où des avenues détruites avaient convergé en un progrès à présent disparu. Un four de boulanger dans les décombres de son échoppe tel un sombre totem, des restes humains courbés derrière l'acier d'une cellule de prison.

Cora n'aurait su dire quel détail du paysage avait persuadé les pionniers d'y planter leur avenir : la terre fertile, l'eau ou le panorama. Tout avait été effacé. Si les survivants revenaient, ce serait pour confirmer leur résolution de réessayer ailleurs, de filer vers l'est et le passé ou toujours plus loin vers l'ouest. Pas de résurrection ici.

Enfin ils échappèrent au rayon de l'incendie. Les bouleaux et les herbes sauvages, édéniques et revigorants, vibraient d'une couleur que tous avaient crue impensable après leur séjour dans la terre brûlée. Boseman imita en plaisantant le chant de Jasper, pour signaler le changement d'humeur ; ce décor noirci les avait affectés plus qu'ils ne le pensaient. Le robuste maïs des champs, déjà haut de deux pieds, promettait une moisson luxuriante ; avec une force égale, le territoire en ruine avait prédit le jugement à venir.

Ridgeway ordonna une halte peu après midi. Il se raidit en lisant à voix haute la pancarte au carrefour. La ville suivante était en proie à la fièvre jaune, dit-il. Tous les voyageurs invités à s'en détourner. Une autre piste, plus étroite et accidentée, les mènerait vers le sud-ouest.

La pancarte était toute fraîche, remarqua Ridgeway. On pouvait aisément en déduire que l'épidémie n'était pas retombée.

« Mes deux frères n'ont pas survécu à la fièvre jaune », dit Boseman. Il avait grandi sur les rives du Mississippi, que la maladie aimait à visiter dès les premières chaleurs. La peau de ses cadets était devenue cireuse et jaunie, ils saignaient des yeux et du cul, des spasmes convulsaient leurs corps menus. Des hommes avaient emporté leurs cadavres dans une brouette grinçante. « C'est une mort horrible », conclut-il. L'heure n'était plus à la plaisanterie.

Ridgeway connaissait cette ville. Le maire était un rustre corrompu, la nourriture vous donnait la chiasse, mais il eut une pensée émue pour ces gens. Le détour rallongerait considérablement leur voyage. « La fièvre arrive par les bateaux», dit-il. Des Antilles, et à l'origine du continent noir, dans le sillage du commerce. «C'est l'impôt que les humains paient au progrès.

— Et qui en est donc le percepteur ? lança Boseman. Moi, je ne l'ai jamais vu. » Sa peur le rendait nerveux et colérique. Il ne voulait pas s'attarder, même ce carrefour était trop proche de l'étreinte de la fièvre. Sans attendre l'ordre de Ridgeway – ou peut-être obéissant à un signal secret transmis par le chasseur d'esclaves à son jeune secrétaire –, Homer fit bifurquer le chariot loin de la ville maudite.

Deux autres pancartes sur la déviation sud-ouest prolongeaient la mise en garde. Les pistes qui desservaient les villes en quarantaine ne donnaient aucun signe du danger qui rôdait. Avoir traversé si longtemps l'œuvre du feu rendait une menace invisible encore plus terrifiante. Il fallut bien longtemps, après la nuit tombée, pour qu'ils s'arrêtent enfin. Suffisamment longtemps pour que Cora fasse le bilan de son voyage depuis la plantation Randall et noue ses infortunes en une tresse épaisse.

Le registre de l'esclavage n'était qu'une longue succession de listes. D'abord les noms recueillis sur la côte africaine, sur des dizaines de milliers de manifestes et de livres de bord. Toute cette cargaison humaine. Les noms des morts importaient autant que ceux des vivants, car chaque perte, par maladie ou suicide – ou autres motifs malheureux qualifiés ainsi pour simplifier la comptabilité –, devait être justifiée auprès des armateurs. À la vente aux enchères, on recensait les âmes pour chacun des achats, et dans les plantations les régisseurs conservaient les noms des cueilleurs en colonnes serrées d'écriture cursive. Chaque nom était un investissement, un capital vivant, le profit fait chair.

L'Institution particulière avait aussi fait de Cora une dresseuse de listes. Dans l'inventaire de ses deuils, les gens n'étaient pas réduits à des sommes mais multipliés par leur bonté. Les gens qu'elle avait aimés, les gens qui l'avaient aidée. Les femmes de Hob, Lovey, Martin et Ethel, Fletcher. Ceux qui avaient disparu : Caesar, Sam et Lumbly. Jasper ne relevait pas de sa responsabilité, mais les taches de son sang sur la bâche et sur sa tunique auraient aussi bien pu représenter ses morts à elle.

Le Tennessee était maudit. Initialement, elle en imputa la dévastation – le brasier, l'épidémie – à la justice. Les Blancs n'avaient que ce qu'ils méritaient. Pour avoir asservi son peuple, massacré une autre race, volé la terre elle-même. Qu'ils brûlent dans les flammes ou la fièvre, que la destruction entamée ici se propage hectare par hectare jusqu'à ce que les morts soient vengés. Mais si les gens recevaient leur juste part d'infortune, qu'avait-elle fait, elle, pour s'attirer tous ces malheurs ? Dans une autre liste, Cora consignait les décisions qui l'avaient conduite dans ce chariot et ses fers. Il y avait le petit Chester, qu'elle avait protégé. Le fouet était la punition réglementaire pour toute désobéissance. La fuite était une transgression si énorme, dans le bref aperçu qu'elle offrait de la liberté, que le châtiment englobait toutes les âmes généreuses.

Ballottée par les essieux, elle sentait la terre humide et les arbres bruissants. Pourquoi ce champ en avait-il réchappé alors qu'un autre avait brûlé à une lieue de là ? La justice de la plantation était cruelle et constante, alors que le monde agissait sans distinction. Dans le monde libre, les méchants échappaient à la sanction et les justes prenaient leur place au pilori. Les catastrophes du Tennessee étaient le fruit d'une nature indifférente, sans lien avec les crimes des pionniers. Ni avec la vie imposée aux Cherokees.

Juste une étincelle de trop.

Aucune chaîne ne rattachait les malheurs de Cora à sa personne ou à ses actes. Elle avait la peau noire, et c'était comme ça que le monde traitait les Noirs. Ni plus ni moins. Chaque État est différent, avait dit Lumbly. Si le Tennessee avait un caractère, il le tenait de la sombre personnalité du monde, de son goût pour la punition arbitraire. Nul n'était épargné, quelles que soient la forme des rêves, la couleur de la peau.

Un jeune homme aux boucles châtains, aux yeux comme deux cailloux noirs sous son chapeau de paille, conduisait un attelage de chevaux de labour ; il arrivait de l'ouest. Il avait des coups de soleil sur les joues, d'un rouge douloureux. Il héla Ridgeway et sa bande. Il y avait un peu plus loin une grande colonie, expliqua-t-il, à la réputation tapageuse. Épargnée par la fièvre jaune, aux dernières nouvelles du matin. Ridgeway lui annonça ce qui l'attendait et le remercia.

Aussitôt la route s'anima : la circulation reprit, même les bêtes et les insectes y mettaient du leur. Les cinq voyageurs retrouvèrent le spectacle, les bruits, les odeurs de la civilisation. Aux abords de la ville, des lampes brillaient dans les fermes et les cabanes, prélude à une soirée familiale. Puis la ville se dessina, la plus grande que Cora ait vue depuis la Caroline du Nord, quoique moins vénérable. La longue rue principale, avec ses deux banques et son alignement de tavernes bruyantes, suffit à la ramener à l'époque du dortoir. Elle ne donnait aucun signe d'accalmie nocturne, avec ses boutiques ouvertes et ses citoyens en maraude sur les trottoirs de bois.

Boseman était inflexible : pas question d'y coucher. La fièvre encore si proche pouvait très bien frapper ici, peut-être bouillonnait-elle déjà dans le corps des habitants. Ridgeway s'agaça mais céda, même s'il regrettait de ne pas dormir dans un vrai lit. Ils camperaient plus loin sur la route après s'être ravitaillés.

Cora demeura enchaînée au chariot pendant que les hommes faisaient leurs courses. Des passants apercevaient son visage par les ouvertures de la bâche et détournaient les yeux. Ils avaient un air dur. Leurs vêtements étaient grossiers et de conception artisanale, moins raffinés que les tenues des Blancs des villes de l'Est. Des vêtements de colons arrivants, pas arrivés.

Homer grimpa dans le chariot en sifflotant l'une des mélopées les plus lancinantes de Jasper. L'esclave mort était encore parmi eux. Le garçon tenait un paquet enveloppé de papier marron. « C'est pour toi », dit-il à Cora.

La robe était bleu sombre à boutons blancs, d'un coton doux qui dégageait une odeur médicinale. Elle la brandit pour masquer les taches de sang sur la bâche, qui se détachaient crûment à la lumière des réverbères.

«Enfile-la, Cora», dit Homer.

Elle leva les mains, dans un bruit de chaînes.

Il lui détacha les chevilles et les poignets. Comme chaque fois, elle considéra ses chances d'évasion et buta sur une impasse. Une ville comme celle-là, rude et sauvage, faisait de parfaits lyncheurs, se dit-elle. L'histoire du jeune Blanc de Géorgie était-elle parvenue jusqu'ici ? Cet accident auquel elle ne repensait jamais, et qu'elle n'incluait pas dans sa liste de transgressions. Le garçon était sur une liste à part – mais quels en étaient les termes ?

Homer la regarda s'habiller, tel un valet de pied qui l'aurait servie depuis le berceau.

«Moi, je suis captive, dit Cora. Mais toi, tu es avec lui par choix.»

Homer eut l'air perplexe. Il sortit son carnet, l'ouvrit à la dernière page et griffonna quelque chose. Quand il eut fini, il lui remit les menottes. Il lui donna des chaussures en bois trop petites pour elle. Il était sur le point de l'enchaîner au chariot quand Ridgeway lui ordonna de la faire descendre.

Boseman était encore en quête d'un barbier et d'un bain. Le chasseur d'esclaves tendit à Homer les gazettes et les avis de recherche qu'il avait collectés à la prison auprès du shérif adjoint. «J'emmène Cora souper», dit-il, et il la conduisit au cœur du tumulte. Homer laissa tomber dans le caniveau la tunique immonde de la fugitive, et le brun du sang séché se mêla à la boue.

Les chaussures lui comprimaient les pieds. Ridgeway ne modifiait pas son allure pour s'adapter à sa marche entravée : il allait devant elle sans s'inquiéter qu'elle s'enfuie. Ses chaînes étaient une clochette. Les Blancs du Tennessee ne la remarquaient pas. Un jeune Noir adossé au mur d'une écurie fut la seule personne à entériner sa présence. Un affranchi, à en juger par son apparence, vêtu d'un pantalon gris rayé et d'un gilet en cuir de vache. Il la regarda avancer comme elle regardait les cortèges enchaînés longer laborieusement la plantation Randall. Voir des chaînes lier quelqu'un d'autre et se réjouir que ce ne soient pas les vôtres : telle était la chance accordée aux gens de couleur, définie par le pire qui pouvait advenir à tout moment. Quand les regards se croisaient, les deux parties détournaient les yeux. Mais cet homme n'en fit rien. Il lui adressa un signe de tête avant que les passants ne le dérobent à sa vue.

Cora avait épié l'intérieur de la taverne de Sam en Caroline du Sud, mais n'en avait jamais franchi le seuil. Si elle détonnait au milieu d'eux, un regard de Ridgeway suffit pour que les clients s'occupent de leurs affaires. Le gros barman roulait du tabac en fixant la nuque du chasseur d'esclaves.

Ridgeway la mena à une table branlante disposée contre le mur du fond. L'odeur de viande bouillie perçait à travers les relents de vieille bière qui imprégnaient le plancher, les murs et le plafond. La serveuse à tresses était une fille large d'épaules, aux bras épais de chargeur de coton. Ridgeway commanda à manger pour deux.

« Les chaussures n'étaient pas mon premier choix, dit-il à Cora, mais la robe te va bien.

— Elle est propre.

— Enfin voyons ! Pas question que notre petite Cora ait l'air de sortir d'un abattoir. »

Il comptait susciter une réaction. Cora s'en abstint. Du saloon voisin s'élevait la musique d'un piano. On aurait dit qu'un raton laveur courait d'un bout à l'autre du clavier en écrasant les touches.

« De tout ce temps, tu n'as pas posé une seule question sur ton complice, dit Ridgeway. Caesar. Est-ce que les journaux de Caroline du Nord en ont parlé ? »

C'était donc ça : un numéro, comme ces festivités du vendredi soir dans le parc. Il l'avait attifée pour une soirée au théâtre. Elle attendit.

« Ça fait bizarre de retourner en Caroline du Sud, reprit Ridgeway, maintenant qu'ils ont leur nouveau système. J'ai fait pas mal d'expéditions là-bas, c'était le bon vieux temps. Mais le bon vieux temps n'est pas si loin. Malgré tous leurs discours civilisateurs sur la promotion des Noirs et l'éducation du sauvage, ça reste l'endroit affamé que ça a toujours été. »

La serveuse apporta des croûtons de pain et des bols remplis de ragoût de bœuf aux pommes de terre. Ridgeway lui chuchota quelque chose tout en regardant Cora, qui ne put l'entendre. La fille éclata de rire. Cora se rendit compte qu'il était ivre.

Ridgeway entama bruyamment son repas. « On a rattrapé l'animal à l'usine, à sa sortie du travail, dit-il. Et tous les grands mâles noirs autour de lui ont retrouvé cette vieille peur qu'ils croyaient avoir laissée derrière eux. Au début, c'était pas une grosse affaire. Une capture de plus, un fugitif parmi d'autres. Et puis la nouvelle s'est répandue que Caesar était recherché pour le meurtre d'un petit garçon…

— Il n'était pas si petit», dit Cora.

Il haussa les épaules. «Ils ont pris d'assaut la prison. Enfin, pour être tout à fait honnête, le shérif leur a ouvert la porte, mais dit comme ça, ça fait moins dramatique. Ils ont pris d'assaut la prison, donc, et ils l'ont taillé en pièces. Ces braves gens de Caroline du Sud, avec leurs écoles pour Noirs et leur monnaie de papier.»

En apprenant le sort de Lovey, elle s'était effondrée devant lui. Pas cette fois. Elle s'était préparée : le regard de Ridgeway s'illuminait toujours quand il était sur le point d'infliger une cruauté. Et elle savait depuis longtemps que Caesar était mort. Pas besoin de poser la question. Lors d'une nuit au grenier, cela lui était apparu comme une étincelle, une humble et simple vérité : Caesar n'avait pas réussi à s'en tirer. Il n'était pas dans le Nord avec un costume neuf, des chaussures neuves, un sourire neuf. Assise dans l'obscurité, nichée entre les chevrons, Cora avait compris que de nouveau elle était seule. Ils l'avaient eu. Elle avait déjà fini de porter son deuil quand le chasseur d'esclaves avait frappé à la porte de Martin.

Ridgeway retira de sa bouche un bout de cartilage. «Je me suis quand même fait un peu de monnaie avec la capture, et en chemin j'ai ramené un autre gars à son maître. Au bout du compte, j'y ai gagné.

— Vous trimez comme un vieux nègre pour grappiller l'argent de Randall», dit Cora.

Ridgeway appuya ses grosses mains sur la table bancale, qui pencha d'un côté. Le bouillon déborda des bols. «Ils devraient mettre une cale», dit-il.

Le ragoût était épaissi par des grumeaux de farine.

Cora les écrasa sur sa langue comme quand le repas était préparé par une des aides d'Alice et non par la vieille cuisinière elle-même. De l'autre côté du mur, le pianiste se lança dans une chansonnette rythmée. Un couple aviné se précipita pour aller danser à côté.

«Jasper a pas été lynché, lui, dit Cora.

— Il y a toujours des dépenses imprévues. Je ne vais pas être remboursé pour toute la nourriture que ça m'a coûté.

— Vous trouvez toujours des raisons. Vous appelez les choses par d'autres noms comme si ça allait les changer. Mais c'est pas la vérité, ça les rend pas plus justes. Vous avez tué Jasper de sang-froid.

— C'était plutôt une affaire personnelle, concéda Ridgeway, et ce n'est pas de ça que je parle. Toi et ton ami, vous avez tué ce garçon. Vous aviez vos motifs.

— J'essayais de m'échapper.

— C'est bien de ça que je parle, de survie. Est-ce que tu te sens mal en y repensant ?»

La mort du garçon était un obstacle imprévu qui avait compliqué sa fuite, au même titre que l'absence de pleine lune ou l'avance qu'ils avaient perdue parce qu'on avait découvert la disparition de Lovey. Mais des volets battirent à l'intérieur d'elle-même et elle vit le garçon tremblant sur son lit de souffrances, la mère en pleurs sur sa tombe. Sans le savoir, Cora portait aussi son deuil. Encore une personne prise dans ce projet, qui liait également l'esclave et le maître. Elle retira le garçon de sa liste solitaire et le consigna en dessous de Martin et d'Ethel, même si elle ne savait pas son nom. X, ainsi qu'elle-même signait avant d'apprendre l'alphabet.

Et pourtant. Elle répondit à Ridgeway : Non.

« Bien sûr que non : ce n'est rien. Autant pleurer pour un des champs de maïs brûlés qu'on a vus, ou ce bœuf qui nage dans la sauce. On fait ce qu'on doit faire pour survivre. » Il s'essuya les lèvres. « Mais elle est juste, ton objection. On invente toutes sortes de mots ronflants pour cacher la vérité. C'est comme dans les journaux, tous ces petits malins qui parlent de Destinée manifeste. Comme si c'était une idée neuve. Tu ne vois pas de quoi je parle, hein ? »

Cora se renfonça sur sa chaise. « Encore des grands mots pour rendre les choses plus jolies.

— Ça veut dire que tu prends ce qui t'appartient, ton bien, tout ce qui te revient selon toi. Et tous les autres prennent leur place assignée et te laissent le prendre. Que ce soit des Peaux-Rouges ou des Africains, qui se rendent ou qui se livrent, pour qu'on puisse avoir ce qui est légitimement à nous. Les Français mettent de côté leurs revendications territoriales. Les Anglais et les Espagnols s'éclipsent.

« Mon père aimait bien faire son discours indien sur le Grand Esprit, poursuivit Ridgeway. Après toutes ces années, moi je préfère l'esprit américain, celui qui nous a fait venir de l'Ancien Monde pour conquérir, bâtir et civiliser. Et détruire ce qui doit être détruit. Pour élever les races inférieures. Faute de les élever, les subjuguer. Faute de les subjuguer, les exterminer. C'est notre destinée par décret divin : l'impératif américain.

— Il faut que j'aille aux cabinets », dit Cora.

Elle vit s'affaisser les commissures de ses lèvres. Il lui fit signe de passer devant. Les marches menant dans l'allée étaient glissantes de vomi et il lui saisit le coude pour la retenir. Verrouiller les latrines, lui fermer la porte au nez fut le plaisir le plus pur qu'elle ait goûté depuis longtemps.

Ridgeway poursuivit son laïus, imperturbable. «Prends ta mère, par exemple. Mabel. Volée à son maître par des Blancs égarés et des individus de couleur dans un complot criminel. Je n'ai jamais cessé d'ouvrir l'œil, j'ai retourné Boston et New York dans tous les sens, et toutes les colonies noires. Syracuse. Northampton. Elle est au Canada, à rire des Randall, à rire de moi. Je le prends comme un affront personnel. C'est pour ça que je t'ai acheté cette robe. Pour m'aider à l'imaginer emballée comme un cadeau pour son maître.»

Il haïssait Mabel autant qu'elle. Ça, plus le fait qu'ils avaient tous les deux des yeux derrière la tête : cela leur faisait deux choses en commun.

Ridgeway s'interrompit : un ivrogne voulait aller aux toilettes. Il le chassa. «Tu as été en fuite pendant dix mois, reprit-il. C'est déjà assez insultant. Ta mère et toi, vous êtes une lignée à éteindre. Une semaine avec moi, enchaînée, et tu n'arrêtes pas de m'asticoter, comme une insolente, alors que tu es en route vers des retrouvailles sanglantes. Le lobby abolitionniste adore faire parader les gens comme toi, pour faire de grands discours devant des Blancs qui n'ont aucune idée de la marche du monde.»

Le chasseur d'esclaves se trompait. Si elle avait atteint le Nord, elle aurait disparu dans une vie hors du cadre qu'ils fixaient. Comme sa mère. Au moins une chose que cette femme lui avait transmise.

« On fait notre part, on joue notre rôle, continua Ridgeway. L'esclave et le chasseur. Le maître et le chef d'équipe. Les nouveaux arrivants qui affluent dans les ports et les politiciens, les shérifs, les journalistes, les mères qui élèvent des fils vigoureux. Les gens comme toi et ta mère, vous êtes ce que votre race compte de mieux. Les plus faibles de votre tribu ont été éliminés, morts à bord des négriers, morts de notre variole européenne, morts dans les champs en cultivant notre coton et notre indigo. Vous devez être forts pour survivre au labeur et pour nous rendre plus puissants, plus glorieux. Si nous engraissons des porcs, ce n'est pas parce que ça nous amuse mais parce que nous avons besoin d'eux pour survivre. Mais on ne peut pas se permettre de vous rendre trop malins. Ni de vous rendre assez résistants pour nous échapper. »

Elle acheva de faire ses besoins et prit un avis de recherche sur la pile de papiers pour s'essuyer. Puis elle attendit. Un répit pitoyable, mais rien qu'à elle.

« Tu as entendu mon nom quand tu n'étais qu'une négrillonne, dit-il. Le nom du châtiment, qui hantait chaque pas du fugitif, chaque pensée d'évasion. Pour chaque esclave que je ramène chez lui, il y en a vingt autres qui abandonnent leurs projets de pleine lune. Je suis une idée d'ordre. Et l'esclave qui s'éclipse, c'est une idée aussi. Une idée d'espoir. Qui défait ce que je fais, et à cause de ça un esclave de la plantation voisine se met dans la tête que lui aussi peut s'enfuir. Si on laisse faire, on tolère un défaut dans l'impératif américain. Et ça, je refuse. »

À côté, la musique s'était faite plus lente. Des couples affluaient pour se serrer l'un contre l'autre, onduler et tourner. C'était ça la vraie conversation, danser lentement avec une autre personne, et pas tous ces grands mots. Elle le savait, même si elle n'avait jamais dansé ainsi avec personne et qu'elle avait décliné l'invitation de Caesar. La seule personne qui lui ait jamais tendu la main en disant : Viens près de moi. Peut-être que tout ce que disait le chasseur était vrai, songea Cora, chaque justification ; peut-être que les fils de Cham étaient maudits et que le maître accomplissait la volonté de Dieu. Mais peut-être aussi que Ridgeway n'était qu'un homme qui s'adressait à une porte de latrines en attendant qu'une femme ait fini de se torcher le cul.

Quand ils regagnèrent le chariot, Homer frottait ses petits pouces sur les rênes et Boseman sirotait du whisky à même la bouteille. « Cette ville est contaminée, dit-il d'une voix épaisse. Je le sais rien qu'à l'odeur. » Le jeune homme ouvrit la marche pour s'en éloigner. Il fit part de ses déconvenues. Le rasage et le bain s'étaient bien passés ; propre comme un sou neuf, il paraissait presque innocent. Mais il n'avait pas pu se conduire comme un homme au bordel. « La maquerelle suait comme une truie et j'ai compris qu'elles avaient la fièvre, elle et ses putes. » Ridgeway le laissa décider quelle distance était à bonne distance de la ville. Alors seulement ils bivouaquèrent.

Elle venait de s'endormir lorsque Boseman se glissa dans le chariot et lui plaqua une main sur la bouche. Elle s'y était préparée.

Il porta un doigt à ses lèvres. Elle hocha la tête autant que son emprise le lui permettait : elle n'allait pas crier. Elle pouvait faire du raffut et réveiller Ridgeway ; Boseman lui servirait une excuse et on n'en parlerait plus. Mais elle pensait à cet instant depuis des jours, cet instant où Boseman se laisserait dominer par ses désirs charnels. Il n'avait jamais été aussi soûl depuis la Caroline du Nord. Il l'avait complimentée sur sa robe quand ils avaient fait halte. Elle rassembla ses forces. Si elle pouvait le convaincre de la délier, une nuit aussi noire était faite pour la fuite.

Homer ronflait bruyamment. Boseman fit glisser ses chaînes hors de l'anneau en prenant garde de ne pas laisser les maillons s'entrechoquer. Il lui libéra les chevilles et serra la chaîne de ses menottes pour ne pas qu'elle tinte. Il la précéda puis l'aida à descendre. Elle distinguait tout juste la route à quelques mètres. Il faisait assez sombre.

Ridgeway projeta Boseman au sol dans un grognement et se mit à le rouer de coups. Le jeune homme se lança dans un plaidoyer et eut droit à un coup de pied dans la bouche. Cora faillit s'enfuir. Elle faillit. Mais la soudaineté de cette violence – sa lame – la retint. Ridgeway lui faisait peur. Lorsque Homer les rejoignit derrière le chariot et que sa lanterne révéla le visage du chasseur, celui-ci la foudroyait du regard avec une fureur irrépressible. Elle avait eu sa chance, l'avait laissée passer, et en voyant ce regard elle en fut soulagée.

« Qu'est-ce que tu vas faire maintenant, hein, Ridgeway ? » gémit Boseman. Il s'appuyait à la roue du chariot. Il regarda le sang sur ses mains. Son collier s'était rompu, et les oreilles éparpillées donnaient l'impression que la terre écoutait. « Ridgeway le fou, qui n'en fait qu'à sa tête. Je suis le dernier de la bande.

Tu n'auras plus qu'Homer à tabasser quand je serai parti. Et je crois que ça lui plaira.»

Homer gloussa. Il récupéra dans le chariot les chaînes de chevilles de Cora. Ridgeway se frottait les phalanges, haletant. «C'est vraiment une jolie robe, dit Boseman, avant d'extirper de sa bouche une dent cassée.

— Il va y avoir d'autres dents à cracher si l'un de vous fait un seul geste», dit une voix. Trois hommes s'avancèrent dans le cercle de lumière.

Celui qui avait parlé était le jeune Noir de la ville qui avait fait un signe de tête à Cora. Ce n'était pas elle qu'il regardait à présent: il surveillait Ridgeway. Ses lunettes cerclées de métal reflétaient la lueur de la lanterne, comme si la flamme brûlait en lui. Son pistolet oscillait d'un homme blanc à l'autre comme une baguette de sourcier.

Un deuxième homme brandissait un fusil. Il était grand et musclé, vêtu d'une tenue de travail en tissu épais que Cora vit comme un déguisement. Il avait le visage large, et sa longue chevelure brun-roux, coiffée en arrière, le couronnait d'une crinière de lion. Sa posture indiquait qu'il n'aimait pas qu'on lui donne des ordres, et l'insolence de son regard n'était pas une insolence d'esclave, une pose impuissante, mais une réalité brute. Le troisième homme agitait un coutelas. Son corps tremblait nerveusement, et son souffle rapide était le bruit de la nuit entre les phrases de son compagnon. Cora reconnut l'attitude. C'était celle d'un fugitif, incertain de ce nouveau tournant dans sa fuite. Elle l'avait vue chez Caesar, chez les nouveaux arrivants aux dortoirs, et elle-même, elle le savait,

avait bien souvent eu la même. Il brandit le coutelas tremblant en direction d'Homer.

Elle n'avait jamais vu de Noir tenir une arme à feu. Cette image l'ébranla : c'était une idée neuve, trop énorme pour tenir dans son esprit.

« Vous êtes perdus, les gars », dit Ridgeway. Il n'avait pas d'arme.

« Oui, on est perdus, au sens où on n'aime guère le Tennessee et où on préférerait être chez nous, dit le chef. Mais vous aussi, vous m'avez l'air perdu. »

Boseman toussa et échangea un regard avec Ridgeway. Il se redressa, se crispa. Les deux armes se tournèrent vers lui.

Le chef reprit : « On va devoir repartir, mais on s'est dit qu'on allait d'abord demander à la dame si elle veut venir avec nous. On fait de meilleurs compagnons de voyage.

— Vous êtes d'où, les gars ? » demanda Ridgeway.

À sa voix, Cora devina qu'il mijotait quelque chose.

« D'un peu partout », dit l'homme. Le Nord vivait dans sa voix, un accent de là-haut, comme Caesar. « Mais on s'est trouvés, et maintenant on opère ensemble. Restez tranquille, Mr Ridgeway. » Il bougea légèrement la tête. « Je l'ai entendu vous appeler Cora. C'est votre nom ? »

Elle acquiesça.

« Elle, c'est Cora, dit Ridgeway. Moi, vous me connaissez déjà. Voici Boseman, et lui, c'est Homer. »

À son nom, le gamin lança la lanterne sur l'homme au coutelas. Le verre ne se brisa qu'en heurtant le sol après avoir rebondi sur sa poitrine. Il y eut une éclaboussure de feu. Le chef tira sur Ridgeway et le manqua. Le chasseur d'esclaves le plaqua au sol et ils roulèrent dans la poussière. Le rouquin au fusil était meilleur tireur. Boseman fut projeté en arrière, et une fleur noire s'épanouit soudain sur son ventre.

Homer courut pour prendre une arme, poursuivi par l'homme au fusil. Le chapeau du garçon roula dans le feu. Ridgeway et son adversaire luttaient au corps-à-corps dans la poussière, grognant et hurlant. Ils roulèrent jusqu'en bordure de l'huile enflammée. Cora retrouva la peur qu'elle avait éprouvée quelques instants plus tôt : Ridgeway l'avait bien dressée. Le chasseur prit le dessus et plaqua son adversaire au sol.

Elle pouvait fuir. Elle n'avait plus que des chaînes aux poignets.

Elle sauta sur le dos de Ridgeway et l'étrangla avec ses chaînes, qu'elle serra et tordit contre sa chair. Le hurlement surgit du plus profond d'elle-même, un sifflet de train résonnant dans un tunnel. Elle tira et serra encore. Le chasseur bascula de tout son poids pour la projeter au sol. Le temps qu'il se dégage d'elle, l'homme de la ville avait repris son pistolet.

Il aida Cora à se relever. «C'est qui ce garçon?» demanda-t-il. Homer et le gars au fusil n'étaient pas revenus. Le chef ordonna à l'homme au coutelas d'aller voir, sans cesser de viser Ridgeway.

Le chasseur frotta ses doigts épais sur son cou ravagé. Sans regarder Cora, ce qui ranima sa peur.

Boseman gémissait. Il balbutia : «Il sondera ton âme et Il verra ce que t'as fait, pécheur…»

La lumière de l'huile en feu était instable, mais ils n'eurent pas de mal à distinguer la mare de sang qui ne cessait de s'étendre.

« Il va se vider de son sang, dit Ridgeway.

— Libre à lui. C'est ça, l'Amérique, le pays de la liberté, répondit le chef.

— Et ce bien ne vous appartient pas.

— Ça, c'est ce que dit la loi. La loi des Blancs. Mais il y en a d'autres. » Il s'adressa à Cora d'un ton plus doux : « Si vous voulez, mademoiselle, je peux l'abattre pour vous. » Son visage était calme.

Elle désirait le pire pour Ridgeway et Boseman. Et Homer ? Elle ne savait pas trop ce que voulait son cœur pour l'étrange garçon noir qui semblait être l'émissaire d'un autre pays.

Avant qu'elle puisse répondre, l'homme ajouta : « Cela dit, on préférerait les enchaîner. » Cora ramassa ses lunettes dans la poussière, les essuya sur sa manche et tous trois attendirent. Les compagnons du chef revinrent les mains vides.

Ridgeway sourit lorsque les hommes le menottèrent à la roue du chariot.

« Le garçon est du genre sournois, dit le chef. Ça se voit. Il faut qu'on parte. » Il regarda Cora. « Vous venez avec nous ? »

Elle assena à Ridgeway trois coups de pied au visage avec ses chaussures de bois neuves. Elle pensa : Puisque le monde ne s'ébranle pas pour punir les méchants. Personne ne la retint. Plus tard, elle dirait que c'étaient trois coups de pied pour trois meurtres, et parlerait de Lovey, de Caesar et de Jasper pour qu'ils revivent un bref instant dans ses paroles. Mais ce n'était pas la vérité. Elle n'avait fait ça que pour elle.

CAESAR

L'effervescence causée par l'anniversaire de Jockey permit à Caesar de gagner son seul refuge à Randall. L'école près des écuries, désaffectée et délabrée, était généralement vide. La nuit, des amoureux s'y glissaient, mais il n'y allait jamais la nuit – il lui aurait fallu une chandelle, et il n'allait pas prendre le risque d'en allumer une. Il allait à l'école pour lire le livre que Fletcher lui avait donné après force protestations ; il y allait quand il se sentait mal, pour pleurer sur son fardeau ; il y allait pour regarder les autres esclaves s'agiter sur la plantation. Vu de la fenêtre, c'était comme s'il n'était pas membre de leur malheureuse tribu mais un simple observateur de leur activité, comme on regarde des inconnus passer devant sa porte. À l'école, c'était comme s'il n'était même pas là.

Asservi. Dans la terreur. Condamné à mort.

Si son plan aboutissait, ce serait la dernière fois qu'il célébrait l'anniversaire de Jockey. Plaise à Dieu. Connaissant le vieil homme, il était bien capable d'annoncer un nouvel anniversaire le mois prochain. Les esclaves jubilaient tant des infimes plaisirs qu'ils pouvaient grappiller ensemble à Randall. Un anniversaire inventé, un bal après avoir trimé sous la lune des moissons. En Virginie, les festivités étaient spectaculaires. Caesar et sa famille prenaient le buggy de la veuve pour se rendre dans les fermes d'affranchis, ils visitaient de la famille sur telle ou telle plantation pour les fêtes chrétiennes et le Jour de l'An. Les grillades de porc et de gibier, les gâteaux au gingembre et à la farine de maïs. Les jeux duraient toute la journée, jusqu'à ce que Caesar et ses compagnons tombent de fatigue, haletants. En Virginie, les maîtres gardaient leurs distances pendant ces jours de fête. Comment ces esclaves de Randall pouvaient-ils vraiment s'amuser, avec cette menace muette qui guettait en coulisses, prête à fondre sur eux ? Ils ne connaissaient pas leur date d'anniversaire et devaient s'en inventer une. La moitié de ces gens ne connaissaient même pas leurs parents.

Je suis né un 14 août. Ma mère s'appelle Lily Jane. Mon père Jerome. Je ne sais pas où ils sont.

Caesar vit par la fenêtre de l'école, encadrée par deux huttes anciennes – leur chaux blanche était ternie et grisâtre, aussi usée que ceux qui dormaient entre ces murs –, Cora se presser près de son petit protégé sur la ligne de départ. Chester, le garçon qui arpentait le village avec une gaieté si enviable. Manifestement, il n'avait jamais été battu.

Le garçon détourna timidement la tête sur une parole de Cora. Elle sourit, fugacement. Elle souriait à Chester, et à Lovey et aux femmes de sa hutte, avec brièveté et efficacité. Comme quand on voit au sol l'ombre d'un oiseau : on lève les yeux, il n'y a plus rien. Elle survivait de simples miettes, en toutes choses. Caesar ne lui avait jamais parlé, mais il avait compris ça. C'était sage : elle connaissait le prix du peu qu'elle possédait. Ses joies, son lopin de terre, la souche d'érable sur laquelle elle se perchait comme un vautour.

Un soir qu'il buvait de l'alcool de maïs avec Martin dans la soupente de la grange – le garçon refusait de dire où il avait déniché la cruche –, ils se mirent à parler des femmes de Randall. Celles qui pourraient vous étouffer en vous plaquant la tête entre leurs nichons, celles qui criaient si fort que tout le quartier serait au courant, celles qui ne diraient jamais rien. Caesar évoqua Cora.

« Faut pas fricoter avec les femmes de Hob, tous les nègres savent ça, dit Martin. Elles te la coupent pour en faire de la soupe. » Il lui raconta la vieille histoire du potager de Cora et de la niche de Blake, et Caesar pensa : Ça lui ressemble bien. Et puis Martin ajouta qu'elle aimait sortir en douce pour forniquer avec des bestioles des marais, et Caesar comprit que le cueilleur était plus stupide qu'il ne l'avait cru.

Aucun homme de Randall n'était très futé. La plantation les avait défaits. Ils plaisantaient, ils cueillaient vite quand le chef d'équipe les avait à l'œil, ils frimaient, mais dans leur hutte après minuit ils pleuraient, ils hurlaient, en proie à leurs cauchemars, aux souvenirs maudits. Dans la hutte de Caesar, dans les huttes voisines, dans tous les quartiers d'esclaves, proches ou lointains. Une fois le travail fini, et avec lui les punitions du jour, la nuit attendait pour servir d'arène à leur vraie solitude et à leur désespoir.

Des cris, des acclamations : encore une course

terminée. Cora mit les mains sur ses hanches, la tête inclinée comme si elle traquait une mélodie dissimulée dans tout ce brouhaha. Comment inscrire ce profil dans le bois, préserver sa grâce et sa force ? Caesar ne se faisait pas confiance, craignait de tout gâcher. La cueillette lui avait abîmé les mains, elles n'étaient plus capables d'ouvrager le bois. La courbe d'une joue de femme, des lèvres en plein murmure. Il avait les bras tremblants à la fin de la journée, les muscles palpitants.

Ah, elle avait bien menti, la vieille salope blanche ! Il était censé vivre avec ses parents dans leur fermette, travailler pour le tonnelier ou se faire apprenti chez un autre artisan. Certes, ses perspectives étaient limitées par sa race, mais Caesar avait grandi avec la conviction qu'il était libre de choisir son destin. « Tu peux faire et devenir tout ce que tu veux, disait son père.

— Même aller à Richmond ? » De l'avis de tous, la ville de Richmond était aussi lointaine que magnifique.

« Oui, même à Richmond, si tu en as envie. »

Mais la vieille femme avait menti, et à présent son carrefour de possibles se réduisait à une seule destination, une mort lente en Géorgie. Pour lui, pour toute sa famille. Sa mère était frêle et délicate, elle n'était pas faite pour le travail aux champs, et elle était trop bonne et trop douce pour endurer la plantation et sa batterie de cruautés. Son père tiendrait plus longtemps, car c'était une vraie mule, mais pas tellement plus. La vieille femme avait détruit sa famille si complètement que ça ne pouvait pas être un accident. La cupidité de sa nièce n'y était pour rien : c'était la vieille femme qui depuis le début leur avait joué un tour. Resserrant les nœuds chaque fois qu'elle prenait Caesar sur ses genoux et lui enseignait un mot.

Caesar imaginait son père coupant de la canne à sucre dans l'enfer de Floride, brûlant sa chair courbée sur les grands chaudrons de sucre fondu. Le fouet à lanières lacérant le dos de sa mère quand elle n'arrivait plus à tenir le rythme de la cueillette. L'entêté casse quand il ne plie pas, et sa famille avait passé trop de temps avec les gentils Blancs du Nord. Gentils en ce qu'ils ne jugeaient pas opportun de vous tuer vite. Il fallait reconnaître ça au Sud : il n'était pas patient quand il s'agissait de tuer des Noirs.

Dans les vieillards infirmes de la plantation, Caesar voyait ce qui attendait son père et sa mère. Et avec le temps, ce qu'il adviendrait de lui. La nuit, il était sûr qu'ils étaient morts ; à la lumière du jour, seulement mutilés et moribonds. Dans les deux cas, il était seul au monde.

Caesar l'aborda une fois les courses à pied terminées. Évidemment, elle le repoussa. Elle ne le connaissait pas. Ça pouvait très bien être un canular, ou un piège tendu par les frères Randall dans un accès d'ennui. S'enfuir, c'était une idée trop énorme : il fallait la laisser reposer, la retourner plusieurs fois dans sa tête. Il avait fallu des mois à Caesar pour l'accepter dans ses pensées, et les encouragements de Fletcher pour qu'elle y prenne racine. Il fallait l'aide d'autrui pour avancer sur cette voie. Et même si alors elle ignorait qu'elle dirait oui, lui le savait. Il lui avait raconté qu'elle lui porterait chance – sa mère étant la seule à avoir réussi. C'était sans doute une erreur, voire une insulte, pour quelqu'un comme elle. Elle n'était pas une patte de lapin qu'on emporte en voyage, mais la locomotive même. Il n'y arriverait pas sans elle.

Le terrible incident du bal le prouva. Un esclave domestique l'avait prévenu que les frères Randall s'enivraient dans la demeure. Caesar y vit un mauvais présage. Quand le boy arriva au village avec sa lanterne, et ses maîtres dans son sillage, la violence était d'ores et déjà garantie. Chester n'avait jamais été battu. À présent c'était le cas, mais le lendemain il découvrirait le fouet. Finis pour lui les jeux d'enfant, les courses et les parties de cache-cache : rien que les sombres épreuves des hommes asservis. Personne d'autre dans le village n'avait fait un geste pour l'aider – comment auraient-ils pu ? Ils avaient connu ça cent fois, comme victimes ou comme témoins, et ils le connaîtraient cent fois encore avant de mourir. Mais Cora avait agi. Elle avait fait rempart de son corps et reçu les coups à sa place. Elle était une enfant perdue, égarée de tout son être, si loin de la voie toute tracée qu'elle semblait s'être enfuie depuis longtemps.

Après son passage à tabac, Caesar se rendit à l'école, de nuit pour la première fois. Rien que pour tenir le livre entre ses mains. Pour s'assurer qu'il était toujours là, souvenir d'une époque où il avait tous les ouvrages qu'il voulait, et tout le temps pour les lire.

Ce qu'il advint de mes compagnons dans la barque, comme de ceux qui s'étaient réfugiés sur le rocher ou étaient restés à bord du vaisseau, je ne saurais le dire ; mais je conclus qu'ils furent tous perdus.

Ce livre causerait sa mort, l'avait averti Fletcher. Caesar enfouissait *Voyages en plusieurs lointaines contrées de l'univers* dans la terre sous l'école, enveloppé de deux couches de toile de jute. Attendez encore un peu, le temps d'organiser votre évasion, disait le boutiquier. Alors vous pourrez avoir tous les livres que vous voulez. Mais si Caesar ne lisait pas, il n'était qu'un esclave. Avant ce livre, la seule chose à lire était ce qui était écrit sur les sacs de riz. Le nom de la firme qui confectionnait leurs chaînes, gravé dans le métal comme une promesse de souffrance.

À présent, une page par-ci par-là, dans la lumière dorée de l'après-midi, suffisait à le sustenter. De la ruse et du cran, de la ruse et du cran. Le héros blanc du livre, un certain Lemuel Gulliver, vagabondait de péril en péril, et chaque île nouvelle était une épreuve à surmonter avant de pouvoir rentrer chez lui. Mais il oubliait sans cesse ce qu'il avait. C'était cela, le vrai problème de cet homme, et non les civilisations sauvages et insolites qu'il rencontrait. Les Blancs tout crachés : on bâtit une école et on la laisse pourrir, on construit un foyer et on s'égare ailleurs. Si Caesar trouvait le chemin pour rentrer chez lui, jamais plus il ne voyagerait. Sinon, il risquait d'errer d'une île périlleuse à l'autre, sans jamais reconnaître l'endroit où il était, jusqu'à en épuiser le monde. À moins qu'elle ne parte avec lui. Avec Cora, il trouverait son chemin.

INDIANA

RÉCOMPENSE 50 $

A QUITTÉ ma maison le vendredi 26 vers 10 heures du soir (sans le moindre motif) ma négresse SUKEY. Elle est âgée d'environ 28 ans, de teint plutôt clair, les pommettes hautes, mince de sa personne, et très soignée dans son apparence. Portait, lors de son départ, une robe de toile de denim rayée. Sukey était antérieurement la propriété du sieur L. B. Pearce, et avait auparavant appartenu à feu William M. Heritage. Elle est à présent (à ce qu'il paraît) une fidèle de l'église méthodiste locale, et est sans nul doute connue d'une majorité des paroissiens.

JAMES AYKROYD
4 octobre

Soudain, ce fut elle, dans cette classe d'élèves impatients, qui se retrouva à la traîne. Cora était fière des progrès en lecture qu'elle avait accomplis, en Caroline du Sud puis dans le grenier. L'appui précaire de chaque mot nouveau, un territoire inconnu qu'il fallait négocier lettre par lettre. Elle revendiquait comme une victoire chaque traversée des almanachs de Donald, puis revenait à la première page pour en refaire le tour.

La salle de cours de Georgina révéla la modestie de ses performances. Elle ne reconnut pas la Déclaration d'indépendance lorsqu'elle les rejoignit dans la maison communautaire. La prononciation des enfants était ciselée, semblable à celle des adultes et bien loin des ânonnements de Michael à Randall. Une musique habitait à présent les mots, dont la mélodie s'affirmait à mesure que les enfants se relayaient à la lecture, hardis et confiants. Garçons et filles se levaient de leur banc, tendaient le papier sur lequel ils avaient recopié le texte, et chantaient les promesses des Pères fondateurs.

Avec l'arrivée de Cora, la classe comptait désormais

vingt-cinq élèves. Les plus jeunes – ceux de six et sept ans – étaient exemptés de récitation. Ils chuchotaient et s'agitaient sur les bancs, jusqu'à ce que Georgina les fasse taire. Cora aussi en fut dispensée, car elle découvrait seulement l'école, la ferme, le mode de vie. Elle se sentait exposée, plus âgée qu'eux et tellement en retard. Elle comprenait maintenant pourquoi le vieil Howard avait pleuré à l'école de Miss Handler. Comme lui, elle était une intruse, tel un rongeur qui aurait traversé le mur.

L'une des cuisinières sonna la cloche qui marquait la fin du cours. Après le repas, les plus jeunes retourneraient à leurs leçons, les plus grands se mettraient à leurs tâches pratiques. À la sortie, Cora intercepta Georgina et lui dit : « Vous leur avez appris à réciter comme il faut à ces négrillons, on peut le dire. »

L'institutrice vérifia qu'aucun élève ne l'avait entendue. Elle répondit : « Ici, on les appelle des *enfants*. »

Cora se sentit rougir. Elle n'avait jamais bien compris ce que ça signifiait, cette Déclaration, se hâta-t-elle d'ajouter. Est-ce qu'eux savaient ce que ça voulait dire, tous ces grands mots ?

Georgina était originaire du Delaware et avait les manières exaspérantes des dames de là-bas, qui se complaisaient en énigmes. Cora en avait rencontré quelques-unes sur la ferme Valentine et n'appréciait guère ce trait régional, même si par ailleurs elles savaient confectionner de bons gâteaux. Georgina répondit que les enfants y réfléchissaient comme ils pouvaient. Ce qu'ils ne comprenaient pas aujourd'hui, ils le comprendraient peut-être demain. « La Déclaration est comme une carte géographique. On part du principe qu'elle est juste, mais on ne peut en être sûr qu'en allant sur le terrain vérifier par soi-même.

— Vous croyez vraiment ça ? » demanda Cora. À voir l'expression de Georgina, elle ne savait que penser d'elle.

Quatre mois s'étaient écoulés depuis ce premier cours. La moisson était finie. De nouvelles arrivées à la ferme Valentine délivrèrent Cora du rôle de pied-tendre balbutiante. Deux hommes de son âge se joignirent au cours, des fugitifs fervents mais encore plus ignorants qu'elle. Ils suivaient du doigt les lignes imprimées comme si les manuels étaient ensorcelés, débordants de magie. Cora avait pris ses repères. Elle savait quand préparer elle-même son repas parce que la cuisinière du jour allait rater la soupe, quand prendre un châle parce que les nuits dans l'Indiana étaient fraîches, d'un froid qu'elle n'avait jamais connu. Elle connaissait les endroits tranquilles et ombragés où être seule.

À présent, elle s'asseyait au premier rang et quand Georgina la corrigeait – sur sa calligraphie, son arithmétique ou son élocution –, elle n'était plus piquée au vif. Elles étaient devenues amies. Georgina était une telle commère que les cours fournissaient un répit dans son compte rendu incessant des potins de la ferme. Ce Virginien si bel homme, il a un regard malicieux, tu ne trouves pas ? Patricia a mangé tous les pieds de porc dès qu'on a eu tourné le dos ! Les femmes du Delaware étaient de vrais moulins à paroles, c'était un autre trait régional.

Cette après-midi-là, Cora sortit avec Molly lorsque la cloche sonna. Elle partageait la cabane de la fillette et de sa mère Sybil. Molly avait dix ans, des yeux en amande et un caractère réservé, se montrant avare de son affection. Elle avait beaucoup d'amies mais préférait se tenir juste en dehors du cercle. Dans sa chambre, elle conservait ses trésors dans un bocal vert – billes, pointes de flèche, un médaillon privé de visage – et prenait plus de plaisir à les étaler sur le plancher, à sentir sur sa joue la fraîcheur d'un quartz bleu qu'à jouer dehors.

Voilà pourquoi leur nouveau rituel ravissait Cora, qui avait pris l'habitude de lui tresser les cheveux le matin quand sa mère partait tôt au travail, et ces derniers jours Molly lui avait pris la main à la sortie de l'école. Un lien nouveau entre elles. Molly la tirait sur le chemin en la serrant très fort, et Cora prenait plaisir à se laisser mener. Elle n'avait plus été choisie par un enfant depuis Chester.

Il n'y eut pas de déjeuner car ce soir-là c'était le grand banquet du samedi, dont l'odeur attirait irrésistiblement les élèves vers les barbecues. Les rôtisseurs faisaient cuire les cochons depuis minuit, ce qui embaumait et enchantait tout le domaine. Plus d'un résident avait rêvé qu'il se goinfrait d'un somptueux festin avant de se réveiller déconfit. Encore des heures à attendre. Cora et Molly se joignirent à la foule affamée.

Au-dessus des braises fumantes, de longues perches écartelaient les deux bêtes. Jimmy était le maître du barbecue. Son père avait grandi en Jamaïque et lui avait transmis les secrets du feu des Nègres marrons. Il sonda la viande avec ses doigts et agita les charbons ardents, rôdant autour du brasier comme s'il évaluait un adversaire à la lutte. Il était l'un des plus vénérables résidents de la ferme, un survivant de la Caroline du Nord et de ses massacres, et il aimait sa viande tendre et fondante. Il ne lui restait plus que deux dents.

L'un de ses apprentis secoua une cruche de vinaigre poivré. Il fit signe à une petite fille qui se tenait en bordure des flammes et guida ses mains pour qu'elle badigeonne de cette décoction les entrailles du cochon. Les gouttes crépitèrent sur les charbons de la fosse. Des plumets de fumée blanche firent reculer la foule et la fillette poussa un cri de frayeur ravie. Ç'allait être un beau dîner.

Cora et Molly étaient attendues à la maison. Le chemin à pied n'était pas long. Comme la plupart des bâtiments de travail de la ferme, les anciennes cabanes en rondins se massaient du côté est, érigées en hâte avant que l'on sache à quel point la communauté allait grossir. Les gens venaient de partout, de plantations qui avaient privilégié telle ou telle disposition des quartiers d'esclaves, et les cabanes étaient de formes très diverses. Les plus récentes – celles que les hommes venaient de construire une fois achevée la récolte du maïs – adoptaient un style identique, avec des pièces plus spacieuses, et étaient mieux réparties sur le terrain.

Depuis qu'Harriet s'était mariée et avait déménagé, Cora, Molly et Sybil étaient les seules résidentes de leur cabane, et elles dormaient dans les deux chambres qui complétaient la pièce commune. En général, chaque maison hébergeait trois familles. Des arrivantes ou des visiteuses partageaient parfois la chambre de Cora, mais la plupart du temps les deux autres lits étaient vides.

Sa chambre à elle. Un autre cadeau impensable de la ferme Valentine après toutes ses prisons.

Sybil et sa fille étaient fières de leur maison. Elles avaient blanchi à la chaux les murs extérieurs et les avaient teintés de rose. Une peinture jaune bordée de blanc faisait bourdonner au soleil la porte d'entrée. Décorée de fleurs sauvages à la saison chaude, la grande pièce demeurait agréable en automne grâce à des guirlandes de feuilles dorées et rousses. Des rideaux mauves fronçaient aux fenêtres. Deux menuisiers qui vivaient à la ferme apportaient régulièrement des meubles : ils avaient le béguin pour Sybil et s'occupaient les mains pour oublier son indifférence. La jeune femme avait teint des sacs de toile de jute pour en faire un tapis, sur lequel Cora s'allongeait quand elle était prise de migraine. La grande pièce laissait entrer une brise qui atténuait le mordant de ses crises.

Molly appela sa mère quand elles atteignirent le perron. De la salsepareille que Sybil avait mise à bouillir pour préparer une potion fortifiante dominait l'arôme de viande rôtie. Cora fila droit vers le rocking-chair, qu'elle avait réquisitionné dès le premier jour. Molly et sa mère n'y voyaient pas d'inconvénient. Il grinçait de façon inimaginable – fabriqué par un soupirant plutôt malhabile. Sybil était convaincue qu'il l'avait fait bruyant exprès, pour lui rappeler sans cesse ses sentiments pour elle.

Elle émergea du fond de la maison en s'essuyant vigoureusement les mains sur son tablier. « Jimmy travaille dur là-bas, dit-elle en secouant la tête, gagnée par la faim.

— J'ai hâte ! » s'exclama Molly. La fillette ouvrit le coffre de pin près de la cheminée et en sortit leur patchwork. Elle avait bien l'intention d'achever ce nouveau projet d'ici l'heure du dîner.

Elles se mirent à l'ouvrage. Cora n'avait pas touché une aiguille depuis le départ de Mabel, sauf pour de simples ravaudages. Quelques femmes de Hob avaient essayé de lui apprendre, en vain. Comme elle faisait en classe, Cora copiait sans cesse sur ses compagnes. Elle découpa un oiseau, un cardinal ; le résultat ressemblait à une charogne que se seraient disputée des chiens. Sybil et Molly l'encouragèrent – c'étaient elles qui avaient insisté pour qu'elle partage leur passe-temps – mais l'édredon était raté. Les puces avaient envahi la ouate, affirmait-elle. Les coutures fronçaient, les coins ne s'ajustaient pas. L'édredon trahissait chez elle une déformation tortueuse de la pensée : on aurait pu le hisser comme étendard de sa nation sauvage. Elle voulut abandonner mais Sybil le lui interdit. « Tu commenceras autre chose quand celui-ci sera fini. Or tu n'as pas encore terminé. »

Cora n'avait pas de leçons à recevoir en matière de persévérance. Malgré tout elle reposa l'indéfinissable chose sur ses genoux et reprit au point où elle en était restée.

Sybil était de douze ans son aînée. Ses robes lui donnaient l'air gracile, et Cora reconnaissait là l'effet positif qu'avait eu sur elle d'échapper à la plantation : sa nouvelle vie réclamait une force d'une autre nature. Elle faisait très attention à sa posture, un javelot ambulant, comme tous ceux qu'on a courbés de force et qui refusent de se voûter. Son maître, racontait-elle, était une terreur, un planteur de tabac qui chaque année entrait en concurrence avec ses voisins pour obtenir la plus grosse récolte. Ses maigres résultats le poussaient à la cruauté. « Il nous fait trimer dur », disait-elle, ses pensées s'envolant vers des misères anciennes. Alors Molly, où qu'elle soit, venait s'asseoir sur ses genoux et lui faire des câlins.

Toutes trois s'activèrent quelque temps en silence. Une acclamation s'éleva près du barbecue, comme chaque fois qu'on retournait les cochons. Cora était trop distraite pour corriger ses erreurs de couture. Le théâtre d'amour silencieux entre Sybil et Molly ne manquait jamais de l'émouvoir. Cette façon dont l'enfant demandait de l'aide sans mot dire et dont sa mère désignait, acquiesçait et mimait pour tirer sa fille d'un mauvais pas. Cora n'était pas habituée au silence d'une cabane – à Randall, il y avait toujours un cri, des pleurs ou un soupir pour rompre le charme –, et encore moins à ce type de spectacle maternel.

Sybil s'était échappée avec Molly quand sa fille n'avait que deux ans, et elle avait porté l'enfant en bandoulière pendant tout le chemin. Les rumeurs en provenance de la maison du maître disaient qu'il comptait se défaire d'une partie de ses biens pour combler ses dettes après la récolte décevante. Sybil risquait d'être vendue aux enchères. Elle partit le soir même – la pleine lune lui accorda sa bénédiction et sa lumière pour qu'elle puisse s'orienter dans la forêt. « Molly n'a pas bronché. Pas un bruit. Elle savait ce qu'on faisait. » Cinq kilomètres après avoir franchi la frontière de la Pennsylvanie, elles risquèrent une visite chez un fermier noir. L'homme leur donna à manger, confectionna des jouets en bois pour la petite fille et, via toute une série d'intermédiaires, contacta le chemin de fer clandestin. Après avoir travaillé quelque temps à Worcester chez une modiste, Sybil et Molly étaient parvenues dans l'Indiana. La réputation de la ferme était alors déjà bien connue.

Tant de fugitifs étaient passés par Valentine que tout était possible. Sybil avait-elle par hasard rencontré une femme venue de Géorgie ? lui demanda Cora un soir. Elles vivaient ensemble depuis quelques semaines. Cora avait même réussi une ou deux fois à dormir une nuit complète, et elle reprenait un peu du poids qu'elle avait perdu au grenier. Les mouches sèches avaient cessé de bourdonner, ménageant de l'espace pour une question. Une femme de Géorgie, qui se faisait peut-être appeler Mabel, peut-être pas ?

Sybil secoua la tête.

Mais non, forcément. Une femme qui abandonne sa fille doit devenir quelqu'un d'autre pour cacher sa honte. Pourtant Cora, tôt ou tard, posait la question à tout le monde à la ferme, qui était à sa façon une gare de triage attirant les gens en transit. Elle demandait à ceux qui étaient là depuis des années, elle demandait toujours aux nouveaux arrivants, elle harcelait les visiteurs venus voir de leurs yeux si ce qu'on disait était vrai. Les Noirs libres, les affranchis, les fugitifs qui restaient et ceux qui repartaient. Elle les interrogeait au milieu des plants de maïs entre deux chants de travail, à l'arrière d'un buggy cahotant en route pour la ville : les yeux gris, une cicatrice de brûlure sur le dos de la main droite, qui se faisait peut-être appeler Mabel, peut-être pas ?

« Peut-être qu'elle est au Canada », répondit Lindsey quand Cora décréta que c'était son tour. Lindsey était un tout petit bout de femme, un oiseau-mouche, tout juste débarquée du Tennessee, qui conservait une excessive gaieté que Cora ne comprenait pas. De ce qu'elle avait vu, le Tennessee n'était que feu, violence et maladie. Même si c'était là que Royal et les autres l'avaient secourue. « Y a plein de gens qui jurent que par le Canada, ajouta Lindsey. Même s'il y fait rudement froid. »

Des nuits froides pour les cœurs froids.

Cora plia son édredon et se retira dans sa chambre. Elle se coucha en boule, trop distraite à force de penser aux mères et aux filles. Et de se faire du souci pour Royal, qui aurait dû être là depuis trois jours. Sa migraine approchait comme un front d'orage. Elle se tourna face au mur et resta sans bouger.

Le banquet se tenait devant la maison communautaire, le plus grand édifice du domaine. Selon la légende, ils l'avaient érigée en un seul jour, avant l'une des premières grandes assemblées, en s'apercevant que la communauté ne tenait plus entre les murs de la maison des Valentine. En semaine, elle servait généralement d'école. Le dimanche, d'église. Le samedi soir, tout le monde se retrouvait pour un repas collectif et des distractions. Les maçons qui travaillaient à la construction du tribunal dans le sud de l'État revenaient affamés, les couturières rentraient de leur journée de travail pour des dames blanches du voisinage et mettaient leur plus belle robe. La tempérance était de rigueur sauf le samedi soir, et ceux qui avaient de l'inclination pour l'alcool y goûtaient ; cela leur donnait à réfléchir lors du sermon du lendemain.

Les cochons étaient le plat de résistance, découpés sur la longue table de pin et baignés de sauce bien épicée. Des choux cavaliers fumants, des navets, de la tourte aux patates douces et autres concoctions trônaient dans la belle vaisselle des Valentine. Les résidents étaient d'un naturel réservé, sauf quand venait l'heure du barbecue de Jimmy – même les dames les plus dignes jouaient alors des coudes. Le maître du feu inclinait la tête à chaque compliment, en réfléchissant déjà à des améliorations pour le prochain festin. D'un geste habile, Cora détacha une oreille bien grillée, le morceau préféré de Molly, et l'offrit à la fillette.

Mr Valentine avait cessé de compter combien de familles vivaient sur ses terres. Il s'était arrêté à une centaine d'âmes, un chiffre rond – et déjà inimaginable –, sans même inclure les fermiers noirs qui avaient acheté les terres mitoyennes et possédaient leur propre exploitation. Parmi la cinquantaine d'enfants, la plupart avaient moins de cinq ans. «La liberté rend le corps fertile», disait Georgina. Oui, et aussi la certitude de ne pas être vendu, ajoutait Cora. Les femmes des dortoirs noirs de Caroline du Sud croyaient connaître la liberté, mais les scalpels des chirurgiens qui les mutilaient prouvaient le contraire.

Une fois toute la viande engloutie, Georgina et plusieurs jeunes femmes emmenèrent les enfants dans la grange pour des jeux et des chants. Les enfants ne tenaient pas en place aux assemblées, avec tous les discours. Leur absence mettait en relief l'enjeu des discussions : au bout du compte, c'était pour la jeune génération qu'ils faisaient des projets. Même si les adultes étaient délivrés des chaînes qui les avaient asservis, l'esclavage leur avait volé trop de temps. Seuls les enfants pourraient pleinement profiter de leur rêve. Si les Blancs les laissaient faire.

La salle communautaire se remplit. Cora rejoignit Sybil sur un banc. La réunion promettait d'être assez tranquille ce soir-là. Le mois prochain, après le concours d'épluchage de maïs, la ferme accueillerait sa plus importante assemblée à ce jour, pour aborder le récent débat sur l'acquisition de nouvelles terres. En prévision, les Valentine avaient restreint les distractions du samedi soir. Le temps clément – et les signes avant-coureurs de l'hiver imminent, l'hiver de l'Indiana, qu'appréhendaient ceux qui n'avaient jamais vu la neige – suffisait à occuper les gens. Les courses en ville se prolongeaient en baguenaudes. Les visites de courtoisie s'éternisaient jusqu'au soir, maintenant que tant de colons noirs avaient pris racine, avant-garde d'une grande migration.

Nombre de notables de la ferme étaient absents. Mr Valentine lui-même était à Chicago pour rencontrer des banquiers, avec dans son sillage ses deux fils, puisqu'ils étaient assez grands pour participer à la gestion de l'exploitation. Lander, convié par l'une des nouvelles associations abolitionnistes new-yorkaises, était parti pour une tournée de conférences en Nouvelle-Angleterre ; ces activités l'accaparaient. Ce qu'il aurait appris de cette nouvelle équipée dans le pays nourrirait sans doute son intervention à la grande réunion.

Cora étudia ses voisins. Elle avait gardé l'espoir que la perspective du festin ramènerait Royal à temps, mais il était encore en mission avec ses compagnons – en mission pour le chemin de fer clandestin. Ils n'avaient donné aucun signe de vie. De sinistres nouvelles étaient parvenues à la ferme : la veille au soir, une milice avait lynché des fauteurs de troubles noirs. Cela s'était passé à cinquante kilomètres au sud, et les victimes travaillaient soi-disant pour le chemin de fer – mais rien de plus précis. Une femme à taches de rousseur, inconnue de Cora – il y avait tant d'inconnus ces temps-ci –, pérorait sur les lynchages d'une voix forte. Sybil se retourna et la fit taire, puis serra brièvement Cora contre elle tandis que Gloria Valentine montait à la tribune.

Gloria travaillait à la blanchisserie d'une plantation d'indigo quand John Valentine l'avait rencontrée. « La plus délicieuse vision que mes yeux aient jamais contemplée », aimait-il à dire aux nouveaux venus, en étirant le mot « délicieuse » comme une cuillerée de caramel chaud. À cette époque, Mr Valentine n'avait pas coutume de rendre visite aux esclavagistes, mais il était venu livrer un chargement de semences au maître de Gloria. À la fin de la semaine, il avait acheté sa liberté. Une semaine plus tard, ils étaient mariés.

Elle était toujours délicieuse, aussi gracieuse et digne que si elle sortait d'un pensionnat pour jeunes filles blanches. Elle affirma qu'elle n'aimait pas remplacer son mari à la tribune, mais son aisance devant un auditoire le démentait. Gloria travaillait dur pour effacer l'accent de la plantation – Cora l'entendait déraper quand la conversation prenait un tour plus rustique –, mais elle avait une assurance naturelle et impressionnante, qu'elle parle noir ou blanc. Lorsque les discours de Mr Valentine se faisaient plus sérieux et que son sens pratique prenait le pas sur sa bonté, Gloria intervenait pour arrondir les angles.

« Vous avez passé une bonne journée ? demanda-t-elle quand le silence se fit. J'ai passé la mienne dans la cave à légumes, et puis, en ressortant, j'ai vu le cadeau que Dieu nous a fait aujourd'hui. Ce ciel si bleu. Et ces cochons… »

Elle pria l'assistance d'excuser l'absence de son mari. John Valentine voulait profiter de la récolte fructueuse pour renégocier leur prêt. « Dieu sait qu'il y a tellement de choses en jeu que c'est bon d'avoir un peu de tranquillité d'esprit. » Elle s'inclina devant Mingo, assis au premier rang à côté de la place vide habituellement réservée à Mr Valentine. Mingo était un homme de taille moyenne assez corpulent, dont le teint antillais ressortait d'autant plus ce soir-là qu'il portait un costume à carreaux rouges. Il lança un amen et se retourna pour adresser un signe de tête à ses alliés.

Sybil donna un coup de coude à Cora : cette prise en compte des débats politiques qui agitaient la ferme légitimait la position de Mingo. Il était de plus en plus question de filer vers l'Ouest, où des villes noires bourgeonnaient sur l'autre rive du fleuve Arkansas. Dans des endroits qui n'étaient pas frontaliers des États esclavagistes, qui n'avaient jamais entériné l'abomination de l'esclavage. Mingo était partisan de rester dans l'Indiana, à condition de restreindre le nombre des gens qu'ils accueillaient : les fugitifs, les errants. Des gens comme Cora. Le défilé de visiteurs célèbres qui assuraient le renom de la ferme en faisait un symbole du progrès noir – et une cible. Après tout, c'était le spectre d'une révolte des nègres, de tous ces visages sombres et vengeurs dont ils étaient entourés, qui poussait des colons blancs à quitter le Sud. Ils arrivent dans l'Indiana, et juste à côté de chez eux voilà qu'émerge une nation noire. Ça finissait toujours dans la violence.

Sybil méprisait Mingo, sa personnalité cauteleuse, ses manœuvres incessantes ; une nature tyrannique couvait sous sa sociabilité. Pourtant, l'homme était auréolé d'une légende honorable : après s'être fait embaucher hors de sa plantation pour du travail dominical, il avait racheté la liberté de sa femme, puis de ses enfants, et enfin la sienne. Sybil minimisait cet exploit prodigieux : il avait eu de la chance de tomber sur ce maître, voilà tout. Mingo ne serait jamais qu'un opportuniste, qui harcelait la communauté pour imposer sa conception du progrès noir. Avec Lander, il prendrait la parole à l'assemblée du mois prochain qui déciderait de leur avenir.

Cora s'abstint de partager les sarcasmes de son amie. Mingo s'était montré distant envers elle en raison de l'attention malvenue que les fugitifs attiraient sur la ferme et, ayant appris qu'elle était recherchée pour meurtre, il ne lui avait plus adressé la parole. Il n'en restait pas moins que cet homme avait sauvé sa famille, et il aurait pu mourir avant d'achever sa tâche : ça n'était pas rien. Au premier jour d'école de

Cora, ses deux filles, Amanda et Marie, avaient récité la Déclaration avec assurance et sérénité. C'étaient des filles admirables. Mais non, effectivement, Cora n'aimait pas ce beau parleur. Quelque chose dans son sourire lui rappelait Blake, ce mâle arrogant de la plantation Randall. Mingo ne cherchait pas un lopin où installer sa niche, mais assurément il était aux aguets pour étendre son domaine.

Ce serait bientôt l'heure du concert, les rassura Gloria. Il n'y avait pas ce soir de «dignitaires» parmi eux, comme les appelait Mr Valentine – avec leurs tenues chics et leur accent yankee –, mais des notables du comté avaient fait le déplacement. Gloria leur demanda de se lever et de se présenter pour qu'on les salue. Puis ce fut l'heure du spectacle. «Pendant que vous digérez ce succulent repas, nous vous offrons une douceur. Vous reconnaîtrez peut-être ce jeune homme, car il est déjà venu à la ferme. Je vous demande donc d'accueillir un éminent représentant de la sphère artistique.»

Le samedi précédent, c'était une soprano enceinte venue de Montréal. Une semaine plus tôt, un violoniste du Connecticut qui avait ému aux larmes la moitié des femmes de l'assistance. Mais ce soir appartenait au poète. Rumsey Brooks était solennel et svelte, en costume et nœud papillon noirs. Il ressemblait à un prédicateur itinérant.

Il était venu trois mois auparavant avec une délégation de l'Ohio. La ferme Valentine méritait-elle sa réputation? Une vieille dame blanche dévouée à la cause de l'avancement des Noirs avait organisé l'expédition. Veuve d'un éminent avocat de Boston, elle collectait des fonds pour diverses entreprises, en accordant une attention spéciale à la publication et à la diffusion de la littérature des gens de couleur. Après avoir entendu une allocution de Lander, elle avait œuvré pour la parution de son autobiographie ; l'imprimeur avait précédemment fait paraître une anthologie des tragédies de Shakespeare. Le premier tirage du volume avait été épuisé en quelques jours, dans une belle édition avec le nom d'Elijah Lander gravé à l'or fin. Et le manuscrit de Rumsey allait sortir le mois prochain, annonça Gloria.

Le poète baisa la main de son hôtesse et demanda la permission de partager avec le public quelques-uns de ses vers. Il n'était pas dénué de charisme, dut reconnaître Cora. Selon Georgina, Rumsey courtisait l'une des laitières, mais le jeune homme était si prodigue de flatteries qu'il était manifestement ouvert aux doux mystères du destin. « Sait-on jamais ce que le sort nous réserve, avait-il dit à Cora lors de sa première visite, et quelles personnes nous aurons le plaisir de connaître ? » Royal avait surgi à côté d'elle et l'avait arrachée aux paroles mielleuses du poète.

Elle aurait dû reconnaître les intentions de Royal. Si elle avait su dans quelle détresse la plongeraient ses disparitions, elle l'aurait repoussé.

Avec la bénédiction de Gloria, le poète s'éclaircit la gorge. « Naguère j'ai contemplé un miracle pommelé », entonna-t-il, d'une voix qui montait et descendait comme si elle combattait un vent de face. « Qui s'étendait sur tous les champs, planant sur les ailes des anges, armé d'un bouclier ardent… »

L'assistance poussa des amens et des soupirs de satisfaction. Rumsey s'efforça de ne pas sourire de cette réaction. Cora ne comprenait pas grand-chose à ses poèmes. La visitation d'une présence glorieuse, un pèlerin attendant un message. Une conversation entre un gland, un arbuste et un chêne puissant. Ainsi qu'un hommage à Benjamin Franklin et à son ingéniosité. La versification la laissait froide. Les poèmes étaient trop proches de la prière, ils éveillaient de regrettables passions. Attendre que Dieu vous vienne en aide, alors que ça ne dépendait que de vous. Poésie et prière donnaient aux gens des idées qui les faisaient tuer, en détournant leur attention de l'implacable mécanique du monde.

Après ce récital, il devait y avoir un concert, donné par des musiciens qui venaient de rejoindre la ferme. Le poète préparait bien à la danse, en grisant ses auditeurs de visions d'envol et de délivrance. Si ça faisait leur bonheur, de quel droit Cora les mépriserait-elle ? Ils projetaient des morceaux d'eux-mêmes dans ses personnages, greffaient leur visage sur les héros de ses quatrains. Se reconnaissaient-ils en Benjamin Franklin ou dans ses inventions ? Les esclaves étant des outils, ce serait plutôt dans ses inventions, mais nul ici n'était esclave. Ils étaient peut-être toujours considérés quelque part comme des biens par des maîtres lointains, mais pas ici.

La ferme dépassait de loin tout ce que Cora avait jamais pu imaginer. Les Valentine avaient accompli un miracle. Elle s'était abandonnée trop facilement aux fausses promesses de la Caroline du Sud. Et à présent la part aigrie d'elle-même refusait les trésors de la ferme Valentine, quand bien même s'épanouissait chaque jour une nouvelle bénédiction. Une petite fille qui lui prenait la main. Son souci pour un homme auquel elle s'était attachée.

Rumsey termina par un appel à cultiver le tempérament artistique chez les jeunes comme chez les plus âgés, « pour raviver la braise apollinienne en tous les mortels ». L'un des nouveaux venus poussa le lutrin au fond de la tribune. Un signal pour les musiciens, celui du départ pour Cora. Sybil, qui connaissait bien son amie, l'embrassa et lui dit bonsoir. La salle était étouffante ; dehors il faisait froid et noir. Cora sortit dans le crissement des énormes bancs qu'on déplaçait pour ménager un espace à la danse. Dans l'allée, elle croisa quelqu'un qui s'écria : « Tu vas dans le mauvais sens, jeune fille ! »

Quand elle parvint à la maison, Royal était adossé au poteau du perron. C'était sa silhouette, reconnaissable même dans le noir. « Je me disais bien que tu rappliquerais dès que le banjo se ferait entendre », dit-il.

Cora alluma la lampe et vit l'œil au beurre noir, la boursouflure jaunâtre et mauve. « Oh », fit-elle en le serrant dans ses bras, le visage enfoui dans son cou.

« Juste une échauffourée. On s'en est sortis. » Cora frémit et il murmura : « Je sais que tu t'inquiétais. J'avais pas envie de voir du monde ce soir, alors je me suis dit que j'allais attendre ici. »

En haut du perron, ils s'assirent sur les chaises des menuisiers enamourés et savourèrent la nuit. Il se rapprocha pour que leurs épaules se touchent.

Elle lui raconta ce qu'il avait manqué, le poète et le banquet.

« Il y en aura d'autres, dit-il. J'ai quelque chose pour toi. » Il fourragea dans sa musette de cuir. « C'est l'édition de cette année, mais j'ai pensé que ça te plairait même si on est déjà en octobre. Quand je trouverai un endroit où ils ont celui de l'an prochain, je te le prendrai. »

Elle lui saisit la main. L'almanach avait une drôle d'odeur savonneuse, et il crépita comme un feu quand elle tourna les pages. Jamais elle n'avait été la première personne à ouvrir un livre.

Après un mois à la ferme, Royal l'emmena au tunnel fantôme.

Cora avait commencé à travailler dès le deuxième jour, les pensées nouées par la devise de Valentine : «Restez, et participez.» Une requête autant qu'un remède. Elle participa d'abord aux tâches de la buanderie. Amelia, la lavandière en chef, avait connu les Valentine en Virginie et les avait suivis deux ans plus tard. Elle avertit gentiment Cora de ne pas «maltraiter les habits». À Randall, Cora était vive au labeur. Travailler de ses mains ranimait en elle sa vieille angoisse industrieuse. Elle convint avec Amelia qu'elle préférerait peut-être une autre tâche. Elle aida à la laiterie pendant une semaine, puis se joignit quelque temps à Aunty pour surveiller les bébés pendant que leurs parents étaient au travail. Après quoi elle répandit du fumier dans les champs quand les feuilles de maïs indien jaunirent. Lorsqu'elle se penchait parmi les plants, elle guettait un régisseur, hantée.

«Tu as l'air épuisée», lui dit Royal un soir d'août, après un nouveau discours prononcé par Lander. Sa causerie, à la limite du prêche, portait sur le dilemme qu'il y avait à se trouver un but quand on s'était soustrait au joug de l'esclavage. Sur les multiples et diverses frustrations de la liberté. Comme le reste de la communauté, Cora considérait cet homme avec un respect intimidé. C'était un prince exotique, venu d'un pays lointain pour leur apprendre à se comporter comme le faisaient les gens dans des lieux dignes et civilisés. Des lieux si lointains qu'ils échappaient à toute cartographie.

Le père d'Elijah Lander était un riche avocat blanc de Boston qui vivait ouvertement avec son épouse noire. Ils subissaient la réprobation de leur cercle, et dans leurs confidences nocturnes définissaient leur rejeton comme le fruit de l'union d'une déesse africaine et d'un pâle mortel. Un demi-dieu. À en croire les dignitaires blancs, qui le racontaient dans leurs interminables introductions à ses discours, Lander avait démontré ses incroyables talents dès son plus jeune âge. Enfant maladif, il avait fait de la bibliothèque familiale son terrain de jeu, et étudiait des volumes si gros qu'il peinait à les extraire des rayonnages. À l'âge de six ans, il jouait du piano comme un maestro européen. Il donnait des concerts pour un salon vide, et s'inclinait aux applaudissements silencieux.

Des amis de la famille intercédèrent pour qu'il soit le premier étudiant de couleur admis dans une prestigieuse université blanche. «Ils m'ont donné un sauf-conduit d'esclave, racontait-il, et j'en ai détourné l'usage.» Lander dormait dans un placard à balais – aucun étudiant ne voulait partager de chambre avec lui. Au bout de quatre ans, ses condisciples l'élurent porte-parole de leur promotion. Il esquivait les obstacles comme une créature archaïque plus maligne que le monde moderne. Lander aurait pu réussir dans n'importe quelle vocation. Chirurgien, ou juge. Les patriciens de Boston le poussaient à rejoindre la capitale pour laisser son empreinte sur la politique fédérale. Il avait gagné l'accès à un recoin de la réussite américaine où sa race n'était pas une malédiction. D'aucuns se seraient satisfaits d'une ascension solitaire dans cet espace. Mais Lander voulait faire de la place pour les autres. Les gens pouvaient être une merveilleuse compagnie.

Au bout du compte, il choisit de donner des conférences un peu partout. Dans le salon de ses parents pour un public de Bostoniens distingués, puis dans les maisons desdits Bostoniens distingués, les salles publiques pour gens de couleur, les églises méthodistes, les amphithéâtres de toute la Nouvelle-Angleterre. Parfois, il était le premier Noir à pénétrer dans ces lieux, exception faite des hommes qui les avaient construits et des femmes qui y faisaient le ménage.

Des shérifs rougeauds l'arrêtaient pour sédition. Il fut emprisonné pour incitation à l'émeute, alors qu'il ne s'agissait que d'un rassemblement pacifique. L'honorable juge Edmund Harrison du Maryland délivra un mandat d'arrêt contre lui, l'accusant de «promouvoir une hétérodoxie démoniaque qui mettait en péril la texture d'une société vertueuse». Des lyncheurs blancs le passèrent à tabac avant qu'il soit secouru par ceux qui étaient venus l'entendre lire des extraits de sa «Déclaration des droits du Noir américain». De la Floride au Maine, ses opuscules, et plus tard son autobiographie, étaient brûlés sur la place publique en même temps que son effigie. «Mieux vaut que ce soit en effigie qu'en personne», commentait-il.

Quelles souffrances intimes le rongeaient sous ses dehors placides, nul ne pouvait le dire. Il demeurait imperturbable et étrange. «Je suis ce que les botanistes appellent un *hybride*, dit-il la première fois que Cora l'entendit discourir. Un croisement de deux familles différentes. Quand il s'agit de fleurs, un tel mélange est un régal pour l'œil. Quand cette hybridation prend une forme de chair et de sang, certains s'en offensent. Dans cette pièce, nous reconnaissons ce métissage pour ce qu'il est : une nouvelle beauté née au monde, et qui fleurit tout autour de nous.»

Lorsque Lander eut fini son discours en ce soir d'août, Cora et Royal s'assirent sur les marches de la maison commune. Les autres résidents défilaient devant eux. Les paroles de l'orateur avaient plongé Cora dans la mélancolie. «Je ne veux pas qu'ils m'expulsent», dit-elle.

Royal lui prit la main, la retourna et glissa le pouce sur les nouveaux cals de sa paume. Pas de raison de s'inquiéter pour ça, dit-il. Il lui proposa une virée pour voir un peu de l'Indiana, loin de son labeur et de ses soucis.

Le lendemain, ils partirent dans un buggy tiré par deux chevaux pie. Avec son salaire, elle s'était acheté une nouvelle robe et un bonnet. Le bonnet cachait la cicatrice sur sa tempe, presque entièrement. Ces derniers temps, cette cicatrice la rendait nerveuse. Avant, elle ne s'était jamais attardée sur ces marques de propriété, les X, les T, les trèfles dont les esclavagistes marquaient leur cheptel au fer rouge. Un fer à cheval fronçait le cou de Sybil, hideux et violacé : son premier maître élevait des chevaux de trait. Cora remerciait le Seigneur que sa peau n'ait jamais été brûlée ainsi. Mais même si ça ne se voit pas, nous sommes tous marqués, à l'intérieur si ce n'est au-dehors ; et la cicatrice laissée par la canne de Randall était exactement pareille : elle marquait Cora comme sa chose.

Cora s'était rendue en ville à de nombreuses reprises, elle avait même gravi les marches de la boulangerie des Blancs pour acheter un gâteau. Royal les emmena dans la direction opposée. Le ciel était une plaque d'ardoise, mais il faisait encore tiède, une après-midi d'août qui vous faisait comprendre que l'été tirait à sa fin. Ils s'arrêtèrent pour pique-niquer au bord d'une prairie, sous un pommier sauvage. Il avait emporté du pain, de la confiture et de la saucisse. Elle le laissa poser la tête sur ses genoux. Elle envisagea de passer les doigts dans les douces boucles noires près de ses oreilles, mais se retint quand resurgit le souvenir d'une violence ancienne.

Sur le chemin du retour, Royal engagea le buggy dans un sentier envahi par la végétation. Sans lui, Cora ne l'aurait même pas vu. Des peupliers noyaient l'entrée. Il dit qu'il voulait lui montrer quelque chose. Elle crut que ce serait un étang, ou un endroit tranquille inconnu de tous. Au lieu de quoi, après un tournant, ils s'arrêtèrent devant une fermette désolée et délabrée, grise comme de la viande mâchée. Les volets étaient à moitié décrochés, des herbes folles s'inclinaient au bord du toit. « Battue par les vents », c'était l'expression : un vrai chien battu, même. Elle hésita sur le seuil. Malgré la présence de Royal, la crasse et la mousse ravivaient sa solitude.

Les herbes perçaient également le sol de la pièce principale. Elle se boucha le nez face à la puanteur. « Le fumier, à côté, ça sent bon », dit-elle. Royal éclata de rire et répondit qu'il avait toujours aimé l'odeur du fumier. Il dégagea la trappe qui menait à la cave et alluma une bougie. L'escalier grinça. Des petites bêtes s'égaillèrent dans le sous-sol, scandalisées par cette intrusion. Royal compta six pas et se mit à creuser. Il s'arrêta quand il eut mis au jour la seconde trappe, et ils descendirent à la gare. Il mit en garde Cora contre les marches glissantes, couvertes d'une matière grise et visqueuse.

C'était la plus triste et la plus pathétique des gares. Il n'y avait pas de niveau intermédiaire avant les voies : les rails commençaient au pied de l'escalier et filaient dans le tunnel obscur. Une petite draisine reposait sur la voie, avec son levier de fer qui attendait qu'une main humaine l'anime. Comme dans la mine de mica de Caroline du Nord, de longues planches et des étais de bois soutenaient les murs et le plafond.

« Ce n'est pas fait pour une locomotive, dit Royal. Tu vois, le tunnel est trop petit. Ce n'est pas relié au reste de la ligne. »

Personne n'était venu là depuis longtemps. Cora demanda où ça menait.

Royal eut un petit sourire en coin. « Ça date d'avant mon époque. Le conducteur que j'ai remplacé me l'a montré quand j'ai repris ce tronçon. J'ai emprunté la draisine sur quelques kilomètres, mais c'était trop angoissant. Les parois m'oppressaient, comme si elles se refermaient sur moi.»

Cora se garda bien de demander qui avait construit ça. Tous les hommes du chemin de fer clandestin, de Lumbly à Royal, lui opposaient en guise de réponse une variation sur l'air de «Qui a construit ça, à ton avis? Qui est-ce qui construit tout, dans ce pays?». Elle l'amènerait à le lui dire un jour, décida-t-elle.

Le tunnel fantôme n'avait jamais été utilisé, expliqua-t-il, pour autant qu'on le sache. Personne ne savait quand il avait été creusé, ni qui avait habité au-dessus. Des machinistes lui avaient dit que la maison avait été bâtie par un de ces vieux géomètres à la Lewis & Clark qui avaient exploré et cartographié l'Amérique sauvage. «Si tu voyais l'ensemble du pays, dit Royal, de l'Atlantique au Pacifique, les grandes chutes du Niagara et le Rio Grande, est-ce que tu choisirais de t'installer ici, dans les forêts de l'Indiana?» Un vieux chef de gare racontait que c'était la maison d'un général de division de la guerre d'Indépendance, un homme qui avait vu trop de sang versé et s'était retiré des affaires de la jeune nation après avoir aidé à la mettre au monde.

L'hypothèse de l'ermite était plus plausible, mais Royal pensait que la partie militaire de l'histoire était du boniment. Cora avait-elle remarqué qu'il n'y avait aucun signe de vie passée ou présente, pas même un vieux cure-dents ou un clou au mur?

Une idée l'effleura de son ombre: cette gare n'était pas la tête de ligne mais son terminus. La construction n'avait pas débuté sous la maison mais à l'autre bout du trou noir. Comme si en ce monde il n'y avait pas de lieux où s'enfuir, seulement des lieux à fuir.

Dans la cave au-dessus d'eux, les rongeurs avaient repris leurs activités et leurs grattements.

Quel pauvre trou humide. Avec un tel point de départ, tout voyage était voué au malheur. La dernière fois que Cora s'était trouvée dans une gare, elle était brillamment éclairée, d'un confort généreux, et elle l'avait menée à la ferme Valentine et à ses bienfaits. C'était dans le Tennessee, quand ils attendaient d'être évacués après leur périlleuse escarmouche contre Ridgeway. Au souvenir de cette nuit-là, son cœur s'affolait toujours.

Après avoir quitté le chasseur d'esclaves et son chariot, ses sauveurs se présentèrent. Royal était l'homme qui l'avait repérée en ville ; son acolyte s'appelait Red, en hommage à la couleur rouille de ses cheveux bouclés. Le timoré, c'était Justin, un fugitif comme elle, peu habitué à menacer des Blancs d'un coutelas.

Dès que Cora eut accepté de partir avec eux – jamais l'inévitable n'avait été si poliment proposé –, les trois hommes se hâtèrent de dissimuler les traces de la bagarre. La présence spectrale d'Homer, quelque part dans les ténèbres, exacerbait l'urgence. Red monta la garde avec son fusil tandis que Royal et Justin enchaînaient d'abord Boseman puis Ridgeway au chariot. Le chasseur ne dit rien, mais ne cessa tout du long de fixer Cora en ricanant de sa bouche ensanglantée.

« Celui-là », dit-elle en désignant l'anneau que

ses ravisseurs avaient utilisé pour Jasper, et Red y enchaîna Ridgeway.

Ils conduisirent le chariot à l'autre bout du pâturage, afin qu'il soit invisible depuis la route. Red ligota Ridgeway de cinq chaînes – toutes celles qu'il avait trouvées dans le coffre – et balança dans les herbes hautes les clés des cadenas. Ils dispersèrent les chevaux. D'Homer, pas une trace, pas un bruit ; peut-être le garçon rôdait-il tout près, à la lisière du cercle de lumière. Il leur faudrait se contenter du peu d'avance que leur donnaient les mesures prises. À leur départ, Boseman laissa échapper un hoquet pitoyable, que Cora interpréta comme un râle d'agonie.

La carriole des sauveurs de Cora n'était qu'à quelques minutes de marche du campement de Ridgeway, un peu plus loin sur la route. Elle se cacha à l'arrière avec Justin sous une épaisse couverture et ils partirent au galop, à une allure dangereuse compte tenu de l'obscurité et de l'état uniformément médiocre des routes du Tennessee. Royal et Red étaient encore tellement secoués par l'affrontement qu'ils en oublièrent pendant plusieurs kilomètres de bander les yeux de leur cargaison. Royal en était tout intimidé. « C'est pour assurer la sécurité de la gare, mademoiselle. »

Ce troisième trajet en chemin de fer souterrain que faisait Cora débuta sous une étable. À présent, elle savait : une gare impliquait toujours la descente d'un escalier incroyablement raide jusqu'au tréfonds de la terre, puis la révélation de la nature profonde de ladite gare. Le propriétaire des lieux était en voyage d'affaires, expliqua Royal en leur retirant les chiffons des yeux : simple stratagème pour dissimuler son rôle dans cette entreprise. Cora ne sut jamais son nom, ni celui de la ville de départ. Seulement que c'était encore un homme aux inclinations souterraines – et amateur de carrelage blanc importé. Les murs de la gare en étaient couverts.

« Chaque fois qu'on descend ici, il y a une nouveauté », expliqua Royal. Le quatuor attendit le train autour d'une table couverte d'une nappe blanche, dans de lourds fauteuils tapissés de pourpre. Des fleurs fraîches étaient disposées dans un vase et des tableaux champêtres décoraient les murs. Il y avait un pichet de cristal taillé rempli d'eau, un panier de fruits, et une grosse miche de pain de seigle à leur disposition.

« L'homme qui vit ici doit être sacrément riche, dit Justin.

— Il aime bien créer une certaine atmosphère », répondit Royal.

Red dit qu'il préférait le carrelage blanc aux planches de pin qui l'avaient précédé. « Je ne sais pas comment il a fait pour poser ça tout seul », ajouta-t-il.

Royal répliqua qu'il espérait que le personnel savait tenir sa langue.

« Vous avez tué cet homme », lança Justin. Il était hébété. Ils avaient découvert un cruchon de vin dans un placard et le fugitif en but avidement, fiévreusement.

« Demande à la fille s'il ne l'avait pas mérité », répondit Red.

Royal lui saisit le bras pour l'empêcher de trembler. Avant ce jour, son ami n'avait jamais ôté la vie à quelqu'un. Le postulat de leur équipée suffisait à les faire pendre, mais un meurtre garantissait d'horribles sévices avant qu'ils se balancent au bout d'une corde. Royal fut pris de court quand Cora lui révéla plus tard qu'elle était recherchée pour meurtre en Géorgie. Il se ressaisit et conclut : « Alors notre destin était déjà fixé dès l'instant où j'ai posé les yeux sur toi, dans cette rue sale. »

Royal était le premier Noir né libre qu'elle ait jamais rencontré. Il y avait beaucoup de Noirs libres en Caroline du Sud, qui s'y étaient réimplantés pour profiter de ses fallacieuses perspectives, mais c'étaient des affranchis, qui avaient fait leur temps de bétail humain. Royal, lui, avait respiré la liberté dès son premier souffle.

Il avait grandi dans le Connecticut ; son père était barbier, sa mère sage-femme. Eux aussi étaient nés libres, originaires de New York. Sur leur injonction, il fut mis en apprentissage chez un imprimeur dès qu'il fut en âge de travailler. Ses parents croyaient à la dignité des métiers honnêtes, et imaginaient déjà leur descendance déployée en une grande arborescence, plus accomplie à chaque génération. Si le Nord avait éliminé l'esclavage, un jour l'abominable institution s'effondrerait partout. L'histoire des Noirs dans ce pays avait peut-être commencé par une déchéance, mais un jour triomphe et prospérité leur seraient acquis.

Si ses parents avaient perçu le pouvoir de leurs réminiscences sur leur fils, peut-être auraient-ils été plus réservés dans l'évocation de leur ville natale. Royal fila vers Manhattan à dix-huit ans, et son premier aperçu de la majestueuse cité, depuis le bastingage du ferry, confirma son destin. Il prit une chambre, qu'il partageait avec trois autres hommes, dans une pension noire de Five Points et installa une enseigne de barbier, jusqu'à sa rencontre avec le célèbre Eugene Wheeler. Cet homme blanc entama la conversation avec Royal à un meeting abolitionniste ; impressionné par leur échange, il lui dit de passer à son bureau le lendemain. Royal avait lu les exploits de cet homme dans le journal : avocat, héraut de l'abolitionnisme, fléau des esclavagistes et de tous ceux qui exécutaient leurs sales besognes. Royal écumait les prisons de la ville en quête de fugitifs à défendre, servait de messager à d'énigmatiques personnages, et distribuait les fonds des associations anti-esclavagistes à des fugitifs réimplantés. Quand il fut officiellement admis comme membre du chemin de fer clandestin, il en était déjà l'instrument depuis longtemps.

«C'est moi qui graisse les pistons», aimait-il à dire. Royal glissait entre les lignes des petites annonces les messages codés qui informaient les fugitifs et les chefs de train des départs imminents. Il versait des pots-de-vin aux capitaines de navire et aux agents de police, traversait des fleuves à la rame sur des esquifs qui prenaient l'eau pour mener à bon port des femmes enceintes frissonnantes, et présentait à des shérifs rembrunis des levées d'écrou signées par les juges. En général, on lui joignait un acolyte blanc, mais sa vivacité d'esprit et son allure fière faisaient bien comprendre que sa couleur de peau n'avait rien d'un handicap. «Un Noir libre ne marche pas pareil qu'un esclave, disait-il. Les Blancs le sentent immédiatement, même si ce n'est pas conscient. Il ne marche pas pareil, ne parle pas pareil, ne se tient pas pareil. C'est dans les os.» Les policiers ne l'appréhendaient jamais, et les kidnappeurs gardaient leurs distances.

Son association avec Red coïncida avec son affectation dans l'Indiana. Originaire de Caroline du Nord, Red s'était échappé lorsque les miliciens avaient pendu sa femme et son enfant. Il avait arpenté la Piste de la Liberté pendant des kilomètres à la recherche de leurs corps pour leur faire ses adieux. En vain : la rangée de cadavres semblait s'étendre à l'infini, dans les deux sens. Quand Red atteignit le Nord, il s'engagea auprès du chemin de fer et se voua à la cause avec un sinistre pragmatisme. En entendant que Cora avait accidentellement tué ce garçon en Géorgie, il sourit et dit : «Tant mieux.»

La mission Justin avait été d'emblée inhabituelle. Le Tennessee était situé hors du champ d'action de Royal, mais il n'y avait plus de contact avec le représentant local du réseau depuis le grand incendie. Annuler le train serait catastrophique. Faute d'hommes disponibles, et à contrecœur, les supérieurs de Royal avaient dépêché les deux agents noirs au fin fond des terres maudites du Tennessee.

Les armes étaient une idée de Red. Royal n'en avait même jamais touché aucune. «Ça tient bien en main, dit-il, mais c'est aussi lourd qu'un canon.

— Tu avais l'air redoutable, dit Cora.

— Je tremblais, mais intérieurement.»

Le maître de Justin le louait souvent à d'autres pour des travaux de maçonnerie, et un employeur sympathisant de la cause s'était occupé de contacter pour lui le chemin de fer. À une condition : que Justin attende pour prendre le train d'avoir achevé le mur d'enceinte de son bienfaiteur. Ils convinrent qu'il pouvait manquer trois pierres, tant que Justin laissait des instructions précises pour le terminer.

Au jour dit, il partit au travail pour la dernière fois. Son absence ne serait remarquée qu'à la nuit tombée ; son employeur soutiendrait que Justin ne s'était pas présenté ce matin-là. À dix heures, il était à l'arrière de la carriole conduite par Royal et Red. Leur plan changea quand ils tombèrent sur Cora en ville.

Le train entra dans la gare du Tennessee. C'était la plus splendide locomotive de toutes, dont la peinture rouge étincelante réfractait la lumière, même à travers le voile de suie. Le machiniste était un gaillard jovial à la voix tonnante, qui ouvrit la porte du wagon voyageurs avec cérémonie. Cora soupçonnait les machinistes du chemin de fer clandestin, sans exception, d'être affectés d'une folie souterraine – l'effet du tunnel.

Après le wagon de marchandises délabré, puis la simple plate-forme qui l'avait transportée en Caroline du Nord, monter dans un vrai wagon de voyageurs – confortable et bien équipé, comme ceux dont parlaient ses almanachs – était un plaisir indicible. Il y avait assez de sièges pour une trentaine de personnes, luxueux et moelleux, et les cuivres rutilaient à la lueur de la chandelle. L'odeur de vernis frais lui donnait l'impression d'être la première passagère d'un baptême du rail, d'une traversée magique. Cora dormit allongée sur trois places de banquette, libre de chaînes et de l'ombre du grenier pour la première fois depuis des mois.

Le cheval de fer grondait encore dans le tunnel quand elle s'éveilla. Les mots de Lumbly lui revinrent : *Si vous voulez voir ce qu'est vraiment ce pays, y a rien de tel qu'un voyage en train. Regardez au-dehors quand vous filerez à toute allure, vous verrez le vrai visage de l'Amérique.* C'était une blague, donc, depuis le début. Il n'y avait que des ténèbres aux fenêtres durant ses voyages, et il n'y aurait jamais que des ténèbres.

Justin parlait, installé sur la banquette de devant. Il disait que son frère et ses trois nièces qu'il n'avait jamais vues vivaient au Canada. Il passerait quelques jours à la ferme puis repartirait vers le nord.

Royal lui assura que le chemin de fer était à sa disposition. Cora se redressa et il lui répéta ce qu'il venait de dire à l'autre fugitif : elle pouvait continuer son chemin jusqu'à un embranchement dans l'Indiana, ou rester à la ferme Valentine.

Les Blancs prenaient John Valentine pour un des leurs, expliqua-t-il. Il avait la peau très claire. Mais toute personne de couleur reconnaissait au premier coup d'œil son héritage éthiopien. Le nez, les lèvres, même s'il avait les cheveux comme il faut. Sa mère était couturière, son père un colporteur blanc qui passait chez elle plusieurs fois par an. À sa mort, il avait légué ses biens à son fils, qu'il reconnaissait comme tel pour la première fois hors des murs de la maison.

Valentine s'essaya à la culture des pommes de terre. Il embaucha six Noirs libres pour travailler sa terre. Jamais il ne prétendit être ce qu'il n'était pas, mais jamais non plus il ne démentit les suppositions.

Lorsqu'il racheta Gloria, personne n'y prit garde. Une bonne façon de garder une femme était de la garder captive, surtout si, comme John Valentine, on n'avait pas l'habitude des relations amoureuses. Seuls John, Gloria et un juge à l'autre bout de l'État savaient qu'elle était libre. Il aimait les livres et apprit à lire à sa femme. Ils élevèrent deux fils. Les voisins trouvèrent généreux, quoique dispendieux, qu'il les affranchisse.

Quand son aîné avait cinq ans, l'un des charretiers de Valentine fut pendu et brûlé pour avoir osé regarder une femme blanche. Les amis de Joe soutenaient qu'il n'était même pas en ville ce jour-là ; un employé de banque en bons termes avec Valentine lui apprit que, selon la rumeur, la femme voulait seulement attiser la jalousie de son amant. Au fil des années, remarqua Valentine, la violence raciste ne fait jamais qu'empirer, prenant des formes toujours plus perverses. Elle ne va pas s'apaiser ni disparaître, pas de sitôt, et pas dans le Sud. Le couple conclut que la Virginie n'était pas un endroit approprié pour élever une famille. Ils vendirent la ferme, acquirent une concession. La terre n'était pas chère dans l'Indiana. Là aussi il y avait des Blancs, mais moins près.

Valentine apprit à connaître les humeurs du maïs indien. Trois bonnes saisons d'affilée. Lorsqu'il rendait visite à sa famille en Virginie, il célébrait les avantages de son nouveau chez-lui. Il embaucha de vieux copains. Ils pouvaient même habiter dans sa propriété, le temps de trouver un ancrage ; il avait étendu sa superficie.

Ces hôtes-là, il les avait invités. La ferme telle que Cora la découvrit trouvait son origine dans une nuit d'hiver, après un brouillard de neige, de neige épaisse. La femme sur le seuil faisait peine à voir, gelée, à demi morte de froid. Margaret était une fugitive du Delaware. Son voyage jusqu'à la ferme Valentine avait été semé d'embûches : quand elle avait fui son maître, une succession de gredins l'avaient entraînée dans un périple erratique. Un trappeur, un aboyeur forain travaillant pour un charlatan. Elle avait bourlingué de ville en ville avec un dentiste itinérant jusqu'à ce qu'il devienne violent. La tempête l'avait surprise entre deux villes. Margaret avait prié Dieu de la délivrer, en promettant de mettre un terme à sa vie de péché et aux imperfections morales qu'elle avait manifestées dans sa fuite. Les lumières de Valentine étaient alors apparues dans les ténèbres.

Gloria s'occupa de la visiteuse du mieux qu'elle put ; le médecin vint sur son cheval. Les frissons de Margaret ne cessèrent pas. Elle expira quelques jours plus tard.

Lorsque Valentine repartit en voyage d'affaires dans l'Est, une affiche annonçant un meeting abolitionniste le figea sur place. La femme dans la neige était l'émissaire d'une tribu de dépossédés. Il s'inclina et se mit à leur service.

Dès l'automne, la ferme devint le nouveau bureau du chemin de fer clandestin et se mit à grouiller de fugitifs et de chefs de train. Certains évadés s'attardaient ; tant qu'ils participaient, ils pouvaient rester aussi longtemps qu'ils le voulaient. Ils plantaient le maïs. Sur un lopin en friche, un ancien briqueteur de plantation bâtit une forge pour un ancien forgeron de plantation. La forge crachait des clous à une cadence remarquable. Les hommes abattaient des arbres à la scie et construisaient des cabanes. Un abolitionniste réputé, en route vers Chicago, fit halte pour un jour et resta une semaine. Des sommités, des orateurs et des artistes commencèrent à fréquenter les débats du samedi soir sur la question noire. Une affranchie avait une sœur dans le Delaware en proie à des problèmes ; la sœur s'en vint dans l'Ouest pour un nouveau départ. Valentine et les familles de la ferme la payèrent pour faire la classe aux enfants, et il y en avait toujours davantage.

Avec son visage de Blanc, disait Royal, Valentine allait au cadastre du comté acheter des parcelles pour ses amis au visage de Noirs, anciens cueilleurs réfugiés dans l'Ouest, fugitifs qui en sa ferme avaient trouvé un havre. Trouvé un but. À l'arrivée des Valentine, ce coin de l'Indiana était pratiquement désert. Lorsque les villes poussèrent comme des champignons, stimulées par l'insatiable soif américaine, la ferme noire était déjà là comme un élément du paysage naturel, une montagne ou un ruisseau. La moitié des boutiques blanches vivaient de sa clientèle ; les résidents de Valentine emplissaient les places et les marchés du dimanche pour vendre le fruit de leur artisanat. « C'est un lieu de guérison, dit Royal à Cora dans le train qui les emmenait vers le nord. Où on peut faire le point, et se préparer à la prochaine étape du voyage. »

La veille, dans le Tennessee, Ridgeway avait qualifié Cora et sa mère de « défaut » dans le grand projet américain. Si deux femmes suffisaient à être un défaut, que dire d'une communauté ?

Royal n'évoqua pas les dissensions philosophiques qui dominaient les assemblées hebdomadaires. Mingo, avec ses plans concernant le prochain échelon du progrès de la race noire, et Lander, dont les invocations élégantes mais opaques n'offraient pas de solution simple. Le chef de train éluda également le problème bien réel des colons blancs et de leur ressentiment croissant envers l'avant-poste des Noirs. Les clivages et les forces en présence se feraient connaître bien assez tôt.

Tandis qu'ils filaient en cahotant dans le passage souterrain, frêle esquif sur une mer impossible, Royal atteignit l'objectif qu'il défendait si ardemment. Cora fit claquer ses mains sur les coussins du wagon-salon et dit que la ferme lui allait parfaitement.

Justin resta deux jours, se remplit la panse, et rejoignit sa famille dans le nord, au Canada. Plus tard, il envoya une lettre décrivant son accueil, son nouveau poste dans une entreprise de construction. Ses nièces avaient apposé leur signature, folâtre et naïve, dans une encre d'une autre couleur. Une fois que Valentine se déploya devant Cora dans toute sa séduction, il ne fut plus question pour elle de partir. Elle participait à la vie de la ferme. C'était un travail qu'elle reconnaissait, elle comprenait les rythmes élémentaires des semailles et des moissons, les leçons et les impératifs des différentes saisons. Ses visions de vie citadine s'embrumèrent : que savait-elle de villes comme New York et Boston ? Elle avait grandi les mains dans la terre.

Un mois après son arrivée, à l'embouchure du tunnel fantôme, elle demeurait certaine de sa décision. Elle était sur le point de rentrer à la ferme avec Royal quand une rafale souffla des profondeurs troubles du tunnel. Comme si quelque chose avançait vers eux, quelque chose d'ancien et de sombre. Elle chercha le bras de son ami. « Pourquoi tu m'as amenée ici ? demanda-t-elle.

— On n'est pas censés parler de ce qu'on fait là-dessous. Et nos passagers ne sont pas censés parler du fonctionnement du réseau : ça mettrait en danger beaucoup de braves gens. Ils pourraient parler s'ils voulaient, mais ils ne parlent pas. »

C'était vrai. Quand elle évoquait son évasion, elle omettait les tunnels et se cantonnait aux contours généraux. C'était quelque chose de personnel, un secret qu'il ne venait pas à l'idée de partager. Pas un secret honteux, mais une part si intime de soi-même qu'on ne pouvait dissocier les deux. Une intimité qui mourrait du partage.

« Je t'ai montré ça parce que du chemin de fer, tu en as vu beaucoup plus que bien des fugitifs, poursuivit Royal. Je voulais que tu voies ça : comment tout s'imbrique. Ou pas.

— Je ne suis qu'une passagère.

— Justement. » Il essuya ses lunettes sur son pan de chemise. « Le chemin de fer clandestin dépasse ceux qui le font fonctionner – c'est vous tous, aussi. Les petits tronçons, les grandes lignes. On a des locomotives dernier cri et des tortillards obsolètes, et on a aussi des draisines comme celle-ci. Ça va partout, vers les endroits qu'on connaît et ceux qu'on ne connaît pas. On a ce tunnel qui passe sous nos pieds, et personne ne sait où il mène. Si aucun de nous n'y comprend rien alors qu'on fait marcher le réseau, peut-être que toi tu y parviendras. »

Elle lui dit qu'elle ne savait pas pourquoi ce tunnel était là, ni ce que ça signifiait. Tout ce qu'elle savait, c'est qu'elle n'avait plus envie de fuir.

Novembre les vida de leur énergie à force de froid, le froid de l'Indiana, mais deux événements firent oublier à Cora les rigueurs du climat. Ce fut d'abord l'apparition de Sam à la ferme. Lorsqu'il se présenta à la porte de sa cabane, elle le serra si fort dans ses bras qu'il finit par la supplier d'arrêter. Ils pleurèrent. Sybil prépara des tasses d'infusion tandis qu'ils se remettaient de leurs émotions.

Sa barbe hirsute était entremêlée de gris, et son ventre avait enflé, mais il était le même gaillard volubile qui les avait accueillis, Caesar et elle, bien des mois plus tôt. La nuit où le chasseur d'esclaves les avait arrachés à leur ancienne vie comme d'un coup de hachoir. Ridgeway avait raflé Caesar à l'usine avant que Sam ne puisse l'avertir. La voix de Sam se brisa en racontant comment leur ami avait été maltraité en prison. Il n'avait pas dit un mot sur ses camarades, mais un homme lança qu'il avait vu plus d'une fois ce nègre parler à Sam. Le fait que ce dernier ait abandonné la taverne en plein service – et aussi parce que certains en ville le connaissaient depuis l'enfance et lui en voulaient d'être si indépendant et content de lui – suffit pour que sa maison soit incendiée de fond en comble.

« La maison de mon grand-père. Ma maison. Tout ce que j'avais. » Lorsque la foule des lyncheurs extirpa Caesar de sa cellule pour le faire mourir sous les coups, Sam était depuis longtemps en route pour le Nord. Il avait payé un colporteur pour qu'il l'emmène, et le lendemain il était à bord d'un navire qui mettait le cap sur le Delaware.

Un mois plus tard, à la faveur de la nuit, des agents bouchèrent l'entrée du tunnel sous sa maison, conformément à la politique du réseau. On avait agi de même avec la gare de Lumbly. « Ils préfèrent ne pas prendre de risques », expliqua Sam. Les hommes lui rapportèrent un souvenir de chez lui, une timbale en cuivre toute déformée par les flammes. Il ne la reconnut pas mais la garda quand même.

« J'étais chef de gare. Ils m'ont trouvé d'autres choses à faire. » Sam conduisait des fugitifs à Boston et à New York, scrutait les relevés topographiques les plus récents pour élaborer des itinéraires d'évasion, et s'occupait des derniers arrangements qui pouvaient sauver une vie. Il se faisait même passer pour un chasseur baptisé « James Olney », qui extrayait de prison des esclaves sous prétexte de les remettre à leurs maîtres. Quels imbéciles, ces policiers, ces shérifs adjoints. Les préjugés racistes leur pourrissaient le cerveau. Il fit une démonstration de sa voix et de sa frime de chasseur, pour la plus grande joie de Cora et Sybil.

Il venait d'acheminer sa dernière cargaison à la ferme Valentine, une famille de trois personnes qui se cachait dans le New Jersey ; ils s'étaient infiltrés dans la communauté noire locale, mais un chasseur d'esclaves furetait dans les parages et il était temps de fuir. C'était son ultime mission pour le réseau. Il était en route pour l'Ouest. « Tous les pionniers que je rencontre, ils crachent pas sur le whisky. Ils auront besoin de barmen en Californie. »

Cela réconforta Cora de voir son ami heureux et bien en chair. Parmi tous ceux qui l'avaient aidée, ils étaient si nombreux à avoir connu un sort terrible. Lui au moins, elle n'avait pas causé sa mort.

Et puis il lui donna des nouvelles de la plantation, le second élément qui calma la morsure du froid de l'Indiana.

Terrance Randall était mort.

D'après tous les témoignages, l'obsession du maître pour Cora et sa fuite n'avait fait que s'aggraver avec le temps. Il négligeait les affaires du domaine. Son quotidien se réduisait à organiser des orgies sordides dans la vaste demeure et à soumettre ses esclaves à de sinistres caprices, en les forçant à lui servir de victimes à la place de Cora. Terrance continuait de diffuser des avis de recherche, de passer des annonces dans les États les plus lointains en donnant son signalement et les détails de son crime. Plus d'une fois il avait augmenté la récompense, déjà considérable – Sam avait vu les avis de ses propres yeux, stupéfait par la somme offerte –, et il accueillait le moindre chasseur d'esclaves de passage dans la région, aussi bien pour offrir un portrait plus complet de la vilenie de Cora que pour faire honte à Ridgeway, cet incompétent qui avait trahi sa confiance comme celle de son père.

Terrance était mort à La Nouvelle-Orléans, dans une chambre d'un bordel créole. Son cœur avait lâché, affaibli par des mois de débauche.

«Ou peut-être que même son cœur ne supportait plus sa perversité», dit Cora. Une fois qu'elle eut digéré la nouvelle, elle questionna Sam sur Ridgeway.

Sam agita la main d'un geste dédaigneux. «Il est devenu un objet de risée. Il était déjà en fin de carrière avant même… (il fit une pause)… l'incident du Tennessee.»

Cora hocha la tête. Le geste meurtrier de Red ne fut pas mentionné. Le réseau l'avait relevé de ses fonctions dès qu'ils avaient su toute l'histoire. Red s'en souciait peu. Il avait des idées nouvelles sur le meilleur moyen de briser l'étau de l'esclavage et refusa de rendre les armes. «Une fois qu'il a entrepris quelque chose, disait Royal, il n'est pas du genre à renoncer.» Ce dernier fut triste de voir partir son ami, mais il était impossible de concilier leurs méthodes, après ce qui s'était passé dans le Tennessee. Le geste meurtrier de Cora, il l'excusait au nom de la légitime défense, mais Red était vraiment assoiffé de sang.

Avec son penchant pour la violence et ses étranges obsessions, Ridgeway avait toujours eu du mal à trouver des hommes prêts à s'associer à lui. Sa réputation ternie, couplée à la mort de Boseman et à l'humiliation d'avoir été défait par des nègres hors la loi, en avaient fait un paria même au sein de sa propre engeance. Les shérifs du Tennessee continuaient à rechercher le meurtrier, bien sûr, mais Ridgeway était exclu de la chasse. Il avait disparu de la circulation depuis l'été.

« Et le garçon, Homer ? »

Sam avait entendu parler de cet étrange petit bonhomme. C'était lui qui avait fini par secourir le chasseur d'esclaves, dans la forêt. Son attitude bizarre n'arrangeait pas la réputation de Ridgeway : leur couple alimentait des spéculations inconvenantes. Toujours est-il qu'ils avaient disparu ensemble, et leur lien avait résisté à l'attaque. « Ils doivent être terrés dans une caverne humide, comme il sied à ces merdes immondes. »

Sam resta à la ferme trois jours, à poursuivre Georgina de ses assiduités, en vain. Assez longtemps pour se mêler au concours d'épluchage.

La compétition se déroula le premier soir de pleine lune. Les enfants avaient passé la journée à disposer les épis de maïs en deux piles gigantesques, bordées d'une frise de feuilles rousses. L'une des équipes avait pour capitaine Mingo – pour la deuxième année d'affilée, releva Sybil avec dégoût. Il sélectionna une équipe d'alliés, sans se soucier de représenter la diversité de la communauté. Le fils aîné des Valentine, Oliver, assembla un groupe qui mêlait les nouveaux venus aux anciens. « Et notre éminent invité, bien sûr », finit-il par dire en faisant signe à Sam.

Un petit garçon donna un coup de sifflet et l'épluchage débuta frénétiquement. Le trophée cette année était un grand miroir argenté que Valentine avait déniché à Chicago. Le miroir se dressait entre les piles, orné d'un ruban bleu, et reflétait la lueur orangée des citrouilles d'Halloween. Les capitaines criaient des ordres à leurs hommes tandis que le public applaudissait et huait. Le violoneux offrait un accompagnement effréné et comique. Les plus jeunes couraient autour des piles, saisissant les enveloppes des épis avant même parfois qu'elles ne touchent le sol.

« Allez, attrapez-moi ce maïs !

— Toi, là-bas, tu ferais mieux de te dépêcher ! »

Cora regardait, un peu à l'écart, la main de Royal posée sur sa hanche. La veille au soir, elle l'avait autorisé à l'embrasser, ce qu'il avait pris, non sans raison, comme un signe lui permettant enfin de la courtiser plus assidûment. Elle l'avait fait attendre. Il attendrait davantage. Mais l'annonce du décès de Terrance l'avait adoucie, même si cette nouvelle engendrait des visions vengeresses. Elle imaginait son ancien maître entortillé dans les draps, la langue pourpre et protubérante. Réclamant un secours qui n'arriva jamais. Fondant en bouillie sanglante dans son cercueil, et puis endurant les tourments d'un enfer tout droit sorti du livre de l'Apocalypse. Au moins une partie du Livre saint à laquelle Cora pouvait croire : c'était une description codée de la plantation d'esclaves.

« La moisson ne se passait pas du tout comme ça à Randall, dit-elle. C'était aussi la pleine lune quand on cueillait, mais il y avait toujours du sang.

— Tu n'es plus à Randall, dit Royal. Tu es libre. »

Elle retint sa colère et chuchota : « Comment ça ? La terre appartient à quelqu'un. Les outils appartiennent à quelqu'un. Et la plantation va être mise aux enchères, avec ses esclaves. Il y a toujours de lointains cousins qui refont surface quand quelqu'un meurt. Je reste un bien, même dans l'Indiana.

— Il est mort. Aucun cousin ne va prendre la

peine de vouloir te récupérer, pas comme il l'a fait. » Il répéta : « Tu es libre. »

Il se joignit au chant pour changer de sujet et lui rappeler qu'il y avait des choses qui faisaient du bien. Une communauté rassemblée, des semailles à la moisson et jusqu'à l'épluchage. Mais ce chant était un chant de travail que Cora avait entendu à la plantation, ce qui la ramenait aux cruautés de Randall et faisait palpiter son cœur. Connelly entonnait toujours cette mélodie pour signaler la reprise de la cueillette après une flagellation.

Comment une chose aussi amère pouvait-elle devenir une source de plaisir ? Tout, à Valentine, était le contraire de ce qu'elle avait connu. Le travail n'était pas forcément souffrance, il pouvait unir les gens. Un enfant éveillé comme Chester pouvait y grandir et s'épanouir, à l'image de Molly et ses amies. Une mère pouvait élever sa fille avec amour et bonté. Une belle âme comme Caesar aurait pu y devenir tout ce qu'il voulait, chacun choisissant sa vocation : posséder une ferme, être institutrice, combattre pour les droits des Noirs. Même devenir poète. Dans sa misère en Géorgie, elle s'était imaginé la liberté et ça ne ressemblait pas à ça. La liberté, c'était une communauté œuvrant pour quelque chose de beau et de précieux.

Ce fut Mingo qui gagna. Ses hommes le portèrent en triomphe parmi les piles d'épis dénudés, enroués à force d'acclamations. Jimmy dit qu'il n'avait jamais vu un Blanc travailler aussi dur et Sam rayonna de plaisir. Mais Georgina resta inébranlable.

Le jour du départ de Sam, Cora l'étreignit et planta

un baiser sur sa joue barbue. Il dit qu'il enverrait un mot quand il serait installé, où que ce soit.

Ils entraient dans la période des jours brefs et des longues nuits. Depuis le changement de saison, Cora fréquentait assidûment la bibliothèque. Elle amenait Molly quand elle réussissait à l'amadouer. Elles s'asseyaient côte à côte, Cora avec un livre d'histoire, un roman d'amour ou d'aventures, et Molly qui tournait les pages d'un conte de fées. Un charretier les intercepta un jour à l'entrée. «Le maître répétait souvent que la seule chose qui soit plus dangereuse qu'un nègre avec un fusil, leur dit-il, c'était un nègre avec un livre. Alors ici ça doit être un vrai arsenal de poudre noire!»

Quand, par gratitude, certains résidents proposèrent de rajouter une pièce à la maison de Valentine pour y entreposer ses livres, Gloria suggéra un édifice séparé. «Comme ça, tous ceux qui auront envie d'emprunter un ouvrage pourront le faire à leur guise.» Cela donnerait également plus d'intimité à la famille de John; ils étaient généreux, mais il y avait des limites.

Ils construisirent la bibliothèque près du fumoir. La pièce avait un parfum de fumée fort plaisant quand Cora s'installait dans l'un des grands fauteuils avec les livres de Valentine. Royal disait que c'était la plus grande collection de littérature noire au sud de Chicago. Cora ignorait si c'était vrai, mais elle ne manquait assurément pas de lecture. Outre les traités d'agronomie et de culture des diverses semences, il y avait des rayonnages entiers de livres d'histoire. Les ambitions des Romains et les victoires des Maures, les conflits dynastiques d'Europe. Des volumes énormes contenaient les cartes de pays dont Cora n'avait jamais entendu parler, les contours du monde inconquis.

Et la littérature disparate des tribus de couleur. Des chroniques des empires africains, les miracles des esclaves égyptiens qui avaient bâti les pyramides. Les menuisiers de la ferme étaient d'authentiques artisans : il le fallait pour empêcher ces livres de bondir hors des étagères, tant ils contenaient de merveilles. Des opuscules de poètes noirs, des autobiographies d'orateurs noirs. Phillis Wheatley et Jupiter Hammon. Un certain Benjamin Banneker qui composait des almanachs – des almanachs ! elle les dévora tous – avait servi de confident à Thomas Jefferson, celui-là même qui avait rédigé la Déclaration. Cora lut les récits d'esclaves nés dans les chaînes qui avaient appris à lire et à écrire. D'Africains qui avaient été volés, arrachés à leur foyer et à leur famille, et qui décrivaient les misères de leur servitude puis leur évasion spectaculaire et dramatique. Elle reconnaissait ces histoires comme les siennes. C'étaient les histoires de tous les Noirs qu'elle avait jamais connus, les histoires des Noirs encore à naître, les fondations de leurs triomphes à venir.

Des gens avaient couché tout ça sur le papier dans des pièces minuscules. Certains d'entre eux avaient même la peau aussi foncée qu'elle. Chaque fois qu'elle ouvrait la porte, elle en avait la tête embrumée. Il fallait qu'elle s'y mette sérieusement si elle voulait réussir à lire tout ça.

Valentine la rejoignit une après-midi. Cora était en bons termes avec Gloria, qui l'appelait l'Aventurière, eu égard aux multiples tribulations de son parcours, mais elle n'avait jamais adressé la parole à son mari en dehors des salutations d'usage. L'immensité de sa dette envers lui était inexprimable, alors elle préférait l'éviter.

Il étudia la couverture du livre, l'aventure d'un jeune Maure qui devient la terreur des Sept Mers. La langue était simple et elle avançait rapidement dans sa lecture. « Je ne l'ai jamais lu, celui-là, dit Valentine. J'ai entendu dire que vous aimez passer du temps ici. C'est vous qui venez de Géorgie ? »

Elle hocha la tête.

« Jamais été là-bas – les récits sont tellement effroyables que je risquerais de me mettre en colère et de laisser ma femme veuve. »

Cora lui rendit son sourire. Il avait été une présence constante pendant les mois d'été, à veiller sur le maïs. Les cueilleurs connaissaient l'indigo, le tabac – et le coton, bien sûr –, mais le maïs était un animal sauvage. Valentine était courtois et patient dans ses instructions. Depuis le changement de saison, il se faisait rare. Il n'était pas en forme, disait-on. Il passait le plus clair de son temps dans son bureau, à essayer d'équilibrer les comptes.

Il s'aventura vers les étagères des cartes géographiques. À présent qu'ils étaient dans la même pièce, Cora se sentait tenue de compenser les mois de silence. Elle l'interrogea sur les préparatifs de l'assemblée.

« Ah oui, l'assemblée, dit Valentine. Vous croyez que ça va se faire ?

— Il faut bien », répondit Cora. L'assemblée avait

été ajournée deux fois en raison des conférences auxquelles s'était engagé Lander.

L'engouement local pour le débat était né chez les Valentine, à la table de la cuisine, où John et ses amis – très vite rejoints par des intellectuels en visite et des abolitionnistes renommés – restaient jusqu'à plus de minuit à discuter de la question noire.

Il fallait des écoles d'apprentissage, des écoles de médecine pour gens de couleur. Il fallait une voix au Congrès, sinon leur propre représentant, du moins une alliance solide avec les Blancs progressistes. Il fallait remédier à l'altération des facultés mentales causée par l'esclavage – tant d'affranchis restaient esclaves des horreurs qu'ils avaient endurées.

Ces conversations devinrent un rituel du dîner, qui finirent par déborder de la maison et migrer vers la salle communautaire, sur quoi Gloria cessa de servir à manger et à boire et les laissa se débrouiller seuls. Les partisans d'une conception plus graduelle de l'avancement des Noirs avaient des échanges cinglants avec les tenants d'un processus plus rapide. Quand Lander arriva – le Noir le plus digne et le plus éloquent qu'ils aient jamais rencontré, sans exception –, les discussions prirent un tour plus local. L'orientation de la nation était une chose, l'avenir de la ferme en était une autre.

« Mingo promet que ce sera un événement mémorable, dit Valentine. Un grand spectacle de rhétorique. Mais j'espère quand même qu'ils termineront le spectacle assez tôt pour que je puisse me retirer à une heure décente. » Usé par le harcèlement de Mingo, Valentine lui avait confié l'organisation du débat.

Mingo vivait à la ferme depuis longtemps, et quand il s'agissait de répondre aux arguments de Lander, c'était une bonne chose d'avoir une voix d'ici. Il n'était pas aussi brillant orateur, mais en tant qu'ancien esclave il représentait une forte proportion de la communauté. Il avait profité du report de l'assemblée pour militer en faveur de meilleures relations avec les villes blanches. Il avait ainsi débauché quelques partisans de Lander – même si l'on ne savait pas exactement ce que ce dernier avait en tête. Il était franc mais opaque.

« Et s'ils décident qu'on doit partir ? » Cora fut surprise de sa difficulté à mobiliser les mots.

« Pourquoi *ils* ? Vous êtes l'une d'entre nous. » Valentine prit le fauteuil préféré de Molly. De près, on voyait sur son visage que le fardeau de tant d'âmes avait fait des ravages. Cet homme était la lassitude incarnée. « On n'a peut-être pas le choix, reprit-il. Ce qu'on a bâti ici… il y a trop de Blancs qui nous le refusent. Même s'ils ne soupçonnent pas notre alliance avec le chemin de fer clandestin. Regardez autour de vous. S'ils peuvent tuer un esclave parce qu'il apprend à lire, que vont-ils donc penser d'une bibliothèque ? Nous sommes dans une pièce qui déborde d'idées. Trop d'idées pour un homme de couleur. Ou une femme. »

Cora en était venue à tellement chérir les impensables trésors de la ferme Valentine qu'elle avait oublié qu'ils étaient impensables. La ferme et ses voisines gérées par des Noirs étaient trop vastes, trop prospères. Une poche noire dans cet État tout jeune. L'héritage noir de Valentine était devenu public des années plus tôt. Certains se sentaient floués d'avoir traité un nègre en égal – un nègre arrogant, qui plus est, dont la réussite les humiliait.

Elle lui raconta un incident survenu la semaine précédente. En marchant sur la route, elle avait failli être renversée par un chariot ; le cocher lui avait lancé des épithètes ordurières. Cora n'était pas la seule à être victime d'agressions. Les nouveaux arrivants des villes voisines, les voyous et les petits Blancs, ouvraient les hostilités quand les résidents venaient s'approvisionner. Ils harcelaient les jeunes femmes. La semaine précédente, une boutique avait accroché une pancarte disant « Réservé aux Blancs » – un cauchemar surgi du Sud pour les ramener à lui.

« En tant que citoyens américains, dit Valentine, nous avons légalement le droit d'être ici. » Mais la loi sur les esclaves fugitifs était également une réalité légale. Leur collaboration avec le chemin de fer clandestin compliquait les choses. Les chasseurs d'esclaves ne se risquaient pas souvent par ici, mais ce n'était pas inédit. Au printemps, deux d'entre eux avaient débarqué avec un mandat de perquisition pour toutes les maisons du domaine. Leur proie était partie depuis longtemps, mais en faisant revivre le souvenir des milices et des patrouilles, ils avaient mis à nu la précarité de l'existence des résidents. L'un des cuisiniers avait uriné dans leurs gourdes pendant qu'ils mettaient à sac les cabanes.

« L'Indiana a été un État esclavagiste, poursuivit Valentine. Ce mal s'infiltre dans le sol. Certains disent qu'il s'y enracine et s'y fortifie. Peut-être que ce n'est pas le bon endroit. Peut-être que nous aurions dû, Gloria et moi, continuer notre route après la Virginie.

— Je le sens à présent quand je vais en ville, dit Cora. Je vois dans leurs yeux un regard familier. » Ce n'était pas simplement Terrance et Connelly et Ridgeway qu'elle reconnaissait, les plus barbares. Elle avait observé les visages dans le parc de Caroline du Nord, de jour et puis de nuit, quand ils s'assemblaient pour des atrocités. Des visages blancs et ronds comme un champ infini de capsules de coton, tous de la même étoffe.

Remarquant son air accablé, Valentine lui dit : « Je suis fier de ce qu'on a construit ici, mais on a déjà réussi une fois à repartir de zéro. On peut recommencer. J'ai deux fils vigoureux pour m'aider à présent, et on obtiendra une belle somme pour la terre. Gloria a toujours voulu voir l'Oklahoma, même si, sur ma vie, je ne saurais dire pourquoi. J'essaie de la rendre heureuse.

— Si on reste, dit Cora, Mingo n'acceptera pas les gens comme moi. Les fugitifs. Ceux qui n'ont nulle part où aller.

— C'est bien de parler. Parler, ça dégage l'atmosphère, et ça permet de voir les choses telles qu'elles sont. On verra bien dans quel état d'esprit est la ferme. Elle est à moi, mais elle est aussi à tout le monde. Et à vous. Je m'en remettrai à la décision de la communauté. »

Cora vit que la discussion l'avait épuisé. « Pourquoi faire tout ça ? demanda-t-elle. Pour nous tous ?

— Je croyais que vous aviez de la jugeote. Vous ne

savez donc pas ? Parce que les Blancs ne vont pas le faire pour nous. On doit agir nous-mêmes. »

Si le fermier était venu chercher un livre précis, il repartit les mains vides. Le vent sifflait par la porte ouverte et Cora resserra son châle autour de ses épaules. Si elle continuait sa lecture, elle pourrait peut-être commencer un autre livre d'ici l'heure du dîner.

L'ultime assemblée de la communauté de Valentine eut lieu par un soir de décembre au froid vif. Des années plus tard, les survivants échangèrent leurs versions de ce qui s'était produit cette nuit-là, et pourquoi. Jusqu'au jour de sa mort, Sybil ne cessa de soutenir que Mingo était le mouchard. C'était une vieille dame à présent, elle vivait au bord d'un lac du Michigan avec une ribambelle de petits-enfants qui aimaient écouter ses histoires familières. Selon elle, Mingo avait dit à la police que la ferme abritait des fugitifs et fourni toutes les informations pour faciliter une embuscade. Une razzia spectaculaire mettrait un terme aux relations avec le chemin de fer clandestin, au flux incessant de Noirs nécessiteux, et garantirait la pérennité de la ferme. Quand on lui demandait s'il avait prévu la violence qui s'ensuivrait, Sybil pinçait les lèvres et ne disait mot.

Un autre survivant, Tom le forgeron, faisait remarquer que la police traquait Lander depuis des mois. C'était lui la vraie cible. Sa rhétorique enflammait les passions ; il fomentait la rébellion ; il était trop arrogant pour qu'on le laisse en liberté. Tom n'avait jamais appris à lire mais il aimait exhiber son exemplaire de *L'Appel* de Lander, que le grand orateur lui avait dédicacé.

Joan Watson était née à la ferme. Elle avait six ans ce soir-là. À la suite de l'attaque, elle avait erré dans la forêt pendant trois jours, se nourrissant de glands, jusqu'à ce qu'un convoi de chariots la découvre. Une fois adulte, elle se décrirait comme une étudiante de l'histoire américaine, sensible à l'inéluctable. Elle disait que les communautés blanches s'étaient simplement alliées pour se débarrasser de la forteresse noire en leur sein. C'est comme ça qu'agissent les tribus européennes, disait-elle. Ce qu'elles ne peuvent pas contrôler, elles le détruisent.

Si quiconque à la ferme savait ce qui les attendait, nul n'en laissa rien paraître. Le samedi s'écoula dans un calme paresseux. Cora passa presque toute la journée dans sa chambre avec son almanach tout neuf, un cadeau de Royal. Il l'avait déniché à Chicago. Il avait frappé à sa porte aux alentours de minuit pour le lui offrir; il savait qu'elle ne dormait pas. Il était tard, elle ne voulait pas déranger Sybil et Molly. Elle l'emmena dans sa chambre pour la première fois. Elle fondit en larmes en découvrant l'almanach de l'année à venir. Épais comme un missel. Elle lui avait parlé de son séjour dans le grenier de Caroline du Nord, mais en voyant la date sur la couverture – qui en faisait un objet surgi du futur d'un coup de baguette –, elle fut rappelée à sa propre magie. Elle lui parla de son enfance à Randall, où elle cueillait du coton en traînant son sac. De sa grand-mère Ajarry, arrachée à sa famille en Afrique, qui avait cultivé un petit carré de terre, la seule chose qui était à elle. Cora parla de sa mère, Mabel, qui s'était évadée en l'abandonnant à la merci versatile du monde. De Blake et de sa niche, Blake qu'elle avait fait reculer devant sa hachette. Lorsqu'elle lui raconta la nuit où ils l'avaient prise de force derrière le fumoir et qu'elle s'excusa d'avoir laissé cette chose arriver, Royal lui dit doucement de se taire. C'était elle qui méritait des excuses pour tout ce qu'elle avait enduré, dit-il. Il lui expliqua que chacun de ses ennemis, tous les maîtres et les régisseurs de sa souffrance seraient châtiés, sinon dans ce monde alors dans l'autre, car la justice est peut-être lente et invisible, mais elle finit toujours par rendre son verdict. Il l'enveloppa de son corps pour calmer ses tremblements et ses sanglots et ils s'endormirent ainsi, dans la petite chambre d'une cabane du domaine Valentine.

Elle ne croyait pas à ce qu'il avait dit sur la justice, mais c'était doux de l'entendre.

Lorsqu'elle se réveilla le lendemain matin, elle se sentait mieux, et dut reconnaître qu'elle y croyait quand même, au moins un tout petit peu.

Pensant Cora alitée, en proie à la migraine, Sybil lui apporta à manger vers midi. Elle la taquina à propos de Royal, qui avait passé la nuit là. Elle ravaudait la robe qu'elle comptait porter à l'assemblée quand il était « sorti en douce, ses bottes à la main, avec l'air d'un chien qui a volé des saucisses ».

Cora se contenta de sourire.

« Ton homme, c'est pas le seul à être arrivé cette nuit », ajouta Sybil. Lander était de retour.

Voilà qui expliquait son humeur joyeuse. Lander

l'impressionnait véritablement, et chacune de ses visites la revigorait pendant des jours. Grâce à ses mots de miel. Enfin il était rentré à Valentine. L'assemblée aurait lieu, pour une issue imprévisible. Sybil ne voulait pas partir vers l'Ouest et abandonner son foyer, ce qui, supposait-on, était la solution proposée par Lander. Elle s'était montrée catégorique dans sa volonté de rester depuis que l'hypothèse d'une migration avait été évoquée. Mais elle ne pouvait accepter les conditions de Mingo, à savoir qu'ils cessent d'accueillir les gens dans le besoin. «Y a aucun endroit comme ici, nulle part. Et il veut tuer tout ça.

— Valentine ne le laissera pas tout gâcher, dit Cora – même si, depuis leur discussion dans la bibliothèque, elle avait l'impression que dans sa tête il faisait déjà ses bagages.

— On verra bien, répondit Sybil. Faudra peut-être que je leur fasse un petit discours moi aussi, pour leur dire ce qu'ils ont besoin d'entendre.»

Ce soir-là, Royal et Cora s'assirent au premier rang, à côté de Mingo et de sa famille. Sa femme, Angela, se taisait, comme toujours; pour l'entendre parler, il aurait fallu se cacher sous la fenêtre de leur cabane quand elle conseillait son homme en privé. Leurs filles portaient des robes bleu vif, et leurs longues tresses étaient nouées par des rubans blancs. Lander jouait aux devinettes avec la cadette tandis que les résidents emplissaient la salle commune. Elle s'appelait Amanda. Elle tenait un bouquet de fleurs en tissu; il fit une plaisanterie là-dessus et ils éclatèrent de rire. Quand Cora surprenait Lander dans un tel moment, bref entracte entre deux performances, il lui rappelait Molly. Malgré son affabilité, il aurait préféré, se dit-elle, être tout seul chez lui, à jouer des récitals dans des pièces vides.

Ses longs doigts délicats étaient ceux d'un homme qui n'avait jamais cueilli une capsule de coton, creusé une tranchée ou subi le fouet à lanières, et curieusement ce même homme était devenu le porte-parole de ceux qui étaient définis par toutes ces choses. Il était mince, et sa peau éclatante proclamait son ascendance mixte. Elle ne l'avait jamais vu brusque ou pressé. Il évoluait avec un calme exquis, comme une feuille qui dérive à la surface d'un étang et qui trouve son chemin sur les courants cléments. Et puis il ouvrait la bouche, et on voyait que les forces qui le conduisaient devant vous n'avaient rien de clément.

Il n'y avait pas de visiteurs blancs ce soir-là. En revanche, tous ceux qui vivaient ou travaillaient à la ferme étaient présents, ainsi que les familles des fermes noires voisines. En les voyant tous rassemblés dans une même pièce, Cora prit pour la première fois conscience de leur nombre impressionnant. Il y avait des gens qu'elle n'avait jamais vus, comme ce petit garçon malicieux qui lui fit un clin d'œil quand elle croisa son regard. Des inconnus mais en même temps des parents, des cousins jamais rencontrés. Elle était entourée d'hommes et de femmes nés en Afrique, ou nés dans les chaînes comme elle, qui s'étaient affranchis ou échappés. Marqués au fer, battus, violés. Et à présent ils étaient là. Ils étaient libres et noirs et maîtres de leur destinée. Elle en eut un frisson.

Valentine se cramponna au lutrin. «Je n'ai pas eu

la même jeunesse que vous, dit-il. Ma mère n'a jamais craint pour mon sort. Aucun marchand n'allait m'enlever dans la nuit pour me vendre dans le Sud. Les Blancs voyaient la couleur de ma peau, et c'était suffisant pour qu'on me laisse tranquille. Je me disais que je ne faisais rien de mal, mais tout ce temps j'agissais dans l'ignorance. Jusqu'à ce que vous veniez ici faire votre vie avec nous. »

Il avait quitté la Virginie, dit-il, pour épargner à ses enfants les ravages du préjugé et de sa complice brutale, la violence. « Mais sauver deux enfants ne suffit pas quand Dieu vous a tant donné. Une femme vint à nous par un hiver rigoureux, malade, désespérée. Nous n'avons pas pu la sauver. » Sa voix s'érailla. « J'avais négligé mon devoir. Tant qu'un membre de notre famille endurait les tourments de l'esclavage, je n'avais d'homme libre que le nom. Je tiens à exprimer ma gratitude à vous tous ici présents pour m'avoir aidé à remettre ma vie en ordre, et à y voir clair. Que vous soyez parmi nous depuis des années ou seulement quelques heures, vous m'avez sauvé la vie. »

Il chancela. Gloria le rejoignit et le serra contre elle. « À présent, certains membres de notre famille voudraient vous faire part de certaines choses, reprit Valentine en s'éclaircissant la gorge. J'espère que vous les écouterez comme vous m'écoutez. Il y a assez de place pour des idées divergentes quand il s'agit de tracer notre route à travers le désert. Lorsque la nuit est noire, pleine de sables mouvants. »

Le patriarche descendit de l'estrade et Mingo prit sa place. Ses enfants le suivirent, lui baisèrent les mains pour lui porter chance avant de regagner leurs bancs.

Mingo débuta par le récit de son périple, des nuits où il avait supplié le Seigneur de le guider, des longues années qu'il avait fallu pour racheter la liberté de sa famille. « Par mon honnête labeur, un pas après l'autre, comme vous aussi vous vous êtes sauvés. » Il se frotta l'œil. Puis il changea de cap. « Nous avons accompli l'impossible, mais tout le monde n'a pas notre force de caractère. Nous n'y arriverons pas tous. Certains d'entre nous sont sans espoir. L'esclavage leur a déformé l'esprit, ce démon qui remplit leurs pensées d'idées viles. Ils se sont livrés au whisky et à son réconfort factice. Au désespoir et à ses diables tenaces. Vous les avez vues, ces âmes perdues, dans les plantations, dans les rues des bourgs et des villes : ce sont ceux qui ne veulent pas, ne peuvent pas se respecter. Vous les avez vus ici recevoir les bienfaits de cette ferme mais incapables de s'y intégrer. Toujours ils disparaissent dans la nuit, car au fond de leur cœur ils se savent indignes. Il est trop tard pour eux. »

Certains fidèles au fond de la salle lancèrent des amens. Il y a des réalités à regarder en face, expliqua Mingo. Les Blancs ne vont pas changer du jour au lendemain. Les rêves de la ferme sont respectables et justes, mais ils requièrent une approche progressive. « Nous ne pouvons pas sauver tout le monde, et prétendre le contraire causera notre perte à tous. Vous croyez que les Blancs – à quelques lieues d'ici – vont supporter éternellement notre impudence ? Nous faisons ressortir leur faiblesse. En abritant des fugitifs. Des agents armés du chemin de fer clandestin qui vont et viennent à leur guise. Des gens recherchés pour meurtre. Des criminels. »

Cora serra les poings quand le regard de Mingo tomba sur elle.

La ferme Valentine avait accompli de grands pas vers un avenir glorieux, reprit-il. Des bienfaiteurs blancs fournissaient des manuels scolaires aux enfants : pourquoi ne pas leur demander de faire passer le chapeau pour financer des écoles ? Et pas juste une ou deux, mais des dizaines. En prouvant que l'homme noir était économe et intelligent, il se ferait admettre de plein droit dans la société américaine en tant que membre productif. Pourquoi mettre en péril tout cela ? « Nous devons ralentir l'allure. Parvenir à un accord avec nos voisins et, par-dessus tout, mettre fin à des activités qui attireront fatalement sur nous toute la puissance de leur courroux. Nous avons construit ici quelque chose d'incroyable, conclut-il, mais ce miracle est précieux, et il doit être protégé, nourri, sans quoi il se flétrira, telle une rose prise dans une gelée soudaine. »

Pendant les applaudissements, Lander chuchota quelque chose à la fille de Mingo et ils se remirent à glousser. Elle retira de son bouquet une fleur de tissu et la glissa dans la boutonnière de son costume vert. Lander fit semblant d'en respirer le parfum et de se pâmer.

« Il est plus que temps », dit Royal quand Lander serra la main de Mingo et prit place à la tribune. Royal avait passé la journée avec lui, à discuter en arpentant le domaine. Il n'avait pas fait part à Cora de ce que Lander comptait dire, mais il avait l'air optimiste.

Avant cela, quand le sujet d'une réimplantation avait été évoqué, il avait dit à Cora qu'il préférait le Canada plutôt que l'Ouest. «Là-bas, ils traitent bien les Noirs libres.» Et son travail pour le chemin de fer? Il faut bien se poser un jour, avait répondu Royal. On ne peut pas élever une famille quand on est toujours en vadrouille. Cora changeait de sujet quand il se lançait dans ces tirades.

À présent, elle allait voir par elle-même, comme eux tous, ce que l'homme de Boston avait en tête.

«Frère Mingo a dit des choses très justes, commença Lander. On ne peut pas sauver tout le monde. Mais ça ne veut pas dire qu'on ne peut pas essayer. Parfois, une illusion utile vaut mieux qu'une vérité inutile. Rien ne va pousser dans ce froid cruel, mais nous pouvons toujours avoir des fleurs.

«En voici une, d'illusion: que nous pouvons échapper à l'esclavage. C'est impossible. Les cicatrices qu'il a laissées ne s'effaceront jamais. Quand vous avez vu votre mère vendue, votre père battu, votre sœur violée par un maître ou un chef d'équipe, pensiez-vous qu'un jour vous pourriez être ici aujourd'hui, sans chaînes, sans le joug, au sein d'une nouvelle famille? Tout ce que vous avez jamais appris laissait entendre que la liberté était une illusion, et pourtant vous êtes là. Mais nous continuons à fuir, guidés vers ce sanctuaire par la lune, pleine et bienveillante.

«La ferme Valentine est une illusion. Qui vous a dit que le Noir méritait un refuge? Qui vous a dit que vous y aviez droit? Chaque minute de souffrance de votre vie affirmait le contraire. Selon toutes les données historiques, un tel endroit ne peut pas exister.

Donc ce doit être aussi une illusion. Et pourtant nous sommes là.

« Et l'Amérique est également une illusion, la plus grandiose de toutes. La race blanche croit, croit de tout son cœur, qu'elle a le droit de confisquer la terre. De tuer les Indiens. De faire la guerre. D'asservir ses frères. S'il y avait une justice en ce monde, cette nation ne devrait pas exister, car elle est fondée sur le meurtre, le vol et la cruauté. Et pourtant nous sommes là.

« Je suis censé répondre à Mingo, qui appelle à un progrès graduel, qui appelle à fermer nos portes aux démunis. Je suis censé répondre à ceux qui trouvent cet endroit trop proche de l'influence néfaste de l'esclavage, et qui estiment que l'on devrait partir vers l'Ouest. Je n'ai pas de réponse à vous offrir. Je ne sais pas ce que nous devrions faire. Ce mot *nous*. En un sens, la seule chose que nous avons en commun, c'est la couleur de notre peau. Nos ancêtres sont venus de toutes les régions du continent africain. Et il est vaste. Frère Valentine a toutes les cartes du monde dans sa magnifique bibliothèque, vous pouvez vérifier par vous-mêmes. Ils avaient des coutumes différentes, des moyens de subsistance différents, ils parlaient cent langues différentes. Et ce grand mélange a été emmené vers l'Amérique dans les cales des navires négriers. Vers le Nord, le Sud. Leurs fils et leurs filles ont récolté le tabac, cultivé le coton, travaillé dans les plus vastes domaines et les plus petites fermes. Nous sommes des artisans, des sages-femmes, des prêcheurs et des colporteurs. Ce sont des mains noires qui ont construit la Maison-Blanche, le siège de notre gouvernement national. Ce mot *nous*. Nous ne sommes pas un peuple mais une multitude de peuples différents. Comment une seule personne pourrait-elle s'exprimer au nom de cette grande et belle race – qui n'est pas une seule race mais mille races, avec des millions de désirs, de vœux et d'espoirs pour nous-mêmes et pour nos enfants ?

« Car nous sommes des Africains en Amérique. Une chose sans précédent dans l'histoire du monde, sans modèle pour nous dire ce que nous deviendrons.

« La couleur doit suffire. Elle nous a amenés à ce soir, à ce débat, et elle nous conduira vers l'avenir. Tout ce que je sais, au plus profond de moi, c'est que dans l'élan comme dans la chute nous sommes un, une seule famille noire qui vit en voisine d'une seule famille blanche. Certes, nous ignorons peut-être quel chemin emprunter dans la forêt, mais nous pouvons nous soutenir mutuellement quand nous fléchissons, et c'est ensemble que nous arriverons à bon port. »

Quand les anciens résidents de la ferme Valentine faisaient revivre ce moment, quand ils racontaient à des inconnus ou à leurs petits-enfants comment ils avaient vécu et comment cela avait pris fin, leur voix en tremblait encore par-delà les années. À Philadelphie, à San Francisco, dans les bourgs à bétail et les ranchs où ils avaient fini par s'installer, ils pleuraient ceux qui étaient morts ce jour-là. L'air de la pièce se fit brusquement orageux et piquant, racontaient-ils à leur famille, comme animé d'une puissance invisible. Qu'ils soient nés libres ou dans les chaînes, ils habitèrent ce moment comme un seul homme : le moment où on s'oriente vers l'étoile du Nord et où on décide de fuir. Peut-être étaient-ils à la veille de quelque ordre nouveau, à la veille de plaquer la raison sur le désordre, de faire peser sur l'avenir toutes les leçons de leur histoire. Ou peut-être que le temps, selon son habitude, conférait au moment une gravité qu'il ne possédait pas, et que tout était comme Lander l'affirmait : ils se berçaient d'illusions.

Ce qui ne veut pas dire que ce n'était pas vrai.

La balle frappa Lander en pleine poitrine. Il tomba en arrière, entraînant le lutrin avec lui. Royal fut le premier à bondir. Alors qu'il courait vers l'homme abattu, trois balles lui mordirent le dos. Il se convulsa, comme pris de la danse de Saint-Guy, et s'effondra. Alors éclata un chœur de coups de feu, de hurlements, de verre brisé, et une mêlée furieuse s'empara de la salle.

Les Blancs au-dehors hurlaient de joie et piaillaient au spectacle du carnage. Les résidents se précipitèrent dans le plus grand désordre vers les issues, se pressant entre les bancs, grimpant par-dessus, grimpant les uns sur les autres. Lorsque la grande porte se fit goulet d'étranglement, les gens se hissèrent sur les rebords de fenêtre. Les fusils crépitèrent encore. Les fils de Valentine aidèrent leur père à atteindre la porte. À gauche de la scène, Gloria se pencha sur Lander. Elle vit qu'il n'y avait plus rien à faire et suivit sa famille à l'extérieur.

Cora tenait la tête de Royal sur ses genoux, comme l'après-midi du pique-nique. Elle passait les doigts dans ses boucles, le berçait en pleurant. Royal sourit à travers le sang qui perlait sur ses lèvres. Il lui dit de ne pas avoir peur : le tunnel allait encore la sauver. « Va à la maison dans les bois. Tu pourras me dire où ça mène. » Son corps s'affaissa.

Deux hommes la saisirent et l'arrachèrent à Royal. C'est pas prudent de rester ici, dirent-ils. L'un d'eux était Oliver Valentine, le fils aîné, revenu pour aider les autres à s'échapper du bâtiment. Il pleurait et criait. Cora se dégagea de ses sauveurs dès qu'ils l'eurent conduite au pied du perron. La ferme n'était plus que chaos. La milice blanche entraînait des hommes et des femmes dans le noir, leurs hideux visages de tueurs exsudant la jouissance. Un mousquet abattit l'un des menuisiers de Sybil : il tenait un bébé dans ses bras et tous deux s'écrasèrent au sol. Personne ne savait où fuir, et aucune voix raisonnable ne pouvait se faire entendre dans le tumulte. Chacun pour soi, depuis toujours.

La fille de Mingo, Amanda, tremblait, agenouillée, séparée de sa famille. Désespérée dans la poussière. Son bouquet avait perdu ses pétales. Elle agrippait les tiges nues en fil de fer que le forgeron avait étirées sur l'enclume la semaine passée, rien que pour elle. Le métal lui entaillait les paumes tant elle serrait. Encore un peu de sang dans la poussière. Vieille dame, elle lirait les récits de la Grande Guerre en Europe et se remémorerait cette scène. Elle vivrait à Long Island à cette date, dans une petite maison, avec un marin de Shinnecock qui l'adorait jusqu'à l'excès. Entre-temps elle aurait bourlingué dans tout le pays, en Louisiane et en Virginie, où son père aurait ouvert des établissements scolaires pour gens de couleur, et en Californie. Une halte dans l'Oklahoma, où les Valentine se seraient réimplantés. Le conflit en Europe était violent et terrible, dirait-elle à son marin, mais elle objecterait au surnom : la Grande Guerre avait toujours opposé les Blancs aux Noirs. Et il en serait toujours ainsi.

Cora appela Molly. Elle ne reconnaissait personne ; les visages étaient défigurés par la peur. La chaleur des brasiers se répandit sur elle. La maison des Valentine était en flammes. Une jarre d'huile s'était fracassée contre la fenêtre de l'étage et la chambre du couple avait pris feu. Les vitres de la bibliothèque volèrent en éclats et Cora vit les livres brûler sur les rayonnages. Elle fit deux pas vers le bâtiment avant que Ridgeway ne l'empoigne. Elle se défendit et il l'encercla de ses bras énormes, les pieds de Cora battant l'air comme ceux d'un pendu.

Homer était là aussi : c'était lui, le garçon qu'elle avait aperçu plus tôt et qui lui avait fait un clin d'œil. Avec ses bretelles et sa chemisette blanche, il ressemblait à l'enfant innocent qu'il aurait été dans un monde différent. À sa vue, elle se joignit au chœur de lamentations qui résonnait dans tout le domaine.

« Il y a un tunnel, monsieur, lança Homer. C'est ce qu'il a dit. »

MABEL

La première et la dernière chose qu'elle offrit à sa fille, ce fut des excuses. Cora dormait encore dans son ventre, pas plus grosse qu'un poing, quand elle s'excusa par avance du monde où elle allait l'amener. Cora dormait à côté d'elle dans la soupente, dix ans plus tard, quand Mabel s'excusa de faire d'elle une enfant perdue. Cora ne les entendit ni l'une ni l'autre.

À la première clairière, Mabel repéra l'étoile du Nord et se réorienta. Elle rassembla ses forces et reprit sa fuite à travers les eaux noires. Elle regardait droit devant elle, car si elle tournait la tête elle voyait les visages qu'elle laissait derrière elle.

Elle vit le visage de Moses. Elle se le rappelait bébé. Un petit fagot agité, si fragile que personne ne s'attendait à ce qu'il vive assez longtemps pour faire le travail des négrillons, la corvée des ordures, la louche d'eau qu'on apporte aux cueilleurs. Tant d'enfants à Randall mouraient avant de savoir marcher. Sa mère, Kate, employait les remèdes de sorcière, cataplasmes et décoctions de racines, et lui susurrait des chansons chaque soir dans leur hutte. Berceuses, chants de travail, et ses propres vœux maternels fredonnés : Ne rends pas ton manger, fais tomber ta fièvre, respire jusqu'au matin. Il survécut à la plupart des garçons nés cette année-là. Tout le monde savait que c'était elle, Kate, qui l'avait sauvé du malheur et de la sélection infantile qui est la première épreuve de tout esclave de plantation.

Mabel se rappelait comment le vieux Randall avait revendu Kate quand elle avait eu le bras paralysé et qu'elle n'avait plus été bonne au travail. La première flagellation de Moses pour avoir volé une patate, et la deuxième pour paresse, quand Connelly avait fait frotter ses blessures au piment jusqu'à ce qu'il hurle. Rien de tout cela ne l'avait rendu méchant. Ça l'avait rendu silencieux, fort et rapide, plus rapide qu'aucun autre cueilleur. Il n'était pas méchant avant que Connelly en fasse un chef d'équipe, les yeux et les oreilles du maître pour surveiller ses semblables. C'est alors qu'il devint Moses le monstre, le Moses qui faisait trembler les autres esclaves, terreur noire du coton.

Quand il lui ordonna de venir à l'école, elle lui griffa le visage et lui cracha dessus, et il se contenta de sourire en disant si tu n'es pas partante je trouverai quelqu'un d'autre – quel âge elle a, ta petite Cora ? Cora avait huit ans. Mabel cessa de lui résister. C'était vite fait avec lui, et après cette première fois il cessa d'être brutal. Les femmes, c'est comme les bêtes, disait-il, il suffit de les plier une fois. Après, elles restent pliées.

Tous ces visages, vivants et morts. Ajarry convulsant dans le coton, une écume sanglante aux lèvres. Elle revit le corps de Polly se balancer au bout d'une corde, la douce Polly, qui avait grandi avec elle dans les quartiers, née le même mois. Connelly les avait transférées de la ferme aux champs de coton le même jour. Toujours en tandem jusqu'à la naissance de leurs enfants : les deux jeunes femmes avaient accouché à deux semaines d'intervalle, Mabel d'une petite fille qui se mit à pleurer quand la sage-femme la tira de son ventre, Polly d'un bébé qui ne fit pas un bruit. Mort-né, une pierre. Quand Polly se pendit dans la grange à un nœud de chanvre, le vieux Jockey dit : Vous avez tout fait ensemble. Comme si maintenant Mabel aussi était censée se pendre.

Elle entrevit le visage de Cora et détourna les yeux. Elle se mit à courir.

Les hommes commencent bien dans la vie, et puis le monde les rend méchants. Le monde est méchant au départ et chaque jour le rend plus méchant. Ça vous use jusqu'à ce qu'on ne rêve plus que de mort. Mabel ne comptait pas mourir à Randall, même si de toute sa vie elle n'avait jamais mis les pieds hors du domaine. Un soir à minuit, elle avait décrété, dans la soupente torride : *Je vais survivre* – et à minuit le soir suivant elle était dans les marais, et s'orientait grâce à la lune dans ses chaussures volées. Toute la journée elle avait retourné dans sa tête la pensée de cette évasion, sans en laisser aucune autre s'insinuer pour la dissuader. Il y avait des îlots dans les marécages : il suffisait de les suivre vers le continent de la liberté. Elle avait pris les légumes qu'elle cultivait, de l'amadou et une pierre à silex, une machette. Tout le reste, elle l'avait laissé, y compris sa fille.

Cora, qui dormait là-bas dans la hutte où elle était née, où Mabel aussi était née. Encore petite fille, avant le pire, avant d'apprendre le nombre et le poids des fardeaux d'une femme. Si le père de Cora avait vécu, Mabel serait-elle ici à présent, à traverser laborieusement les marais ? Mabel avait quatorze ans lorsque Grayson était arrivé à la plantation sud, revendu par un planteur d'indigo alcoolique de Caroline du Nord. Grand et noir, doux et joyeux, l'œil rieur. Plastronnant même après le plus dur labeur. Intouchable.

Elle le repéra dès le premier jour et décréta : Lui. Quand il avait son grand sourire, c'était la lune qui la baignait, une présence dans le ciel qui la bénissait. Quand ils dansaient, il la soulevait du sol et la faisait tournoyer. Je vais racheter notre liberté, affirma-t-il, les cheveux pleins de la paille où ils avaient couché. C'était pas le genre du vieux Randall, mais il saurait le persuader. Travailler dur, être le meilleur cueilleur de la plantation : il gagnerait le prix de sa liberté et de celle de Mabel. Elle dit : C'est promis ? Croyant presque qu'il en était capable. Grayson le doux, mort de la fièvre avant qu'elle sache qu'elle portait leur enfant. Jamais plus son nom ne franchit ses lèvres.

Elle trébucha sur une racine de cyprès et s'étala dans l'eau. Elle traversa les roseaux tant bien que mal jusqu'à l'îlot suivant et s'aplatit au sol. Elle ne savait pas depuis combien de temps elle fuyait. Essoufflée, éreintée.

Elle sortit un navet de son baluchon. Il était jeune et tendre et elle en prit une bouchée. La plus douce récolte jamais obtenue sur le lopin d'Ajarry, malgré le goût d'eau saumâtre. Sa mère au moins lui avait laissé cet héritage, un lopin à faire fructifier. On est censé transmettre quelque chose d'utile à ses enfants. La meilleure part d'Ajarry n'avait jamais pris racine en Mabel. Son indomptabilité, sa persévérance. Mais il y avait ce lopin d'à peine trois mètres carrés et tout ce qui y poussait vaillamment. Sa mère l'avait protégé de tout son cœur. La terre la plus précieuse de toute la Géorgie.

Elle s'allongea sur le dos et mangea encore un navet. Sans ses barbotages et ses halètements, la musique des marécages reprit ses droits. Les crapauds pélobates, les tortues, les créatures rampantes et visqueuses, le bavardage des insectes. Au-dessus d'elle – à travers les feuilles et les branches des arbres des eaux noires – le ciel se déroulait comme un parchemin, et de nouvelles constellations tournoyaient dans les ténèbres à mesure qu'elle se détendait. Pas de patrouilleurs, pas de chefs d'équipe, pas de cris de douleur pour l'entraîner dans la détresse d'autrui. Pas de murs de hutte pour lui faire traverser les mers de la nuit comme la cale d'un navire négrier. Des grues du Canada et des fauvettes, le clapotis des loutres. Sur son lit de terre humide, son souffle ralentit et ce qui la séparait des marais s'effaça. Elle était libre.

À cet instant.

Il fallait qu'elle rentre. La fillette l'attendait, elle comptait sur elle. Ça suffirait pour maintenant. Son désespoir avait eu raison d'elle, s'était infiltré sous ses pensées comme un démon. Elle chérirait cet instant, son trésor rien qu'à elle. Quand elle trouverait les mots pour le partager avec Cora, la petite fille comprendrait qu'il y avait quelque chose au-delà de la plantation, au-delà de tout ce qu'elle connaissait. Et qu'un jour, si elle savait rester forte, elle aussi pourrait l'avoir rien que pour elle.

Le monde est peut-être méchant, mais les gens n'ont pas à l'être, pas s'ils s'y refusent.

Mabel ramassa son baluchon et chercha à se repérer. Si elle gardait une bonne allure, elle serait de retour bien avant les premières lueurs du jour et les premiers levés de la plantation. Sa fuite avait été une idée absurde, mais ce simple fragment représentait déjà la plus belle aventure de sa vie.

Elle sortit un autre navet et en croqua un morceau. Il était vraiment bon.

Le serpent la surprit dès l'orée du trajet. Elle se frayait un chemin dans un bouquet de roseaux rigides quand elle troubla son repos. Le mocassin d'eau la mordit par deux fois, au mollet puis à la cuisse, au cœur de la chair tendre. Pas un son, rien que douleur. Mabel refusa d'y croire. C'était un serpent d'eau, rien de plus. Désagréable mais inoffensif. Quand sa bouche eut un goût de menthe et que sa jambe fourmilla de picotements, elle comprit. Elle fit encore deux kilomètres. Elle avait abandonné son bagage, perdu son chemin dans les eaux noires. Elle aurait pu aller plus loin – travailler la terre de Randall l'avait rendue forte, forte de corps à défaut d'autre chose –, mais elle glissa sur un lit de mousse molle et c'était bien comme ça. Elle dit : Ici, et les marais l'engloutirent.

LE NORD

ÉCHAPPÉE

de chez son maître légal mais non légitime il y a quinze mois de cela, une jeune esclave nommée CORA ; de taille ordinaire, de teint brun sombre ; a une marque de blessure en forme d'étoile sur la tempe ; dotée d'un caractère fougueux et de méthodes sournoises. Répond possiblement au nom de BESSIE.

Vue pour la dernière fois dans l'Indiana parmi les hors-la-loi de la ferme de John Valentine.

Elle a cessé de fuir.

Récompense toujours non réclamée.

ELLE N'A JAMAIS APPARTENU À PERSONNE.

23 décembre

Son point de départ, pour cet ultime voyage par le chemin de fer clandestin, était une minuscule gare sous une maison abandonnée. La gare fantôme.

Cora les y mena après sa capture. La milice de Blancs sanguinaires ravageait encore la ferme Valentine lorsqu'ils partirent. Les coups de feu et les cris venaient de plus loin, au fond du domaine. Les cabanes les plus récentes, le moulin. Peut-être même de chez Livingston, car le chaos englobait les fermes voisines. Les Blancs entendaient bien mettre en déroute la totalité des colons de couleur.

Cora se débattit et donna des coups de pied quand Ridgeway la porta jusqu'au chariot. La bibliothèque et la maison en flammes illuminaient le terrain. Après une volée de coups au visage, Homer finit par la prendre par les pieds et ils la hissèrent à bord, avant de lui enchaîner les poignets à son ancien anneau dans le plancher du chariot. L'un des jeunes Blancs qui surveillaient les chevaux les félicita et réclama son tour quand ils eurent fini. Ridgeway lui flanqua un coup de poing en pleine figure.

Cora livra l'emplacement de la maison des bois

quand le chasseur lui appuya son pistolet sur l'œil. Elle se coucha sur le banc, prise d'une nouvelle migraine. Comment étouffer ses pensées à la manière dont on mouche une chandelle? Royal et Lander, morts. Et tous les autres décimés.

«Un des shérifs adjoints a dit que ça lui rappelait le bon vieux temps des guerres indiennes, des raids sur les campements, dit Ridgeway. Bitter Creek, Blue Falls. Je crois qu'il était trop jeune pour s'en souvenir. Peut-être son père.» Il était assis à l'arrière avec elle sur le banc opposé; son convoi se réduisait au chariot et aux deux chevaux squelettiques qui le tiraient. Le feu qui dansait au-dehors révélait les trous et les longues déchirures de la toile.

Ridgeway toussa. Il était bien diminué depuis le Tennessee. Le chasseur d'esclaves était tout gris, hirsute et dépenaillé, la peau jaunâtre. Son élocution était différente, moins impérieuse. Un dentier remplaçait les dents que Cora lui avait cassées lors de leur dernière rencontre. «Ils ont enterré Boseman dans une fosse commune, dit-il. Ça l'aurait horrifié, mais il n'a pas eu son mot à dire. Celui qui saignait par terre… c'était bien le salopard arrogant qui nous a pris en embuscade, hein? J'ai reconnu ses lunettes.»

Pourquoi avait-elle repoussé Royal si longtemps? Elle pensait qu'ils avaient tout le temps devant eux. Encore une chose qui aurait pu exister, amputée à la racine comme par le scalpel du Dr Stevens. Elle avait laissé la ferme la convaincre que le monde était autre que ce qu'il serait toujours. Il devait bien savoir qu'elle l'aimait même si elle ne lui avait jamais dit. Oui, il devait savoir.

Des oiseaux de nuit crissèrent. Au bout d'un moment, Ridgeway lui ordonna de guetter le sentier. Homer fit ralentir l'attelage. Elle manqua l'accès par deux fois : l'embranchement de la route signifiait qu'ils l'avaient dépassé. Ridgeway la gifla violemment et lui ordonna de l'écouter : « Ça m'a pris du temps pour retrouver mes marques après le Tennessee. Toi et tes amis, vous m'avez joué un sale tour. Mais c'est fini. Tu vas rentrer chez toi, Cora. Enfin. Une fois que j'aurai jeté un coup d'œil à ce fameux chemin de fer clandestin. » Il la gifla de nouveau. Au troisième passage, elle repéra les peupliers qui marquaient le tournant.

Homer alluma une lanterne et ils pénétrèrent dans la vieille maison lugubre. Il s'était changé, troquant son déguisement contre sa tenue habituelle, costume noir et chapeau haut de forme. « Sous la cave », dit Cora. Ridgeway se méfiait. Il souleva la trappe et recula vivement, comme si une légion de hors-la-loi attendait en embuscade. Il lui tendit une chandelle et lui ordonna de descendre la première.

« La plupart des gens croient que c'est une image, une figure de style, dit-il. Le fameux chemin de fer souterrain. Mais je n'ai jamais été dupe. Le secret est sous nos pieds, depuis le début. On va tous les débusquer à partir de ce soir. Chaque ligne, chaque agent. »

Quelles que fussent les bêtes qui avaient élu domicile dans la cave, elles étaient muettes ce soir-là. Homer inspecta tous les recoins. Il revint avec la pelle et la donna à Cora.

Elle tendit ses chaînes. Ridgeway acquiesça. « Sinon, on en a pour la nuit. » Homer défit les cadenas. Le Blanc était grisé, son autorité d'antan filtrait dans sa voix. En Caroline du Nord, Martin croyait trouver dans la cave le trésor caché de son père et avait découvert un tunnel à la place. Pour le chasseur d'esclaves, le tunnel valait tout l'or du monde.

« Ton maître est mort, dit-il à Cora qui creusait. Ça ne m'a pas étonné – c'était un dégénéré. Je ne sais pas si l'actuel maître de la plantation Randall paiera ta récompense. Et à vrai dire, ça m'est un peu égal. » Il fut le premier surpris de s'entendre dire cela. « Ça n'allait pas être facile, j'aurais dû le prévoir. Tu es bien la fille de ta mère, jusqu'au bout des ongles. »

La pelle heurta la trappe. Cora dégagea un carré. Elle avait cessé d'écouter ce qu'il disait, et les ricanements malsains d'Homer. Royal, Red et elle l'avaient peut-être affaibli la dernière fois, mais c'était Mabel qui lui avait porté le premier coup. Cette obsession du chasseur pour leur lignée, ça venait d'elle. Sans Mabel, Ridgeway n'aurait pas été aussi obnubilé par la capture de Cora. Celle qui avait réussi. Après tout ce que cela lui avait coûté, Cora ne savait plus si elle éprouvait pour sa mère fierté ou rancœur.

Cette fois, ce fut Homer qui souleva la trappe. Des effluves de moisi en émanèrent.

« C'est bien là ? demanda Ridgeway.

— Oui, monsieur », répondit Homer.

D'un geste de son arme, Ridgeway fit signe à Cora d'avancer. Il ne serait pas le premier Blanc à voir le chemin de fer, mais le premier ennemi. Après tout ce qu'elle avait enduré, quelle honte de trahir ceux qui avaient rendu son évasion possible. Elle hésita sur la première marche. À Randall, à Valentine, elle ne se joignait jamais au cercle des danseurs. Elle se rétractait loin des corps tournoyants, terrifiée à l'idée d'un corps si proche, si incontrôlé. C'étaient les hommes qui avaient instillé cette peur en elle, des années plus tôt. Ce soir, décréta-t-elle. Ce soir, je vais le serrer contre moi, comme pour une danse lente. Comme s'il n'y avait qu'eux deux dans un monde dépeuplé, liés l'un à l'autre jusqu'au bout de la chanson. Elle attendit que le chasseur soit sur la troisième marche. Elle pivota et l'enserra de ses bras comme d'une chaîne de fer. La chandelle tomba. Il tenta de garder ses appuis tandis qu'elle pesait sur lui de tout son poids, tenta de s'appuyer au mur, mais elle l'étreignait comme un amant et le couple dégringola dans les ténèbres tout en bas des marches de pierre. Ils se battirent et s'empoignèrent dans la violence de leur chute. Dans le chaos, la tête de Cora heurta la pierre. Sa jambe se déchira, et elle se retrouva le bras tordu sous elle. Mais c'est Ridgeway qui encaissa le gros de l'impact. Homer jappait en entendant son chef gémir au fil de la chute. Le garçon descendit lentement, et la lanterne tremblante tira la gare de l'ombre. Cora se démêla de Ridgeway et rampa vers la draisine, la jambe gauche comme en feu. Le chasseur n'émettait pas un son. Elle chercha une arme, en vain.

Homer s'accroupit auprès de son patron. Sa main s'ensanglanta quand il lui prit la nuque. L'os de la cuisse perçait hors de son pantalon, l'autre jambe se pliait selon un angle affreux. Homer se pencha sur lui et Ridgeway poussa un grognement. « Tu es là, mon garçon ?

— Oui, monsieur.

— C'est bien. » Ridgeway se redressa et hurla de

douleur. Il parcourut des yeux la pénombre de la gare, sans rien identifier. Son regard effleura Cora sans le moindre intérêt. «On est où?

— À la chasse, dit Homer.

— Y a toujours plus de nègres à chasser. Tu as ton carnet de bord?

— Oui, monsieur.

— Il me vient une pensée.»

Homer sortit son carnet de sa musette et l'ouvrit à une page vierge.

«L'impératif est… Non, non, ce n'est pas ça. L'impératif américain est une chose merveilleuse… un phare… un phare lumineux.» Il toussa, et un spasme secoua tout son corps. «Né de la nécessité et de la vertu, entre le marteau… et l'enclume… Tu es là, Homer?

— Oui, monsieur.

— Je vais reprendre du début…»

Cora appuya sur le levier de la draisine. Il ne bougea pas, même quand elle y mit tout son poids. À ses pieds, sur la plate-forme de bois, il y avait une petite boucle de métal. Elle tira dessus d'un coup sec et entendit un couinement. Elle réessaya le levier et la draisine s'ébranla. Cora se retourna vers Ridgeway et Homer. Le chasseur d'esclaves murmurait son discours et le garçon noir consignait ses paroles. Elle pompa, pompa, et roula hors de la lumière. Dans le tunnel que personne n'avait construit, qui ne menait nulle part.

Elle trouva un rythme, tout en flexion des bras, se jetant de tout son corps dans le mouvement. Vers le Nord, quel qu'il fût. Était-elle en train de traverser

404

le tunnel ou de le creuser ? À chaque poussée des bras sur le levier, elle enfonçait une pioche dans la roche, abattait une masse sur un crampon de rail. Elle n'avait jamais obtenu de Royal qu'il lui parle des hommes et des femmes qui avaient construit le chemin de fer clandestin. Ceux qui avaient déblayé un million de tonnes de roche, qui avaient trimé dans le ventre de la terre pour la délivrance d'esclaves comme elle. Dignes de toutes ces autres âmes qui accueillaient des fugitifs dans leur foyer, les nourrissaient, les portaient sur leur dos jusque dans le Nord, mouraient pour eux. Les chefs de gare, chefs de train, sympathisants. Qui est-on quand on a achevé quelque chose d'aussi magnifique – et quand on l'a par ailleurs traversé en le construisant, jusqu'à atteindre l'autre côté ? À un bout il y avait qui on était avant la clandestinité, avant de descendre sous terre, et à l'autre c'est une personne nouvelle qui émerge à la lumière. Le monde du dessus doit être tellement ordinaire comparé au miracle en dessous, le miracle qu'on a créé avec sa sueur, avec son sang. Le triomphe secret qu'on garde dans son cœur.

Elle mit des kilomètres derrière elle, mit derrière elle les sanctuaires factices et les chaînes sans fin, le meurtre du rêve de Valentine. Il n'y avait que les ténèbres du tunnel, et quelque part, à l'extrémité, une sortie. Ou une impasse, si le sort en avait décidé ainsi – rien qu'un mur opaque et sans pitié. Ultime et amère ironie. À bout de forces, elle se roula en boule sur la plate-forme et sommeilla, portée par les ténèbres comme si elle se lovait au plus profond repli du ciel de nuit.

Quand elle s'éveilla, elle décida de faire le reste du

chemin à pied : elle avait les bras vidés. Boitillant, trébuchant sur les traverses, elle passait la main sur la paroi du tunnel, ses crêtes et ses poches. Ses doigts dansaient sur des vallées, des fleuves, des pics montagneux, les contours d'une nation nouvelle tapie sous l'ancienne. *Regardez au-dehors quand vous filerez à toute allure, vous verrez le vrai visage de l'Amérique.* Elle ne le voyait pas mais elle le sentait, elle en traversait le cœur. Elle craignait d'avoir fait demi-tour dans son sommeil. Est-ce qu'elle plongeait plus loin, ou est-ce qu'elle revenait à son point de départ ? Elle se fia au choix de l'esclave en elle pour guider ses pas : n'importe où, tout plutôt que l'endroit qu'on a fui. Ça l'avait déjà menée jusque-là. Elle trouverait le terminus ou mourrait sur les voies.

Elle dormit encore à deux reprises, rêva de Royal avec elle dans sa cabane. Elle lui racontait son ancienne vie et il la tenait contre lui, et puis il la faisait pivoter pour qu'ils soient face à face. Il lui retira sa robe, ôta son pantalon et sa chemise. Cora l'embrassa et passa les mains sur le territoire de son corps. Lorsqu'il lui écarta les jambes, elle était tout humide et il se glissa en elle en disant son nom comme personne ne l'avait jamais dit et ne le dirait jamais, sucré et tendre. Chaque fois elle s'éveilla pour retrouver le vide du tunnel, et quand elle eut fini de le pleurer elle se releva et reprit sa marche.

L'embouchure du tunnel commença comme un trou minuscule dans le noir. Ses grandes enjambées en firent un cercle, puis l'entrée d'une caverne, dissimulée par des ronces et du lierre. Elle écarta les broussailles et pénétra dans l'air. Il faisait tiède. Toujours cette chiche lumière d'hiver, mais plus chaude que dans l'Indiana, le soleil presque au zénith. La ravine éclatait en une forêt de sapins et de pins de Virginie. Elle ne savait pas à quoi ressemblaient le Michigan, l'Illinois ou le Canada. Peut-être qu'elle n'était plus en Amérique, qu'elle avait poussé plus loin. Elle s'agenouilla pour boire au ruisseau dès qu'elle le rencontra. De l'eau fraîche et limpide. Elle se lava les bras et le visage, qui étaient couverts de crasse et de suie. « Descendue des montagnes, dit-elle, citant un article d'un almanach poussiéreux. Née de la fonte des neiges. » La faim lui tournait la tête. Le soleil lui indiqua la direction du nord.

Il commençait à faire nuit quand elle atteignit la piste, qui n'était qu'une misérable ornière toute vérolée. Après être restée assise quelque temps sur un rocher, elle entendit les chariots. Il y en avait trois, équipés pour un long voyage, chargés de matériel et de provisions, le tout ficelé à leurs flancs. Ils faisaient route vers l'Ouest.

Le premier conducteur était un Blanc de haute taille coiffé d'un chapeau de paille, aux rouflaquettes grises, aussi impassible qu'une muraille rocheuse. Sa femme était assise à côté de lui sur le siège du cocher, les joues roses, le cou dépassant d'un plaid. Ils la regardèrent d'un œil neutre et passèrent leur chemin. Cora n'enregistra pas leur présence. Un jeune homme conduisait le deuxième chariot, un gaillard roux aux traits irlandais. Ses yeux bleus l'étudièrent. Il s'arrêta. « Vous faites peine à voir, dit-il d'une voix aiguë, un gazouillis d'oiseau. Vous avez besoin de quelque chose ? »

Cora secoua la tête.

« J'ai dit : avez-vous besoin de quelque chose ? »

Cora secoua de nouveau la tête et frotta ses bras transis.

Le troisième chariot était mené par un Noir plus âgé. Il était massif et grisonnant, vêtu d'une lourde veste de cow-boy qui avait bien vécu. Il avait un regard bon, décréta-t-elle. Et familier, sans qu'elle puisse le situer. La fumée de sa pipe avait une odeur de pomme de terre et l'estomac de Cora gargouilla.

« Z'avez faim ? » demanda-t-il. Il était du Sud, à entendre son accent.

« J'ai très faim.

— Alors montez et servez-vous. »

Cora grimpa sur la banquette du cocher. Il ouvrit le panier. Elle détacha un morceau de pain et l'engloutit.

« Y en a plein », dit-il. Il avait dans le cou une marque en fer à cheval, et il releva son col pour la dissimuler quand le regard de Cora s'y attarda. « On les rattrape ?

— Ça me va », répondit-elle.

Il aboya un ordre et les chevaux repartirent au trot dans l'ornière.

« Vous allez où ? demanda Cora.

— Saint Louis. Et ensuite, la piste de Californie. Nous, et des gens qu'on va retrouver dans le Missouri. » Faute de réaction, il demanda : « Vous venez du Sud ?

— J'étais en Géorgie. Je me suis enfuie. » Elle dit qu'elle s'appelait Cora. Elle déplia la couverture posée à ses pieds et s'en emmitoufla.

« Moi, on m'appelle Ollie », dit-il.

Les deux autres chariots réapparurent au détour d'un virage.

La couverture était raide et râpeuse sous son menton, mais ça ne la dérangeait pas. Elle se demanda d'où il avait fui, quel enfer c'était, et quel long chemin il avait dû parcourir avant de pouvoir laisser tout ça derrière lui.

REMERCIEMENTS

Merci à Nicole Aragi, Bill Thomas, Rose Courteau, Michael Goldsmith, Duvall Osteen et Alison Rich (toujours) d'avoir permis à ce livre de parvenir entre vos mains. Chez Hanser au fil des années : Anna Leube, Christina Knecht et Piero Salabe. Ainsi que : Franklin D. Roosevelt, pour avoir financé le Federal Writers' Project, qui dans les années 1930 a collecté les récits d'anciens esclaves. Frederick Douglass et Harriet Jacobs, évidemment. Le travail de Nathan Huggins, Stephen Jay Gould, Edward E. Baptist, Eric Foner, Fergus Bordewich et James H. Jones m'a été très utile. Josiah Nott et ses théories sur l'«abâtardissement». *The Diary of a Resurrectionist* («Le Journal d'un résurrecteur») de James Blake Bailey. Les avis de recherche d'esclaves en fuite proviennent des collections numérisées de l'Université de Caroline du Nord à Greensboro. Les cent premières pages ont été dynamisées par les premiers singles des Misfits – «Where Eagles Dare» (version rapide), «Horror Business», «Hybrid Moments» – et de Blanck Mass – «Dead Format». David Bowie est présent dans chaque livre, et je mets toujours *Purple Rain* et *Daydream Nation* quand j'écris les dernières pages : merci donc à lui, à Prince et à Sonic Youth. Et puis, enfin, merci à Julie, Maddie et Beckett pour tout leur amour et leur soutien.